自転しながら公転する

自轉公轉

Spinning Around My Whirl

by

Fumio Yamamoto

山本文緒 著　　葉韋利 譯

榮獲——

島清戀愛文學獎
中央公論文藝獎
2021本屋大賞TOP5

最擅長描寫女性心理的直木獎作家
寫給這世代的溫柔物語

★ 長踞日本亞馬遜暢銷榜、紀伊國屋、東販、e-hon、丸善&淳久堂各大書店熱賣榜！

★「共感度100%！」「與其說戀愛，寫的是人生吧！」日本最大書評網站「讀書Meter」上千則好評熱議！

吳曉樂（作家）、柯采岑（女人迷Sales Head）、
張婉昀（女人迷主任製作人）、許菁芳（作家）、陳雪（作家）、
趙又萱Abby Ch.（少女A）（作家）、蔣亞妮（作家）、
鍾文音（作家）、簡嫚書（演員）

新海誠（《你的名字》動畫導演）、林真理子（直木獎作家）、
村山由佳（直木獎作家）、窪美澄（作家）、南澤奈央（演員）、
橫澤夏子（演員）、淺野真澄（聲優）、枡野浩一（歌人）

國內外名家傾力推薦

目次
contents

推薦序　山本文緒的灰　蔣亞妃　7
自轉公轉　15

推薦序

山本文緒的灰

蔣亞妮

「不喜歡就不喜歡，我從不祈求別人諒解，也不靠大家生活。我只在覺得好笑的時候發笑。想到這個世界這麼簡單，我笑得合不攏嘴。」

這是山本文緒在自己將要四十歲前，寫在短篇小說集《31歲又怎樣》（二〇〇二）裡頭的一段文字，於我而言，幾乎可以視為她筆下許多主角的心言。在我三十一歲的許多年前，從書裡認識了山本文緒，忘記了是《藍，或另一種藍》（一九九二），或是她更有名的《戀愛中毒》（一九九九）、《渦蟲》（二〇〇〇，第一二四屆直木獎得獎作品）。隔島閱讀，我讀到她的作品時，她早已從出道沒多久就被封為代言「日本ＯＬ」的作者，更跨一步地成為能寫出三十、四十世代女性心聲，甚至反映出時代與社會的現象級作家。

山本文緒猶如切片般，將許多昭和時代無業、失業、家庭主婦的女子們，甚至是高學歷、高能力卻選擇性失業的「新時代高等遊民」，種種人物都放進她的小說鏡頭底下。從《渦蟲》、《戀愛中毒》到上一本《海濱》（二〇一三），跨越長短篇，裡頭的角色總是故我，不在乎別人的指指點點，而這樣的切入點，也正是山本文緒作品迷人之處。

二〇二〇年，山本文緒亦從昭和來到令和時代，距前作《海濱》已有七年，經歷了罹癌與休養，山本文緒的全新長篇《自轉公轉》終於問世。閱讀小說，總有另種文本外的趣味，可能並不明顯也無關緊要，但卻藏有作家身為一個人、一個血肉之軀的寫作脈絡與風格嬗變，即是作者的「真實人生」。如果說從《藍，或另一種藍》到《有家可歸的戀人們》（一九九四），是山本文緒對走入第一段婚姻到選擇結束的縮時心影，此後，她的作品開始添上了許多對婚姻關係的思考。只是思考，而不是解答，她始終還是同一個山本文緒。

跨越二〇〇〇年以後，她的寫作流速變緩，小說有時很像攝影；山本文緒的許多書寫特色，有時也像不同攝影手法，她擅長細微的、微型的場景，拉近卻仍隱約，不點破什麼，更不試圖以大塊的景深或地景，進行情感說教或某種原型的回溯。

相較於同為女性寫者的日本作家，雖然我並不喜歡特別談論「女作家」這一名詞，因我私心同意著一九九〇年「布克獎」得主，英國作家A．S．拜厄特（A. S. Byatt）說過的：「如果要做為一個好的女作家，你首先要是一個好的作家，而不是僅僅和『女作家』在一起，因為大家只討論女性的事情。」不戰性別，換個角色，其實也與日本諾貝爾獎作家大江健三郎曾說：「在這個世上，我首先得是一個負責任的父親，然後才是一個作家。」是同樣至理。寫作（與其他事情）的優先順序永遠是，先是一個怎樣的人、才是一個怎樣的作家。

那麼，山本文緒是一個怎樣的人呢？

相較於同樣在身為作家前，也是一個女性的其他寫作者之中，不管是「平成國民作家」那般大格局與野心的宮部美幸、在人性的光與暗間不斷試探的湊佳苗，或是將寫作提升到某種強烈私我風格魅力的吉本芭娜娜，以及有如成人世界裡童心閃閃妖精一般的江國香織……山本文緒也有自己的面貌。那般面貌，幾乎是不可愛、懶洋洋與太過真實的，然而卻依然有著某種光暈，那些怠懶的主婦、已過青春的婦女，或如同《自轉公轉》中，卡在森林系女孩與快時尚成衣洋裝ＯＬ間的主角「小都」一般……這世間本來就有一種存在，他們既不是怪人卻也不甘平凡，自卑卻又同時不滿足，此種光暈，還得藉助偏斜日影、空中塵埃，才得看見。

《自轉公轉》裡頭的角色，不管是為了照護母病搬回家鄉，在OUTLET工作的女裝銷售員小都、看起來像個未讀高中的混混卻能隨意說出「拉普拉斯惡魔」理論的壽司師傅貫一，或是小都努力維持「正常」家庭模樣的父母、身邊與各自價值觀拉扯的男男女女，無一不是我們熟悉，甚至讀來會感到安心的山本文緒筆下人物。人是帶有顏色的，而人的顏色落在故事裡，就成了比作畫、攝影再難上一些的考驗；山本文緒的成功總在她找出了最接近真實的那種顏色，真實，絕非單一色彩。如同小說裡頭的一段側寫，當小都的母親，請她別擔心自己，可以找份正職工作別為她的病耽誤生活時，「**應該令人開心的這番話，不知為何卻讓小都感到一陣刺痛……**」小都雖微笑回應，但內心喜悅與某種未明所以的自難，「**就像盤子上大理石蛋糕表面的花紋般混亂無序**」。

小都的母親是心病，父親在故事中也陷身疾病。種種病與不順，自《渦蟲》裡得到乳癌的主角後，似乎就成了她小說裡頭的灰色。「**這些事情仍在小都心底留下看不見的裂痕。乍看之下沒什麼，心底卻像花瓶底部般一點一滴滲出了水，逐漸不斷流失掉了什麼。**」大理石灰、鴿子灰、黑白電影裡夾藏著的灰，還有山本文緒灰。山本文緒的灰，更像大腦裡頭的灰質，它是記憶與思考的神經，隨著年紀與某些身體變化，增多與少，然而人依然能如常生存。

讓我們從「拉普拉斯惡魔」說起。拉普拉斯是十九世紀的數學家，小說裡貫一告訴我們由來：「**倘若能洞悉世界上一切的發展，與其說是神，更像是可怕的惡魔吧？所以不知不覺人們稱這種理論為拉普拉斯惡魔。**」然而，小都卻說：「**沒有所謂的命中注定，對吧？所以沒有神明，也沒有惡魔吧？**」、「**沒有命中注定這回事，不就意味著沒有正確答案嗎？沒有正確答案，也就沒有錯誤，換句話說，也沒有失敗。**」就如同小都幾次在小說中思考：「**人們口中的善良指的到底是什麼？**」光是守法也稱不上善良，而大部分的人一輩子大概就是沒做好事，也沒做壞事。種種善惡好壞，只有炎熱或酷寒的小說與人生，山本文緒總在此中，跨越冰與火的二極，不合時宜地想笑就笑，這就是山本文緒的灰。

比起說教或是抵達一座文學聖殿，山本文緒或許更關心吃什麼與穿什麼，並且，還不是谷崎潤一郎那般講究入魔的食衣方式，就如同她在自己的ＩＧ部落格、活動中所留下的生活剪影，只是吃著好吃的東西與穿喜歡的衣服，如此這般。

在《自轉公轉》中，藉由小都的職業，有大量談服裝的段落。如果說人是自己所吃與所穿的，那麼山本文緒的作答也很自我：「**衣服，當然是要拿來穿的。喜歡一件很美的衣服，想要穿上它，最好能夠過著適合穿這件衣服的生活。要不就和倫子一樣，一頭栽進高級品牌的世界，或是交一個適合華服的男友。**」當然，與此相對，也有一種狀態是：「**除了工作時的服裝之外，只要牛仔褲和襯衫就足夠了。**」

某個夜晚，小都整理衣櫃時，看向整櫃塞得滿滿的衣服瞬間黯然失色，忽然發覺：「**明明都是當初出於喜愛再三斟酌後才買的，這下子全成了無用的廢物。**」不也是現實不已的縮影，你我都想成為書中、電影中所談論的那種衣櫃極簡卻又好看得要命的女人，卻往往活成了如美劇《艾蜜莉在巴黎》裡，配色穿搭古怪不堪細看的不適者，甚至堆滿了一整座衣櫃等待汰換掉的後悔。

山本文緒也書寫愛，從成名作《戀愛中毒》的愛到如今《自轉公轉》的愛，那種向下沉溺與無法解救的黏稠，都變成了另一種「理所當然」，或者說是一種真空。如同書名一般，不過是某次貫一告訴小都：「**地球以每秒四百六十五公尺自轉，然後保持這個速度以秒速三十公里公轉。**」而某次小行星與地球發生了大碰撞後，地軸傾斜，從此地球就有了寒暖，進而出現生物。自轉與公轉的寓意，不是偉大的愛與存在，不過是貫一想和小都說明：「**因為傾斜著自轉和公轉，才出現季節變化，夏天能賣T恤，冬天賣大衣。於是，妳領到了薪水。**」領到薪水、找到想結婚的人、一不小心說不定就這樣生活到老，可能這才是愛。

若要說《自轉公轉》作為山本文緒跨越五十歲後的作品，有什麼不同之處，大約是其中多了一層隱約諧趣的科幻感。小說的始末，是一場在異國越南舉行的盛大婚禮，婚禮的主角是誰、時空的變幻如何，還得留給小說解答。然而其中的跳躍與變形，過去不曾在她的小說中見到。這般安排，或許也導向了她少見地在小說中提出的社會觀察：「**在我生長的國度，生活中彷彿出現一點失敗就會遭受責難，周遭的人們大多掛著表面的微笑，內心則氣度狹小。而不知為何，多年來自己從未質疑過這樣的生活。**」

如今的山本文緒，小說裡似乎多了一些目光。然而，《自轉公轉》卻無防備地成為了她的遺作，二〇二一年底山本文緒癌逝。過世前不久，她的IG相本裡，還更新了她吃鰻魚飯的相片，逝世的新聞發布至今，不知是家人或出版社，竟也不時地更新一些她留下的話語與身後事。小說很像攝影，山本文緒總會讓我想起攝影師川內倫子，倒不是作品風格或是個性，而是在某種似彼非彼的濾鏡與調色底下，藏有的能量像是在冷暴力與性冷淡間，被無限放大至模糊不清。川內倫子曾說：「所謂攝影，並不是印刷，而是攝影家以自己獨特的眼光去捕捉瞬間的能力。即便不署名，別人也能一眼看出這是誰的作品。」

攝影也像小說，寫作本身超越印刷，山本文緒的顏色是灰，翻開她的小說，遮住名字，都會溢出紙上的灰。而山本文緒呢？或許正在某處，現實無法抵達之境，想笑就笑地吃著甜點，像是福岡的巧克力，或是貓形的生吐司。

而地球還在自轉公轉。

（本文作者為作家）

序章

此刻是暴風雨前的寧靜。

請多關照，請多關照，我在心中低喃著，

縱身投入眼前的世界。

我今天結婚。

文書上還有一些待處理的繁瑣手續，但等婚禮結束後，從今晚起我就在他家生活了。

當然會感到不安，甚至光想心裡就滿是憂慮。只是，內心那抹等待飛撲進新生漩渦的藍色火焰，靜靜地，靜靜地，靜靜地，燃燒著。

我對婚紗從來沒什麼憧憬。

但此刻我從行李箱拿出白紗穿在身上，請人做了髮妝造型，還在頭髮插上裝飾的鮮花後，鏡子裡的自己彷彿成了另一個人，這下才了解世上為什麼會有婚紗這樣的服飾。

這套婚紗是網上租來的便宜貨。在家裡試穿時像是兒童的才藝表演，令人發噱。但此刻在五星級大飯店的休息室裡穿上，看起來宛如高級禮服。也可能是因為搭配母親送我的美麗頭紗。

男性髮型設計師是當地人，誇讚我膚色很白，還說我皮膚好美，透亮到幾乎不必上妝，就像清晨剛綻放的蓮花。一直以來對容貌感到自卑的我，或許是外國人口中這番話感覺很不真實，竟然就坦率接受了。

這時，房門打開一道細縫，貌似助理的年輕人語氣慌張地說了些什麼。設計師咋著舌，說了「抱歉，我離開一下」，就快步走出去。

化妝間裡頓時剩下我一個人。

房裡沒放音樂，也聽不到外頭的聲音。好久沒有置身在這般寂靜的環境下，鏡子裡的我浮現出困惑又無奈的表情。

我獨自坐在沉重的氣氛中，凝視自己。

自從決定與越南戀人結婚後，每天都過得乒荒馬亂、雞飛狗跳的。總算來到婚禮這一天，卻絲毫未感到一絲踏實，彷彿還沒意會到這是真真切切的現實。

三天前，我和父母從日本出發。

我算是到哪都能睡的體質，從來不曾在往返日本與越南的飛機上難以入睡。照理說早應習慣的航線，這次卻比想像中來得緊張，完全沒睡。

在昏暗的機艙內，我按下窗邊的按鈕，整片窗變得透明，眼前出現深藍色的晴空。宇宙級的青色。遠處海平面微微畫出一絲圓弧。薄薄的雲層貼著地球般漂浮在表面，從縫隙間露出陸地。

我來了！在心裡暗暗說著。

離開從小生長的國度，拋下熟悉的生活飛來了。請多關照，請多關照，我不斷在心裡低喃。

從日本帶來的行李少得出奇。護照、安裝好軟體的行動裝置，還有常穿的牛仔褲、襯衫、洋裝，幾套內衣褲、運動鞋和涼鞋。有需要的話，之後在當地添購就好。我本來就生活簡單，並不太想添太多家當。

面對新生活雖有莫大期待，卻也懷著不少擔憂。

婚禮前意外的獨處時間，我發現鏡子裡頭的自己臉色慘白。好害怕。就像攀在斷崖絕壁處的山脊，不自覺湧起一股強烈的焦慮。

我忍不住站起身，走到窗邊。費了點工夫打開舊式窗鎖後，熱空氣猛然從細長的窗縫灌進來。遠處傳來刺耳的喇叭聲，同時聞到淡淡的煙硝味。眼前雖然是殖民地風格的中庭，建築物另一頭卻是充滿喧囂、原汁原味的胡志明市街頭。

聽說今天的高溫會超過四十度。換做在東京，這種天氣根本不會有人在外頭走動，但當地人一臉稀鬆平常地穿梭市街，熱鬧得不得了。

這時，我感覺身後的房門打開。一轉頭看到母親走進來。

「哎呀，怎麼開窗了？」

母親今天穿了外婆傳下來的黑留袖[1]。這件和服只有衣襬上低調的松竹梅刺繡，稍顯樸素，但比起母親平常那些過於年輕的服裝來說，看起來反而更適合她的年紀。

我搖了搖頭，關上窗戶。母親什麼也沒說，一雙眼睛從頭到腳細細打量著我。

過去不知道多少次遭受這般眼神對待。母親幾乎每天都會檢查我的穿著，就算只是簡單搭配的T恤和牛仔褲，她也會評論尺寸是否合身或符合潮流。

「看起來很漂亮。」

我已做好接受批評的心理準備，沒想到母親這樣說。

「頭紗，很搭喔。嗯，不枉費我直接從法國訂購。看吧，我說得沒錯，這塊古董蕾絲真的超適合妳，對吧？」

看見母親一副自我陶醉的模樣，我忍不住笑了。

這一笑，內心原先那股無來由的恐懼頓時消散無蹤。

披上純白婚紗，我抬頭看著教堂的彩繪玻璃花窗。

身邊的越南男友滿面笑容。

他永遠都是一臉開心的表情。無論工作多麼辛苦或生活面臨困頓，他似乎總能平靜地露出笑容。說是開朗嘛，我倒認為他雖然年紀輕輕，個性中卻有莫名老成之處。

當初結識了到日本工作的他，不知不覺兩人就交往了。趁著他返鄉，我也第一次來到這個國家，當時坐在他的機車後座，兩人奔馳在鄉間小路。

就在那一刻，一切都變了。過去自己模稜兩可、來回擺盪的人生，瞬間有了清楚的方向。兩人騎著一輛大型速克達，迎風馳騁在熱到像要燒起來的空氣中。他很喜歡的那塊未開發地區，呈現出連在胡志明市也無法想像的風景。國道兩旁溢滿一片蒼翠的綠意，路上則緩步穿行著牛隻。

日本鄉間的田園風光混雜著富南國風情的棕櫚樹，柏油路上到處是剝落的坑洞，頭頂延伸著日本已然相當罕見的電塔與電纜線。不時經過的小村落裡還看得見戴斗笠的老人家，一旁駛過的老舊公車揚起一陣塵土。

從沒見過的景致卻讓我心生強烈的懷念之情，甚至感到頭暈目眩。潮溼加上含氧量十足的空氣，和我自幼生長乾爽的關東平原氣息截然不同。

他帶我來到一家他覺得超級美味的小店，店面外觀看起來像是軍營的小房舍，桌上鋪著無論如何稱不上漂亮的桌巾。

端上桌的那盤炒青菜沒有任何擺盤，應該是起鍋後就隨意盛上盤子。不料挑動鼻腔的香草味竟激起一股猛烈的食欲。面前的男友和在日本時判若兩人，張大了嘴狼吞虎嚥，狂掃那盤炒青菜。我也動起了筷子，青菜一入口鮮甜滋味霎時迸發。

這和我在日本吃到的越南菜完全不同。

當然，應該是因為蔬菜和肉類都很新鮮，還使用了好幾種香草與香料的緣故；或許也加入極

---

1 留袖為和服中已婚女性穿著最高規格的禮服，相當於西式的晚禮服。

少量的人工調味料。總之，這盤料理不僅顛覆我的常識，甚至好似解放了以往的自我。

兩人吃到忘我，後來又加點好幾盤。除了「好吃」之外想不到別的形容詞，胃都吃到撐了，可舌頭和牙齒卻好像還不饜足。味道怎麼會這麼有深度呢？我喃喃自語。因為醬汁不一樣吧。男友若無其事回答。醬汁配方因店而異，不管是魚露、鹽、蝦醬都由當地製造，在日本可買不到呢！他笑著說道。

連甜得要命的甜點也一掃而空後結帳。店裡的員工全是年輕人，這倒是令人有點意外。每個員工看起來都很清爽，應對待客一派大方。從開放式廚房看進去是一名年輕女性掌廚。

男友和老闆交談時，我獨自走到店外等候。

T恤的領口上沾到一點食物的油漬。

我低著頭，全身上下同時湧出一股前所未有的輕鬆感。

突然冒出一個念頭，要是能住在這裡多好。

不趕流行，不用化妝，真想在這種地方工作，嚐著這樣的料理，度過每一天。

在我生長的國度，生活中彷彿出現一丁點失敗就會遭受責難；周遭的人們大多掛著表面的微笑，內心則氣度狹小。而不知為何，多年來自己從未質疑過這樣的生活。

過去也想過到外國生活，但心態上仍將重心放在日本，僅想著能前往中國、印度等外地工作也不錯。可此刻升起的念頭和原先曖昧籠統的想法完全不同，甚至可說是一股熱切的渴望。

因此不消多久我們就談到結婚。

當然，結婚之外還有很多方法能夠以伴侶的身分共同生活。但我和他最後選擇結婚。

箇中原因我還無法好好地向父母親友說明。稱不上做足了破釜沉舟的心理準備，可能更接近嘗試捨棄，只求取平衡或考慮避險的人生。

老飯店裡的教堂，場地雖小卻顯得莊嚴。

聽說越南和日本一樣，不少伴侶會舉行西式婚禮。

依照婚禮的流程，來到宣誓與交換戒指。我原本覺得不需要婚戒，男友也贊同，母親卻說「真是不成體統！」，自行做主買給我們。

還是老掉牙的設計款式。看我氣呼呼的，男友安撫我，別在意，爸媽的禮物應該要心懷感恩地收下，他笑著說。東南亞國家的人至今似乎仍非常尊重父母的意見，縱使我不以為然，但他那副寬容大度的模樣讓我很快就此忘懷。

手上沉甸甸的古典款白金戒指、長到拖地的古董蕾絲頭紗。我猜想這些應該曾是母親的心願。男女雙方交換誓詞、親吻之後，婚禮順利落幕。準備退場轉向觀禮來賓時，眼神與坐在最前排的母親交會。

只見她含著淚水，眼眶紅通通的，拿著一條小手帕按著眼頭。

這是在哭什麼呢？我一副事不關己思索著。

是喜悅？悲傷？還是氣憤？因為當年和父親沒辦婚禮，將這一切投射到女兒身上？是欣慰還是嫉妒？我猜不透母親內心的想法。

母親看起來好不容易死心了，儘管她前一陣子仍反對這場婚事。

當我表明要和越南男友結婚時，她整個人變得極為慌張失措，連聲驚呼居然要和語言不通的國家的男人結婚。

這麼意外嗎？我不禁感到錯愕。

母親過去除了我的服裝之外，對任何事情都不太過問。對於升學或打工也從未表示意見。說起來我原以為該是父親反對婚事，他卻只笑著說了句「恭喜」。

既然從不關心，為什麼如今卻有這麼大的反應？

我盯著流淚的母親，心想「到底搞什麼？」，接著和坐在母親身旁困惑地露出苦笑的父親對上眼神。

父親看著我聳了聳肩，似乎在說我懂妳的心情。

我挽著剛成為丈夫的男人的手臂，伴著李斯特的鋼琴曲旋律走上紅毯。

觀禮來賓並不多。

我完全沒邀請日本的親友，因此禮堂長椅上幾乎都是男方親友。

婚禮結束後，轉移陣地到他舅舅開的餐廳舉辦派對。派對上應該會聚集很多人。

此刻是暴風雨前的寧靜。

一打開那扇門，迎面而來的是喧囂的城市。

車道上的汽車更多了，街道上來往著濁流般絡繹不絕的機車，響著震耳欲聾的喇叭聲。

熱絡的市場和路邊攤，曬得膚色黝黑且面帶爽朗笑容的人們，色彩鮮豔的花朵與水果，不鏽鋼餐具碰撞的聲響。

我縱身投入眼前的世界。

自転しながら公転する

Spinning Around My Whirl

by Fumio Yamamoto

1

大佛無論面對什麼依舊毫不在意的模樣，

她覺得那是優雅的態度。

每天早上，小都眺望著牛久大佛[2]。今天早上起得晚了，在停車場停好車後迅速化妝，隔著車窗望向大佛，一邊用吸管啜飲豆漿。從家裡冰箱裡帶出來的豆漿已經恢復常溫，沾了溼氣的紙盒變得軟趴趴的。

兩年前，小都每天早上習慣到車站大樓裡的咖啡館，坐在和隔壁顧客緊挨著肩膀的吧檯，看著大都市熙來攘往的人群，一邊喝著豆奶拿鐵。她喜歡隱身在人潮裡，觀察人們的服裝隨時節由輕便轉為厚重。那時她壓根沒料到，不久的將來，將每天從車上眺望矗立在混合林另一頭的大佛。

牛久大佛建造於小都的孩提時期。包含底座高達一百二十公尺，簡直巨大到不像話，比拉起輸電線的電塔還高出許多。據稱光是比較雕像高度，牛久大佛還高出自由女神三倍之多。

在這個只有菜園和農田的鄉間平原裡，莫名冒出巨大到讓比例尺錯亂的佛像，無論大人或小孩，有的覺得好笑，有的則頻頻皺眉；外來民眾倒是一致目瞪口呆。小都不禁心想，面對腳下摸不著頭腦的民眾、卻依舊一臉豁達的大佛還真是狀況外。起初感覺礙眼，每次看到大佛時都不禁別過眼神，但日子一久，如今就算大佛進入視野也無動於衷。

自從脫離大都市的獨居生活回到老家之後，不知為何每次瞥見大佛都會驚呼一聲，看得出神。過去住在東京，雖然看到東京鐵塔也會停下腳步，但這兩種心情不盡相同。而大佛無論面對什麼依舊毫不在意的模樣，小都覺得那是優雅的態度。

關上汽車引擎，從音響流洩出的巴薩諾瓦樂曲與空調也瞬間停止。抓起皮包下了車。已經九月了，日照還是相當強烈，簡直和盛夏沒兩樣。小都舉起手擋在額前遮住陽光。

走出車外，眼前是一座刻意打造的新市鎮，有著和大佛同樣的突兀感。

在偌大的平面停車場另一頭，粉彩色矮牆圍繞著一棟暢貨購物中心。點綴棕櫚樹與噴水池的正門廣場，讓人彷彿置身外國的主題樂園。這棟暢貨商城在小都還住東京時就完工落成，一樓的店面宛如在地上爬行，一間連著一間，和直挺挺衝向天際的大佛形成奇妙的對比。兩者的腹地同樣都大到不成比例。

緊貼著關東平原的田園和混合林一望無際，卻從中冒出一尊大佛，以及金碧輝煌的大型商場。說是鄉下，其實從東京都市區搭電車也不過一小時左右的車程。

小都就在這個充滿矛盾的小地方工作和生活。

工作人員的停車場與客用停車場分開，並隔出一段距離。商城的圍牆清晰可見，但走路還挺花時間。每天正式營業前，一群員工會排成一列，魚貫走在前往工作人員出入口的狹窄步道上。由於步道旁沒有任何遮蔽物，員工們得直接承受日曬或雨淋。

在大太陽下走了好長一段路，終於進入店鋪。員工當中最年輕的杏奈正拿著吸塵器清潔地板，一身無袖上衣加上短褲，仍然是夏日穿搭。

「小都姊，早安。今天好熱啊。」

她抬起頭，露出親切的笑容。

「早安，真的好熱。光從停車場走過來就滿身大汗。」

「我已經將空調開到最強了，請先休息一下吧。」

小都站在嵌進天花板的空調下方，臉迎向透著塵蟎味的冷空氣，解開胸前一顆釦子頻頻搧著

---

2 位於日本茨城縣牛久市的大佛，高一百二十公尺，為全球第三高的佛像。

領口。今天穿了秋冬款的厚上衣，搞得全身是汗。位於平房建築一樓的店鋪直接受氣候影響，就像通勤那條小路一樣，夏天悶熱無比，冬天卻冷到骨子裡。過去小都工作的商場大樓裡能穩定維持室溫，所以剛來到這裡時很吃驚。

早班工作人員到齊之後，打開收銀機，清掃環境，然後廠商進貨。眾人戴起工作手套，拿著美工刀，接二連三拆開一只只大紙箱。這天是一週的開始，貨量還不是太多。每個人對照進貨單清點，熟練地迅速上架，做好營業前的店內準備工作。

小都拿了一塊布走到外頭，想從店外檢查櫥窗。左右相鄰的店鋪前都沒看到顧客人影。白閃閃的陽光照在仿石階的通道上，十分耀眼。對面店鋪的女性員工正站在摺疊梯上，要將先前布置的人造向日葵拆下來。

中元節連假的忙碌高峰期結束後，在秋冬正式換季前，購物中心暫時就像睡著了一樣。看來今天也是悠閒的一天。

還不到中午，一名總公司的女性員工突然來到店裡。

「咦？長谷部小姐，妳怎麼來了？嚇我一跳。」杏奈還來不及打招呼就高八度驚訝問道。

長谷部是公司的行銷專員，Merchandiser，簡稱ＭＤ，通常星期四或五會來店鋪下達週末到隔週的銷售策略。不過週一中午前就來到店裡實在罕見，連小都也感到有些意外。話說回來，杏奈面對總公司行銷專員仍一副大剌剌的態度，倒是更讓人捏把冷汗。

「筑波店有點狀況，結束後順便繞過來看看。這個給大家吃。」

哇，謝謝！杏奈接過裝著蛋糕的紙袋。

長谷部輕聲問小都：「店長去休息嗎？」

「呃，她剛才打電話來，說孩子可能長水痘得去一趟醫院。今天看起來不太忙，說不定她下午會請假。」

「……這樣嗎，是孩子的事啊。」

長谷部一臉興趣缺缺的表情。

「有什麼事要交代嗎？還是我打給她？」

「不用，沒什麼重要的事。我知道她的手機號碼。真的只是順道過來看看，沒事。」

雖然直覺上這樣的回應讓人不免起疑，但她似乎沒打算說下去，當下氣氛變得有些尷尬。

「與野小姐，中午帶便當嗎？」

小都摸不清長谷部詢問的意圖，含糊搖了搖頭。

「有時會自己帶便當，但今天沒有。」

「要不要一起吃午飯？這裡有迴轉壽司對吧。天氣好熱，忽然想吃醋飯。」

長谷部莫名熱情提出邀請。

「呃，不過……」

在旁邊聽到對話的其他員工立刻表示：「店裡不忙，兩位請慢用。」於是小都滿腹狐疑跟著長谷部走出店鋪。

商城裡果然沒什麼客人。有遛狗的人、銀髮族夫婦，這些人一派清閒，與其說購物更像來散步。想到前段時間中元節假期的人潮，恍如一場夢。

壽司餐廳裡也空蕩蕩的，店員領著她們到一張擠一點能坐足六個人的大桌。

小都第一次走進這間餐廳。店內比光看門面來得寬敞許多。吧檯後方幾位師傅正忙碌著，裡頭看起來應該是廚房，外場的服務生也不少。瞥了一眼桌上的菜單，價格不算便宜，比起路邊那種適合全家大小前往、手持平板點餐的迴轉壽司店來說更高級一些。最後兩人點了午間套餐。

其實店裡並沒有規定員工不能在商城內餐廳用餐，只是通常人潮較多時店裡太忙分不開身；就算沒那麼忙，商場餐廳的價格相對較高，平常不太會去。倒是偶爾會光顧美食街，但多半也是總公司派人來、或當地友人前來購物時才會偷閒去用餐。

這是小都頭一次單獨和長谷部用餐。平常開會時還會有店長和其他員工，此刻面對面卻不知該說些什麼。小都只好茫然盯著桌邊輸送帶上迴轉的壽司。

「妳到店裡差不多一年了吧？」

長谷部突然開口。

「是，去年六月來的。也要一年三個月了。」

「這樣啊。已經適應了吧？」

「大致上習慣了，但還是有些做不好的地方。」

小都回答得很謹慎。一想到搞不好是突襲的日常考核，小都頓時緊張了起來。接著長谷部沒再出聲。小都啜著帶著粉末味的綠茶，邊想著得找點話題。

「今年夏天那款荷葉袖上衣賣得很好。尤其馬卡龍色系列，全色系在進貨當天就全跑完了。」

「對啊，似乎連後來追加的貨也比預期銷得快。設計師說明年要多做一款法式袖上衣。」

「哇，聽了好想買。」

兩人聊起幾年前銷售量暴增、至今仍持續熱賣的春夏上衣款式。

這時，壽司盤冷不防插入兩人的對話，出現在面前。一抬頭，年輕師傅不知為何別開臉，就等著兩人接過壽司。

「讓您久等了。」

搞什麼，小都心想。壽司餐廳的師傅的確沒必要向顧客陪笑臉，但這傢伙的態度也太差了。不清楚是個性害羞還是討厭這份工作，總之那張臉始終轉向旁邊。

無奈之下接過壽司盤，男人又陸續遞來好幾盤。小都和長谷部分好之後，拿筷子夾壽司入口，細細咀嚼。好久沒吃壽司了，啊，這麼熱的天氣吃醋飯還真舒服。醋飯分量多，魚料也滿扎實；午間套餐有十貫壽司、壽司捲，另附味噌湯，這分量相信連男性顧客也會很滿意。只是小都先前過於期待口味，如今失落感也更大。畢竟吃起來和超市熟食區販賣的沒有兩樣。

這時，小都回味起過去在青山吃過的高級壽司，雖然稱不上多幸福的回憶，但那可真是珠寶等級的壽司啊。這輩子可能再也沒有機會吃到如此華麗且驚人美味的壽司了。

今天好像常不自覺想起在東京時的事，小都掩著嘴，嚼著大分量的醋飯。願意回憶或許是件好事。想當初剛回老家，心理上像是出於本能的防備，完全想不起來之前去過哪些店家。

填飽肚子，情緒稍微平復後，小都調適著心情。她心想既然這裡也算是迴轉壽司類的餐廳，員工這種服務態度也算正常。

長谷部的衣著通常很會考量情境，穿搭上幾乎可說毫無死角，今天卻是一件米色軟絲質長版襯衫搭配黑色窄管褲，腳上是一雙黑色芭蕾鞋，出乎意料地讓人感到乏味。之前聽同事說她已年過四十，不過看起來總覺得比實際歲數年輕許多。只是今天不僅頭髮沒什麼光澤，鼻翼兩側的粉底也沒推勻，確實就像這個年紀。怎麼看都覺得她的狀況不太好，還特地來巡視離總公司超過兩小時車程、略顯偏僻的暢貨中心，甚至邀請不太熟的自己吃午餐，小都心想她應該有話想說。

「請問，長谷部小姐有什麼事找店長嗎？」小都試著提出同樣的問題。對方茫然失焦的眼神這時才慢慢轉回小都臉上，露出淡淡的微笑。

「我……有點事想告訴她。」

「方便的話我可以代為轉達。」

「嗯，我懷孕了。」

「咦！」

「可以請妳先別對其他人說嗎？我打算工作到最後一刻，而且一休完產假就想回來上班。」

「這樣啊。呃，總之，恭喜妳。」

由於從來沒聽說長谷部已經結婚，小都一時間不禁語塞。

「謝謝。不過，這值得恭喜嗎？」

「當然是值得恭喜的事。」

「可是接下來會和龜澤店長一樣，動不動因為孩子發燒或其他突發狀況不斷被打亂計畫吧。」

她一臉正色。看來不是因為懷孕而尷尬，而是真的不太開心。小都不知道該怎麼回應才好。

「身體還好嗎？有害喜嗎？」

「很想硬撐說還好，但其實上星期才請了兩天假。」

「現在還是要以身體為重啊。」

「謝謝，妳真貼心。」

這時，又是粗魯的一聲「久等了！」打斷兩人，年輕師傅端著壽司遞過來。一抬頭，對方果然還是別過頭，只伸長手臂將一盤鮪魚送到小都面前。

這次小都沒接過盤子。不知為何，一股巨大的怒氣打從胃部深處竄上來。平常就算覺得店員的態度不佳，多年來站在銷售第一線的小都了解箇中甘苦，從來不曾動怒或抱怨。

但此刻內心湧起一股難以壓抑的不快。小都硬是不接過餐盤，直瞪著師傅。一旁察覺有異的長谷部滿臉疑惑，看了看師傅、又看向小都。正當她打算伸手接過盤子時，小都語氣強硬地說道：

「你到底在看哪裡？」

年輕師傅愣了一會兒轉過頭來。小都看到男人的臉，比想像中年輕，長長的馬臉，這是小都腦中閃過的第一印象。身高很高，微微駝背，一臉無趣地抿著嘴，嘴大，脣厚。有著一雙大眼但眼皮沉重。高挺的鼻子左右對稱，長相清秀，渾身上下卻彷彿透著不滿。

「怎麼說都太沒禮貌了。你是打工的嗎？」

隔壁桌的顧客瞥了小都一眼。只見年輕師傅略顯消瘦的臉頰脹紅了，接著連耳根子都通紅起來。最後只看到他嘴脣動了動，似乎含糊了一聲「抱歉」，將壽司盤放在小都面前，接著一溜煙逃回廚房。

「與野小姐，妳沒事吧？」長谷部安撫問道。

小都聽到長谷部的詢問，頓時感覺自己的臉像剛才那男人一樣脹紅了，心跳聲怦怦作響，一時之間心情大亂，為什麼會說那種話呢？簡直丟臉到想當場大叫。

沒能控制好自己的情緒，加上一股羞恥摻雜著近乎委屈的心情，真的很想哭，但一想到面前是公司的主管還是勉強忍住了。

「唔，真的很抱歉。好好一頓飯被我搞砸了。」小都低著頭，擠出笑容打圓場。

「別這麼說，沒事沒事。」長谷部頻頻搖著手。

「暢貨商城裡的餐廳就是這種水準。」她語帶安慰說道。小都一聽卻愣住了。

倘若是自家店鋪裡出現不周到的狀況時，她應該也會以「暢貨商城裡的水準」一句話帶過吧。小都頓時沒了食欲，放下筷子。

下班後驅車回家。之前決定搬回老家去暢貨商城上班時，父親幫忙出了一半錢買了這輛二手小車。

將近二十分鐘車程。下班後開車總是讓人心情鬱悶。畢竟鄉下地方路燈少，即使靠近車站一路上仍是伸手不見五指。不過比起以前每天在下班時的東京擠著有如沙丁魚般的地鐵，動彈不得外還得忍受陌生男人身上的酒臭味，相較之下只是不同類型的壓力。

手機收到父親傳來的購物清單，於是小都繞到途中的大型購物中心。這裡比起暢貨商城規模略小，這時間仍燈火通明，裡頭進駐各式各樣的商家，顯得挺熱鬧。

中午無來由對壽司店員工抱怨了一番，當時激動的情緒竟還沒平復。要是向別人提起這件事，肯定會被質疑明明是抱怨別人，又不是自己被客訴，有什麼好鬱悶的。小都自己也覺得莫名其妙，而且她很清楚，自己的鬱悶實在毫無道理。只不過最近她愈發深切感受到，暢所欲言未必真的能一吐為快。很多時候將情緒壓抑下來、閉上嘴巴，反倒更輕鬆。

她突然想晃去生活雜貨鋪或書店轉換心情，但一逛下去可能沒完沒了，於是依舊上超市採買完就離開。過了常磐線的車站，穿過高樓大廈林立的街道後，就是小都的家。這裡是新開發的住宅區，附近都是新房子。到家後，緩緩將車子停在父親的轎車旁。

打開玄關大門，走上二樓，身上掛著圍裙的父親從走廊上探出頭。

小都將購物袋遞給父親時說道：

「我回來了。還買了梨子，想說媽喜歡。媽呢？」

「已經睡了。」

「睡了？又不舒服嗎？」

「不是，今天天氣太熱，散步時間又長了些，所以比較累。醫生也說睡得著的時候就睡，讓她多休息吧。」

「這樣嗎。我先去換個衣服。」

回到房間後邊換衣服邊想，明天排了休假，早知道母親睡了剛才就該繞去別處逛逛。但回家後實在懶得出門。再來不太敢晚上開車，老爸知道的話應該也會不高興。

和父親對坐低著頭吃飯，偶爾盯著音量調小的電視畫面。

「哇，這個很好吃。」今天的煎雞排和平常的口味不太一樣。小都讚嘆地說。

「我試著在優格裡先醃過，很讚吧。」

「老爸是在哪裡學的？」

「電視上的晨間節目。還有幾塊，妳明天可以帶便當。」爸爸一臉得意笑著說。

「我明天排休，要陪媽媽上醫院。」

「這樣嗎，麻煩妳了。」

父親才五十多歲，最近很擅長休閒風格的服裝穿搭，整個人看起來比以前年輕許多。有時和小都出門甚至會被誤認為是年齡差距較大的夫婦。

比起過去，小都覺得現在父親好相處多了。以前總不知道該如何互動，現在因為共同照顧生病的母親，兩人就像是肩負相同使命的伙伴，她和父親交談時也常沒大沒小的。

「待會我來收拾就好，老爸先洗澡吧。」

「好，拜託妳了。」

父親一離開，廚房頓時變得冷清許多。小都迅速收拾桌面。

正要關燈時，她盯著水果籃裡的梨子好一會兒，順手拿起一顆以水果刀切塊削皮後放進保鮮盒。然後在冰箱門上的磁石小白板上留言給母親。

媽媽：粉紅蓋保鮮盒裡有梨子可以吃。小都

署名旁邊還畫了個圓臉頭像，附上一顆愛心。

抬頭看向牆上的時鐘，還不到十點。關掉電視，熄了燈，立刻恬靜得像深夜。走回房間一看到床，小都彷彿被吸過去般，倒向床上。

獨棟三層樓建築的家，小都的房間在一樓。這間面對庭院的房間原本設計為主臥室，寬敞得僅次於客廳。但母親特別喜歡三樓接近閣樓格局的小空間，當成臥室使用，父親則睡在二樓客廳旁的和室。

一樓臥室的衣帽間很大，足以收納小都堆積成山的衣物。小都當初搬回老家時相當雀躍，就算將獨居的租屋處帶回來的單人床、小電視和單人沙發全擺進房間，還有不少空間。

小都百無聊賴地待在比東京時的住處還寬敞的臥室裡，白天壽司餐廳那段糟糕經歷產生的壞情緒，總算漸漸淡去。她沒掀開被子，就這麼倒頭在床上睡去。

隔天是母親的回診日，要前往隔壁市鎮的綜合醫院。從家裡到醫院的直線距離其實沒那麼遠，只是得轉乘電車和公車，整趟下來花時間又令人疲憊。由於母親無法駕駛，就由小都或父親開車陪同。

車子開進縣道轉農業用路，這是前往醫院的捷徑。田裡的稻穗已經染上了顏色，白鷺鷥三三兩兩飛過上空。

雖然早掛了號，綜合醫院的候診時間依舊非常漫長，少說也得等上一小時。小都建議不如先去喝茶，但母親擔憂「說不定突然就叫到我了」，硬是待在看得到診療室門口的長椅上，動也不動。

「那我去買本雜誌，妳要飲料嗎？」

小都順口詢問，母親搖搖頭。她往走廊另一頭的電梯走去時，習慣性回頭看了一眼。母親靜靜在座位上，閉著眼睛。

相較於外表變年輕的父親，母親反而顯得蒼老許多，雖然沒變胖，整個人卻浮腫不堪，嘴角下垂，皺紋也多了。母親偶爾才剪染一次頭髮，如今叢生的白髮格外顯眼。心想病人也無可奈何，但小都仍不忍直視，別過頭去。

母親身體健康時，是個極其平凡的中年女性，平常雖是家庭主婦，卻擁有和服著裝的專業知識，也會簡單的日式裁縫，每年成人式或七五三節[3]都會受附近美容院請託協助顧客穿和服。個性上不彆扭也不討人厭，勉強稱得上開朗。

這樣的母親生病之後卻判若兩人。母親的病，簡單來說就是更年期障礙。當初父親打電話來，說母親狀況不太好。那段時間小都終日忙於工作和玩樂，幾乎很少想起老家的父母，卻突如其來接到了這個消息。這也是她出社會後頭一遭接到父親親自打來的電話。得知母親要接受進一步精密檢查時，小都就像冷不防挨了一巴掌，大受打擊。

母親沒接過父親手中的電話。父親只苦笑著安慰她：

「媽媽她說，現在沒力氣和別人說話。」

別人？小都心想。母親懷胎十月生下她，照理說她和母親應該是世界上最不屬於「別人」的關係吧！她很錯愕，什麼時候兩人之間竟變得如此疏遠。

之後檢查報告出爐也是父親來電通知，說是更年期障礙。小都頓時放下心中大石，還忍不住笑出聲。回了父親，什麼嘛，原來是更年期障礙，應該沒什麼大不了。二十多歲的小都對於更年期障礙的理解大致上是女性中年後染上的麻疹，心想撐一陣子自然會好轉。

但並非如此。母親自律神經失調的狀況不見好轉，情緒也極度不穩，症狀愈形惡化。陸續嘗試過幾種治療方式都沒有改善，還在婦產科主治醫師的建議下轉診身心科。

小都有生以來頭一遭主動研究更年期障礙症候群，意外發現每個人出現的症狀差異相當大。有些人超過十年才治癒，有時甚至與憂鬱症僅一線之隔。母親的身心狀況在各方面因素交互影響下，事態比家人想像得更嚴重。

父親為了照顧母親，向公司申請留職停薪，小都後來也決定辭掉工作回老家。其實母親的狀況只是小都辭職的一部分原因，但也算是重要的導火線。父親最近回公司上班了，並向公司提出申請，希望調動到較少加班也容易請假的部門。父親雖沒明講，但小都很清楚那就是個閒差。

以往小都完全沒概念，家裡有個病人是怎麼一回事。當然，最難受的是病人自己，而且她知道父親遠比她辛苦多了。儘管如此，她有時依舊感覺自己像突然就被棄置在永遠脫離不了的暴風圈裡。

實在太難受、太鬱悶、太不堪了，然而這些心情又微不足道到小都至今仍無法細細向人訴說。母親回到昔日的模樣，而小都可以只顧好自己。還要多久才能重拾那樣美好的日子？一想到可能永遠等不到那一天，就令小都不寒而慄。明明不討厭母親，但每次想起這件事內心就宛如千斤重。

小都買了時尚雜誌，想一掃陰鬱的情緒。手上拿著雜誌走回候診室時，看到了有別於平常的景象，她停下腳步。

媽媽依舊坐在候診室沙發上，和先前相同的位置，正讀著一本應該是她隨身帶來的文庫版書籍。這還是小都第一次看到母親在候診時閱讀。

小都小心翼翼喊著：「媽？」母親聽聞後抬起頭，一臉疑惑。

「怎麼了？」

小都還沒回答，就聽到櫃檯人員高喊母親的名字。

---

3 每年十一月，日本逢三、五、七歲的兒童會著正式服裝到神社參拜，祈求健康成長。

進入診間，母親坐在醫生的正對面，小都在後方陪診親友的椅子上坐下。

主治醫生是名體格強健、個性顯得一板一眼的壯年男性。一頭白髮修得很短，看起來就像冬季覆上一層霜的草地。感覺柔道服會比醫師袍更適合他。母親過去是由另一位醫生看診，但那位醫生轉任別所醫院，初春之後就來了這名主治醫生。

母親無論是回診婦科或身心科，都由父親或小都陪同。這是因為母親老是感到憂心，「我聽不太懂醫生的話，而且聽了也記不住。」的確，醫師的說明是這樣的，就算盡可能簡單易懂地描述病情，難免還是有些專業術語，病患也需要全神貫注才能理解。

問診告一段落，醫生露出滿意的笑容。

「嗯，大致上還不錯，愈來愈穩定了。」

小都從自己坐的位置看不到母親此刻的表情。於是她屏氣凝神，盯著母親頻頻點頭時的下巴。

「藥呢，就從這次之後慢慢減量吧。」

想必小都的表情比母親還驚訝。醫生轉向小都，柔聲說道：「下次女兒沒來陪診也不打緊。」母親的狀況好轉了。這麼一想，欣喜的情緒頓時從體內湧現。真想牽起母親的手相視微笑，也想趕快打電話給父親。但一方面又害怕眼前只是空歡喜一場。於是小都壓抑著激動，裝作面無表情。

真的？真的嗎？終於可以擺脫這種鬱悶的日子了？

批完價走向藥局的路上，小都不斷在心裡喃喃自問。母親應該也是同樣的心情，完全看不出慶幸，依舊一臉平靜。

離開醫院後，小都載母親到星巴克。每次回診結束，只要母親的狀況不錯兩人就會開車兜個風，或繞去咖啡館休息，已經成了習慣。點了蛋糕和飲料，兩人面對面坐下，看到母親的表情比出門時開朗許多，判若兩人，小都再也壓抑不了喜悅說道：

「媽，醫生說藥可以減量，真的太棒了。」

母親有點難為情，點了點頭。

「嗯，謝謝。上星期就覺得狀況還不錯，早上也起得來。」

母親手上拿著叉子，卻像忘了要吃蛋糕一樣繼續說道：

「換了現在這位醫生，開的藥也不一樣了。而且很願意聽我說話。」

「是啊，是個好醫生。」

「前一位醫生實在很糟，說起話來又大聲得嚇人，一點也不體貼患者。」

「唔，那位醫生的確比較有活力。」

之前是個年輕的女醫師，確實和母親合不來。但小都倒不覺得她這麼糟糕。母親外表看來親切，其實性格上比想像得難相處。

母親喘了口氣，一臉正色說道：

「小都，妳聽我說。」

小都不禁一愣。只要母親神色凝重地說話，從來沒有好事。

「媽媽我啊，已經不要緊了。」

「……真的嗎？」

「讓妳和爸爸費這麼多心思和時間，媽媽真的很過意不去。」

「沒這回事。」小都強調。

「所以妳別再打工了，可以找一份全職工作。我也會這樣建議爸爸。真對不起，還讓妳辭掉東京的工作。這段時間謝謝妳。」

照理說應該令人開心的這番話，不知為何卻讓小都感到一陣刺痛，久久說不出話來。她趕緊像個撒嬌的女兒噘起嘴，不讓母親察覺自己的倉皇。

「我不是為了媽辭職的啦，而且現在也不是打工。雖然簽的是時薪約，還是公司編制內的員工，也有勞保。」

「這樣啊，我太沒見識了，真對不起。」

小都連忙搖著頭。

「不是，是我自己沒說清楚。但媽不用急，慢慢恢復就好。我和老爸還是會繼續陪著妳。哎，先吃蛋糕吧。」

母親笑著點點頭。小都也微笑回應。但內心交織的喜悅與痛楚，就像盤子上大理石蛋糕表面的花紋般混亂無序。

九月連假期間，暢貨商城推出全面折扣，小都任職的服飾店也收到堆積成山的庫存，目標是在折扣期間一舉出清夏裝。

這棟暢貨中心裡頭幾乎沒有高級品牌進駐，比起一些知名大型暢貨中心根本不夠看。所幸停車場相當大，加上停車免費，每逢假日仍是附近居民的休閒去處，順便進行日常採購，也是人擠人。

連假期間天氣很好，商城人潮彷彿已經走遠又回頭的夏天一樣熱鬧，小都每天忙得昏天暗地。沒想到連假的最後一天，卻遇上令人頭痛的颱風直撲而來。雖說整排店鋪都有朝外延伸的屋簷，真要逛的話並不需要撐傘，但會在這麼惡劣的天候特地來逛的人少之又少。

即使開門營業也不見顧客上門，小都和店長正忙著將剛收到的秋季服飾穿戴在櫥窗模特兒身上。昨天已經達成連假期間的業績目標，店長顯得心情很好。

「對了，聽說長谷部小姐懷孕了。」店長突然湊過來說道。

「嗯，聽說了。」

「她身體狀況似乎不太好，說可能會提早請產假。」

「這樣嗎？」

「據說是和男友匆忙登記結婚，對象還是紡織廠的經理。能當到經理應該年紀也不小了吧？聽說長谷部小姐搶了別人的老公，但既然經濟上沒問題，就能放心生小孩了吧。」

「那很好啊。」小都避開她的目光回應。

店長年輕時就和公司同事結婚，現在已經有兩個女兒。她工作起來很認真，但經常會從任職總公司的先生口中、或是周圍人士探聽公司裡的八卦，然後回店裡說三道四，有時候真不知該怎麼應付她。小都倒也不是對八卦毫無興趣，但店長的話中多半隱含著某些企圖或抱怨，小都不免會特別提防。

「總公司不快點找人接手，我也很麻煩。」

附和店長尋求認同的語氣，小都含糊地點點頭，「就是說。」

長谷部身體狀況不佳，已經連續兩星期沒來店裡。

總公司安排了一名代理職務的年輕員工來店裡傳達銷售策略，週末也會來幫忙；仍擔心店內營運的店長則停止排休，連假期間天天來上班。她家是二代宅，和父母同住，因此臨時得上班也沒問題，這一點倒是不錯。

「下個月不是有個打工人員要離職？我早請總公司趕快補人了，到現在還是沒消沒息。」

店長的口氣像自言自語。一旁的小都在假人模特兒身上圍上披巾，對店長的話充耳不聞。

「小都，妳還是沒辦法一週排五天班嗎？」

既然被直接點名了，小都轉過頭正視店長。

「不好意思，這麼直接問妳。妳當初就是有其他考量才會簽時薪約嘛。只是每件事情交給妳都很放心，要是妳能轉全職就太好了。妳能不能考慮看看？真不行的話就直說。」

「唔……」

小都注視著店長。

「我或許可以多排一點班。」

「真的嗎？」

店長的表情明亮了起來。小都連忙在面前搖晃雙手。

「現在還沒辦法立刻確定。當初是因為家人的身體狀況才一星期排四天班，但最近家人感覺好多了。」

「原來如此。既然這樣，還是和家人討論過比較好。希望妳可以盡早回覆。」

店長親切地拍拍小都的手臂後，走回收銀檯。

小都低頭看著店長碰觸的手臂，心想現在就回覆主管或許太早了，應該再觀察一陣子才對，說不定母親那句「已經不要緊了」只是一時興起。但她還是忍不住開了口。

這一天是近中午才到店裡的晚班，等其他人午休完才輪到小都。

暢貨商城占地廣闊，進駐的店家數量也多，因此員工休息室不只一處。離小都店鋪最近的休息室是其中最大的一間，裡頭的自動販賣機除了飲料之外，還販售杯麵與各種零食，不少員工會來這裡簡單填飽肚子。

午餐時間早就過了，休息室裡只剩下一組人正攤開文件像是在開會。

小都走向離那群人稍遠的窗邊座位坐下，滑起了手機。剛收到高中時期的友人約她小酌，恰好那天沒排班，小都毫不思索就回覆可以出席。最近沒什麼機會出門遊玩，頓時滿心期待起來。

一陣雨打在窗戶上，聲響十分猛烈，小都嚇了一跳，看來颱風愈來愈近了。一想到得在風雨中開車回家就備感鬱悶，她盤算著，要是天候太糟，乾脆就請父親來接她吧。

小都解開以鬆緊帶綁著的便當盒。裡頭是父親前一天晚餐多做的菜，還有自己做的賣相不佳的煎蛋。對廚藝不精的小都而言，光做個便當就是一大工程，但若是每天上超商買午餐，長期下來也是一筆可觀的花費。

店長說她每天都要幫兩個孩子做便當。小都現階段連結婚都八字沒一撇，而且光是想到這一點就鬱悶。真要結婚，肯定得挑個會做菜的男人，而且若和店長一樣住得離娘家近，說不定很多事都能請父母幫忙。小都不覺繞著腦袋裡浮現的念頭打轉起來。

要是一星期排五天班，就能從約聘轉正職員工了嗎？這麼一來，不但每個月薪水提高，還有獎金，職涯也有機會再跨出一步。

小都輕咬著筷尖，思索著這真的是自己想要的嗎。

現在這間店主打客層是剛出社會的年輕女性族群，主推素雅清新的路線。充滿女人味的設計無論工作場合或約會時都相當實穿，也是方便洗滌的材質。比起小都前一份任職的主要採用麻質、有機棉的品牌，客群截然不同。

小都十八歲時愛上了那個採用天然材質的品牌。乍看簡約、實則講究的設計，價格上並不便宜。一般顧客的消費者每個月買一件都有點吃緊，因而小都畢業後乾脆在東京打工，當上店員。那些線條自然的洋裝、手工編織風的羊毛上衣，每一件都好漂亮，都好喜歡。想到每一季都可以穿上自己熱愛的品牌服飾，小都感到非常幸福。就算要省下伙食費，只要能多買一件店裡的新款服飾也毫不猶豫，在小都的努力之下，終於錄取成為品牌的正職員工。

現在的小都和當年不一樣了。她對自家店鋪販賣的衣服沒有太大興趣，純粹因為工作需要而穿，感覺就像制服。但穿上之後發現優點其實很多。雖然是合成纖維材質，卻幾乎沒有輕薄的劣質感，不起皺的特性也便於清洗，而且比麻質還輕柔，令人難以想像。價格低廉容易跟隨潮流也是一大優點。這間店鋪不像正式的分店那麼嚴格，每季一開始就挑選好的基本款式和尺寸，到下一季還是能在店裡穿。

但是，要是成了正職員工會變得怎麼樣呢？小都邊吃便當邊想著。自己究竟能不能一直在這個其實沒那麼喜歡的服飾品牌工作？就連當年如此鍾愛的品牌，到最後也令她感到厭煩。

不對，現在可不是挑品牌的時候。光有一份工作就該心存感激了。即便目前公司氣氛不錯，但之後可能連要待下去都不容易。一旦成為正職員工，照理說應該能調回內勤、或是同集團其他主攻較高年齡層的品牌任職。

別看她此刻思考著明年能穿的服飾，以及正職員工的職涯，但其實小都完全無法想像半年後的自己會是什麼模樣。至於結婚，簡直有如太空旅行般遙遠，澈底脫離現實。

這時，休息室的門打開，一名長得很高、身穿白衣的男人走進來，顯然不是服飾店的員工。小都立刻察覺男人正是那間壽司店的店員。

她不加思索地別過眼神，低下頭。男人完全沒看小都，直接走向自動販賣機。

小都忐忑不安地窺探對方，看到男人朝自動販賣機投幣買了章魚丸子，接著在休息室裡與小都呈對角線的位子側著身坐下來，邊喝著瓶裝茶，一邊吃章魚丸子。

確認自己不在男人的視線範圍之後，小都稍稍放下心來，觀察起男人。一頭簡潔俐落的短髮，身上披著輕薄的白色工作服。肩頸一帶的線條出乎意料地漂亮。之前覺得這人體格單薄，現在仔細一看才發現胸部和手臂的肌肉似乎頗為結實。

他吃完章魚丸子後，從長褲後口袋掏出一本書讀了起來。哦，居然會讀書。小都心想，這男人明明就長得一副不看書的模樣啊。

男人忽然朝小都的方向看過來。小都連忙低頭，包好便當盒起身。

正要伸手打開休息室的門，門從另一頭開啟，一名戴眼鏡的男人走進來。小都低頭與眼鏡男擦身而過。那副眼鏡的設計感略顯花稍，一看就知道眼鏡男是服飾業的同行。

「嘿，阿貫！好久不見。」

高個子男人一聽頓時轉頭。小都看著眼鏡男走向壽司店店員。

原以為商城會因颱風登陸提前打烊，沒想到仍維持平日的營業時間。

店長說要接小孩，先提早下班。小都讓打工的店員先離開，獨自負責打烊關店，接著也趕往停車場。

才走出商城，偌大的雨滴迎面打來，即使撐著傘仍眼睜睜看著鞋子和裙襬溼透。風聲呼嘯，沿路栽種的細瘦樹木也被吹得疲態盡露。

成群的員工縮起身子陸續前往停車場。鞋子裡的鞋墊吸飽了水，每踏出一步都感到不適，但這時只能硬生生關閉感官，直盯著前面行人的腳跟，默默往前走。

總算走到了車子旁，收起雨傘準備鑽進車上，一瞬間肩膀到背全淋個溼透。滿心懊惱直咒罵自己居然忘了穿雨衣。

小都將淋得滿是水漬的皮包丟到副駕駛座，插入車鑰匙，一貫地轉動鑰匙，車子卻毫無動靜。咦？納悶著又重新插入鑰匙轉動，車子還是沒有任何反應。溼透的劉海緊貼著額頭，無論轉動幾次車鑰匙引擎還是發動不了。

「喂……搞什麼啊！」

小都趴在方向盤上。這時風雨變得更強了，擋風玻璃上的雨水像瀑布一樣大片流下。溼透的背脊冷到直發抖。

一籌莫展，小都拿出手機打給父親，照理說父親這個時間應該已經回到家。手機沒人接。接著打到家裡和母親的手機，全都沒人接。旁邊的車子一輛輛開走，小都無力地望著遠處雨中模糊的路燈。

腦袋一片空白，全身無法動彈。這種時候要聯絡誰呢？找道路救援又太誇張，腦中不禁閃過在東京時交往的男友。但姑且不論手機裡早已刪除聯絡資訊，這樣的狀況下竟然還想到他，不由得對自己感到惱怒。

她大大嘆了口氣。冷靜啊冷靜，口中喃喃念著。

看看手錶，她想起了商城還有前往車站的接駁巴士，現在衝過去的話應該趕得上最後一班。

小都下定決心後下了車。停車場及通往商城的路上街燈很少，周圍陷入一片漆黑。只有商城裡還零星亮著幾盞店鋪燈光，就像大雨中從天而降的巨大飛碟隱約透著亮光。

冰冷的雨滴大顆落下，小都的背和肩膀更溼了。好不容易來到工作人員出入口，一輛方方正正閃著亮光的巴士正從另一頭的圓環駛離。啊！就算跑過去也趕不上了。這個念頭一冒上來，雙腳頓時癱軟無力。一陣強風襲來，雨傘傘骨應聲折斷。小都不禁鬆開手，雨傘立刻被吹拋到遠遠的後方。沉重的雨水毫不留情地打在她的臉上。

這時，一個宛如巨大膨起塑膠袋的物體靠近自己。小都狼狽在原地。定睛一看，是個騎在腳踏車上的人，而且竟然在颱風天還穿著廉價薄雨衣。那人轉過頭看著小都。

「妳怎麼了？」

還以為是保全人員，沒想到是張馬臉和一雙惺忪睡眼，是那個壽司店店員。

「妳哭了？」

誰哭了！小都想解釋，但雨水繼續打在她早已沾滿雨水的臉龐，一句話也說不出來。

2

他將臉湊近低聲說道，
妳猜地球以多快的速度自轉和公轉？

秋天來得令人措手不及。上星期在店裡穿著秋冬新款服飾還會冒汗，今天早上突然降溫，從熱水瓶倒出的紅茶升起蒸氣，瞬間籠罩全臉。

小都在鏡子前換了好幾套衣服。

今晚要和高中時期一群友人聚餐，打算穿的那件雙層雪紡襯衫因為溫度驟降變得一點也不搭，只好趕緊另尋手邊合適的衣服。

衣櫥裡頭小都口中的「制服」，也就是現在任職品牌的服飾愈來愈多，逐漸威脅到工作之外自己擁有的「私服」空間。

最近放假即使出門，不是陪母親到醫院回診就是去附近超市採買，沒什麼機會打扮，買的也全是工作時要穿的衣服。說起來是理所當然的結果，小都卻升起一股衣櫃大為貶值的煩躁感。

她套上一件去年一換季在網上看到後就不加思索下手的洋裝。法蘭絨的材質，還有大量抓皺設計。搭配粗花呢背心，下半身是內搭褲加織花圖案襪套。站在穿衣鏡前。鞋子呢，應該可以配雙皮短靴。

端詳鏡子裡的自己，猶豫著頭髮是否要綁起來。

小都的髮質細軟，原本容易亂翹，燙髮後呈現漂亮的膨鬆感。雖然和目前工作場合的服裝不搭，上班時習慣盤起或綁成馬尾，但穿上這種寬鬆風格的服裝，髮型自然也想走可愛路線。

這陣子懶得染燙頭髮，她拿出電棒將髮尾梳捲。已經化好妝了，但還是拿起腮紅刷在臉頰正中央刷上幾圈玫瑰粉色。

從鏡子前往後退幾步，看向全身。整體穿搭還滿可愛的，卻也覺得三十二歲的自己似乎有點勉強。究竟這打扮還算符合年紀，還是略顯浮誇，客觀來說她也分不太出來。

小都凝視著鏡子裡的面容。不是美女，算是「有個性」的長相吧。圓圓的臉，雙眼距離稍遠，鼻子小巧但微微朝天，臉上布著淡淡的雀斑。當然也沒想過若能更漂亮點就好了，從某個角度來看倒也稱得上可愛。

抬頭看看時鐘，差不多該出門了。

今天這樣穿還不錯，小都在衣領上別了一只看似工藝風實則價格高得嚇人的古董胸針，一邊心想。

和那個壽司店店員出去時，該穿私服還是制服好呢？

今晚問問朋友的意見好了。不過還沒開口大致就猜得到她們會說什麼。鏡子裡的小都噘起嘴。

相約的越南餐廳才開幕不久。

一般女性的聚會多半會挑選保險一點的場合，比如義式餐廳或餐酒館，越南餐廳倒是很少見。按著地圖指示走，來到一間外表像咖啡館的時尚餐廳，感到有些意外。推開店門，整面泥牆塗上鮮豔的藍色，牆面上處處貼著磁磚，還有老虎和大象的壁畫。先前在這一帶從來沒看過這麼有個性的店家。

聽說今天的聚會包含小都在內共有五個人。在服務生的引領下，來到後方半包廂式的座位。探頭一看，已經有兩人入座。

「小都，好久不見！」

每次總自告奮勇擔任主辦人的繪里舉起手打招呼。

「哇，繪里，最近好嗎？這間餐廳也太讚了！咦？」

坐在繪里對面的短髮女孩面帶微笑，輕輕點頭示意。

「是颯花！」

「小都姊，好久不見。」

「真的是妳！妳怎麼會來？真沒想到。」

「繪里姐邀我來的。」

「是嗎？太棒了！」

小都和颯花兩人拉著手歡呼，一旁的繪里心滿意足地點著頭。

「我們前陣子在常磐線電車上碰巧遇到。颯花說今年春天要調回筑波工作。我想小都看到她一定也很高興，就邀她一起來。」

「原來是這樣，太開心了。」

「小都姊一點也沒變。」

「是嗎？颯花倒是變成熟了呢。」

颯花是小都的兒時玩伴，年紀比小都小一歲。她們住在同一個社區，從小學到高中都是同一所學校；高中時甚至還加入同一個社團。當年兩家的家人也互有往來，但自從小都上東京工作，加上老家搬遷等因素，不知不覺就少了聯絡。

小都就讀的高中有項莫名其妙的規定，就是所有學生都得參加運動類社團。小都加入看似輕鬆的桌球社，沒想到實際上嚴格得不得了，於是一群同樣抱著輕鬆心態入社的人彼此打氣勉強撐過來。當年的伙伴到現在仍是交情最好的朋友，也促成今天的聚會。

不久之後其他兩人也到了，眾人舉杯互道近況。因為人數較多點套餐，每一道菜都很美味，大家愉快地說著好吃、好吃，讚不絕口。

小都已經有一陣子沒參加這群朋友的聚會，話題自然都圍繞在她身上。

「說起來小都沒什麼變呢，還是一派自在的樣子，感覺很年輕。」

「這一身好像幼兒園的遊戲服，超可愛吔。」

「居然可以持續森林系女孩穿搭！」

面對大夥的七嘴八舌，小都沒有反駁，只是聳聳肩。她早就習慣這群朋友對她這般口無遮攔。以往小都就是朋友裡唯一的怪胎。這次除了小都之外，其他人都是下了班過來，相對上穿著較為正式。過去一群不起眼的女生，如今打扮都算入時；唯獨小都看來反而回到少女時期的模樣。所謂森林系女孩，指的是崇尚宛如童話中森林夢幻風格的女孩，認真說起來這個詞帶點揶揄感。小都聽到別人這樣形容自己的穿搭時略感意外，但反過來說，第一次聽到森林系女孩這個詞時又覺得莫名貼切。

「她現在工作的店賣的可是一般服飾喔。」繪里笑著打圓場。

「是啊，我私底下的穿搭和工作切割得很清楚，現在任職的服飾品牌是中規中矩的風格。大家可以來捧場。」

「我上次偷偷跑去看了，沒想到小都穿了雪紡襯衫配窄裙，一開始根本認不出來。小都要是平常也這樣穿，肯定桃花更多。」

「桃花就算了，我打扮是為了自己開心。」

接下來大夥聊起了聯誼、相親、誰好像前陣子結了婚之類的話題。

小都當年參加的女子桌球社，同期八名社員，其中四人不到二十五歲就結婚，現在都有孩子，很少參加這類小酌聚會；有孩子的多半是和一群媽媽朋友相約吃午餐。

這天出席的同期四名社員中，只有繪里約莫在兩年前結婚，但夫妻都有工作，目前沒有小孩，感覺和單身沒什麼兩樣。繪里從積極相親那時期就熱衷於瘦身，頭髮也留長了，出落成了大美人；穿著也走合身路線，搭配高跟鞋，反倒在四人裡頭看起來最不像已婚婦女。

小都的家鄉距離東京不算遠，出於這個緣故，地方上倒沒有二十幾歲非結婚不可的風氣。只不過由於保持單身的女性中，已有孩子的友人會變得不主動邀約，交友圈愈來愈小也是事實，不少人反而因此才急著結婚。和家鄉友人之間的親密程度大大影響了積極結婚與否的態度。

小都不理會繪里等人熱烈討論的戀愛話題，轉而和一旁的颯花聊了起來。

「妳也還單身嗎？」

「當然啊，我連男朋友都沒有。」

「我也是。」

「怎麼可能？小都姊長得這麼可愛。」

「謝謝妳的稱讚，不過剛才大家也說了，老是穿成這樣不會有男人緣吧。」

「男人不是都喜歡可愛自在又輕飄飄的風格嗎？」

「那全是都市傳說。十個男人有九個愛的是前凸後翹和水蛇腰。」

小都的語氣讓颯花哈哈大笑起來。

「颯花，妳現在搬回來了？住老家嗎？」

「對，住家裡。但我好想搬出去一個人住。」

颯花交代這些年的狀況，先前因為上東京念大學而搬出老家，工作後一直住在東京，最近因為調職暫且搬回老家住。

「我也是！先前在東京工作，出了些狀況才回家裡。」

「住家裡經濟上比較寬裕，但有時覺得快喘不過氣來。」

「嗯，雖然生活負擔較小，但沒有自己的空間。應該說享受過獨居的自由之後就回不去了。」

兩人發現彼此心境接近之後，聊得更起勁了。小都從以前就滿喜歡颯花，覺得她的個性沉穩，相處起來令人安心。

「颯花，下次我們倆自己約吧。」

「好啊，小都姊，我可以去找妳買衣服嗎？」

「隨時歡迎妳來。」

「其實我完全不懂穿搭，到時還要麻煩妳幫我看看。」

的確，颯花那身平淡無趣的白襯衫搭配灰長褲，看起來就像參加打工面試的學生。

「當然沒問題。妳想找上班穿的衣服？」

「嗯……不曉得算上班還是出遊……」她支支吾吾的，似乎有點遲疑。

「哦？還是約會？」

「不是不是，還談不上約會。」

「還談不上的意思，就是有希望嘍？」

「什麼？妳們說誰和誰約會？」

酒過三巡，帶著幾分醉意的繪里等人嬉鬧加入話題。颯花在眾人追問下，略顯狼狽地說明緣由。

原來是公司的前輩最近加班之後會找她吃飯。兩人不但聊得來，對料理的喜好也很合得來，對方便邀她下次休假時外出。本以為是約會，一問之下才知道是要一同前往其他廠商的展場。

「這樣我也搞不清楚到底算工作還是私下出遊。」

「什麼嘛，居然假日還工作……不覺得哪裡奇怪嗎？」小都皺起眉頭說著，卻被眾人的鼓譟聲所掩蓋。繪里幾個人紛紛說道：「人家可能只是害羞。」「會在假日邀約就表示有意思吧。」

在一群女生高聲歡笑之中，小都默默啜飲著紅酒。繪里察覺到湊過來盯著她。

「喂喂，小都，怎麼了？聊到妳最怕的戀愛就不開心嗎？」

繪里的語氣像在安撫孩子。小都微微偏著頭，凝視著繪里一會兒後開了口：

「嗯，那我也可以聊聊最近認識的『新朋友』嗎？」

這句話讓所有人端著酒杯的手、夾住春捲的筷子瞬間停止動作。

「前陣子也有男人邀我去喝酒。妳們想聽嗎？」

大家同時轉向小都，小都在眾人興致勃勃的眼神下酒意退了幾分，也回看所有人。接著說起九月那場颱風天發生的事。

颱風當晚，那個壽司店店員從腳踏車上輕巧地跳了下來，追著小都那把被強風吹走的雨傘。小都趁機伸出手背抹抹臉。被男人問自己是不是哭了，不僅很尷尬，而且覺得挺丟臉的。

「這種颱風天妳怎麼還帶摺傘啊！」

終於追回雨傘的男人，將毫無用武之地的傘迅速摺好後遞給小都。男人語帶責備的口吻讓小都聽了一肚子火。

「因為……我開車。」

「妳還沒打算回去？」

「車子試了半天發不動，本來打算搭接駁公車。」

「接駁車不是也開走了？」

「那我搭計程車！」

「這種天氣叫計程車也不會來吧？」

每一句都被否定，小都失去耐性。

「我會等到車來。再見。」

話一說完轉身背對男人時，聽到他問：「是電池嗎？」

「你說車子？我不知道。」

「我幫妳看看。」

他牽著腳踏車到員工通道旁停好並上了鎖，快步往前走。

「真的不用，沒關係。我打電話叫我爸過來就好。」小都大聲喊道。但壽司男一個勁邁步。手上緊抓著摺傘的小都拚命追趕塑膠雨衣的背影。他走得好快，應該說每一個步伐都好大。在狂風暴雨中居然還能從容邁著大步。

空曠的停車場中連小都的車子在內只剩下四、五輛車。小都什麼也沒說，他很自然就直接走向那輛豆沙色的小車。

好不容易追上等在車門口的他，小都遞上車鑰匙，他開鎖後脫下雨衣塞到後座，然後鑽進駕駛座。杵在一旁沉默不語的小都，聽到「別淋雨了，快上車！」才趕緊收起雨傘坐進副駕駛座。

小都不禁皺著眉頭心想，這人說起話來都像在對她發號施令。

他在駕駛座上轉動幾次車鑰匙，然後盯著儀表板。接著頻頻點頭，拿出手機撥打。

「是我。你還在店裡吧？嗯，我看到你的車還在停車場。抱歉啊，你可以馬上過來停車場嗎？我朋友的車沒電了。我記得你車上有電線吧。唔？反正你快點過來。」

他語氣十分粗魯，說完之後還失禮地直接掛斷電話。

看來這人以前一定是個混混。不對，說不定現在都還在道上混。

小都扶著前額，垂頭喪氣。她最怕這種鄉下地方到處看得到的江湖氣。比起厭惡，更覺得丟臉而刻意想避開。但既然要繼續在地方生活，出口批評恐怕會有不好的影響，於是她一直提醒自己視而不見。

包括那些經特殊改裝或塗裝的車輛、來親子餐廳或暢貨商城卻當成自己家裡穿睡衣閒逛的民眾，或是徒有精品款設計材質卻很廉價的皮靴，她看待這些就像面對牛久大佛一樣，別過視線，視若無睹。

來到店裡的客人自然不能怠慢，但小都盡量不和對方扯上關係。此刻一時疏忽讓小都懊悔萬分。剛才男人和電話另一頭的人說的「我朋友」，讓小都聽了一肚子火。

他掛了電話下車，打開前方的引擎蓋。小都也連忙下車想幫他撐傘，卻被狠狠丟了一句：「妳回車上！」

小都不甘願地回到車上，喃喃抱怨著：「跩什麼！真氣人。」只見他彎著腰在掀起的引擎蓋後方，不知道在做什麼。自從離開駕駛訓練班之後，小都就從來沒打開過車子的引擎蓋。

不一會兒，一名撐著透明傘的男子從商城的方向走來，邊走邊朝壽司男揮手。仔細一看，男子戴著圓框眼鏡，就是下午在休息室看到那名時尚眼鏡男。圓框眼鏡男和壽司男交談幾句之後就往停車場更裡頭走，不久開著車到小都車子對面停下來。小都認不得車款，但似乎不是小混混喜愛的低底盤，只是普通的小客車。車頭燈亮到讓小都瞇起眼睛。

圓框眼鏡男也打開自己的車引擎蓋，然後從兩部車裡拿起類似電線的東西接在一起。車子終於發動，圓框眼鏡男鑽進駕駛座。鏡片和長劉海都淋溼了。

「妳好，真慘啊。」他對著小都笑道。眼鏡男皮膚光滑，肩線纖細，是目前受歡迎的陰柔路線時尚男。他全身上下散發著一股輕佻感，實在不像粗魯壽司男的朋友。

「嗯，還勞煩你來幫忙，真不好意思。」

「沒事。反正以前就是這樣，阿貫說一我可不敢說二。對了，我們下午是不是在休息室擦身而過？」

「……對。」

「因為阿貫當時稱讚那女生很可愛，加上這傢伙平常很少說這種話，我還轉過頭看了妳兩次。妳在哪間店？Truffe？」

「嗯。」

稱讚那女生很可愛，小都在心裡低喃。出乎意料，以至於一時間無法置信。他真的這樣說？很想反問，但又不想惹人厭，硬生生吞下了質疑。

「我在Blue Ship。今年春天調過來的，待在鄉下真辛苦。」

他任職的這間選品店靠近商城正門，也販售女性服飾，算是服飾櫃位占地最大的品牌，堪稱這座商城的招牌店面。

「那位壽司店師傅是你朋友嗎？」

「我們是中學同學。」

「同學？」

「當初可沒想到居然會在同一間商場工作。」

這時，擋風玻璃另一頭的壽司男舉起手打手勢，眼鏡男轉動幾次車鑰匙之後，引擎似乎不甘願地動了起來。

「好厲害，發動了。」

小都驚喜之餘，原本對壽司男的嫌棄瞬間煙消雲散，趕緊下車對兩人鞠躬道謝。眼看雨勢變得更強，兩人說完「先走了」就轉身往商城走。

「啊，不好意思。」小都突然擔憂起來，又叫住他們。

「那個……我直接開回去沒問題吧？會不會開到半路引擎又停了？」

兩人看著一臉窘迫的小都，彼此對看了半晌。明知他們費了一番工夫才讓引擎復活，小都卻不免憂心。萬一車子在半路又發不動，才真的是叫天不應叫地不靈。這時，圓框眼鏡男抬起手肘碰了碰壽司男，「阿貫，你開車送人家回去吧。」

「啊，沒關係。太麻煩你了。」小都連忙婉拒，壽司男稍微想了想，低聲應了一聲，那好吧。

「真的沒關係，對不起。謝謝你們。」

「不要緊，不然我們也會擔心。」

壽司男說完再次坐到駕駛座上。圓框眼鏡男則二話不說爽快轉身離開。小都提心吊膽地鑽進副駕駛座。坦白說，此刻不再覺得困擾，反倒感覺得救了。

「不好意思，沒想到會變這樣。」

「都說不要緊了。會擔心再次故障很正常。妳家在哪裡？」

壽司男感覺相當友善，小都顯得有些難為情，低聲說了家裡的地址。他笑著說，什麼嘛，離我家還滿近的。小都心想，這還是第一次看他露出笑容。

車子奔馳在夜色中。風雨愈來愈強，雨刷不停擺動。這款小型車的前方駕駛座與副駕駛座靠得很近，小都感覺到與陌生男人肢體上若有似無的接觸，不禁有些心神不定。仔細想想，最近無論在工作或其他場合，交往的全是女性，好久不曾與父親以外的男人這麼近距離接觸。

「這輛車是在二手車行買的？」壽司男直視前方問道。

「什麼?啊，是的。」

「妳只有上下班開車嗎？」

「對。」

「最近會不會覺得比較難發動？」

「會……有幾次早上沒辦法一次就發動。」

「偶爾要開遠一點，不然電池很容易沒電。尤其這種舊車款更要注意。總之妳再去找車商或維修廠，請他們徹底檢查一次。而且快驗車了吧，趕快去比較好。」

「你怎麼知道要驗車了？」

「那裡有貼啊。」

他指著擋風玻璃角落上貼的「驗車貼紙」。小都應了聲「哦」，瞥了一眼他毫無表情的側臉，彷彿在說這女人怎麼什麼都不懂。

「你平常是騎腳踏車通勤嗎？」小都問了之後心想，這麼說來連男人叫什麼名字都還不知道。

「對。」

「從我家附近騎到商城可是很辛苦的。」

「有一點。但不用一小時。」

「颱風天還騎腳踏車很厲害，比起來撐摺傘根本不夠看。」

他瞄了小都一眼，挑高一側眉毛。

這時小都忍不住酸了一句，但感覺並沒有比較痛快，而且對話就此打住，車內飄著尷尬的空氣。這一帶只有零星散落在稻田間的幾處民宅，路燈也很少。對向沒有來車時，除了車道上亮起的車頭燈之外，四周一片漆黑。先前被雨淋溼的雙腳和肩膀不覺冷了起來，小都搓起手臂。他似乎也察覺到，隨即打開空調開關。

「開暖氣不要緊嗎？」

「引擎已經發動就沒問題。」

「這樣啊。」

「女孩子不太懂這些，或說沒興趣吧。」

「不懂不能開車嗎？」

「沒說不能開啊。」

「為什麼每個男人都對車子這麼感興趣？似乎從小就是，對電車、汽車都莫名喜愛。這是什麼樣的性別差異呢？」

不知為何，一張嘴就是停不下來。聊些無關緊要的話題不是很好嗎。但此時小都內心亂成一片，連自己到底在說什麼也搞不清楚。

「不知道，可能是大腦結構的問題。」

「你其實想說女人都是笨蛋吧？」

「才沒有。女人反而比較聰明吧，又務實。」

即使小都語帶挑釁，壽司男依舊不以為意地回應。

「為什麼偏偏在今天沒電了？」

「該不會是沒關車內燈？」

「啊！」

這麼說來，今天早上因為睡過頭在車上化妝。那時四周還很暗，印象中開了燈。

「車內燈還有警示燈比想像中更耗電。和智慧型手機一樣，App應用程式運作時電量下降得很快。還有，電池舊了之後就算看起來已經充飽電，還是一下子就會沒電。」

面對態度不佳的小都，壽司男的心情絲毫不受影響，依舊認真說明。小都不作聲，默默點頭。真不知道這男人在想什麼。比起來圓框眼鏡男那種輕浮男人感覺還容易應付些。

這時，他突然打了個大大的呵欠。應該很累吧。小都頓時湧上感激之情。

「唔，我叫與野都，真的很謝謝你救了我。我每天開車，卻對車子一竅不通。」

「妳叫miya[4]？」

他一臉驚訝地反問。不知道有什麼好驚訝的。

4 日文「宮」的讀音。

「不是miya，是miyako[5]。怎麼了？」

「我叫貫一。羽島貫一。」

「哦。」

「說到貫一和阿宮，就會聯想到《金色夜叉》不是嗎？」

「《金色夜叉》是什麼？」

「就是在熱海海岸邊散步會看到的那個。還有被金錢蒙蔽雙眼的那個嘛。」

小都愈聽愈納悶。

「是小說嗎？」

「對，應該是明治時期的小說。我也沒讀過，但很有名。」

「這樣啊。」

隱約聽過，但真的沒印象，也不知該做何反應。這男人真的難以捉摸。

「我的名字倒不是來自那本小說。我家開壽司店，壽司店的小孩，所以取名叫貫一[6]。很扯吧？又和小說裡的男主角間貫一只差一個音[7]，小時候老是被店裡那些老頭客人嘲笑。」

原來他家開壽司店。這麼說來，現在在迴轉壽司店工作算是學藝嘍？嗯？可是一般會到迴轉壽司店學藝嗎？她一邊思索，想起上次在店裡對他發脾氣的事。這場颱風引發的意外狀況讓小都完全無法冷靜思考，也幾乎忘了這件事。

這個男人還記得當時的狀況嗎？記得的話應該就不會稱讚自己可愛了吧？希望他只記得碰巧在休息室見過。

「妳之前來過我們餐廳吧？」

果然記得。小都全身一僵。

「那次真抱歉。我因為宿醉，態度很差。」

沒想到他竟然這麼坦率道歉。

「……別這麼說。我也太衝動了，不好意思。」

「那不算衝動。」

「是嗎？」

「我態度確實不好。」

「嗯，是不太好。」

他又轉頭看著小都，臉上掛著「哦？」的表情，然後自顧自地竊笑。什麼啊，這感覺真不舒服。

道路兩旁逐漸亮起大型店家的燈光，街上愈來愈亮。再一小段路就到車站了。

「我家就在過了鐵道的另一頭，你家在哪邊？雨下這麼大，你回得去嗎？還是我先送你回去？」

「我送妳回家。」

「車子看起來應該沒問題了，不用這麼麻煩。」

---

5 日文「都」的讀音。
6 壽司店通常以「一貫」來計算分量。
7 間的讀音為 Hazama，羽島的讀音為 Hashima。

「是嗎？那就到車站換手。我家不遠，走的就行了。」

來到常磐線的站前廣場，他停了車。下車後，他從後座拿出塑膠雨衣披在身上。兩人站在公車亭裡。正面一看才發現他的身材好高大。

「真的非常謝謝你，改天一定要好好答謝。」

「別麻煩了。」

「可是……」

「不然找一天喝幾杯吧。」

完全沒料到會從貫一口中聽到這句話，小都目瞪口呆。他拿出手機，故作冷淡問道：「方便問妳的電話嗎？」

這副靦腆的模樣就像中學男生，小都霎時感到些微的優越感。兩人交換聯絡方式之後，貫一就在雨中輕快邁開腳步跑走。

居然說要一起喝幾杯。

到時我要穿什麼呢？這是小都腦子裡冒出的第一個念頭。

小都說完之後，所有人默不作聲，而後面面相覷，感覺像是彼此牽制，不讓任何人先開口。

「搞什麼啊！」首先開砲的是繪里。她話一出口，所有人隨即爆笑出聲。

「小都妳別鬧了。」

「太好笑了。」

眾人七嘴八舌大笑，甚至還有人笑到按著側腹、眼中泛淚。照理說這整段內容並沒有可笑之處，但這群人從以前就這樣，每當小都愈認真敘述，她們就笑得愈誇張。只有坐在旁邊的颯花一臉不知所措。

「小都，妳真的還是一樣超扯的。」

「那男人長得帥嗎？」

「難道只要被稱讚可愛，對方是小混混也無所謂？」

小都不吭聲，靜靜等著大夥兒結束騷動。

「話說回來，妳當初在店裡到底是怎麼嗆他的？」繪里一問，小都就說了當初在餐廳裡怒斥壽司男態度不好的始末。眾人再次對小都的敘述聽得入神，然後睜大眼睛看著彼此。

「軟爛的迴轉壽司店店員！」其中一人大聲說了，其他人又開懷大笑。

「喂，小都，不要因為對方看起來友善就答應他去喝酒啦！根本只是想炫耀對車子很熟的小混混嘛。」

「若是正經的壽司店師傅就算了，但只是迴轉壽司店的店員吧？」

「妳值得更好的男人啦。千萬不能妥協。還扯什麼貫一和阿宮，這男的根本只是想上妳吧？」

果然如同小都的預料，大家對壽司男的評論都很嚴苛。

「坦白說，小都，那男人是妳的菜嗎？妳可能喜歡他嗎？」繪里正經地湊過臉來問道。

「唔，其實也不算我的菜。」

壽司男向自己表示好感當然很高興，而且感覺上這男人比想像中來得可靠。不知道為什麼，兩人似乎還算有話聊。不過先前他工作時那張臭臉，加上渾身散發的江湖味，都讓小都湧上一股說不出的厭煩。但畢竟是因為一場意外而認識，總對他有些好奇。

「小都看男人的眼光真的超級差。」其中一人說道，正中小都的痛處。

「沒錯沒錯，她高二喜歡教物理的堤，還送他巧克力。」

「對！老堤！嚇死了。」

「小都真的很無厘頭。」

在大夥兒七嘴八舌中，小都默默點著頭。的確如此，堤老師外表毫不起眼，微胖體型看起來像隨時罩著一套布偶裝。儘管看起來像大叔，實際上年紀還很輕，身上總是穿著陳舊老土卻燙得筆挺的襯衫。老師經常和園藝社的女學生在花壇上整理花草，一副很開心的模樣。小都對於一派悠閒慵懶的堤老師莫名喜愛。不過，後來得知性感偶像才是老師喜歡的女性類型。

小都自認對服裝的品味還不賴，挑男人卻真的不行。

「小都之後真的會和壽司男去喝一杯嗎？」

小都聽了之後緩緩點頭。居然還是要去！繪里一說，所有人又笑到翻過去。

最近小都都是搭公車通勤。

颱風過後，她告訴父親車子的狀況，父親便聯絡修車廠，修車廠立刻幫忙牽車子回去檢查。父親對她說：「光看外表選車才會搞成這樣。」

小都的這輛小車已經停產。當初她心想，既然要有一輛自己的車，又買不起高級車的話，即使得買舊款也要找一輛看起來順眼的，於是上網尋覓後買下。至於這輛車之後是不是很快就要驗車，或是電池其實已經老化等問題，她壓根沒想過。

除了要驗車，修車廠最近也忙，據說得花上一星期左右才能送回來。這段期間上班就先搭一站電車到隔壁站，再轉乘接駁公車到商城。

從家裡走到最近的車站得花十五分鐘，極少的電車班次和大都市截然不同，相較於開車通勤要花上更多時間，每天也得更早出門。話說回來，心情上倒是輕鬆不少，只要坐著就好，在公車上可以滑手機，或是小睡片刻。小都甚至覺得就算車子修好，也想繼續搭公車，或是乾脆賣掉車子。搭車雖然沒有開車方便，卻也能省下維修保養與稅金等支出。

一大清早公車上多半是通勤的上班族，卻也不至於擠到沒座位。小都出神地望著窗外漸入深秋的景色。樹上是一片清透到彷彿快將萬物吸進去的晴空。遠方的牛久大佛看起來像在小寐。

公車一邊搖晃，正感覺恍惚之際，手機突然震動起來。螢幕上顯示簡訊通知。是貫一傳來的。

妳今天是早班還晚班？我是晚班。想拿個東西給妳，休息時間方便去妳店裡嗎？

小都讀完簡訊一驚。可別來店裡啊！

我今天上早班。休息時間或下班後我去找你吧？

那下班後過來吧。

要給我什麼東西？

不是什麼重要的東西啦。

誰問你重不重要啊。小都皺起眉頭。「真是怪胎。」低聲抱怨幾句後收起了手機。

還沒決定去喝一杯的時間。他們通過幾次訊息，但他好像常在忙，始終沒找到兩人都方便的時間。

算了，不重要。小都心想。又不是非得排除萬難也要私下見面的關係。再說，似乎算不上喜歡他，內心並不抱著希望。

這天，一名新任的行銷專員來到店裡。

聽說長谷部後來沒請產假，而是直接離職。或許就如店長所說，光靠她先生的收入就足以生活；也可能像長谷部這麼優秀的人才，其實是趁著生產盤算換一份工作。雖說她有點想問清楚，可是和她的交情又沒好到方便直接聯絡。

新到任的行銷專員是一名男性。根據小道消息，長得非常帥。直到本尊現身才發現比傳言中更富男子氣概。

體型削瘦，個子很高，比起長谷部年輕許多。可能因為這天只是來分店打招呼，身上穿的是款式相對樸素的西裝。他輪廓較深的長相，下巴蓄著略顯豪邁的鬍子，與額前垂落的髮絲呈現出完美的平衡。無論是西裝外套下的襯衫或褲子長度，還有親切的笑容，全都無懈可擊。

小都感到納悶，為什麼自己對這樣的男人就是沒興趣呢？為什麼勾起自己好奇心的不是悠閒慵懶的類型，就是粗魯的小混混呢？或許就是這樣，每每才會遭到朋友嘲笑與不看好。

這一天，早班結束後小都晃到壽司餐廳門口。

一名身穿白色工作服，貌似學生的男孩從店內開門，對著小都說：「歡迎觀臨，依偎嗎？」外表看起來像日本人，一說話就發現聲調不同。最近連商城裡都多了不少來自東南亞或中國的員工。小都不經意看向男孩胸前的名牌，上面寫著「Nyan」。Nyan？心下納悶著直盯不放。

「吧檯座位課以嗎？」

看著男孩堆起笑容詢問，小都連忙揮著手。

「啊，不是，我不是來用餐。」

這時，店裡頭的貫一看到了小都，從吧檯後方舉起手，再努了努下巴，示意到餐廳外面，還是一副跩得要命的態度。小都先走出去，貫一隨即來到外頭。

「現在方便嗎？畢竟是營業時間。」

「沒關係。這種不上不下的時段也沒客人。」

小都被貫一帶著走到一排店鋪的盡頭。太陽逐漸西下，四周吹起冷風。貫一身上只有一件單薄的工作服，小都的脖子套著羊毛圍巾，但貫一似乎一點兒也不覺得冷。

「那個打工的男孩是哪一國人？」

「越南。聽說是筑波大學的留學生。」

「是高材生啊。」

「和我們不一樣。」

「拜託別算我進去。」

「妳是什麼學歷？」

「高中畢業。」

「已經很夠啦。」

他走到掛著「工作人員專用」牌子的鐵門前靠著，從褲子後方口袋掏出一本文庫本。

「這個給妳。我讀完了。」

小都伸手接過他遞過來的書，厚厚的文庫本，封面上寫著「金色夜叉」。

「之前不知道是什麼樣的故事，沒想到比想像中來得好看。」

可能是原先放在褲子口袋裡，書體有點凹到，還帶著微熱的體溫。

「咦？你說要給我的就是這個？」

「妳可能沒興趣，不過有空的話就翻一翻，不用還我了。」

這種東西能幹嘛……小都接過書時心想。

「……謝謝你。你喜歡讀書？」

「嗯，普通吧。」

「我不怎麼喜歡。」

即使小都擺出了不滿的表情，他也不以為意地笑了。他笑起來眼尾擠出紋路，和平常的撲克臉大不相同。小混混居然愛讀書？真讓人摸不透。小都低頭將手上的文庫本收進皮包時，看到他沒穿襪子套了雙運動鞋的雙腳。好大的腳。厚實的腳踝看起來就像神木的根瘤。

「妳比較常排早班？」

看得入神的小都聽到之後抬起頭。

「我？除了六日之外幾乎都是早班。」

「如果要出去喝一杯，下星期的星期一或星期二如何？」

「下星期一我休假。」

「有什麼計畫嗎？」

「沒有，只是白天要去醫院，傍晚之後就有空了。」

「醫院？妳身體不舒服？」

「哦，不是我。是陪我媽。」

「這樣啊。要不就約星期一？我去換成早班。」

「嗯。」

「那就再聯絡嘍。辛苦啦。」

貫一說完，輕輕拍了小都肩膀，然後轉身往餐廳的方向走。他拍肩的方式不像是接觸異性的感覺，比較像是主管勉勵下屬。

突然剩自己留在原地，小都情緒上還無法釋懷，又愣在原地好一會兒。

兩人小酌的邀約有了明確進展，小都略感期待又覺得麻煩，心情相當複雜。回老家之後，還是第一次單獨和男人出去。

在下班回家的公車上，她打開那本文庫本，心想從沒讀過這麼厚的書。她嘗試讀了開頭，發現連用字遣詞都有點久遠了，明明是日文但完全無法理解到底在寫什麼。

媽，妳起來了嗎？快中午了，要不要吃點東西？

休假這天，接近中午還是不見母親起床的動靜，小都拿起手機傳了簡訊。

等了一會兒沒回應。她走上通往三樓高又陡的階梯。其實一開始直接上樓就行了，但小都很怕走進母親的房間，能避免就避免。

她上樓梯時刻意加重腳步聲，敲了敲房門，沒有回應。她輕輕將門推開一條縫隙。

母親坐在床邊的單人沙發上，面對電視。從背後看得出她戴著耳機。電視上好像正在播放韓劇。一旁的床鋪凌亂，到處是成堆的衣服和雜誌。

母親的房間位於傾斜屋頂下方，也就是小閣樓的格局。當初參觀這間新成屋時，母親就非常喜歡這個空間，還要求貼上花朵圖案的壁紙，並將往外推的小窗及天窗的窗框漆成白色。當初小都還揶揄母親，笑她是「歐巴桑小公主」。如今見到關在這個夢幻空間的母親卻不知道該說什麼好。房裡只有起初一段時間收拾得乾乾淨淨、陳設溫暖可愛，之後卻愈來愈髒亂，角落也積起了明顯的灰塵。可是母親不打掃，也不讓人打掃。

「媽，妳起來了嗎？」

意識到呼喊聲，母親才轉過頭。一看到小都就不耐煩拿下耳機。

「什麼事？」

「要吃點東西嗎？」

母親指著電視說：「再十分鐘就結束了。」小都走下二樓準備吃的，不到五分鐘母親就出現了。

「看完了？」

「沒有，覺得沒什麼意思。都是樫山太太，說韓劇多好看，還特地借DVD給我，搞不懂到底哪裡好看。」

樫山太太是母親認識已久的友人，近來母親狀況稍好時也會一起喝茶、打電話聊天。只是母親心情一差就會刻意抱怨這名友人。

看小都沒反應，母親雙肘撐在餐桌上，重重嘆了一口氣。她還穿著睡衣，外頭罩一件滿是毛球的開襟針織衫。

母親的身體入秋後每況愈下。九月從醫院返家時，還心想母親的病情之後就會逐漸好轉。小都難掩自己的失望。

「吃炒飯可以吧，還加了昨天的烤豬肉。」

「洋蔥少加一點。」

拿父親昨天買回來的烤豬肉和切碎蔬菜及冷飯一起炒。不曉得哪個步驟出了錯，總之沒能像母親以前做的那樣美味，飯也炒得黏糊糊的。明明是努力做的，看起來卻令人提不起食欲。她將炒飯和湯一起端上桌。

「味噌湯是怎麼回事？黏黏的。」母親的嘴一離開湯碗便問。

「我在網路上看到的食譜，加了山藥泥。」

「是嗎？我不太喜歡。」

「聽說山藥可以調節荷爾蒙。」心裡雖想要好聲好氣地說明，一開口卻忍不住帶著責難的語氣。對方不耐煩時，自己也會感到不耐。母親悶不吭聲。

吃完飯後小都泡了茶。實在不想在此刻的氣氛下提起這件事，但又必須盡快回覆店長。於是小都提了工作的事，並提醒自己語氣要保持溫和。

「媽，十二月之後我可以一星期排五天班嗎？」

母親的眼神始終看著一旁，冷冷回答：「問我幹嘛？妳的工作就隨妳高興。」

「妳可以一個人上醫院回診嗎？」

「可以。」

「一開始也可以搭計程車，下星期先試試看搭電車轉公車吧。只要提早半小時出門應該沒問題。」

原以為母親會立刻答應，但她只是低下頭，頭髮垂下來遮住了側臉。小都頓時覺得自己好像對母親做了什麼壞事。

她清洗碗盤時，母親隔著吧檯說：「小都，」先前尖銳的嗓音此時顯得有些無力。

「我昨天在雜誌上看到，荷爾蒙療法不但會增加罹癌率，連得狹心症的機率也會變高。」

「……什麼雜誌？」

「某一本健康雜誌啦。我看是不是改看中醫比較好？」

又來了！小都緊咬嘴脣。進行荷爾蒙療法之前，父親已經研究很久也對母親解釋過，照理說母親早就同意。而且根據主治醫師的說法，那些指出療法缺點的說法並沒有明確實證，現下還不能妄下定論。以母親的狀況來看，嚴重的燥熱和倦怠感都靠荷爾蒙療法有了驚人的改善，只是療程應該得再持續一陣子，而母親似乎對此非常擔憂。小都其實也很擔心母親罹患其他重症的風險變高，常對她說要是無論如何都感到不安，停止治療也無妨。只是母親一直拿不定主意。

「下次到婦科回診時再和醫生商量看看。我會陪妳一起。」

「可是同樣的事問那麼多遍，會惹醫生討厭吧。」

難道同樣的事對女兒說幾百遍就不惹人厭嗎！一肚子火就要爆發。小都自我安慰，畢竟最難受的還是病患本身。自己不也一樣嗎，遇到心煩的事也是只能找朋友訴苦啊。

小都假裝沒看見母親的眼角噙著淚水。

和貫一約好那天，小都猶豫了半天還是決定穿「私服」。

好久沒上美容院，燙髮後還護髮。前一天晚上敷面膜，重新塗指甲油。連《金色夜叉》都讀了將近四分之一。

到了約定會合的超商，貫一看到小都時顯然愣住了。

「妳和平常感覺很不一樣。」

「因為休假啊。」小都裝傻回答。他呢，沒什麼特別的穿搭。格子棉襯衫搭牛仔褲，外頭披一件略顯陳舊的皮夾克。雖然有點土，但倒是沒那麼重的江湖味，小都不由得鬆了一口氣。

「要去哪裡？附近找一間店嗎？」小都心想反正他一定沒想好去哪吧，隨口問問。不料貫一說：「前面有一間新開的餐廳。」

「你還做功課了嗎？」

「就問店裡的人而已。聽說很受歡迎，我先訂位了。」

「好像很厲害。」原先不抱任何期待，這下子小都對他稍稍改觀。

「聽說是越南菜，很少見吧。」

「咦？該不會是會安咖啡？」

「妳知道那家店？還是要去其他餐廳？不過我常去的店可能會碰到熟人。我是無所謂，但阿宮應該不喜歡吧？」

「沒關係，那間餐廳很好吃，我想去。還有別再叫我阿宮。」

兩人漫步到餐廳。雖然是星期一晚上，全店依舊滿座。兩人坐上吧檯。和不熟的人坐在吧檯用餐比較輕鬆，小都放下心中大石。

不太懂這種異國料理，他這麼說，於是由小都來點菜。春捲、炒青菜、越式煎餅。點完菜之後，兩人拿起印有虎頭商標的啤酒乾杯。

他一開口就問：「妳平常都是這種打扮？」小都不禁苦笑。

「看來你真的很不喜歡。」

今天的森林女孩風格連自己都覺得有點浮誇。兩件洋裝疊搭之下，裙襬露出一層層蕾絲。

「妳上班的時候明明很正常，怎麼會變這樣？」

「這就是我的正常。」

「枉費妳的腰這麼細。颱風那天全身淋溼，隱隱透出胸罩的感覺很性感。」

「一開口就這麼色！」小都狠瞪了貫一一眼，他開懷大笑。看他笑得這麼暢快，小都也跟著笑了。

餐點上桌，貫一吃了一口就大喊：「也太好吃了！」小都前一次來是和一群友人聚餐，沒能好好品嚐料理，這回她確定這間餐廳的味道真的很棒。

「妳一直從事服飾相關工作？」

「嗯，高中畢業之後就做服飾。一開始是有個喜歡的品牌，想買的衣服很多，才想不如直接去上班。從打工開始，後來成為正職員工，做了十年離職。但現在只將銷售大眾款服飾當成工作。」

「從打工變成正職員工啊，了不起。」

「你呢？」

「我？我只是個打工仔。」

「你不是說家裡開壽司店嗎？」

「那是以前，現在已經沒營業了。」

很生硬的反應。這樣啊，小都沉吟，自己似乎問了不該問的事，趕緊換個話題。

「對了，你幾歲？」

「剛滿三十。」

「什麼，三十？我三十二。」

「真假，阿宮妳比我大？」

「你居然比我小。」

小都忍不住砰地一聲重重放下玻璃杯。「我還一直對你用敬語，氣死了。」

「是妳自己愛用吧？」他再次放聲大笑，樂不可支。

「可惡，太生氣了，我要大喝一場！」

「好！喝多一點！」

貫一向經過的店員加點酒之後，突然起身，「我去抽根菸。」說完逕自走到餐廳外頭。

小都稍微冷靜下來，環顧四周。座無虛席的店內雖然吵鬧，卻不至於讓人煩躁。每個人都愉快地用餐。小都心想，我也要盡情享受。

「妳好。」

聽到有人打招呼，小都趕緊轉過頭。一名年輕男子面帶微笑，低頭看著她。

對方身上套著圍裙，看得出來是店員，但手上又沒端著加點的酒或餐點。話說回來，這人看起來有點面熟。

「餐點，好吃嗎？」

「什麼？唔，好吃啊。」

「妳記得我嗎？」

是誰呢，小都愣住了。

「前幾天妳來壽司店對吧。妳是貫一哥的女朋友嗎？」

「啊，你是Nyan！」

之前去迴轉壽司餐廳找貫一時遇見的越南打工男孩。

這下他笑得更燦爛了。

「對，我是Nyan。妳看到我的名牌了？」

「嗯，因為我的綽號是mya，印象特別深刻[8]。」

「mya？好像貓咪的叫聲？」

「我的名字是『都』，念成mi-ya-ko。小時候發音不清楚都叫自己『mya』，後來就變成我的綽號。」

說完之後突然覺得這些事實在太幼稚了，忽然感到有點難為情。

「Nyan寫成漢字就是『仁』，但還好日本人很喜歡貓，我也因為這個名字占了便宜。大家一下子就記得我，也對我很親切。Mya小姐，同為貓咪請多多指教。妳可以叫我阿仁。」

只見他伸出右手，小都一時之間不知所措。唔，只是單純握個手，邊想著邊猶豫不決地伸出手。沒想到一碰到阿仁的手，他立刻也伸出左手，雙手緊緊握住小都的手。好久沒碰觸到別人的手，小都不禁也有些激動。

「你、你也在這裡打工嗎？」開口詢問的同時想趁機收回手，但他沒有要鬆開的意思。

「這裡是我哥哥的店，生意好的時候我會過來幫忙。」

「原來如此。我上次和一群朋友過來，大家都說很好吃，很盡興。而且裝潢也很漂亮，很棒的店。」

「聽妳這麼說真開心，我哥哥也很高興。」

「嘿。」抽完菸回來的貫一，肩膀輕輕碰了阿仁一下。這下子他終於放開手，小都也鬆了一口氣。

「你幹嘛握人家的手？」

「貫一哥，你的女朋友很可愛呢。」阿仁絲毫不感到抱歉。

「她不是我女朋友啦。」

「那握一下手有什麼關係。」

這時別桌的客人喊著，阿仁帶著笑容跑去招呼。貫一「嘖」了一聲，拉開椅子坐下。

「阿仁過來找妳聊天？」

「是啊，嚇我一跳。他說這間餐廳是他哥哥開的。」

「好像是，聽說老闆的太太是日本人。阿仁家裡很有錢，在日本做的生意還不少。」

「真厲害。」

「是啊。」他似乎沒什麼特別感覺。接著他盯著小都突然問道：「喂，為什麼全世界要賣這麼多衣服？」話題急轉彎，小都一臉納悶。

「什麼為什麼……」

「我邊抽菸時邊想，不只我們那座商城，連新開的購物中心也差不多七成是服飾櫃位。賣衣服這麼好賺？那麼多衣服真的都賣得完？」

8「mya」和「nyan」的發音都類似日文裡的貓叫聲。

貫一猛然一問，小都一時也不知道該怎麼回應。買新衣服就等同於開啟一扇嶄新的門，不覺得門的另一頭會是一片美好嗎？即便這麼說，面前這男人應該也無法接受。

「其實沒那麼好賺。而且當季的商品也不可能全部賣完。」

「對吧？我就說嘛。」

「就算是壽司餐廳，每天進貨的魚獲也不可能都賣得完吧？衣服同樣是講求鮮度的商品。雖說有所謂的經典款，但主力商品每年會有細微的變化。」

「我怎麼覺得每間店賣的差不多？」

「那當然，大家會同時推出流行的款式。其實流行是刻意製造出來的。」

「是嗎？」

「每年全球的流行色差不多兩年前就決定了，各國時尚大廠會進一步決定材質和輪廓剪裁後公布，每間公司就各自決定使用哪種線、哪種布料，所以最後變得都差不多。」

「這樣啊？真有趣。」

「是嗎？」

「難道沒有公司想推出和市場上完全不同的設計？」

「仔細觀察的話，很多小地方並不一樣，畢竟高級品牌的設計師都擁有獨特的世界觀。但要是一般大眾品牌不跟著潮流，就沒辦法穩定銷售。日本人還是習慣和大家穿同樣的款式。」

「時尚不就是要和別人不一樣？」

「不突兀才是重點啦。雖然和其他人穿著相似款式的衣服，但細節上有著不同的設計，當中的拿捏可是關鍵。」

「既然這樣，就不需要這麼多服飾店了吧？」

「比如說車子，在我看來幾乎每款車的設計都差不多，正面就是一張尖尖的長臉，一對車燈像往上吊起的眼睛。但其實每間車廠推銷時還是會強調哪裡不同吧？做生意就是這樣。賣衣服也是同樣的道理。」

「原來如此，太有意思了。」看到貫一莫名感嘆，小都的心情也被撩得飄飄然。

「這麼說來，妳是因為討厭千篇一律的服裝世界，所以才辭掉前一份工作？」

「嗯，可能有些影響。可是我又不會做別的。」

「嗯，我也是。能賺錢的技能就只剩壽司了。啊，不只壽司啦，之前也在割烹餐廳打雜過。應該是和食都行。」

「好厲害，我就不愛做菜。」

「只是工作，一點也不厲害。我就完全不懂穿搭流行。妳真有意思。會這樣看待自己工作的女生不多吧？」

「哪會，工作不分男女。只是你身邊剛好沒有這類女生。」小都覺得自己有點醉了，邊說還邊敲了他的頭一下。

「抱歉，我說話不經大腦。妳很努力工作啊。」

「是嗎？你白痴啊！」

他雙肘撐在吧檯上，笑咪咪地直盯著小都。

「你哪知道我工作努不努力呢？我呢，早就決定這輩子將工作拋在腦後啦。因為只要一認真工作，就完全不想碰任何事情。」

「很好啊，其他事就別管了。」

「怎麼可能。我畢竟是女性，不可能不顧家。再說又是獨生女，家裡也只有我了。而且你知道嗎，我媽幾年前生病了。」對著認識不久的人到底在說什麼啊！小都內心這麼想，嘴巴卻停不下來。

「說生病其實是更年期障礙。唉，她的更年期障礙算是症狀比較嚴重的那種，甚至會躺在床上好幾天，完全做不了家事。不管她的話，她還會將浴袍的綁繩繞一圈套在房間裡，然後一直瞪著。總之得隨時盯住她才行。」

這下子貫一收起了笑容，正色以對。

「我爸對我說，他不可能辭掉工作，家裡的房貸還沒付清，得為了我和老媽多賺點錢。我爸只覺得過意不去，不過還是問我能不能辭掉工作。這樣說也沒錯，畢竟我的薪水還不到他的一半。再說我也很擔心老媽，希望她能康復，不想她就這樣死掉。」

「原來如此。」

「所幸媽媽最近狀況變得比較好了，還主動說我可以找個全職工作。感覺未來總算有了些曙光，真開心。但真要這麼做，我又會將老媽和家裡的事全拋在一邊。而且我到時候一定會覺得太不公平而心生不滿，為什麼我得這麼辛苦？要一邊料理家事、一邊照顧家人，工作上還要全力以赴，我完全做不到。可是社會上比如有小孩的人不也如此嗎？人們每天的生活就像表演雜耍，一次在空中拋接四、五支保齡球瓶。而我居然遇到這點事就暈頭轉向。」

「原來妳是自轉又公轉呢。」

「什麼？」

貫一越過吧檯幫自己和小都加點了酒。

「妳聽我說。」他將臉湊近小都低聲說道。

「妳猜地球以多快的速度自轉和公轉？」

「鬼才知道吧。」

「地球以每秒四百六十五公尺自轉，然後保持這個速度以秒速三十公里公轉。」

小都目瞪口呆。

「地球以很快的速度自轉，還一邊繞著太陽公轉。但並不只是繞個圓圈喔，而是像這樣穿越宇宙，畫出橢圓形的軌道。」

貫一拿起牙籤，在菜盤裡叉起一顆吃剩的鵪鶉蛋，舉在面前繞圈圈。

「太陽也不是完全靜止不動，它是銀河系裡兩千億顆恆星之一，以漩渦形的軌道繞行。所以說，我們再也不會回到一模一樣的軌道上。」

「你到底在說什麼？」

「喂，我覺得超有趣的。其實我們正以超快的速度轉動，同時朝宇宙的盡頭飛去。」

小都瞪著貫一。只見他眼皮沉重，看似沒有異狀，很可能已經喝得很醉了。

「妳知道嗎？地球的軸心是傾斜的。」他突然將叉著鵪鶉蛋的牙籤伸向小都。

「據說地球剛形成的時候地軸是垂直的，但有一天一顆和火星差不多大的小行星迎面撞上地球，將地球撞歪了二十三度。天文學上稱為大碰撞。像這樣。」

他傾斜牙籤，繼續繞圈圈。

「在當時的撞擊下，飛到太空裡的碎片後來在地球周圍繞行，慢慢聚集起來就成了月球。因為大碰撞而傾斜後，從此地球上有了寒暖，有了生物。因為傾斜著自轉和公轉，才出現季節變化，夏天能賣T恤，冬天賣大衣。於是，妳領到了薪水。」

「你說這麼多到底重點是什麼？你喝太多了嗎？」

「我也搞不清楚了。」貫一乾脆地坦承。然後將手上的鵪鶉蛋丟回盤子，突然閉上雙眼垂下頭。小都也感到一股強烈的睏意。記不清究竟喝了多少杯，好久沒喝成這樣了。

「阿宮，該回去了吧？」

「嗯。」

小都拿起放在旁邊的帳單，交給店員說要結帳。她環顧店內，沒看到阿仁的人影。

「妳明天有班嗎？」

「有啊。」

「早班？晚班？」

「唔……是晚班。店長拜託我和她換班。」

「那接下來回我家繼續喝。」

小都瞪著始終閉著眼睛提議的貫一。

「我才不要。」

「為什麼？來啊。」

「我們又沒交往，我才不要去你家。」

貫一緩緩抬起頭，睜開眼睛。沒想到他的睫毛這麼長。

「要不就交往吧。」

「要不什麼啦。」

「不要再讓阿仁握妳的手了。」

小都覺得腦袋愈來愈渾沌不清，然後點了點頭，「嗯。」

3

並不是特別激情的吻，
更像是兩隻貓咪觸碰鼻子打招呼。

自転しながら公転する

Spinning Around My Whirl
by Fumio Yamamoto

新年假期結束之後，街上年味逐漸消退，小都和颯花相約出門購物。

兩人總是說要約，卻始終沒碰面。進入十二月後就是耶誕特賣和年終折扣戰，再來要準備新春開市的福袋，小都連喘口氣的時間也沒有，連續好幾天從早到晚排滿班。能早點下班的時候也和貫一約會，好幾天回到家時已是深夜。

到了一月中，睽違已久排到星期六休假，總算有機會碰面。颯花說想請小都幫她挑衣服，但坦白說，這時的暢貨商城裡只剩下沒賣完的款式。於是小都提議不如到東京都內的專賣店以原價購買春裝；颯花認為不需要因此去東京，就到千葉縣的柏市吧，比較符合自己的調性。

柏市就在小都她們住家一帶前往東京的路上，算是規模較大的轉乘站。也有不少購物中心和百貨公司，念高中前經常會來購物。但小都長大之後，柏市對她來說只是一個必經的路過地點。

兩人事先挑了幾個感覺適合颯花的品牌專櫃，來到位於車站大樓裡的百貨公司。每間店的櫥窗上都貼著大大的折扣紅標，多到令人驚訝。百貨公司裡人潮洶湧，但畢竟已是折扣尾聲，沒剩下多少好東西。

「小都姊，怎麼樣？」

颯花輕輕拉起試衣間門簾一角，探出頭來。

「很不錯，妳穿起來很好看。」

「真的嗎？領口會不會太開？」

「一點也不會。來，戴上這個看看。搭個項鍊就不會覺得領口太空。」

「褲子的長度可以嗎？」

「寬褲就是要夠高的人穿才好看。」

颯花的身材瘦高，肩膀也不會太窄，和身上的深切V領密織線衫及時下流行的寬褲非常搭。再配上一條降到對折的棉珍珠項鏈，臉蛋周圍更添豔麗。連接待的女店員也不禁拍手稱讚，「真是太搭了！」颯花一臉難為情，摸摸腰部看著鏡子裡的自己。人往往會下意識碰觸較在意的身體部位。她的腰確實沒那麼纖細，但也不到需要介意的程度。

「這條褲子還不錯，但搞不好再寬鬆一點的款式也好看。」小都隨口說道，女店員立刻回應：「有另一款同樣材質但做了抓皺設計。我拿來讓您試試看。」換穿之後，颯花對著鏡子看看自己的背影，露出鬆了一口氣的表情。

陪颯花買完衣服，接下來兩人決定分頭逛街。

今天的小都套著一件大衣，底下配了件平凡無奇的線織洋裝。她沒什麼購買欲望，隨意在通道上晃來晃去。這裡進駐的專櫃和小都印象中不同，幾乎和東京都鬧區的百貨公司沒有兩樣。她甚至想，這裡也可以從家裡通勤，至少比暢貨商城像樣多了。

一想到這裡，喚起了內心深處的記憶。當初之所以選擇在商城工作，就是因為先前任職的品牌並未進駐。儘管在國內主要品牌林立的百貨公司裡，遇見過去職場上熟人的機率不高，就算遇見了，不在意也沒事。只不過當時的自己可沒那麼瀟灑。

她走進一間內睡衣店，拿起一件打折的毛織居家服。為了想忘掉那些浮現的記憶，小都買下了那件粉紅色、稱不上高雅的居家服。

颯花說為了答謝小都幫她挑衣服，晚餐要請客。兩人離開車站大樓進入市區。她說有間常去的餐廳，帶著小都來到位於巷弄內一間裝潢成小木屋風格的燉菜專賣店。

「這間餐廳很可愛呢。」

「是啊，而且料理很棒。只是上次我帶男朋友來，他卻說吃得很害羞，以後不想再來。」

的確，從店員到顧客店內幾乎清一色是年輕女性。燉菜套餐裡的飲料可以選擇單杯酒，小都點了白酒。

「小都姊，妳酒量很好嗎？」

「嗯……以前不太喝酒，但最近被養出喝酒的習慣。」

「聽起來很浪漫呢，兩人小酌。」

「妳呢？」

「我不太能喝。不過我男朋友喜歡紅酒，常會去葡萄酒酒吧之類的餐廳。他嘴上說不要緊，但我除了套裝之外就只有T恤、運動外套這類衣服，心想再怎麼說還是稍微打扮過比較好。」

「你男朋友好成熟。」

「已經是大叔了。」

「和年長的人交往，應該也是由對方挑餐廳吧。」

颯花的男友大她五歲，聽說離過婚。小都的前男友年紀大她一輪，每次約會都帶她去高級的店家，一開始她對能上這麼棒的餐廳感到新鮮有趣，久而久之卻覺得是種負擔。因為即使沒時間、或只想簡單吃的時候，熱愛美食的伴侶依舊不想走進連鎖店或是網路評價不夠好的餐廳。颯花的男友聽起來不像這種人，但小都仍有些擔心。

小都和颯花大約同時談起戀愛，兩人會互相更新彼此戀情的最新進度。和繪里那一群人無論說什麼都只換來嘲笑或不耐，最近也很少有機會見到東京的朋友，這時有颯花肯聽自己說，讓她感到很欣慰。

颯花在文具製造商負責業務工作。聊著彼此的工作、高中畢業後失聯這段時間發生的種種，以及和新男友的互動，小都與颯花愉快地聊著天。和女性友人品嚐美食，放鬆心情閒話家常，不禁感受到真正的療癒。和貫一交往將近三個月，相處得很開心，也很有話聊，可小都總感到放不開。和女性友人相處則毫無後顧之憂，心境宛如一片萬里無雲的晴空。

「我要搬出去自己住了。」

「真好，我也很想一個人住。」

「那就搬出去啊。」

「唔……」小都猶豫要不要說出母親的狀況。她心想颯花這麼體貼，稍微提一下應該不會覺得反感。

「我很想，不過我媽身體不太好。」

「阿姨不要緊吧？」

颯花和小都兒時住在同一個社區，常來家裡玩，也見過小都的母親幾次。

「還好，不是太嚴重的狀況。」

「……真的嗎？」

「是更年期障礙。」

「這樣啊。」

「等她穩定下來，我還是打算搬出去住。想想也三十好幾了，要是晚回家還得看爸媽臉色。」

「沒錯，我懂。」

「妳會想和男友同居或結婚嗎？」

「這個嘛，我們才交往沒多久。而且他還離過一次婚。」

「這倒是。」

「應該要好好思考才對，只不過感覺就是提不起勁。想要小孩的話也差不多該認真規畫將來了，可是我連下一步都還沒想清楚。」

「嗯，我也差不多。」

餐後吃著甜點配茶時，桌子上的手機震動了幾下。低頭一看，是簡訊。

我下班了，現在在澡堂。妳待會過來嗎？

本來打算和颯花吃完飯要早點回家的，卻無法直接回覆「我要直接回家」。颯花柔聲問道：「是貫一嗎？」小都目光低垂點了點頭。

回到家附近的車站，出了驗票門往西口是回自己家，往東口則是貫一住處的方向。小都走出了夜晚乘客稀少的驗票門，完全沒停下腳步直接衝向東口的階梯。她縮著脖子，臉埋在圍巾裡，快步走在寒風呼呼的冷清街道上。冷風撩起她的劉海，打向額頭。

腳步追不上心情的雀躍，她小跑步了起來。「我有這麼愛這個人嗎？」腦海掠過這個念頭，腳下的速度卻絲毫沒慢下來。

到了公寓旁看到貫一的腳踏車，一推開大門就是通往二樓的急陡階梯。走進冷而陰暗的玄關脫下靴子，一口氣衝上樓。光是這樣絲襪下的腳趾就已凍得冰涼。

敲敲房門，裡頭傳來了聲音，「進來吧。」推開薄薄的木板門後，霎時籠罩在一股瀰漫高湯的香氣中。他正站在爐臺邊烹煮。

小都乘著衝上樓的勁道，直撲過去從身後抱住他。「小心啊！」貫一轉過頭，像逗弄小狗似地搖晃著小都的頭。鍋子裡是關東煮。

「這是朋友送的。」

小都遞上紙袋，貫一探頭看了一眼後說：「高級的麵包啊。」各自回家前，颯花說要答謝小都送的。

「關東煮和麵包不搭嗎？」

「不會啊，看起來很好吃。」

最近小都已經完全融入這裡，來貫一家不必打扮得漂漂亮亮、或裝模作樣地端坐著。之前她會向貫一借運動服穿，這天則換上新買的毛織居家服，頭髮綁成蓬鬆的雙馬尾，搖身一變和貫一成為混混情侶組。

暖被桌上擺著一整鍋關東煮、德式麵包，還有兩杯兌了熱水的燒酎。耐熱玻璃杯是小都買的禮物。在這之前，貫一都是拿據說是老家壽司店裡的舊茶杯倒酒。

兩人輕輕碰杯後，小都啜了一口。起初不喜歡氣味強烈的地瓜燒酎，覺得難以入口，然而房間裡實在太冷，小口小口啜飲後，慢慢也覺得挺好喝的，冷冰冰的腳趾在暖被桌下不一會兒就暖了起來。汽油爐上的茶壺咻咻咻冒著蒸氣，沒裝窗簾的廚房窗戶罩上一層白霧。

才和颯花吃過晚飯，可關東煮中燉煮的蘿蔔看來實在太可口，於是要來一塊。不愧是貫一，蘿蔔切塊還稍微修過。熱呼呼的直接就口還差點燙傷。

「哦！麵包超級好吃！」颯花送的德式麵包裡頭加了許多果乾與堅果。貫一才嚐了一口就脫口讚美。

小都工作繁忙，一星期仍然過來兩、三次；偶爾還會帶換洗衣物過夜，隔天直接去商場上班。這個沒有空調和浴室的房間，卻讓小都感到莫名自在。

「要過夜嗎？」

「今天得回家。」

「待會我送妳。」

「沒關係，我叫計程車。騎腳踏車好冷。」

貫一伸長了手輕撫小都的臉頰。兩人貼近彼此，雙唇交疊。才從澡堂回來的貫一，後頸散發著肥皂的香氣。

去越南餐廳的那天，之後小都直接跟著貫一回到住處。走出餐廳後，也沒有誰主動，不知不覺兩人就牽了手，然後接吻。並不是特別激情的吻，比較像是兩隻貓咪觸碰鼻子打招呼的感覺。儘管只是輕輕一個吻，貫一與小都的手卻像產生強烈的磁力，深深吸住再也分不開來。

對戀愛並不在行的小都，向來比身邊的朋友更加謹慎。無論是高中畢業後交往的對象，或是交往多年的年長男友，都花了一段時間才發展到肉體上的親密關係。倒不是因為擔憂自己看起來太隨便，而是很難鼓起勇氣踏出再也回不了頭的那一步。然而那天沒有任何恐懼，小都自己也感到不可思議。

頭一次和貫一相約小酌那天，小都來到貫一的住處時大為震驚。

貫一住在冷清的商店街邊上，一間鐵門深鎖的五金行二樓。繞到公寓後門打開木板門，脫鞋處前方就是一道通往二樓的陡長階梯。與其說住在公寓，更像是寄宿在五金行樓上。

房間裡頭倒是比想像中更寬敞。木板隔出來的廚房約莫兩、三坪，還有三坪左右的和室，沒有浴室和洗衣機。上早班的日子他會下班後到大眾澡堂，再順便去自助洗衣店洗衣服；澡堂打烊後想洗澡的話，就到附近的網咖。

屋子裡幾乎沒有像樣的家具。廚房裡只有冰箱，沒有餐具櫃，和室裡鋪著一床沒整理的棉被，角落放了三個收納架，架上散放著幾本書。

那一夜，小都喝醉了，看著這個房間卻奇妙地並不覺得討厭。她心想，看起來真是不花錢的生活。而且明明還沒正式交往，卻莫名湧上一股罪惡感，覺得一旦牽扯上這男人，似乎反倒侵略了他原本生活中那方不受匱乏所囿的天地。

在那床永遠鋪在地面的墊被上，小都和貫一合而為一。在另一個乾冷的身軀包覆下，她毫不在乎無法沖澡，或身下的床單究竟多久沒洗過。或許，她只是太醉了。

兩人上過床之後，相較於擔憂改變他生活的罪惡感，「想要更接近這個人」，這股近似焦躁的衝動一點一點占據她的腦袋。

小都無法抑制這股衝動，隔天，再隔一天，下班後都與貫一碰面。只是工作實在太忙，為了擠出更多時間，她又恢復開車通勤。

直到現在，彼此都沒說過喜不喜歡這種話。小都過去交往的人算是話比較多，有時也會因此失了分寸。習慣相處之後她發現貫一相對沉默，個性也比實際年齡來得穩重。

貫一對於小都來訪並不以為意。一天下班後，小都來到貫一住處發現多了一臺小型液晶電視。他笑著說，是為了妳在二手商店買的。他讓小都看電視，自己則靠牆坐著讀書。

貫一似乎常在車站旁的二手書店買書。少數小說之外，還有社會紀實和科普類書籍，讀完之後就隨手塞進角落的收納架，堆到一定數量就拿根繩子綁起來等資源回收日丟出去。

想抽菸時，無論天氣多冷他都會走到屋外。走廊盡頭有一扇拉門，外頭是一處比陽臺還小的晾衣空間，貫一會在那裡抽菸。

小都覺得有點睏，坐在暖被桌前迷迷糊糊打起盹來。電視還開著，但貫一的家始終很安靜。

「阿宮，該回家嘍。」

貫一搖醒小都。只見他一身運動服已經換成毛衣和牛仔褲，皮夾克也披上了。

「就說不用送我了。」

「沒關係，快點換衣服。」

「真不想回家。」

一走到外頭，冷空氣猛然，一股寒意從體內竄起，全身不住顫抖。坐上貫一的腳踏車後座，大聲喊道：「好冷啊！」

感覺到背後的手抓緊之後，貫一踩起腳踏車。一轉到縣道便模仿起飆車族的喇叭聲，高喊著「叭叭叭叭叭」。小都也笑著齊聲喊起「叭叭叭叭叭」。

冷不防有東西沾到臉上。抬頭一看，空中緩緩飄下雪花。

「下雪了！」

「下雪了吔！」

「下雪吔，搞什麼啊！」

好開心，好開心，小都放聲盡情高喊。

小都在家裡的時間變得更少了。房間所在的一樓就有浴室和洗衣機，最近也就不會特意上去二樓的起居室。休假時都在補眠，下午才起床，傍晚就開車到貫一的住處。不想和母親打照面，只傳了簡訊：「**我去找朋友。**」就開車出門。

後來母親也已經能獨自上醫院回診，似乎也會做菜及處理一般家務。

小都心想，什麼嘛，只要有心還是做得到啊。

少了使喚的對象，只能自己動手。

仔細想想，自己也曾是離家獨立生活的女兒，現在每個月還是會拿錢回家，雖然金額不多，也算權充房租。認真說起來，目前只是剛好同住一個屋簷下，本來就可以自由運用時間，完全不需要感到罪惡感。

小都刻意這樣告訴自己。

到了二月，商城正式進入來客的離峰期。

在這個季節，正規店紛紛換上質地輕盈、色彩鮮豔的春季商品，而暢貨中心的春季還要一段時間才會降臨。市區賣剩的線衫、大衣，都乘著乾澀的冷風來到四面田園耕地的暢貨商城。

有別於夏季，冬季的閒散期非常漫長。固然有情人節、邁向春季新生活特惠等折扣檔期，但直到黃金週之前，即使週末也不會出現堪稱擁擠的人潮。忙完年底到新年這波活動後的清閒，讓人不自覺鬆懈下來。

「請問這件只有S號嗎？」

驅趕不走睡意，出神地整理商品時，聽到不知何時走進店裡的顧客出聲詢問，小都嚇得連忙轉過頭，整個人差點跳起來。

「啊，您好，歡迎光臨。」

「……我想問，這件毛衣有L號嗎？」

女顧客一臉不悅。她手上拿的那件高領套頭線衫，這個冬天在各個櫃點都賣得不好，才大量進貨到商城。

「不好意思，黑色款已經賣完了。其他顏色的尺寸應該比較齊。」

「是嗎，我想看看不要太亮的顏色。」

看上去是三十五、六歲到四十出頭的女子，可能是當地的主婦，素著一張臉，穿著也很隨便。小都店裡的品牌雖主打二十幾歲的客層，不過這裡是暢貨中心，任何年齡層的顧客都會來逛，只要不是太花稍的款式，有時連年紀和小都母親相當的客人也會購買。

「橘色還有L號。實際上比較接近磚紅色，算是滿穩重的色調。米色也有M號。」

小都拿出展示櫃下方疊好的衣服，遞給對方。顧客接過之後在鏡子前舉起衣服朝身上比對。

小都看著那名客人，心想橘色的確滿搭的，應該沒問題。

「米色是不是比較穩重？」

「您也很適合橘色呢。不妨試穿看看吧。」

「可是米色只有M號。」

「您下半身想怎麼搭配？」

「牛仔褲，或是花呢裙。」

「花呢材質的話，搭橘色很好看喔。」

「是嗎？」

「現在兩件一起帶還會再打九折，不如兩件都帶？這款式在正式和休閒場合都實穿，而且不用送洗，一般水洗就可以。」

「嗯。」

「先試穿看看也好，穿起來感覺又會不一樣。」

「是嗎？」

面對態度如此不乾脆的顧客，小都明知不應該，內心還是不由得一把火升起來。這價格根本不需要煩惱成這樣吧。

這讓她認真了起來，不死心地強力推薦，帶著客人進試衣間。她一不做二不休，還加碼類似款式的線衫讓對方試穿。最後客人什麼也沒買，說要再看看就走了出去。她白忙一場，忍不住一邊嘆氣，一邊摺好試穿完的套頭線衫。

昨天又在貫一的住處待到很晚，回到家已是深夜，大概只睡了四小時，她現在全身像鉛一樣重。身體狀況一差，有時在接待顧客的應對進退上也會失衡。

這時，收銀臺那頭傳來男人的交談聲，小都心頭一驚。新來的行銷專員東馬正在和其他店員說話。他們應該是從後方出入口進來的吧。想到剛才和客人的互動可能被看到，不由得心跳加速，整個人緊繃起來。

店內繁忙期告一段落之後，東馬和工作人員一一進行面談。今天輪到小都。

小都並不熟悉新任的行銷專員東馬。這男人雖然不致擺出一張臭臉，但總有種瞧不起同事的神態。

或許前一任行銷專員長谷部是女性的緣故，不僅能營造店內的熱絡氣氛，還能激勵大夥同心協力打拚。相較之下，東馬一派上司的嘴臉，批評指教也毫不留情面，連一開始看到帥哥主管上任興奮不已的店員們，現在也對他極為反感。最近甚至只要同事聚在一起，口中淨是東馬的壞話。

小都盡量不參與這類批判大會。話說回來，也不好反駁年輕店員的不滿，得設法含糊應和，光是這樣就十分傷腦筋。不過店長似乎很喜歡東馬，朝他說話時那副諂媚的聲調，旁人聽了都感到難為情。店員們看到店長的態度也不免傻眼，於是背後批評店長的人也慢慢多了起來。

東馬總是頻繁下達指令，要求店內改變陳列及模特兒假人的造型。他每次只出一張嘴，並不打算親自動手幫忙。

相較於市區的正規店，暢貨商城裡的店鋪通常賣場面積會大一些，尤其陳列櫥窗更寬，照理說需要更多的裝飾用品，可是每每向公司借調卻得不到任何支援。先前長谷部會主動帶一些正規店不用的小裝飾品過來，陪大家一起布置，即使處在忙碌期間也像校慶一樣，店內變得熱鬧又融洽。東馬上任之後，店內的氣氛明顯變得很糟。

在休息室裡面對面一坐下，東馬立刻說明下個月之後的銷售計畫。這一年網路商店推出春季外套與正式套裝的預購商品，顧客反應普遍不錯，因此預計在暢貨商城的店鋪限期進貨，到時新專區就交由小都負責。一聽到這個指示，小都忍不住驚呼一聲。東馬從一堆文件中抬起頭，瞄了小都一眼，卻什麼也沒說。

負責新專區意味著連帶背起銷售業績。雖名為業績，倒也不是非達標不可，不過要是沒達標，很可能影響日後的績效考核。自己又不是正職員工，這擔子也未免太重了吧。話說回來，若真能做出些成績，說不定有助於開拓職涯。一時之間，擔憂與期待兩種心情在小都內心交戰起來。

東馬將平板電腦轉向小都，螢幕上是春季折扣的商品清單。小都邊聽邊做筆記，寫下包括進貨日期及東馬說明的重點。

除了文件之外，他面前還攤開好幾本筆記本，上面是密密麻麻的數字和草圖。根據小道消息，東馬似乎前不久才從別家公司跳槽過來，過去是業務。行銷專員幾乎都具備店長的經歷，也有少數出身設計師或業務，而擔任過業務的行銷專員多只在乎數字，對服飾品味毫不關心。倘若傳聞屬實，小都心想眼前的男人算是很認真學習。

她探出身子盯著平板電腦螢幕，同時偷瞄東馬湊過來的臉。赫然發現他也正看著自己，兩人就在極近的距離下眼神交會，小都連忙坐直。這時一股帶著辛辣感的古龍水氣味飄向鼻間，感覺非常適合濃眉、蓄鬍、五官輪廓深邃的東馬。這款香水是他自己挑的，還是伴侶幫他選的？

「這段時間我觀察店鋪的營運，有幾點比較在意的狀況，方便直說嗎？」

「好的。」

「首先是剛才那位沒購買任何商品的客人。」

「唔，是的。」

他果然看到了。小都在椅子上坐正身體。

「她試穿了這麼多件，最後什麼也沒買。妳認為是什麼原因？」

「……對不起。」

「我不是要妳道歉，而是問妳認為原因出在哪裡。」

是應對顧客的態度不佳嗎？可這種說法真令人討厭。明明只是暢貨商城，何必要求和正規店同樣規格的態度。小都忍不住生起悶氣。

「我想比起顏色，款式上更不適合那位顧客的體型。胸線下方採拼接設計，會特別強調胸部。這種設計掛在衣架上看起來漂亮，乍看以為能修飾身型，若身材不夠纖瘦就會少了俐落感。可能因為這樣才賣不好。」

「原來如此。」他緩緩點點頭，摸了摸下巴，又點了點頭。

「聽妳這麼說，可能就是這個原因。先前我總搞不懂，都打到三折而且客人也試穿了，為什麼最後還是買不下手。」看他莫名佩服，小都略感困惑。

「我覺得喜歡注重胸部設計款式的女性顧客並不多。尤其來商城的客群多半買的是日常實穿款。衣服在他們眼中是必需品，而不是為了追求時尚感。」

嗯。他繼續點著頭。小都突然覺得東馬的視線似乎不在自己的臉上，而是頸部下方，趕緊趁著撥頭髮時稍稍弓起身體。東馬再次將目光轉回文件上。

「還有幾點要注意。」

「是的。」

「我之前也和龜澤店長反映過，倉庫太亂了。最好快點找時間整理。亂成這樣，即便再怎麼維護線上庫存管理也沒用。」

「……好的。」

「林小姐和大久保小姐上班時太常聊天了，接待顧客時也不夠細心。」

「好，我會提醒她們。」

關於指導兩名打工人員，上頭在上個月也盯過小都。兩個女生還年輕，沒什麼打工經驗，小都曾稍微提點過她們卻不見明顯改善。

這家暢貨商城的櫃點並不像正規店一進公司就進行教育訓練，很難落實接待客人的守則。小都自然不會對她們抱有專業銷售員的期待；反倒擔心萬一話說太重惹同事不開心，請假或換班時更傷腦筋。況且，老實說小都又不是正職員工，實在不想扮演這種吃力不討好的角色。

「還有中井杏奈小姐的狀況。妳和中井小姐很熟吧？」

被他這麼一問，小都立時答不上話。和杏奈算聊得來，但兩人年紀相差十歲，對方又是正職員工，彼此下意識仍然保持距離。

「妳知道她在部落格上寫店裡的事嗎？」

「部落格？」

「我上星期看到的。看來她對店裡很多不滿，在部落格上寫了很多批評。」

「……怎麼會，我完全不知道。」

「在自己的部落格或社群上抱怨工作，這種事很常見。不過既然連我都看到了，再加上很容易猜出她文章裡的分店，這樣就不好了。趁事情還沒鬧大，要她別再寫了。」

要她別再寫了。這說法讓小都覺得哪裡不太對勁。

「妳看。」他將平板電腦螢幕轉過來，小都立刻抬起手擋在面前。

「等等，我不要看。請東馬先生直接找當事人談就好了吧？」

「要是我出面的話，她就不用待了吧？」

「或是請店長處理。」

可能是沒料到小都竟然拒絕出面，東馬顯然不太高興。

「與野小姐。」

「是的。」

「最後一點，就是妳來店裡上班的服裝。」

小都瞬間臉色發白。今天早上起得晚，隨手抓一件開襟上衣就出門，這是她的「私服」，和店裡商品是截然不同的風格。

「這不是我們的品牌吧。而且不只今天，我看妳最近除了服裝，連髮型也過於隨便。」

的確，最近在穿著上不怎麼花心思。若是在貫一的住處過夜，有時候隔天僅更換上衣，頭髮也只簡單紮起來。

「妳是不是覺得在暢貨商城不必要求這麼多？我對於女性同仁私下的穿著沒有任何意見，但關係到工作又是另一回事。聽說妳在前公司擔任過店長，既然這樣，應該懂我的意思。的確，這家店並沒有特別規定服裝，但在實踐品牌概念上我們甚至要比正規店更澈底。千萬不要認為這裡只是暢貨商城或自己不是正職員工就覺得無所謂。」

小都無言以對，緊緊握著放在腿上的雙手。「對不起，我會改進。」低頭說道。完全無法抬起頭來直視東馬。

冷到快凍僵的夜晚。整棟商城籠罩著冷空氣，彷彿置身冷凍庫般。走向停車場的路上，感覺寒氣滲進了骨頭，彷彿連五臟六腑也冷到顫抖個不停。星星比往常閃亮，牛久大佛另一側隱約可見霧白的銀河輪廓。

鑽進車裡，轉強暖氣，吹出來的風還是一點也不暖和。實在不想回家，只是一直待在車裡也不是辦法，小都發動了車子。

她試圖專心開車，但腦海中東馬那張臉仍揮之不去。他的每一句話都很有道理，語氣也不算重，但為什麼小都感覺狠狠被罵了一頓呢。還有，總覺得東馬常盯著自己的胸部，希望只是自己的錯覺。好想去找貫一，換個心情，可惜他說今天要去朋友家過夜。

凍僵的雙手握著方向盤，她忽然想到，貫一口中的「朋友」是什麼人呢？有點好奇。這麼說來，每次和貫一見面都是兩人獨處，完全不清楚他的交友關係。他的朋友肯定都是小混混，或許小都才從來不感興趣吧。

車內稍微暖和起來之後，忽然湧現強烈的飢餓感。好想吃點熱的，什麼都好，於是她在路邊一間大型超市停下車。超市是二十四小時營業，但美食區只剩半小時就要打烊了。只見顧客三三兩兩，沒幾個人。小都點了一碗烏龍麵。拿起免洗筷朝左右拆開時失敗，只好以兩根寬度不一的筷子勉強吃著麵。燈光明亮，桌面潔淨，卻備感寂寥。

填飽肚子後，拿出手機看上班時間收到的訊息。颯花傳來搬遷後新家的地址及近況、繪里說改天再來聚餐的邀約、在東京工作時的女性朋友通知將舉辦新的發表會。貫一還沒讀取小都傳送的訊息。她感到有點鬱悶，出神滑著手機畫面。

「Mya小姐。」突如其來的攀談。盯著手機的小都驚訝抬起頭，一名掛著滿滿笑意的男子低頭看著她。

「原來是阿仁。」

「真巧，妳在這裡做什麼？」

「做什麼……吃烏龍麵啊。」

「一個人嗎？」

看著他驚訝的表情，小都不由得有點火大。

這時，看似同行的另一名男子朝阿仁交談了幾句不像英語的語言，隨後往賣場走去。

「那是你哥哥？」

「嗯，他要去買點東西。」阿仁說完在小都對面坐下。他的髮型和在越南餐廳看到時不一樣，剪了一個劉海稍厚的蘑菇頭，就像時下流行的韓國偶像。然而比起髮型，他身上的大衣更讓小都目不轉睛。

「貫一哥呢？」

「他今天去找朋友了。那不重要，倒是你這件大衣……」

阿仁穿著一看就是精品服飾的黃褐色皮草大衣。長版毛大衣簡直就像漫畫裡大富婆會穿的款式。

「太浮誇了吧！阿仁你在想什麼！」

小都先是感到驚訝，隨即再也忍不住爆笑出聲。這根本是單眼皮亞洲男孩身上最不可能看見的穿著。

「很可笑嗎？」

「不會，這件毛大衣很棒，毛茸茸的。」

「很棒吧，可暖和了。」

「這件衣服哪來的？別人送你的？」

「我在二手店買的。店員說是俄羅斯貂皮。」

「居然是你自己買的。貂皮……我頭一次看到，可以摸摸看嗎？」

「可以啊，請摸，請摸。」

小都止不住笑，阿仁也跟著笑了起來。

「真的很棒，毛茸茸的又很光滑。」

「對啊。越南太熱了，完全穿不上這種衣服。穿這個是我的夢想。」

「夢想！太棒了。這件差不多要一百萬吧。」

「沒那麼貴，一半而已。」

「五十萬？太扯了，你真的很有錢。」小都就像被點了笑穴，捧著側腹笑得停不下來，還笑出了眼淚。

「妳喜歡的話就送給妳。」阿仁絲毫不覺得被冒犯，雙肘撐在桌子上笑咪咪看著小都。

「怎麼可以，我才不要。」

「我，要回越南了，所以不需要。」

「是嗎？」

「嗯，我二哥在家鄉的生意很忙，要我回去幫忙。」

「要回去了啊……」一輪爆笑過後，突然覺得難為情，為什麼會笑得這麼誇張？小都心想，或許現在的自己處於情緒不太穩定的狀態。

「我還會在日本待上一陣子，回國之前請和我約會吧。」

「約會？」小都驚訝反問。空無一人的美食區裡響起高八度的話音。完全摸不清阿仁這話的用意，怎麼看他都至少小自己十歲以上。

「請告訴我聯絡方式。」他掏出手機說道。

「咦?!」

「妳不願意嗎？」

「也不是，你對我感興趣？」

「妳長得很可愛，是我喜歡的型。」

聽到阿仁稱讚自己可愛，小都驚訝得睜大了眼睛。

「下次妳一個人吃飯的話，決定要找我喔。」

「決定？」

「我說錯了嗎？」

「沒錯，哈哈哈哈。」

原本就像洩了氣的皮球，遇見阿仁後稍微恢復了一點精神。小都說：「我該走了。」站起身來。一身皮草宛如韓國偶像的阿仁說時間太晚，怕小都有危險，堅持陪著走到停車場，還揮手目送開車離去的小都。

帶著不算差的心情回到家，卻發現一臉不悅的父親正等著她。

看到父親的車未停回車庫，本來還鬆了口氣的。因為比起母親，小都覺得和父親打上照面更尷尬。相隔幾天再次爬上二樓。記得冰箱裡還有之前買的罐裝燒酎氣泡飲料。她打算悠閒泡個澡，喝罐飲料，什麼都不想，睡個好覺。

起居室的門縫透出光線。以為母親還沒睡，推開門才發現父親坐在餐桌前，小都嚇了一跳。父親還穿著襯衫，解下來的領帶隨手放在桌上。暖氣開得很強，屋子裡甚至有點熱。父親緩緩回過頭看著小都，手上拿著罐裝飲料。只見他垂著眼皮，似乎有些醉意，一臉蒼白，似乎很疲憊。

「回來了啊，很晚了。」父親淺笑著說。這笑容讓人感覺不太舒服。小都萬分後悔，真不該上來二樓。

「回來了。沒看到爸的車，以為你還沒到家。」小都故作自然地走向廚房的冰箱，打算拿了飲料就逃下樓。

「車門嚴重擦撞，我開去送修了。」

「難得聽到爸開車出意外，受傷了嗎？還好吧？」

「不要緊，我可能開得太急了。」

「老爸開車的技術這麼好，居然也會出這種事。」

「最近工作還很忙嗎？」

「折扣季結束之後比較好，但接下來是春裝上市。」

打開冰箱時，父親就開了口：「這是妳買的吧？我的啤酒喝完了，就先拿來喝了。抱歉啊。」

爸爸舉起桌上的飲料罐，是小都先前買的葡萄柚口味氣泡酒。

「沒關係。但老爸喝起來不覺得太甜嗎？」

「不會，滿好喝的。好像還有一罐？妳也喝吧。」

「嗯，我洗過澡再喝。爸還不洗澡嗎？我可以先洗嗎？」小都試圖若無其事地走出起居室。

「今天媽媽她啊……」父親一派輕鬆地開口。小都停下腳步，一轉頭注意到父親雙肘撐在桌面上，漠然地看著小都。

「媽怎麼了？」

「妳對媽媽的事沒興趣對吧？」

「怎麼可能沒興趣，這樣說很奇怪。媽媽怎麼了？身體又不舒服了？」小都刻意輕鬆詢問，不想太鄭重其事，背脊卻緊張得挺直。

「應該是中午過後，她打手機給我，說人很不舒服，幾乎快站不起來。那時候她正一個人去醫院回診後回家的路上。」

「咦？」

「她當時癱在車站月臺的長椅上。我對她說先請路人幫忙攙扶她去搭計程車，她卻只是哭個不停。」

瞬間覺得頭頂像被澆了一桶冷水。

又來了，又開始了。小都全身僵住，動彈不得。

小都搬回老家之後，也遇過幾次母親從外頭聯絡，聲稱身體不適沒辦法走路。在外面一有狀況，似乎會造成母親精神上很大的壓力，甚至瀕臨崩潰邊緣。小都還兩度放下工作去接她。

「她在電話裡哭著說想死，我開會到一半趕緊開車去接她。也因為太焦急了，車子才在公司的停車場擦撞到。」

「……現在呢？」

「她服完鎮靜劑就睡著了。我明天一大早陪她去醫院。」

「公司呢？」

「沒關係，明天應該能請個半天假。」

小都不知道該說些什麼，低頭不語；父親也沒作聲，陷入長長的沉默。暖氣開得很強，室內變得好悶，真想立刻衝下樓梯逃出家門。

耐不住沉默，小都先開了口：「媽最近明明看起來精神很好……」

「最近？妳根本不曉得媽媽最近的狀況吧。」父親略顯不滿地輕笑了一聲。

「從去年年底到今天是已經第三次了。有時候還清晨跑出去，我只得到處找人，妳當時都不在家。身體不舒服好好躺在家裡不就行了嗎？我都忍不住懷疑她其實不是更年期，或許根本是失智症。」父親口氣顯得很不耐煩。

「還有，妳答應我要一起照顧媽媽都是騙我的？之前還一副難過得喊著媽媽，只是一時激動吧？果然覺得麻煩了吧？」

「爸，不是這樣的！」

「妳到底是為了什麼辭掉工作？只為了不花錢住家裡，打扮得漂漂亮亮到處玩嗎？」

母親第一次試圖自殺時小都大受打擊，在醫院走廊上拉著父親的衣袖大哭。面對將處方藥一飲而盡得接受洗胃的母親，以及拋開工作犧牲奉獻卻遭受這般折磨的父親，都讓她感到心痛。當時一心只想著幫助父母。

身心極不穩定的母親後來住院了一段時間。母親預計出院的前一晚，小都和父親在筑波最高檔飯店的餐廳裡，召開一場只有兩人的家庭會議。當時父親開口，詢問小都能不能辭掉東京的工作回家，說光靠他一個人，實在很難隨時照顧母親、或阻止她再次吞藥；而若是他辭掉工作，到最後說不定夫妻倆會一起倒下。父親緩緩吐出這些話時，表情充滿苦澀。儘管稱不上「天賜良機」，但小都心想「的確是個契機」，於是點頭答應。其實她早就想辭職了，眼前正好有個能理直氣壯離職的藉口，讓她鬆了一口氣。

「若妳的人生不需要家人，這輩子妳就一個人過吧。即使離開這個家，妳結婚後建立新的家庭，萬一遇到狀況妳還是只會逃避。」

不是這樣的！這句話到了嘴邊，不知為何又硬生生吞了下去。小都赫然驚覺，她沒有自信說出自己絕非不重視家人這種話。

面對不發一語的女兒，父親沉重地嘆了口氣。

「妳現在有交往的對象？」

小都躊躇了一下，點點頭。

「妳年紀也不小了，有的話很好。只是別因為這樣就沖昏頭，忘了該盡的本分。」

「……」

「妳要和那個人結婚？有打算的話也好。帶回家來吧。」

「結婚這種事現階段還沒考慮。」

「是嗎？」父親仍舊面無表情。

「不要將時間浪費在沒有前途的男人身上啊。」

小都對於自己最近常不在家向母親道歉。母親平淡地回應：「沒什麼好道歉的。」後來父親很快找到配送晚餐食材的服務。已經清洗、切好的蔬菜、肉類、魚類每天傍晚送來，還附上簡單的食譜，只要依照說明熱炒或燉煮食材，就能做出一桌豐盛菜色。不必自行規畫菜色或採買，輕鬆不少。

休假或是上早班較早回家時，小都就會用這個食材箱來做晚餐。母親狀況好的時候也會自己動手。

母親最近話非常少，小都每次問起身體狀況，她就只簡單回答「沒事」。有時父親比較早回家，一家三口會一起吃飯。那一晚之後，父親沒再對小都說什麼，家裡看似回到和以往一樣的氣氛。只不過三人即便聊些無關痛癢的話題，開開玩笑，也難掩刻意隱藏在情緒下的緊繃感。實在不想待在家裡。但他們並不是糟糕到讓人想放棄的父母。母親只是生病了，生病不是母親的錯。

星期天晚上，貫一和小都都是早班，從商城一同回到他的住處。

在住處附近的小吃店簡單解決晚餐後，帶著要洗的衣物前往大眾澡堂。先去隔壁的自助洗衣店將衣物丟進洗衣機，再到澡堂，兩人在櫃檯前各自走向左右入口。小都不久之前才在貫一住處放了一套盥洗用品。

小都洗好先離開澡堂到自助洗衣店時，貫一還沒出來。他似乎很愛泡澡，總在澡堂裡待上很久。上晚班時他一定先到網咖沖過澡後才上班，衣物時常換洗，比想像中更愛乾淨。只不過上大眾澡堂的費用、上網咖沖澡的錢，再加上自助洗衣店，林林總總算起來讓小都不禁心想，搬到一間附浴室和洗衣機的公寓似乎來得更划算。

為了不讓泡暖的身子變冷，小都穿了刷毛材質的運動服和厚襪子，套上向貫一借的毛領禦寒工作服，只是一碰到水泥地板還是覺得冰涼，她索性抬起雙腳到椅子上，抱膝而坐。盯著洗衣機裡不停轉動的衣物，自己穿的粉紅色居家服和貫一的襯衫、內衣褲一起攪動著，近日的煩惱彷彿也在眼前旋轉起來，小都感覺有點暈眩，趕緊移開目光。

「嘿，還沒烘乾嗎？」貫一說著走進來。他一手捧著裝了毛巾、肥皂的臉盆，另一手抓著兩罐氣泡酒飲料。小都心想，他的手好大啊，對著他遞過來的一罐飲料搖搖頭，「我不要。」

「妳看起來沒什麼精神，又在自轉公轉了嗎？」

「沒事。」回應的口氣忍不住重了點，貫一好像並不介意，逕自哼著歌打開罐子上的拉環。

「真的不喝？」

「我要開車。」

「對喔。」貫一聳聳肩。此時，他的手機響了起來。他接起電話說了句「嗯，沒問題。等我一下」，正準備從圓凳上站起來時，小都反射性地拉扯他的衣袖。

「在這裡說就好了，外面很冷。」

貫一瞬間露出有點驚訝的表情，但或許小都的說詞讓他無法反駁，於是又坐回凳子上，轉身背對小都打電話。

哦，上次辛苦了。有東西忘了拿？那個啊，不重要，直接丟掉吧。嗯，下個月嗎？沒問題，我可以排休，店裡超閒的。

小都聽了一會兒，手機傳出的聲音是男性。男人說完後貫一就隨口附和。小都心想，原來男人之間也會聊沒營養的電話，而且還滿久的。

看著他弓起身的背影，小都不禁思索著自己近來差勁透頂的運勢。不想上班，也不想回家。新交的男友不能說不體貼，但總是過得渾渾噩噩的。以父親的眼光來看，就是沒有前途的男人。

看著和電話那頭的男人無來由笑著聊天的貫一，小都想，這人怎麼不去稍微像樣點的壽司餐廳工作；或至少頂個店長、分區負責人或總公司職員之類的頭銜，要是就這樣帶他回家，父親一定會嗤之以鼻；貫一則可能會不滿自己遭到輕視，說不定還會惱羞成怒。這麼一來小都不僅難受，所有人都不會開心。記得父親以前帶小都去過幾次淺草的天婦羅餐廳，對餐廳主廚讚不絕口。想起這一點，又覺得父親不會那麼鄙視貫一的職業，但是，迴轉壽司店畢竟還是……

思及至此，小都心中一驚又嘆了口氣，自己居然這麼自私！妳不也只是個在暢貨中心裡賣衣服的，裝什麼高貴！

若不考慮結婚，貫一的確是很棒的情人，但小都並不打算一輩子就這樣，不將結婚列入人生計畫。她曾經想過或許會一直保持單身，卻打從心裡對此感到害怕。父母總有一天會離開，到時沒有兄弟姊妹相互扶持，自己得孤獨老去。一想到此，說真的，即使得妥協她寧願結婚。

這時，她想起父親的話，宛如詛咒一般的話語。就算妳建立了新的家庭，最後一定還是會逃避。獨善其身，既不包容、忍讓且絲毫不體貼別人的自己，或許最終仍會選擇逃避。她感到背脊發涼。

在一旁偷聽貫一沒完沒了的電話有點膩了，小都從裝盥洗用具的環保袋裡掏出手機，點開平常固定瀏覽的占星網站。她看著自己卜週的運勢：「可能遇見命中注定的那個人？」忍不住想質問占星大師，我面前這男人難道就不是命中注定的對象?!

小都習慣將手機放在上衣口袋而非包包裡，這才發現口袋裡有東西。她掏出來一看，是一只繪有動漫人物和可愛圖樣的信封。肯定放在口袋裡很久了，信封四角早已磨損，還有摺痕。

一拿在手上小都立刻猜到裡頭裝的是照片。她想都沒想就轉身背對貫一，從未封口的信封裡掏出來看。果然沒錯，裡頭有幾張照片。最上面一張是六個人的合照，貫一站在最旁邊。可能是在建築工地打工的時期，每個人都穿著工作服，額頭上綁著毛巾，腳上的工作靴沾滿泥土。中間半蹲的兩個人就像曾經看過的飆車族圖片那樣，完全是印象中混混的形象。仔細一看，站在貫一身邊的矮個子是個女生，同樣穿工作服，但臉上的妝很濃。

「嘿，終於烘乾了。回去吧。」

好，就下個月。先這樣。聽到身後的貫一這麼說，小都趕緊將照片塞回信封，收進上衣口袋。

「……嗯。」

「怎麼了，真的很無精打采。」

「唔，我媽最近狀況又變差了。」

「這樣啊，妳很擔心吧？」

「嗯，多多少少。接下來搞不好沒辦法經常過來。」

「這種事沒什麼。妳今天是不是回家比較好？」

「不要，今天想在你家過夜。我媽目前狀況穩定下來了，今天我爸在家。」

「不勉強吧？」

「才不會。」

貫一笑了。小都搶過貫一手上準備收起來的皺巴巴衣物，三兩下疊好。

「哦，不愧是疊衣服的專業人士！」

兩人手牽手走出自助洗衣店，坐入停車場的車子裡。小都發動引擎後，貫一打開小都沒喝的另一罐氣泡酒，喝了起來。貫一自從那個颱風天開車載過小都，之後就再也沒有要坐上駕駛座的意思。小都猛力踩下油門，像是刻意對於心中一點一滴逐漸累積的不安視而不見。

當天晚上，小都等貫一睡著後爬起來，偷偷從他的上衣抽走那只裝有照片的信封。

生意清淡時期比較好排班，小都決定配合日曆上標示母親要回診的日期安排休假。沒想到母親說樫山太太要陪她去醫院，小都嚇了一跳。又聽母親說樫山太太會開車，回診完兩人想去看電影，小都更吃驚了。那個喜歡韓劇的友人，母親之前不是還在背後大肆批評嗎？到底是怎麼回事。

要說母親恢復活力了，似乎又不像。和她說話也沒什麼反應，一臉漠然，整個人仍略顯浮腫。話雖如此，她還是換上外出服，上了點妝才出門。

沒想到變成一個人看家，她決定來個大掃除。想起之前父親對她說的那番話，得用實際行動證明自己也很重視這個家才行。將廚房、衛浴擦拭得亮晶晶，也拿抹布仔細擦過樓梯。打掃一整間獨棟建築的家，比想像中來得更辛苦，到了傍晚已經累癱，躺在起居室的沙發上。今天父親交代了會較晚回家。很少像這樣獨自待在家裡，一時間不知該做什麼好。

父母買下的這棟房子，聽說是由年輕建築師操刀的時尚風格。坦白說，小都總覺得這裡不像自己的家。她何時才能有個真正的家……

這麼一想，小都決定下樓打掃自己的房間。看到床邊小桌上的信封，忍不住伸手拿起來。裡頭裝著的是從貫一的外套口袋裡帶回來的照片。這陣子已看過好幾次，她又拿出來盯著看。

五張照片看起來是同一天拍攝的。除了上次看到的第一張，其他都是一群人聚餐的場景。照片中的貫一比現在年輕一點，頭髮比較長，劉海蓋住額頭。每一張照片中，他旁邊都出現同一個女孩。

為什麼那天不直接向貫一問清楚照片的事呢？小都感到後悔。自從偷偷帶照片回家之後，她時常胡思亂想，還妄加推測了起來。

這時，放在牛仔褲後方口袋裡的手機響起，小都嚇了一跳抬起頭，以為是貫一的訊息，一看到是店長來訊，忍不住皺起眉頭，休假時收到的訊息多半沒有好事。

訊息內容是：「有點事想商量，妳先看看這個網站。」還附上網址。小都點開，心想可能是某件商品。

沒想到是普通的個人部落格。最新貼文是一張鬆餅照。這是什麼？正感到納悶時，她察覺這就是東馬提過的杏奈的部落格。實在不想淌渾水，還是別看比較好。心裡雖這麼想，卻克制不住好奇心，想看看她到底寫了什麼。

部落格的文章列表裡包括「今天也超火大」、「老娘真心不騙想辭職」、「主管和打工仔一樣廢」之類的標題。看了一篇便欲罷不能，繼續看下去。

文章裡的登場人物雖然都是姓名縮寫，但既然說的是自己工作的職場，縮寫指的是誰一目瞭然，讀起來每個場景歷歷在目。小都也被形容成「遇到事情立刻擺出一副和自己無關的態度」、「八面玲瓏」這種人。只是杏奈似乎對小都不感興趣，描述不多。工作上寫得最多的是店長的壞話，其他就是自己居然被調到暢貨商城，以及對公司的諸多不滿。

小都幾乎爬完所有文章，連晚餐都忘了吃，最後鬱悶地關掉手機。

杏奈的文筆比想像中來得好。字裡行間滿滿的嘲諷，不時還會耍點小幽默。若是其他無關緊要的人寫的，小都應該會當作同業間茶餘飯後的話題，覺得很有趣吧。此外也有不少像是與友人出遊的活動照，或是購買其他品牌的穿搭照，看來倒也不是成天只抱怨工作。

杏奈平常並不常抱怨，反而是別的同事更常暗自批評店長或行銷專員。她面對小都時也總是笑咪咪的，完全不曉得骨子裡竟然是嘴巴這麼毒的人。

在網路上發文透露工作上的內情，在業界算是禁忌。不是說個不知道、或是以為不會被發現之類話就不會被追究。萬一公司知情了，必定會遭到懲處的。

隔天，店長找小都一起吃午飯。從午前就下起了夾雜著小粒冰晶的雨，商城的來客數少得可憐。為了因應春季重新裝潢，美食區將近三分之一的店鋪歇業，午餐時段依舊空蕩蕩的。

店長對於杏奈在部落格的發文並不顯得過於氣憤。比起自己被批評，反而是得解決眼前的燙手山芋讓她更不高興。

「真是的，這件事可不好擺平。」店長的臉色非常難看。

「就算直接找她來罵一頓，恐怕也只會遭致更大的反彈。」

「是啊。」

「我也考慮過乾脆請她辭職算了，但還是說不出口。再說她也不是一般的打工人員。」

「……也是。」小都心想，正職員工果然很安全。話說回來，僅僅這點小事的確不至於鬧大開除。

「我看請與野小姐稍微提醒她一下怎麼樣？」

「什麼？」

「東馬之前也對妳說過吧。看起來她最信任妳。」

「由我來說感覺會讓狀況變得更複雜。」

「不會的。只是同事間稍微提醒，我想她應該不會過於反彈。」

「我覺得有困難。」

「東馬也說了，這件事盡量不要鬧大。」

看著店長挑眉說這番話的表情，小都更加相信先前隱隱約約的感覺。看來店長真的對東馬有意思。噁心。小都不禁心想。

「但東馬先生是分區負責人，這不是他的工作嗎？」

「嗯，只是東馬現在好像很忙，我想盡量就店裡自行解決。」

「之前的行銷專員不是會幫忙處理店員之間的問題？」

「是啊。但妳看東馬很優秀，很多事都來找他，像是規畫筑波店重新裝潢，出席的會議也比以前多，聽說還要陪高層打高爾夫球。我看他沒多久就要升官了。」

面對店長的答非所問，小都感到傻眼。談起東馬雙頰緋紅的店長，像個十幾歲的小女孩一樣扭動著身體。

不確定這兩人私下的關係，感覺上只是店長單方面一頭熱，但說不定東馬也假裝有好感，藉此操控這個八卦又善變的店長。

「拜託，妳就找她稍微聊聊好嗎？要是能圓滿收場，我不會虧待妳的。妳若想成為正職員工，我可以介紹人資部的同事給妳，也會幫妳寫推薦函。」

搞什麼！小都心想。這已經算得上職權騷擾了吧。不管怎麼拒絕也沒用，小都感覺很無力。

睽違已久前往東京，小都卻開心不起來。

過去在同一間店鋪工作的女孩跳槽後的新品牌舉辦發表會，寫信邀請小都參加。這陣子身邊淨是令人鬱悶的事，小都心想正好藉此打扮一番，然後盡情呼吸久違的大都市空氣。然而，連出門前都讓她感到很挫折。

最近她只添購自家品牌的衣服，也就是「制服」，幾乎沒有購買原本喜愛的天然材質服飾。她嘗試以衣櫥裡現有的衣服進行各種搭配，都不甚滿意，無奈之下只好穿了一身黑出門。身上是一件折扣時購買的高級品牌洋裝，頭髮梳到後方紮起來，看起來就像服飾業人士在百忙之中偷閒去看展。

電車轉乘好幾趟，從地下鐵表參道站上到地面層，才走出站口就籠罩在過去熟悉的街道氣氛中。發表會的會場位於小巷弄中一棟老舊住商混合大樓三樓，沒有電梯。小都爬樓梯上到三樓，剛好門一打開和朋友撞個正著。

「小都！」朋友滿面笑容跑了過來。「妳來啦！謝謝，讓妳特地跑一趟。」

「好久不見，倫子。謝謝妳邀請我。」

「抱歉百忙中找妳來，看到妳真開心。」

小都想起過去和倫子從早到晚一起工作，兩人之間有一段比家人、戀人還親密的時光，不由得懷念起來。

「小都，大概一小時後我有個空檔。一起去喝點東西如何，妳有時間嗎？」

「沒問題，我今天休假。」

「現在剛好沒什麼人，妳慢慢參觀。」

小都讓她拉著手走進展場。裡頭是個不算寬敞的空間，清水混凝土、外露的管線、年代久遠的窗框，醞釀出的氣氛還算恰如其分。架上三三兩兩掛著色彩鮮豔的服飾。因為不是店面，不走精緻陳列的路線，依舊充分展現時尚感。對於早已習慣暢貨商城掛滿整排衣服模式的小都，這時看得好陶醉。

「很成熟的路線，光澤也好美。」

「嗯，差不多一半以上採用絲質布料。」

儘管不是珠光布料，也沒有縫上亮片或珠寶，但每一件衣服在大片窗落入的陽光反射下顯得閃閃發亮，不帶一絲廉價感。

這時倫子被其他工作人員叫到後場。展場內還有三名看展人士，打扮都相當成熟。

小都獨自欣賞著展場內的服飾。這些精心設計打造、毫不妥協製作出來的服裝宛如藝術品。她看到一件符合自己體型及風格的洋裝，盤算著就算稍貴也想買下，卻一看到價格就僵住了。比起自家店裡販售的服飾整整多出一個零。

倫子說手邊的事快結束了，要小都先過去。於是小都到一旁的便利商店翻閱雜誌打發時間。等了好久還是沒看到倫子。她應該很忙吧。正打算回家時，透明自動門打開，倫子快步走進店裡。

「抱歉抱歉。」

「哎呀，妳很忙吧。我才覺得不好意思。我準備回去了，不用招呼我。」
「我可以休息半小時，沒關係的。我們在這裡吃點東西吧？」
「當然好。」
兩人在便利商店的用餐區坐下。倫子提及自己投注在衣服上的金額，小都一聽不禁大吃一驚。這也導致她手頭拮据，平常也無法隨意踏進星巴克等咖啡廳。
「不趁現在吃點東西的話，不知道什麼時候能吃了。不好意思。」
「真辛苦。」
「是啊。只是才剛跳槽進來，沒辦法，誰教我最菜。」倫子穿著黑色線衫搭配黑色窄版牛仔褲，和小都同樣一身黑。但她身上洋溢著全神貫注在工作上的熱情。
「妳是品牌公關吧？好厲害。」
她大口嚼著飯糰，搖了搖頭。「公關只是頭銜。在這間小公司裡不管打雜行政粗活，什麼都要做。」嘴上發起了牢騷，但看起來挺開心。
「妳這次跳槽的品牌感覺走成熟穩重的路線。」
「嗯，客層鎖定四十歲左右。」
當初她在小都擔任店長時跳槽來分店，不到兩年又離開了。儘管只是員工，渾身卻散發出「我可是來幫你工作」的氣勢，也從不擺出低姿態。兩人年紀相仿，面對店長小都時能說敢言，但她的直率並不帶惡意，純然是性情展現。小都沒多久就和她親近起來，並且十分器重她。
「妳喜歡剛才那件紅色夏裝？」
「對啊，差點就買下手了。」

「不便宜呢，想要的話再打電話給我。埃及超長纖維棉的布料真的很棒，富彈性又柔軟。但妳怎麼會看洋裝？有點意外，交男朋友了嗎？」

「為什麼這麼問？」

「唔，那種款式不就是為了約會穿的？」

對喔，要是買了那件洋裝，打算什麼時候穿、上哪裡時穿呢？小都眼神不由得飄忽起來。和前男友交往時才需要那種衣服，那是上高級餐廳或去渡假村時需要的行頭。

「對了，聽說渡邊先生回東京了。」看來她也同時想起小都的前男友，才脫口說出這句話。

小都第一時間沒作聲。

「抱歉，妳現在不需要知道這些。」

「沒關係，我也滿好奇他現在過得怎麼樣。」小都笑得有點勉強。

「嗯，好像辭掉那邊的工作，又回鍋前公司當總務之類的。有人脈就是不一樣。還有臉回鍋呢，臉皮真厚。」

「嗯。」

「聽說他在關西吃遍美食，整個人大了一號。」

「整個人？」

「腰圍啦。」

小都笑了。

「妳最近怎麼樣？在暢貨商城嗎？」

「很煩，全是一堆教人頭痛的事。」

「真的，我也快煩死了。」倫子看了看手錶，略顯坐立不安準備起身離開。

難得來到青山一帶，原本想多逛些店家，找個在家附近絕對沒有的那種咖啡館，吃完晚飯再回家。然而小都此時莫名失去興致。

她搭乘地下鐵到上野站，轉乘下班尖峰時段前空蕩蕩的常磐線。

小都出神地凝視車窗外。

相隔許久再次聽到前男友渡邊的消息，心情上並沒有特別不好，只是聽到他回東京了，不免心想「果然如此」，小都略受打擊而感到茫然。

身形微胖，看起來個性和善、能包容身邊的人，外貌神似小都初戀的高中老師。

他是有錢人家的少爺。

有錢人，過的自然是花錢的生活。小都和他交往時也體認到這個道理，理所當然。

雖然單身，卻從來沒讓小都感覺到一絲想結婚的念頭。嘴上說沒有，事實上還有其他一起鬼混的女人。

他在大地震之後怕得要命，辭掉工作跑去關西，完全沒問小都要不要一起過去。

先前淨是民宅高樓的車窗外，不知不覺間綠意增加了。在夕陽照射下染成紫紅色的大型泡麵標誌出現在視野，隨即又從車窗外流逝。每次經過以製造泡麵聞名的食品工廠[9]，就意味著回到茨城縣了。

9 這裡指的是日清食品的關東工廠。

今天看上的那件洋裝，應該符合渡邊的喜好吧。

現在的自己，除了工作時的服裝之外，只要牛仔褲和襯衫就足夠了。

衣服，當然是要拿來穿的。喜歡一件很美的衣服，想要穿上它，最好能夠過著適合穿這件衣服的生活。要不就和倫子一樣，一頭栽進高級品牌的世界，或是交一個適合華服的男友。

小都感到無比的疲憊，閉上雙眼深深嘆口氣。

那天晚上，小都整理了衣櫃。

需要或不需要，若從這個角度思考，整櫃塞滿滿的衣物瞬間黯然失色。明明都是當初出於喜愛再三斟酌後才買的，這下子全成了無用的廢物。

強忍著「全都想丟掉！」的衝動，挑出目前工作上需要的衣服，其餘一件件塞進大紙袋裡。管它是要價不斐或常穿的心頭好，有的則充滿回憶，總之小都一把一把抓起這些衣服，也不疊好就直接往袋子裡塞。到廚房拿來垃圾袋，將那些一看就不值錢的廉價品，還有五顏六色的披巾、褲襪全數丟進去。

開關一開就停不下來。出於一股遷怒的情緒，默默打包了好幾袋衣物。

床底的鞋櫃收納不下的鞋子也有好幾雙，正準備一鼓作氣塞進垃圾袋時，房裡傳來手機的簡訊聲。

小都突然回過神，抬起頭。拿起手機一看，是貫一傳來的 LINE。

妳還醒著啊。

咦，還沒到睡覺的時間吧？一看時鐘，早已是半夜。

又一道訊息聲。

阿宮，妳開一下窗戶。

小都滿腹狐疑拉起窗簾，將窗戶打開一道縫，一陣冷風頓時打在臉上。瞇起眼睛，看到門柱另一頭跨坐在腳踏車上的貫一，小都啞然失聲。

他笑咪咪地揮著手，看起來是喝醉了。

「喂，你搞什麼。」小都壓低聲量怒罵。只見貫一將腳踏車順手停在一旁，輕巧縱身跳過大門。宛如一隻態度自若的厚臉皮街貓穿過庭院，走向小都的房間。

「阿宮，讓我進去。」

「你太誇張了，白痴嗎。」

「太大聲會吵醒妳爸媽喔。」

「太扯了，我爸發現會砍死你吧。」

貫一走過來，跳上外推窗上的小露臺，三兩下已經脫了鞋。只見他一個轉身從小都身旁進了房間，就像變魔術一樣站在小都眼前。身上的酒臭味以及濃厚的男性氣息如排山倒海般襲來。

「這就是妳的房間……」

「噓，小聲一點啦。」

「好想妳。」

被貫一一把抱住，原本的驚嚇和困惑，依舊不敵心中湧上瞬即竄遍全身的喜悅。臉頰貼著貫一的皮夾克，冷冰冰的，同時深刻意識到原來她也如此思念這男人。

「好想妳。啊，應該說好想上妳。」

「白痴，去死啦。」

「妳要搬家？」他指著堆了滿滿一床的袋子。

「唔，我正在斷捨離。」

「哦。」

小都關掉電燈，拉著貫一要他蹲下來，然後拿起羽絨被從兩人頭上蓋住。

「哇，要打一炮嗎？」

「打你個頭！要是被我爸媽發現就完蛋了。」

兩個人坐下來，抱著膝蓋，在被窩裡挨著彼此的肩膀。

「你喝了不少？」

「沒有，酒已經醒了。」

「才怪。」

兩人低聲交談，被窩裡很快就暖了起來。裡頭都是貫一的氣味。

「找個地方出去玩吧。」

「現在？」

「不是，四月以後。」

「我三月比較有空。」

「我們餐廳只開到三月底。」

「什麼？」

「四月之後我就沒工作了，很閒。」

一時間沒意會到貫一這句話的意思，小都在黑漆漆的被窩裡睜大雙眼。

「為什麼？」

「就說餐廳要關了嘛。」

「你的工作呢？」

「解雇啦解雇。好歹能領到一點資遣費。這陣子得來找工作了。可是我才中學畢業，找工作可沒那麼簡單。」

呵呵呵，輕聲笑了一會兒後，小都覺得靠在肩上的重量變重了。看來他打起了瞌睡。

中學畢業。沒有工作。

這樣啊，小都低喃。耳邊響起貫一的鼾聲。

4

變老是拿青春換取日後的安穩，
或許這樣的認知是錯誤的。

自転しながら公転する
Spinning
Around My Whirl
by Fumio Yamamoto

更年期障礙究竟是不是一種病？

當初自己身體不適，診斷出更年期障礙時，先生和女兒脫口而出「還好不是生病，可以放心了」。雖然沒說什麼，但桃枝對這件事始終耿耿於懷。

家人雖然是出言安慰，卻猶如否定桃枝一般，彷彿暗指她每天難受不堪的生活只是心理作用。

現在桃枝知道，先生和女兒已經不再認為她的狀況「不是生病」。但她也知道家人對她的病況還是太過輕忽。

更年期障礙持續了好長一段時間。

身為女性，桃枝自認多少具備一點常識。每個人症狀輕重不一，有人甚至幾乎沒有症狀。但就連她也沒料到，竟然會對日常生活造成這麼大的不便。

什麼時候才會結束？

先生和女兒的臉上就像隨時寫著這句話。

桃枝也每天想著，什麼時候才會結束。她安慰自己，不會一輩子這樣的。然而讀到雜誌上的報導，聲稱更年期障礙併發的憂鬱症會延續下去成為老年憂鬱症。一想到此就不寒而慄。

有時候身體感覺不錯，看到遠方透進來的光線，安心想著再撐一下就好，可是隔不到一星期身體狀況就差到起不了床。這種狀況一而再，再而三發生。

連簡單的家事也做不好，倘若是在職婦女，肯定沒辦法繼續上班吧。內心不禁想著，還好自己不用工作，隨即又想，不對，若有份工作能自行賺錢該多好。

要是能用自己賺來的錢專心治療，或許愧疚感就不會如此沉重。然而，現在已到了即使後悔也無可挽回的年紀了。

即便心陷在迷霧中，外頭的時間仍繼續在走。春天又來了。女兒開車，桃枝坐在副駕駛座上抬頭看著窗外的一排櫻花樹。櫻花差不多散盡，正要長出嫩葉。

都說了自己上醫院就好，女兒今天一大早卻特地配合回診時間排休，一副像是多大的人情。話說回來，搭車的確比較輕鬆。尤其季節交替時期，燥熱和頭暈症狀相當嚴重，這時候搭計程車還會暈車。

桃枝沒有駕照，就讀短大時，原本想和同學一起去考駕照，卻遭到父親阻止。「太危險了，不行。」父親生於一九三〇年代，在他的價值觀裡開車是男人的事。此外家裡也不准她打工，在父母不提供資助的情況下，她根本沒錢上駕訓班。

婚後先生對於桃枝沒有駕照不曾說過什麼。於是她和母親一樣，出門時只搭公車，需要採買重物就等假日請先生開車接送。鄉下地方的公車不但班次少，還會繞遠路；每次要求先生陪同購物時，他也未必會給好臉色，不過多年來桃枝倒也不覺有多麼困擾。她永遠都是坐在副駕駛座上，也一直覺得這很正常。

比起以往若無其事地拜託家人幫忙大小事，桃枝身體出狀況之後，反倒不再那麼倚賴家人。她偷瞄一眼駕駛座上女兒的側臉，一臉不悅地握著方向盤。陪母親上醫院確實算不上愉快的行程，但原因不僅如此，最近女兒的情緒似乎比較低落。

遇到紅燈停下來時不耐煩地扭動脖子，左轉時又嘆了口氣。

這陣子她連休假日都常接到店裡的電話，且和似乎去年才交往的男友見面次數也變少了。外頭明明是春天，母女心情上都陰鬱沉重。桃枝忍不住苦笑。

女兒交男友的事，桃枝很快就察覺到了。

除了明顯的好心情之外，也愈常晚歸了，後來不時還在外頭過夜。

女兒念高中時說喜歡物理老師，桃枝在情人節時幫忙一起做巧克力。女兒拿老師的照片給她看，一頭亂髮加上微胖體型，是個相當不起眼的男人。她有點驚訝，這孩子對自己的穿著打扮非常講究，對心儀的對象卻沒有相同的標準，她不覺莞爾而笑。

後來小都離家工作，喜歡上什麼人，或是和誰交往，這些就沒再聽她說過了。桃枝感覺得出來她在談戀愛，但女兒從來不帶交往的對象回家。

二月，她第一次看到女兒的男友。

最近三更半夜家附近常聽到腳踏車騎過的聲音，從窗簾縫隙看出去，好幾次看到大門口徘徊著一名騎在腳踏車上的年輕男子。

是什麼可疑人物嗎？猶豫著是否提醒一下先生較好。

那天晚上，一如往常在床上翻來覆去時，突然聽到樓下隱約傳來腳踏車的煞車聲響。她起床輕輕打開小窗，在正下方的玄關，她清楚看到路燈照射下的身影。

就是先前看到的那名削瘦的年輕男子。只見男子將腳踏車停在一旁，冷不防縱身跳過大門。她大吃一驚，心想得打一一〇報警！正想找手機時，聽到女兒的叫聲：「太扯了，我爸發現會砍死你吧。」

雖然聲音壓得很低，但她聽得一清二楚。男人似乎進了女兒的房間，四周又安靜下來。冷空氣從打開的窗縫竄進房裡。這下子桃枝便明白那男人就是女兒的男友。此時若踩著重重的腳步下樓，對方可能會嚇一跳趕緊離開。桃枝最後關起窗戶，鑽進被窩裡閉上眼。先生睡著後除非出現較大的騷動，否則不會輕易醒來，想必他沒發現吧。

桃枝心想，不久之後女兒應該會離家一個人住吧。這與老後荷爾蒙失衡一樣，是自然的法則，沒什麼好說的。

不過，先生似乎不這麼想。

身心科還是一樣候診到天荒地老。也許正值季節交替時期，患者似乎比平常還要多。身體剛出狀況那陣子，去了好多診所，內科、耳鼻喉科、中醫專科都看遍了。現在固定回診的只有這家醫院的身心科，還有另一間的婦科。

旁邊的女兒不停滑著手機，不知道有什麼事值得她全副心神都在那上面。等了快兩小時，總算叫到自己的名字，桃枝趕緊走進診間，跟在後面的女兒對醫生說了句「麻煩您了」，便轉身走出去。

她和醫師目送著女兒的背影。一頭白髮幾乎剪成平頭的主治醫師舉起手摸了摸頭，「令嬡一副神色凝重的樣子呢。」

桃枝聳聳肩，露出微笑。醫生也一臉笑咪咪，兩人彷彿心照不宣。

「就是說啊，感情和工作好像都遇到了狀況。」

「看來習慣悶在心裡不說呢。」

「是啊。今天我說自己過來就好，但她還是要送我。」

「我之前也說過可以不用陪診。她是想黏著媽媽吧。」

桃枝很納悶，她倒覺得自己才黏著女兒，是這樣嗎？

「最近怎麼樣？睡得比較好了嗎？」

「還是睡不好。不過比較少一大早醒來了，反而常睡到中午才起床。」

醫生聽著頻頻點頭。

「食欲呢？」

「時好時壞。」

「其他症狀怎麼樣？」

「倦怠感還在，有時會頭痛、嘔吐。另外天氣回暖了感覺很燥熱。出完汗身體冷下來就發抖得厲害。偶爾會發燒，燒得不高，但久久不退。身心狀況也是，控制不了焦慮感。啊，還有，下腹部的疼痛……」

桃枝持續描述著這些檢查不出病因的症狀，醫生則表情始終如一地靜靜聆聽。

桃枝喜歡這位醫生，他不會中途打斷患者的話。她很清楚其實他並沒有很認真傾聽，也不會特別提出有用的建議、或換開更有效的藥物。然而，能夠完整傾聽患者、不會中途打斷的醫生太難得了，所以他的門診才會如此人滿為患吧。

「嗯，我了解了。」說完他在病歷表上寫了起來。桌上放著一臺電腦，這位醫生卻習慣手寫。

「這個月就開同樣的藥吧。」醫生露出平淡的笑容說道。

結束看診，領完藥之後，女兒邀她去星巴克。

點了略甜的飲品和蛋糕，兩人面對面坐下。雖然剛才對醫生說了一大串莫名不適的症狀，相較之下今天狀況還算不錯，能夠安穩地坐在咖啡館的椅子上，桃枝已經覺得很慶幸了。

去年和女兒一起來這間店時，身體奇蹟似地好轉，當時還驚喜地以為接下來會愈來愈好，沒想到身體狀況卻如溜滑梯般急轉直下，自己和小都都感到十分失落。

她和女兒分食粉紅色的蛋糕，一人一半。

「雖然名字是櫻花戚風，但真的加了櫻花嗎？」看著小都一臉認真的模樣，桃枝笑了。

「櫻花沒有味道吧？而且也不會是這麼鮮豔的桃紅色。」

女兒不服氣般噘起了嘴，立刻拿出手機搜尋。「網上說材料是真的櫻花和葉子。」

「真的嗎？」

「還說最上面放的是鹽漬櫻花。」

「哪裡？」

挑了桃紅色的一小塊放進嘴裡，是令人懷念的鹹味。

「鹽漬櫻花啊，好久沒看到了。這讓我想起婚禮時在休息室喝到的櫻花茶[10]。」

「媽媽的婚禮嗎？」

「對啊。」

---

10 鹽漬櫻花加熱水沖開的飲料。

桃枝並不習慣和別人分食餐點，但女兒的話就無所謂。畢竟女兒都在自己肚子裡待了這麼久，出生後無論口水或排泄物也都由她親手處理。不過，反過來會如何呢？等自己年紀更大些，患了失智症或是必須長期臥床時，女兒也能如此照顧她、不嫌棄她髒嗎？

女兒仍舊嘆著氣，表情凝重地望著窗外。

女兒陪她上醫院回診時並不會特別打扮，通常就只是隨意套上一條牛仔褲穿搭。頭上那頂附螢光橘毛球的毛線帽雖搶眼，卻與她的年紀不相襯。

小都二十出頭的時候，應著時下流行的「森林系」風格，穿起了輕飄飄又膨鬆、略顯超現實的服裝，倒不是當媽的偏心，真是可愛極了。圓圓的臉龐、距離稍寬的雙眼、隱約可見的雀斑，豐滿的雙頰和嘴唇，加上柔軟微翹的頭髮，與這類風格的服飾完美搭配，簡直像直接從繪本裡走出來的人物。雖然稱不上美人，卻可愛感十足，好幾次登上雜誌裡街頭快拍之類的專欄。

然而，近三十歲後洋娃娃感愈來愈淡，如今她外出時依舊常穿得像童話故事裡的少女，卻沒有以前那麼好看了。反倒她因工作需要穿的那些粉領族服飾，讓她散發出符合實際年齡的女人味。

「最近怎麼樣？」每次由女兒關心母親的臺詞，今天換成桃枝開口。女兒一臉詫異，睜大了眼睛。

「什麼怎麼樣？」

「工作之類的。」

「唔，沒什麼特別的。」一副就是「說了妳也不懂」的表情。

「對了，媽，妳記得颯花嗎？小時候常和我一起玩的那個女生。」

「哦，小島家的女兒嗎？」

「嗯，去年碰巧遇到她，我們最近常碰面。」

「不錯啊。」

「我和颯花約好下星期去一趟溫泉旅行。」女兒說完停了一拍，眼神飄忽不定。桃枝佯裝沒注意到。

「溫泉很好啊。去哪裡泡？」

「那須一帶。」

「很棒呢。」是和男人去吧，桃枝直覺想著。說得像突然想起一樣，其實小都一直找機會帶到這個話題。「很好啊，去吧，玩得開心點。」

女兒露出了放心的笑容。

桃枝是個明理的母親，女兒想做什麼，她從來不曾真心反對過。無論是高中畢業後就出社會工作，或是搬去外頭租屋，桃枝和先生不同，她都沒意見。因為自己的母親非常嚴厲，她不希望自己也變成那樣。只是如今她不禁思索，這樣真的好嗎？

會不會只想討好女兒呢？以至於明明是親生女兒卻仍感覺有距離？醫生說女兒想黏著桃枝，其實恰好相反。

「媽。」

「嗯？」

「妳結婚的時候，」女兒說到一半頓了一下，直視著桃枝的雙眼，桃枝不由得緊張起來。她到底要說什麼？

「妳結婚的時候曾猶豫過嗎？」
桃枝思考著女兒的問題。「猶豫？」
「比如這個人是不是對的人之類的。」
「沒特別猶豫。」
「好吧。」小都似乎有些失望，拿起叉子插起剩下的一小塊蛋糕。

女兒出發去溫泉旅行的那天，先生傳了訊息說會準時下班，於是她不太情願地走進廚房，從冰箱拿出先生上網買的食材箱，將裡頭的材料清洗、切好，再稍微炒過、燉煮了一下。省下了構思菜色、採買及事先處理的工夫，簡單調理就能做出像樣的料理，起初覺得這服務真棒。隨著日子一久，便發現菜色或調味幾乎一成不變，很快就吃膩了。先生雖沒說什麼，想必也有同感。
「小都還沒下班嗎？」夫妻在餐桌上面對面，先生邊扒著飯邊看著電視問道。
「她和朋友去溫泉旅行了。」
先生有點驚訝，眼皮抖了幾下，想必也猜到「朋友」指的是異性。
「說到溫泉，很久沒去了。」
「就是說。」
「溫泉旅行居然可以說去就去，小都感覺很閒啊。」
「就是啊。」
先生喝完碗裡剩下的味噌湯，起身收拾自己的餐具，然後走到沙發坐下攤開報紙。桃枝從後方望著他已然稀薄的後腦勺。

老了啊，她心想。他和自己都老了，只有這點上天是公平的。

她和先生當年透過親戚介紹認識的。當時對方在藥廠上班，一看就很聰明，身上卻穿著樣式稍嫌老氣的西裝，與當時欣欣向榮的社會氣氛大不相同。那時他看起來還像個學生，未脫青澀。

「我沒什麼異性緣，不太懂得要和女孩子聊什麼。」說完他搔了搔頭，含蓄地誇讚桃枝身上的和服。

桃枝首先冒出的念頭倒不是這男人不錯，而是這麼好的緣分之後可能不會再有了。她不擅長談戀愛，幾乎沒和男人交往過。進了短大參加過那時剛盛行的聯誼，也嘗試與想追求她的男性交往，卻維持不了三個月。

她當然想結婚，也想要孩子，那麼在此之前就得先跨過談戀愛這個難關。當不知該如何是好之際，她想到若是藉由親戚介紹這種幾乎等同相親的方式，或許不需要形式上的戀愛，就能邁向婚姻階段。

接下來出乎意料地順利，她步入婚姻，成為家庭主婦，也很快有了小孩。

與其說是隨處可見的平凡境遇，桃枝卻認為自己相當幸運。

只是，不消幾年她便清楚了解到，第一次見面時先生那句「我沒什麼異性緣」並非謙虛。他那種個性怎可能有異性緣。

他表面上總是一副莫名跋扈的態度，其實是想掩飾內心缺乏自信；愛展現權威卻黏人又愛撒嬌。他視女人為次等生物，卻希望獲得她們的喜愛。最近看電視學到了「道德騷擾」這個詞，沒錯，說的就是他這種人。

當然，他也有不少優點。為了照顧生病的妻子願意向公司請長假。現在也是，每當桃枝臥床，三餐等家務都由他一手包辦，會細心摺好妻子的貼身衣物。儘管大多出於他一廂情願、自以為是的善意。

好想和除了他以外的人結婚。這樣的想法不知有過多少次，卻也找不到非得離婚的理由，就這麼走到了現在。

桃枝從小就睡不好。常常很難入睡，一旦睡著卻又常爬不起來。醫生開的助眠劑常沒什麼效果，不過這天碰巧狀況不錯，躺在床上沒多久很快意識矇矓了。沒想到才要進入夢鄉，身邊就響起一陣刺耳的電子音，桃枝一驚之下睜開眼。伸手拿起放在床邊充電的手機。

媽，身體還好嗎？溫泉真的很棒。等妳身體好了一起去吧。

女兒傳來的訊息，還有一張貓咪貼圖。

唉，好不容易快睡著了。桃枝坐起身，不耐地搔著頭。倒不是希望女兒冷漠對待自己，只是她關心的模式常讓人感到不耐煩。

桃枝再次蓋好棉被，閉上眼。原以為抓到的那丁點睡意的尾巴，這時怎麼尋覓也找不到蹤影了。待在這個不記上次是何時打掃、空氣也不流通的房間裡，剩下的只有被睡意拋棄的軀體。

身體感覺愈來愈熱，她踢開了被子，不自覺呻吟出聲。

真的好熱。現在還不到五月呢，這樣下去到夏天還得了。躺在床上沒起身，伸手摸著應該從冬天就放在枕邊的空調遙控器。

和先生同房睡了好長一段歲月，連想調整空調溫度都沒辦法，相當難受。現在能夠隨心所欲地使用空調，唯有這一點感覺真好。

想著這些小事的同時，體內的熱氣節節上升，沒多久，不僅額頭，腋下、背後也冒起汗來。

這是潮熱。

桃枝猛然坐起身子，臉上的汗水流到下巴滴到衣服上，汗水不一會兒便驚人地溼透全身，不僅睡衣，連床單都溼了。明明只是躺在床上什麼也沒做，呼吸卻急促到像全力奔跑逃亡一樣。

好想放聲大喊。

一股焦躁的情緒在體內膨脹，快要炸開。好想高喊尖叫讓它發洩出來。

但若是讓先生發現了又很麻煩，她咬緊著嘴脣，抓起枕頭，使盡力氣朝牆壁丟去。架子上的裝飾娃娃應聲掉落。

她胡亂扯下床單、枕頭套，收成一團。拔腿衝下樓梯，忘了壓低腳步聲。脫下睡衣和內衣褲之後，連同床單一起丟進滾筒式洗衣機裡，按下開關。

她調高淋浴熱水的溫度，直接從頭部沖下來。三更半夜要吹乾頭髮很麻煩，但是頭上冒出大量汗水，只得如此。她曾認真想過，乾脆剃光頭髮算了。

盡情沖澡之後走出浴室，看到洗臉檯前鏡子裡的自己時，她愣住了。

鏡子裡的女人已然稀疏、溼答答的髮絲緊貼在頭皮上，斑點明顯的下垂臉龐毫無血色，蒼白的喉頭和肩膀皺褶橫呈，明明有層脂肪卻顯得憔悴。她趕緊別過目光，拿起掛在牆壁上的浴袍披上。正當她準備在腰上繞起綁帶時，手卻停了下來。

洗衣機上方為了方便暫時晾些簡單衣物，架了根橫桿，桃枝將浴袍的綁帶掛上去，繞圈輕輕打個結。她並非想將脖子套進去，但盯著那個圈好一會兒。光是看著就覺得情緒平復了些。

真想遠離家人一個人生活，桃枝心想。先生和女兒的擔憂反而帶給她沉重的壓力。

對了，她忽然想起，明天是星期六，和樫山時子約了吃午餐。不確定這樣能否讓心情好轉，但安排一些回診以外的活動，總多少還是有點助益的。

隔天，她對在起居室裡看電視的先生說和朋友約了吃午飯，先生馬上說「我開車送妳」。她表示並不是交通不便的地方，可以自行前往，但他立刻拿起車鑰匙走出門。

最近先生變得性子很急，在他催促下比原訂計畫早出門，抵達餐廳時，離約定的時間還有好一會兒。

這是個舊葡萄酒廠，大片園區整理成庭園，裡頭還有餐廳、咖啡館、紀念品販賣部，是這一帶知名的觀光景點。

桃枝在園區裡散步了一會兒，萬里無雲的晴空，微風中帶有清新的綠意，使人心曠神怡。她掂量著訂位時間快到了，便走進餐廳先行入座。這家餐廳以前來過一次，當時是和一群鄰居太太來的，未曾靜下來仔細欣賞裝潢。坐下來後才發現由葡萄酒倉庫改裝的餐廳比記憶中來得寬敞許多。挑高的天花板和開放空間，舊磚牆醞釀出沉穩的氣息，感覺很舒服。

不一會兒，時子出現了。

「抱歉，等很久了嗎？」

「沒有，是我早到了。先生開車送我來的。」

「妳先生真體貼。哪像我們家那口子還穿著睡衣待在家，抱怨我又要一個人出去吃好料。桃枝，妳今天氣色不錯呢。」

時子一來，一邊坐下話就停不下來。桃枝沒作聲，只是聳聳肩。目前身體這狀況看起來哪會氣色好；先生送她來也不是因為體貼，只是習慣罷了。桃枝很想開口否定時子，但抓著每句話吐槽也不是辦法。

兩人點了午間套餐，時子搭配單杯白酒，體質不能喝酒的桃枝則點了氣泡水。

「時子，祝妳生日快樂。」

「謝謝，雖然早就過了值得慶祝的年紀，但收到朋友的祝福還是很棒。」

我們也稱不上朋友吧。桃枝面帶微笑，內心再次反駁。

上次和時子碰面時，聽她說生日快到了，桃枝心想送她個禮物，趁機向她致謝。無論是之前向她借DVD，她開車陪同回診，經常受到她的關照，桃枝是真心感謝。沒想到時子一聽之下很高興，歡聲說道：「禮物就不用了，找間很棒的餐廳一起午餐如何。」

這一帶近來新開不少低調且時尚的餐廳。可惜桃枝對這些店並不熟，說到適合慶生的餐廳，她只想到這間。

「不好意思，找了這麼老派的店。」

「有什麼好道歉的。」

「我應該找更時髦漂亮的餐廳，但我實在找不到。」

「別客氣了，這間餐廳的氣氛很好啊。要是早知道有這麼好的餐廳，我自己就先來了。安穩也舒適，我們年紀不小了，這種風格才好。」

面對端來前菜的服務生，時子也乘著興頭大加讚美：「這裡感覺很棒，之後結婚紀念日我還會再來。」原本面無表情的服務生不禁露出微笑。

嚐了一口做成冷盤的燉番茄，口中頓時瀰漫蔬菜濃郁的鮮甜。不同於宅配食材單調的口味，霎時連舌頭好一段時間沒用上的感官都受到刺激，大為驚豔。

「真好吃。」忍不住低喃。

「真的，怎麼這麼好吃。太感動了。家裡根本做不出這麼好的味道。」看到時子激動高聲贊同，桃枝不禁笑了。

五官輪廓深又嘴闊的時子，表情非常豐富。看著全身上下總散發出歡樂氣息的她，桃枝不免暗自埋怨總是一副悶葫蘆樣的自己。

與時子相處，通常最初會感到不耐，過了幾分鐘習慣之後便輕鬆許多。她話多卻很直率，想到什麼就說什麼，不太考慮別人的感受。有時會因為她這種個性而一肚子火，但她不愛探人隱私的性格，相處起來倒輕鬆。

兩人當初在小學家長會認識。她的兒子和小都同年，聽說幾年前結婚搬出去了。兩個孩子小學低年級時同班，之後只有在社區聚會時偶爾打個照面，自然漸漸疏遠。

沒想到幾年前，兩人偶然在中醫專科醫院重逢。

當時桃枝身體不適的狀況已經拖了許久，聽人推薦轉便到中醫診所治療。時子也飽受更年期障礙之苦而前往同一間醫院就診。兩人巧遇後，桃枝應邀相偕喝茶。時子對於更年期障礙做了很多研究，經常與桃枝分享不同的療法。她鼓勵桃枝一起加油，一起恢復好心情，之後兩人便互留了手機號碼。

沒想到，她說的並不是場面話，讓桃枝大感意外。

對桃枝幾乎起不了作用的漢方療法，在時子身上卻有著顯著的效果，時子的精神恢復不少。

她頻頻邀桃枝一起午餐、購物，甚至上才藝課，即使桃枝幾乎每次都以身體不適的理由回絕，時子的邀約仍然沒停過。桃枝對於老是婉拒感到歉疚，偶爾會外出赴約。她不禁心想，這人並不討厭，只是搞不清楚她到底是過於親切、還是太粗線條？

前陣子也是，桃枝對時子說了女兒最近較忙，得一個人上醫院回診，她馬上開心地說下次一起去吧，回程還可以看場電影。女兒聽到一臉吃驚，原本以為母親沒有什麼朋友。

唉，桃枝再次深刻體認到，自己的確沒有朋友。年輕時也和他人一樣，有朋友，一同出遊、旅行、傾訴煩惱、分享喜悅。等大夥兒一個個結婚之後，家庭成了第一優先，同性友人變得不再那麼重要。她不覺得有什麼不好，大家都是這樣。究竟朋友算什麼？該如何定義？這麼簡單的事，不知何時也搞不清楚了。

時子伸出美甲後色彩鮮豔的手指拿起玻璃杯，心情大好地一飲而盡。

「對了，下星期日有空嗎？我朋友開了花藝教室，要不要一起去？她說第一次體驗只要付材料費就行。」聽她這麼問，桃枝拿著剛切下一塊煎魚的餐刀，曖昧地偏著頭。

「要是答應妳，到時身體不舒服臨時取消太不好意思，還是算了。」

「哎，沒這回事。大家都會身體不舒服。」

「我最近狀況實在不好。」

「也不只是身體，到了我們這年紀家裡難免總有些事得臨時取消約會。不要緊，大家都一樣的。我婆婆最近也是，失智愈來愈嚴重，我沒準隨時都會被叫去看護。」

已經不斷暗示自己並不想去，但時子這人就是聽不懂「暗示」。

沒上班，也做不了家事，這樣無所事事的自己實在無法悠閒參加這類幾乎等同打發時間的才藝教室。再說，最近也毫無賞玩花草的心情。

盤裡的煎魚剩下一口，這時臉頰莫名熱了起來，桃枝放下了餐具。

「怎麼了？妳的臉很紅呢。」

「可能是燥熱。」

「還好嗎？有沒有手帕？」她邊說邊從皮包裡拿出一條手巾。

「我有帶，沒關係。」

「那麼薄的小手帕不行啦。拿去用。」她硬塞過來，桃枝接過後擦著臉上頻頻冒出的汗水。她忍不住脫掉開襟外套，身上只剩一件短袖襯衫。

「還有這個。」時子又從大包包裡掏出扇子，打開後對著桃枝不停搧風。桃枝一陣難為情搖起頭來。

「真的不用，我沒事。」

「客氣什麼。」

「真的不要緊。」

「沒什麼好難為情的，我們就是兩個歐巴桑嘛，我之前也被潮熱困擾好長一段時間，停經後就沒了。妳再撐一下，停經後會好轉的。別慌。」她笑著說。

桃枝隔著時子看到對桌的人轉過頭瞄了她們一眼。肯定聽到她那副大嗓門嚷嚷著「停經」，桃枝無可奈何，繼續讓時子使勁為她搧風。

淚水不聽使喚湧上來，明知道不能在這種地方掉淚，眼淚卻停不下來。

「桃枝，妳怎麼了？不舒服嗎？還是我說了不該說的話？真抱歉。」餐桌另一頭的時子一臉愕然。

她雖然粗線條，但不是個壞人。自己真是個麻煩的傢伙，為什麼她還要搭理我呢？桃枝一邊掉淚，腦子裡卻莫名冷靜地思索著。

接下來整個星期桃枝臥床不起。

一把年紀還在餐廳裡大哭，實在太難為情了。時子雖不斷安慰她，想必也覺得不太舒服。過去一個人出門時好幾次在路邊瀕臨崩潰，這還是第一次在外人面前失控，不知是因此造成身心上很大的創傷，或是荷爾蒙失調，總之頭痛與倦怠情況愈來愈嚴重，甚至臥床不起。

經過一個星期的休息，總算能起床了，她換了衣服下樓到起居室，不見任何人影。此時外頭傳來聲響，她探頭望向窗外發現先生在庭院裡不知忙些什麼。

桃枝沙發上坐下，打開隨手疊在一處的夾報廣告。已經很久沒有出門採買了，但多年來養成的習慣，她還是不自覺拿起超市的廣告單。

夾報廣告裡還登有這一區的徵人廣告，桃枝仔細盯了好久。

清潔工、商務旅社的房務人員、熟食工廠員工、行政業務等，其中幾項職務是桃枝這年紀也做得來的。不過，每次看廣告都是同樣的職缺。

先生曾明白地對桃枝說：「簡單的也好，妳應該找個工作做。」那是剛買下這棟房子的時候。

桃枝在母親的訓練下會簡單的日式裁縫，也會幫人穿和服，婚後到附近的美容院兼職，專門幫人穿和服。後來美容院歇業，那時正打算找其他願意僱用她的美容院時，高齡的公婆相繼生病，雖然不至於得親自照護，卻不時要陪同進出醫院，並尋找適合的安養機構，一家人過得並不平靜。幾年後送走兩位老人家，接著桃枝的母親過世，大小瑣事纏身，根本無暇外出工作。

總算再次安定下來時，居住的社區逐漸老舊，愈來愈多人將房子租給外國人，居民之間經常發生噪音、垃圾分類等衝突。桃枝心想，恐怕很難在這裡住一輩子，和先生商量後決定搬家。當時已出現更年期症狀的桃枝，身心狀況欠佳，看屋時報價大幅超出預算，但她一眼就愛上這間乾淨又漂亮的房子。她對先生說，住這裡感覺對身心有幫助，她會省吃儉用，也會去工作幫忙償還貸款。

沒想到桃枝連兼職的面試都出不了門，不僅內心無來由感到恐懼，身體接連出現症狀更是火上加油。

如今貸款尚未還清，即便先生工作到屆齡退休也還不完。若加上退休金勉強能還清，但那筆錢最好還是留作養老金，盡可能不動用。

對於外出工作的恐懼、償還貸款的恐懼，以及遙遙無期的身心狀況，桃枝陷入更深的不安。

桃枝望向窗外，忽然覺得哪裡不對勁。

腦袋罕見地一片清明，心情相當平靜。

出現更年期障礙以前，從未像這樣對一切感到恐懼，她性格溫和、不難相處，也並不因家庭主婦的身分感到自卑。

然而身體狀況變差之後，價值觀也逐漸變了調。

以前總認為，所謂變老就是拿青春來換取日後的安穩。或許這樣的認知是錯誤的。

年輕時打下的基礎一一敗壞，眼看著就要失去平衡。

儘管如此，還是不能慌了手腳，桃枝心想。

時子常掛在嘴邊的那句「別慌、別慌」，這時在桃枝腦中迴響著。以往從未意識到時間快速流動，也不曾感到心慌。然而送走了老人家，一想到自己的時間也將進入倒數，才不由得慌張起來。桃枝甚至心慌而不自知。不過這時候不應該拚命掙扎而往下沉，而是得放掉全身的力量浮起來才行。

這星期幾乎都躺在床上，沒做任何家務，心想至少要幫先生做頓午餐，她在玄關穿上拖鞋走出屋外。好久沒接觸到外面的空氣，裙子下的雙腿感覺涼颼颼的。

「老公，要吃午飯嗎？」

聽到身後傳來聲音，先生轉過頭。「妳起來啦？」

「但家裡什麼都沒有，只能煮烏龍麵。」

「嗯，就烏龍麵吧。」

和隔壁住戶之間的圍欄不知何時變得斑駁，先生拿著刷子重新上油漆。

看著先生默默刷著油漆的側臉，鬢角的白髮冒出來了，目光中透著頑強堅決。有一次她在車站月臺上突然崩潰，哭個不停打電話叫先生過來，當時他也是這副模樣。先生擔憂時會露出看似發怒的表情，這男人就是會擺出這張臉，做他該做的事。

「喂，妳看這個。」先生指著鐵門說著。

「居然在這種地方留下腳印，不知道是誰惡作劇？」

仔細一看，黑色鐵門上附著泥土乾掉的痕跡，像是鞋印。桃枝愣了一下，腦海中浮現那個三更半夜來找小都的男人。

「太惡劣了。是喝醉酒還是遭小偷？」

「……或許是附近的小學生惡作劇？」

「這鞋印要說是小孩的話未免太大了。這一帶變得愈來愈不平靜，妳也要小心點。」

「嗯。」

「是不是該裝個監視攝影機比較好？」先生低喃著，伸出戴著工作手套的手抹去門上乾掉的鞋印。

之前有個男人半夜來找小都，會不會是那男人跨過門口時沾到的鞋印？要是這麼說，先生想必會氣瘋吧。她實在說不出口。

想到這裡，桃枝頓時感覺背脊一陣涼意。

仔細回想，目睹貌似女兒男友的男人是在二月，鞋印會留三個月這麼久？該不會之後他又來過好幾次？不禁毛骨悚然起來。

雖然認為應該沒什麼大不了的，但女兒的男友真的是個正當的人嗎？

突然對女兒的男友湧現不安，不過為了不讓先生察覺到心情，桃枝佯裝沒事，轉身打開玄關大門。一進到家中，一陣響亮的鈴聲嚇得「哇」地驚呼一聲。原來是家裡的電話。近年來大家習慣使用手機，家裡電話很少響起。她連忙拿起放在鞋櫃上的分機話筒。

「喂，是媽媽嗎？」

聽到女兒的聲音，讓她吃了一驚。「是、是小都？」

「是我。妳怎麼了？」

「還問我怎麼了……妳不是有手機嗎？怎麼會打家裡電話？」

「因為啊……」小都扯開嗓門。

「我找不到我的手機！我記得明明放進了皮包，可是怎麼也找不到。早上出門有些匆忙，搞不好放在房間裡忘了帶，妳能幫我找找嗎？」

接到女兒幾近慘叫的電話，桃枝心想，不過就是個手機，也太誇張了。但心思一轉，對女兒這世代的孩子來說，手機不僅是通訊設備，更是片刻離不了身的貼身伙伴。桃枝拿著電話分機走進女兒的房間。起床後被子沒摺，單人沙發上和椅背上掛滿脫下來的衣服。桃枝的房間也很亂，看來女兒沒好到哪裡去。

鏡子前堆放瓶瓶罐罐的化妝品，她一眼就看到瓶罐堆裡那支粉紅色保護殼的手機。

「找到嘍。」

「真的嗎？太好了。急死我了。」

聽到女兒瞬間變得開心，桃枝不禁微笑。

待伸手要拿起時，手機突然震動起來。她打開筆記本造型的手機保護蓋，螢幕上出現LINE的通知。上頭顯示為「貫一」的頭像傳來一則訊息。桃枝盯著螢幕。這個名字當然不可能是女性朋友。推播通知沒有顯示訊息內容，她小心翼翼地觸碰螢幕，理所當然上了鎖，無法讀取。

「沒了手機很麻煩吧，要幫妳送去店裡嗎？」

「妳要送來？但妳不是身體不舒服嗎？」

「都躺了一星期，沒事了。」

「別勉強喔。」

「不會。沒手機很不方便吧？」

「是啊。真的不好意思，但媽肯幫我送來就太好了。工作上聯絡都靠手機，而且晚上和朋友有約。」

若剛才傳LINE的貫一是男朋友，而晚上正好是兩人相約的話，或許不送手機過去比較好。桃枝思索了一會兒。但她這時實在想見女兒一面，雖然通話時感覺狀況不錯，但沒親眼見到就是不放心。

「我們正準備吃午飯，吃過飯幫妳送去。直接到店裡嗎？」

「太好了，謝謝媽。」

女兒說兩點半是午休時間，於是約好到時在美食區碰面，說完便掛了電話。

煮烏龍麵的同時，先生從外頭進到屋內，桃枝告訴他待會兒要幫女兒送手機到店裡。以為先生會說什麼，只見他默不作聲，靜靜吃起烏龍麵。吃飽後對她說：「我開車送妳去。」

「不用，我搭公車就行了。」

「剛好要去大賣場買油漆，順便載妳出門。」

「好，謝嘍。難得出門一趟，我想在暢貨商城多逛一會兒，回程我就搭公車。」

桃枝迅速收拾廚房，準備出門。明明時間還早，照例先生又在催促，來不及好好化個妝就被趕著上車。車子行駛在熟悉的道路上，天氣好到覺得坐在車內有點悶。稍微開了車窗，陣陣舒服的風吹拂過臉龐。

「不過就是支手機。」先生突然開口：「晚上就回家了，幹嘛還特地跑一趟送去。」

「現在的孩子和我們不一樣，什麼都靠手機，不只是拿來打電話或傳訊。手機不在身上一定很麻煩。她也說工作上聯絡都靠手機。」

「這樣幹嘛還需要市話？店裡也有電話吧？」

「剛就說了手機不是電話嘛，它就像是能打電話的電腦。」

「那用電腦不就得了？」先生嗤之以鼻。桃枝嘆口氣，不再與他爭辯，總覺得在和一個古板的老頭子對話。

女兒搬回家住之後，先生穿起了女兒幫他挑的衣服，外表看起來稍微年輕一些，內心卻彷彿逐漸退化，明顯感受到先生五十歲前還殘留的一絲年輕氣息已然消失殆盡。話說回來，自己也沒資格說別人。

年輕時的先生明明對各類機器都很熟悉，現在無論女兒怎麼建議，他斷然不肯更換新機種的手機；連桃枝換了新手機，他也擺出一張臭臉說妳不需要吧。桃枝心想，或許正因為他以往自恃著理工科的專業，才愈發排斥早已跟不上的現代科技。

「小都打算工作到什麼時候？」遠處出現牛久大佛，桃枝出神地望著大佛時，突然聽先生問道。

「什麼？」

「她要在那間暢貨商城待多久？」

「她本來就是從事服飾業，沒什麼不好。」

「那種工作不如早早辭掉得好。」

聽到先生說得斬釘截鐵，桃枝不禁轉過頭看著他。只見他緊握方向盤，兩眼直視前方。

「她還年輕，身體又健康，總比當個無業遊民來得好。而且為了將來也需要存點錢。」

「她哪有存什麼錢？全花在買衣服上了！」

這倒是。桃枝聳聳肩。

「早點結婚就行了。」

「這時代女孩子結了婚還是會工作。」

「找個會賺錢的男人，讓老公養就好。也得趁著年輕生孩子。」

「要是不生孩子呢？」

「一輩子不會幸福吧。」先生明白地開口，毫無遲疑。

桃枝頓時感到一股幾近恐懼的錯愕感，一時間還以為駕駛座上的先生換了另一個人。沒想到這男人到現在還抱著明治時期的價值觀。

夫妻倆生了女兒之後，一起帶大她，先生比想像中更疼愛孩子，嬰兒時期幫孩子洗澡、換尿布，只要女兒撒嬌耍賴，不管是迪士尼樂園還是哪裡都會帶她去，桃枝從來不曾懷疑他對女兒的疼愛。但仔細想想，兩人似乎沒有具體聊過對女兒將來的期待，而是籠統地認為平凡度日也無所謂，過得幸福就好。

沒料到他竟然這麼想。桃枝大感意外，同時也想到或許因此他才和自己結婚。

我就是和一個會賺錢的老公結婚，讓他養家，還趁年輕時生了孩子，但現在可不覺得特別幸福。

真想這樣回他。這麼一來先生拚死堅守、實際上卻脆弱不堪的價值似乎也將毀於一旦。再三猶豫後沒說出口。

「小都和什麼樣的人交往？」

「我不知道。」

「當媽的居然不曉得？」

「你自己問她不就得了？」

「妳都不關心女兒嗎？」

感覺被戳到痛處，桃枝緊握著放在腿上的雙手。

車子駛入暢貨商城的圓環廣場。佇立在田園與空蕩蕩的寬廣建地之間的大型購物中心，四周漆成粉色的圍牆，桃枝至今依然看不慣。

她下了車，先生一聲不吭地駛離。又比約定的時間提早許多。

或許正逢連假，人潮比印象中更多，著實熱鬧不少。桃枝先前只來過兩次，一次是剛開幕，第二次是小都剛到這裡工作的時候。

桃枝隨意閒逛，人潮眾多但還不至於擁擠，就像逛園遊會一樣，慢慢擺脫了車上對話帶來的壞心情，心情放鬆不少。看到店家就走進去，無論是運動鞋或廚具都拿起來看看。

起初感到雀躍的心情，看了幾間店之後就漸漸失去興趣。

沒有特別想買的東西。以前只要上購物中心或百貨公司，每樣商品看起來都閃閃發光，這也想買，那也想買，不知道是否生病還是年紀大了，此刻走在商場內，完全找不到一眼看到就想買的東西。

到處逛也有點累了，桃枝走到女兒任職店鋪對側的長椅坐下，想著就在這裡等女兒出來。

這時，她瞥見店鋪前有個戴毛線帽的高瘦男子。

男子顯得不太自在，站在櫥窗角落伸長了脖子頻頻望向店內。明明是一間主打年輕女性客群的品牌服飾，為什麼會有男人在店外徘徊呢？難道女朋友正在店裡購物？

她注意到男子頭上那頂搶眼的毛線帽，和女兒戴的那頂橘色毛線帽很像，上面都附著大大的毛線球。

浮現在腦海中記憶一片片堆疊起來，腦中響起拼圖即將嵌入最後一片的聲響。

看著眼前男子的身形輪廓，她想起那一晚潛入小都房間的男人。

怎麼可能，也太巧了。然而愈看愈覺得錯不了，桃枝不禁屏住呼吸。

怎麼辦。

冷靜、冷靜。別慌、別慌。

桃枝覺得口乾舌燥，不斷地對自己這麼說，接著深呼吸後站起來。慢慢地，慢慢地，走近背對自己的男子。在他正後方停下來。

「你好，不好意思。」桃枝在對方耳邊說道。男子大吃一驚，隨即轉過頭來。

「請問……」

男子左右張望後說：「是問我嗎？」

桃枝覺得自己的態度意外沉著，實在不可思議。男子身材高大，肩膀厚實。和先生相較之下身形大了一圈，看得出年輕健壯，五官端正，甚至端正到與身材有些不搭調。眼皮沉重，長臉、厚唇，看來不到三十歲，還帶點稚氣。桃枝面露微笑。

「要是認錯人我先道歉，請問你是不是我家女兒小都的朋友呢？」

男子頓時雙眼睜得老大。

5

到了緊要關頭，
那人肯定比誰都來得溫柔體貼。
可是漫長人生中，
所謂緊要關頭究竟有多久呢？

自転しながら公転する
Spinning Around My Whirl
by Fumio Yamamoto

小都後悔和母親約在美食區碰面。本以為過了中午用餐時段人潮會少得多，沒想到美食區整排桌椅全坐滿人，小孩四處奔跑的嬉鬧聲伴隨孩子母親的喝斥聲響遍全場，一片鬧烘烘的。

小都在嘈雜的美食區來回走了幾趟，遍尋不著母親的身影。心想母親討厭人多的場合，說不定身體不適已先行離開。她愣在入口處，正苦惱不知如何是好，此時後面有人拍了拍她的肩。

「媽！」

「終於找到妳了。這裡沒位子，我只好到處晃。」

「沒想到現在還這麼多人，真對不起。」

母親笑著從手上的皮包裡拿出小都的手機。「來，給妳。」

「太感謝了，終於得救了。還以為弄丟了，差點哭出來。」

「還好找到了。我回去嘍。」

「這麼快？」

「連假期間很忙吧？」

「現在是午休，不要緊。後面的咖啡座應該比較安靜，要不要過去坐一下？我也順便吃點東西。」

母親猶豫了一會兒後點點頭。小都帶著她走在商城裡。感覺母親今天精神不錯，或許很久沒來商城逛街而格外興奮吧。兩人在開放式咖啡座面對面坐下。

「黃金週期間很忙吧？」母親又問了一樣的問題。

「已經是連假最後一天的下午，沒那麼忙了。而且這段期間總公司派了些人來幫忙，今天反倒店員太多，很輕鬆呢。」

「那就好。」

「媽覺得身體怎麼樣？」

「嗯，今天很不錯。可能是睡得比較好。」

「是嗎。」

母親看來心情不錯，但總覺得哪裡不太對勁。每次狀況好轉又會急轉直下，這一點讓小都頗害怕。

「小都。」

「什麼？」

「爸爸對我說了，妳現在有交往對象，對嗎？」

正要張嘴咬三明治的小都，不由得停下動作。嘴裡含著麵包，雙眼睜得大大的看著母親。

「下次帶來家裡吧。很久沒下廚了，我來做一桌。」

「怎麼突然提這個？」

「只是好奇妳交往的對象是什麼樣的人。爸爸一定也這麼想。要是覺得邀他來家裡太鄭重其事，約外面也可以。若還不想讓他和爸爸見面，可以先介紹給媽，我就想看看長什麼樣子嘛。」

「可、可是……」

「我不是催妳結婚，這種事不用勉強，一起喝點東西或單純見個面都好。」

若是父親開口還能理解，母親主動提出要求反倒令小都驚訝。母親以往對小都的交友從來就不感興趣，加上近幾年光是自己的身體狀況都自顧不暇了，根本沒有心力放在其他事上。

對於一臉慌張失措的小都，母親全不以為意，逕自喝完紅茶後說著「公車快來了，先走嘍」

隨即起身，留在座位上的小都茫然目送著母親的背影消失在人群中。

為什麼突然一副為人母的態度說出這番話呢？難道父親向她嘮叨了很久？總感覺母親的神情不太對勁。

小都滿心狐疑，拿起半天沒看過的手機。待機畫面上顯示幾則推播通知，看到是貫一傳來的訊息，趕緊點開。

我準備去暢貨商城買點東西。

要不要一起吃午飯？幾點午休？

這些都是近中午收到的。

小都連忙回覆他手機忘在家裡，沒看到訊息。

下班後，小都來到貫一的住處。

每當小都來訪，貫一會刻意不鎖門。小都敲了幾下門，說聲「我來嘍」就開了門。只見貫一正趴在榻榻米上看電視，平常他總是靠在牆角讀書，今天倒讓小都有些意外。貫一抬起頭看了小都一眼，露出無奈的笑容。那頂附毛球的毛線帽扔在榻榻米上，貫一感覺就像那頂帽子，顯得癱軟無力。

「好香啊。」

小都打開爐臺上的鍋子上蓋，裡頭是淡淡的金黃色、看來十分可口的照燒蘿蔔青魽。

「看起來好好吃。我餓了。」

貫一沒作聲，直盯著小都的臉。

「怎麼了？一副很累的樣子。」

「沒事，吃飯、吃飯！冰箱裡還有昨天做的羊栖菜，拿出來吧。」

三月底之後就失業的貫一，自告奮勇在小都上早班的日子幫她做晚餐。配菜通常是拿乾貨或豆子來紅燒，或是烤魚，都是些簡單的菜色，卻比小都父母做的都好吃。

「今天出門忘了帶手機，沒看到你的LINE，真抱歉。後來我媽才幫我送手機過來。」

小都又說了一次先前LINE傳過的內容。雖然那則訊息顯示已讀，但貫一後來沒有回覆。

「嗯，我看到了。」

「你來暢貨商城買什麼？」

「鞋子。」

「哪種鞋？」

「皮鞋。現在這雙太舊了。」

是為了找工作換新鞋嗎？本來想這麼問，但還是算了。

小都從冰箱拿出一小碟羊栖菜放在桌上，再盛了一碗剛煮好還溫熱的白飯到自己的碗裡。貫一拿出流理臺下方的瓶子，伸進米糠床裡挖出醃漬的醬菜。

「感覺很好吃。開動！」

「快吃吧。」

對於貫一找工作的狀況，小都巧妙地避而不談。他既沒開口向小都要錢，還主動做晚飯給她吃；而且兩人之間沒有婚約，小都也不方便過問錢的事。

貫一似乎陸續在面試找工作。有時掛在牆上的西裝當天穿過的痕跡；前幾天他突然將頭髮剪成清爽的平頭。他不停地喊著頭好冷，小都還將自己的毛線帽給了他。貫一看到那頂螢光橘的帽子不禁笑說：「好蠢的顏色。」嘴上這麼說，其實很喜歡，最近老是戴著。

兩人坐在收掉暖被的桌子前，邊看電視邊吃飯。小都配白飯，貫一則啜著燒酎配蘿蔔燉青鮒。電視上播的是吵吵嚷嚷的猜謎節目。每次看猜謎節目，貫一都能和東大畢業的來賓同時說出正確答案。今天也是，來賓翻開解答紙板前，他便說出了答案，而且幾乎都答對。節目一公布答案，小都就和貫一齊聲歡呼，一同高舉雙手大笑。

其實很想停下來別笑了，索性將所有在意的心事一股腦兒說出來。

找工作還好嗎？你有多少存款？我爸媽要我帶你回家，你覺得好嗎？要等你找到工作嗎？還是即便失業來拜訪一下也無妨？你會不會根本不想來我家？

倘若一開口肯定停不下來，小都只能不斷扒著食物，像是要吞下這些幾乎脫口而出的心事。

「怎麼了？妳臉色好難看。」

「貫一。」

「什麼？」

「我爸媽希望我帶交往的對象回家。」

說出口了。小都低頭盯著桌子。她不敢看貫一的表情，不想看到桌子另一頭萬分尷尬的表情。有好一會兒，房間裡只聽到電視節目的聲音。進廣告時貫一開口了：「可以啊，隨時都行。反正我很閒。」

聽到意料之外的回答，小都驚訝地抬起頭。「你願意？」

「妳不也見過我爸了嗎？」

「啊，也是……」

四月那一趟溫泉旅行，回程時見到了貫一的父親。說是見面，比較像是探望。

四月的溫泉之旅雖然只有兩天一夜，卻是充滿驚奇的小旅行，還因此了解到貫一不為人知的過去與苦衷。

他說友人送了住宿券，兩人決定去住那須的知名觀光大飯店。那是小時候常在電視廣告上看到的飯店。

這間溫泉飯店適合全家人和年長者投宿，也包辦以宴會為主的團體住宿。飯店裡還有保齡球場和游泳池，晚上會舉辦歌唱秀，聽說常有各地追星大嬸特地前來欣賞喜愛的演歌歌手演出。要是過去，或許她會說難得出遠門，至少住個像樣點的地方。但小都心想和貫一同行，比起標榜獨特時尚風的飯店，在這種地方感覺更自在，也比較適合目前的自己。

但小都從來沒有獨自駕車到外縣市，對於長程駕駛沒什麼自信。本想拜託貫一開車，沒想到他只是傻笑著說：「妳要是累了我再接手。」就是不肯坐上駕駛座。自從駕訓班的道路駕駛課之後就沒再上過高速公路，小都十分緊張，所幸平日車流量較少，很快就抵達那須，反倒意外覺得無趣。

辦好住房手續後，時間比預計早上許多，於是租用了據說很受歡迎的家庭用私人浴池。位於戶外的浴池能夠遠望群山，兩人一邊聽著鳥鳴一邊泡澡，互相刷背、洗頭。貫一還赤條條地趴在石頭上高聲唱歌。

貫一身形高瘦，但肌肉結實，很適合穿浴衣。在浴池裡還像個小學生一樣戲水，一穿上浴衣就散發出迷人的男性魅力，小都不禁害羞地低下頭。明明兩個人都換上浴衣，居然是男方讓人小鹿亂撞，這反過來了吧！小都顯得有些不甘心。

回到房間，貫一邊喝啤酒邊讀書。等小都吹乾頭髮、塗抹完保養品時，他已經睡著了。看著躺在榻榻米上的貫一，小都從櫥櫃裡拿出毯子幫他蓋上，心中升起一股像是欣慰又有些悲傷的複雜情緒。

小都曾經來過那須。當時和前男友住進一間森林山莊，山莊裡的餐廳空間大到平常在都會區根本無法想像，從房間露臺眺望的蒼翠庭園更如夢境般美得驚人。但要說玩得開心嗎，她其實不確定，只是心想既然他大手筆買下這片超乎尋常經驗的絕美風景，自己得融入這片景致才行。這也讓她從頭到尾戰戰兢兢，喘不過氣來。

相較之下，此刻小都是打從心底放鬆，矛盾的是，有一股不同於往昔卻更難言說的格格不入，在心底深處揮之不去。

晚餐的自助式餐點豐盛豪華，超乎小都的想像。放眼望去，盛放在大盤子裡的食物如小山般綿延不絕。無論西式日式中式，還是沙拉肉類海鮮甜點，想得到的美食應有盡有。

貫一醒來之後精神大好，來來回回取了不少餐點，在桌上一字排開。天婦羅、烤牛肉、生魚片、咖哩飯，連稱得上老本行的壽司也一派自然端回來。這亂七八糟的吃法令小都有些傻眼，一時不曉得從哪吃起。不過待在寬敞的餐廳一久，和一群人穿著同款式的浴衣，放縱食欲大口咀嚼，在一派熱鬧中，悖德感之類的情緒也逐漸麻木。明明早該吃飽了，對於不同的味道和口感仍有止不住的欲望，不住狼吞虎嚥。

挺著吃得很撐的肚子走出餐廳時，太陽才下山不久，正值入夜。小都提議散步稍作消化，貫一在伴手禮小店後方發現桌球區，吵著要玩。兩人一身浴衣加拖鞋，直接在入口租借球拍。

他沒想到小都曾練過桌球，還親切地指導她如何握拍，像在教小孩一樣。小都不作聲聽他說完，待貫一揮出軟綿綿的一球過網時，小都抬起手全力回擊，球應聲壓到底線後彈飛。貫一驚訝地瞪大雙眼。

「別拖拖拉拉，快打啊。」聽到小都的吆喝，貫一依舊滿臉詫異，隨後發出強而有力的一球。盯著球來到手邊，小都壓低球拍回了猛烈的一記。

自助式晚餐裡也附帶無限暢飲的酒精類飲品，喝得酩酊大醉的貫一手忙腳亂地尋找四下亂飛的球，然後又蹩腳地發球。每打來一球，小都會瞄準他接不到的角度，再回擊高速球。貫一終於忍不住噗嗤一聲，笑到蹲在地上。

還了球拍，走進電梯，貫一依舊狂笑不止，還接連高喊「阿宮超讚！」。每聽他喊一次，小都就感受到極致的優越感。兩人決定稍事休息，再前往大浴池泡澡，又說下次要來一場保齡球對決，踩著發出啪啪響聲的拖鞋走回房時，房門口站著一名年輕男子。

「貫一哥！」

那名男子轉過頭來高聲大喊，並笑著跑了過來。他身穿襯衫、打領帶，還套著印有飯店名的短外褂，應該是飯店員工。

「哦，是阿優。」

「貫一哥，真高興見到你。」

男子仰望貫一的模樣就像個不停眨眼的可愛小狗。年紀約莫二十歲，留著過時的小鬈髮，額頭上還有剃刀上推的痕跡，和那張仍透著稚氣的臉孔很不搭軋。

「這小子是阿優，住宿券就是他送的。」

小都連忙彎腰致意。貫一指著小都說：「她是阿宮。」這樣介紹也太草率了吧，小都不禁皺眉。阿優聽到後立刻深深一鞠躬。「您好！」

「感謝您來住宿，我真的超級開心。我是阿優，多年來受貫一哥諸多關照。這份工作也是貫一哥幫我找的，我對他超感激。」

阿優的個頭略矮，微笑時露出的一排牙齒不太整齊。小都突然覺得好像在哪裡見過這張臉。

「我哪有幫你找工作，只是通知你這裡好像在徵人。」

「我當時根本沒動力找工作，還堅持要在老家附近工作。幸好貫一哥點醒我。」

「哪有。」

「要不是貫一哥告訴我，想繼承家業前最好還是先到外頭工作一段時間，否則我一定會繼續擺爛下去。那時我們全家都很茫然，不知道該怎麼辦才好，可是貫一哥不但幫我們整理破爛又髒兮兮的房子，還一直幫我們家煮飯。我爸媽和姊姊都覺得他根本是佛祖再世。」

「別提佛祖了，砍死你喔。你姊最近好嗎？」

「很好啊。前陣子還說有小孩啦！」

「真的嗎？上次碰面時她完全沒說。」

「肯定是不好意思告訴貫一哥。畢竟姊姊很崇拜你嘛。」

兩人說說笑笑，一旁的小都掛著凝結在臉上僵硬的笑容，完全聽不懂他們聊什麼。總之這男孩子似乎非常仰慕貫一。

「我今天值夜班，明天早上就下班了。若不嫌棄我這個電燈泡，讓我帶你們在這一帶到處逛逛吧。」

「不了，我明天會過去老爸那裡，然後就要回東京。」

咦！小都望向貫一。老爸那裡？

「好吧，難得這麼久沒見，真可惜。你爸狀況不好嗎？」

「沒事，只是去看看他。謝謝你送我住宿券。看到你過得不錯就好，之後找時間喝酒慢慢聊。」

「貫一哥下次帶女朋友來我家吧。」

「嗯，工作加油。」

阿優往走廊另一頭走去，還不住頻頻回頭。看著他的身影消失在轉角，貫一敲敲自己的肩膀，一副終於放鬆下來的模樣，走進房間。小都緊跟在後，貫一像念歌般：「身體又冷了，來泡個澡吧。」說完就拿起毛巾。

「等一下。」後頭的小都拍了拍貫一的背。

「怎麼了？」

「你先解釋一下剛剛的狀況。」

「解釋什麼？」

「那個男孩子和貫一是什麼關係？還有，你說明天要去哪裡？」

「唔，妳說老爸啊？」

小都心急如焚，雙手抓著他的浴衣衣襟前後搖晃。

「老爸是誰？」

「老爸就是老爸。我老爸。」

「要去見你父親？我也一起去嗎？」

貫一擺著頭，露出沉思的表情。「妳要是不想去，我自己去也可以。」

「不是我想不想，而是我根本不知道這回事！怎麼不先讓我知道？」

「打算晚點說。」

「應該要早點說！我根本還沒做好心理準備，也沒買伴手禮，而且我只穿了條牛仔褲。」

「少無聊了，這些都不重要。喂，等我泡完澡再慢慢討論。」

「現在就說清楚！」

「現在不去泡澡我會睏到睡著啦。先讓身體暖和起來，再慢慢聊，難得來泡溫泉嘛，好嗎？小、阿、宮。」

貫一輕柔撫摸著自己的頭髮，小都只好放棄咄咄逼人，但內心還無法釋懷。她沒作聲，鬆開了揪著貫一衣襟的雙手。

兩人默默走向大浴池，各自前往男女浴池。小都回房間時，先回來的貫一已經鑽進鋪好的棉被裡呼呼大睡。小都忍不住朝他背上踢了一腳。貫一一旦睡著，無論怎麼踢也踢不醒。

「我可從來不搞神祕喔。」

早餐時，小都氣呼呼地攪拌著納豆。和昨天同樣的餐廳，自助式早餐，眼前是一排讓人如夢初醒面對現實的菜色。

「因為你從來不提自己的事。」
「是妳沒問吧？」
「我沒問是我的錯嘍？」
「又沒說是妳的錯。」
面對老是繃著一張臉的小都，貫一似乎也生起了悶氣，胡亂將碗裡的飯扒進嘴裡。昨晚笑成一片的光景就像一場夢，兩人在尷尬的氣氛中匆匆收拾行李，完成退房。
小都一副「今天一定要換你開車」的態度，迅速鑽進副駕駛座。貫一一臉無奈，坐上駕駛座。
「你爸家在哪裡？」
「算是家嗎……他現在住安養中心。但他罹患失智症，連我也認不得了。」
「啊，是嗎？」
「在水戶，車程約兩小時。」
不需要導航，貫一熟門熟路駕著車，奔馳在一間小店也沒有的鄉間道路上。他緩緩對小都說起自己的家庭。
貫一是他父親五十歲時生下的孩子。這麼說來他父親已經超過八十歲了。上面還有一個姊姊，貫一說姊姊是父親和前妻的孩子。
他父親是手藝還算不錯的壽司師傅，但很愛喝酒，而且一喝就停不下來，克制不了自己，有時喝到連店也開不了。加上好面子，家裡明明不富裕，每次去喝酒就幫同行所有人埋單。後來向地下錢莊借錢，欠了一屁股債，三天兩頭就有電話打來店裡討債。
前妻丟下年幼的女兒離家出走，他父親雖然不知所措，仍然無微不至地照顧女兒，周遭親友都很意外。只是一個大男人能做的畢竟有限，認識貫一的母親後便立刻再婚。貫一出生不久，父親收斂許多，不喝酒的時候是個善良的好人，能做出美味的壽司，受街坊鄰居景仰，貫一也很尊敬父親。從小到大，他很自然認為長大要繼承壽司店。

然而，隨著迴轉壽司、外送壽司店興起，生意大受影響，父親的酒又愈喝愈多，不知道是不是因為飲酒過量，父親記憶力變差，在店裡記錯客人點餐內容，還算錯帳，幾次下來連常客也惹惱了。此時貫一的母親也和他前妻一樣，再也受不了先生離家出走。貫一決定先去外頭磨練手藝，再回來繼承家業，並且拜託父親暫時歇業。筋疲力竭的父親乾脆答應，不料歇業沒多久，失智症隨即加劇。最後不得不賣掉兼作住家的店面，支應入住安養中心的費用。

一口氣說到這裡，貫一頓了一下後開口：「全劇終」。小都「嗯」了一聲點點頭。

不知道該說什麼。這麼悲慘的經歷，相較之下母親的更年期障礙根本微不足道。現實中拋下幼兒離家出走的母親，讓小都大感震撼。這段日子貫一對這些事隻字未提，從他身上也看不出任何端倪。

小都低聲說：「經過便利商店就休息一下吧。」

貫一在路旁的便利商店停下車。小都買了罐裝咖啡，拿了一罐給在門口菸灰缸前抽菸的貫一。她從皮包裡拿出那只裝了照片的信封，遞到他面前。

昨天晚上，貫一睡著後小都又拿出那幾張照片，在裡頭找到了阿優。照片裡的他比昨晚感覺更青澀，但小都還是從那排獨具特色的亂牙認了出來。

「旁邊就是昨天的男孩子吧？」

「真是令人懷念。照片怎麼會在妳那裡？」

「上次向你借外套時，照片就放在外套口袋裡。因為有點好奇就一直收著，擅自拿走真對不起。」

「沒關係。」

「沒關係嗎？」

「對啊，小事。」貫一挑起單邊嘴角微笑。

「這些人是哪裡的朋友……之前都不知道怎麼開口問你。」

「就直接問有什麼關係。」

「也對。所以是什麼關係的朋友？」

「這個嘛……」

「你看，果然說不出來。就猜到會這樣才不好開口。」

「好啦，我說。他們是志工伙伴。」

「什麼志工？」

「震災的志工。東北大地震爆發時，茨城沿岸海嘯受災很嚴重，阿優他爸是我爸的師弟，在海邊經營民宿，當時狀況十分慘烈，於是他拜託我去幫忙他們重建家園。照片上的女孩子是阿優的姊姊，其他也是來到當地的志工。」

「什、什麼！」完全出乎意料，小都忍不住大聲驚呼。

「妳看，就知道妳會有這種反應，所以才說不出口的。」

「這是因為……」

「好啦，走吧。」貫一撇過頭，按熄了菸頭。

中午之前抵達了位於水戶市區的安養中心。它是坐落在住宅區，看起來很不起眼，一棟不大的建築物。混凝土牆面上只貼著平假名的安養中心名稱，其中字還是粉彩色的，不搭調的異樣感讓小都心中升起一股不安。

小都從沒踏進年長者入住的安養中心，對於這類場所該有的舉止有些忐忑。小都的祖父母都已過世，雖然小時候曾去祖父母家玩，但並沒有太多互動。

貫一在櫃檯登記完，不搭乘電梯直接踩著輕快的腳步走上三樓，小都則緊張地跟在其後。穿過三樓的電梯間，來到一處像起居室的寬敞大房間。裡頭幾位老人家正坐在輪椅上圍坐桌旁，房間裡的裝潢幾乎和醫院沒兩樣。此時某處飄來一陣高湯的香氣，應該快到午餐時間了。這群老人家沒注意走進來的貫一和小都，各自安靜望著不同的方向。貫一直接走向坐在窗邊的老人。

這名老人明顯身形較其他老人高大，弓著背出神。貫一對著他說了「我來嘍」，老人緩緩抬起頭看向貫一。看著老人黝黑的臉，小都不覺一愣。那不是太陽曬出來的黝黑，眼前是一張黯沉的臉，正中央有顆紅得出奇的蒜頭鼻。老人沒有回應，也沒露出微笑。貫一蹲在輪椅前，輕輕拍著老人的手臂。

「老爸，你好嗎？」

老人嘴角似乎有些鬆動。

「看起來還不錯。姊姊最近來過嗎？」

即使老人沒反應，貫一還是很自然地與他對話。他突然站起來，到角落從疊放的圓凳中拿了一只放在小都面前。小都略顯不自在地坐了下來。

「老爸，她是小都，我都叫她omiya。」

老人稍微將頭偏向小都。那雙埋在皺紋裡的眼睛瞇得小小的，像大象一樣。

「念起來像不像貫一和阿宮？《金色夜叉》呢。很巧吧。」

小都僵硬地向老人行禮。這時，一名穿POLO衫的男性員工走過來，向貫一打招呼。兩人像是認識，態度輕鬆地問候著。

此時午餐端上來，貫一拿起湯匙舀著像是嬰兒副食品的糊狀食物，一口一口餵進父親的嘴裡。老人沒辦法專注進食，有時像小嬰兒一樣邊吃邊發呆，有時食物從嘴裡掉出來。貫一耐著性子哄他，幫他擦嘴，花了一個多小時總算吃完碗裡的食物。小都從頭到尾只能緊握雙手，在一旁看著。

就這樣，兩天一夜的小旅行讓小都頭一次了解貫一的過去。

吃完貫一做的晚餐，小都在設備簡易的廚房洗碗盤。

貫一不知道什麼時候又趴在榻榻米上睡著了。剛開始交往時還沒發現，他真的很會睡，常常一不留神，就像貓咪一樣在某處睡著了。

小都擦乾雙手，輕輕走到貫一身邊蹲下。他閉上眼時睫毛比想像中來得長。隨著呼吸一起一伏的胸膛，感覺比當初認識時單薄了些。

或許他也為了遲遲找不到下一份工作，還有父親的狀況感到煩惱，可倒也沒有煩惱到睡不著，小都不免有點惱怒。

要是自己，根本不可能在男友來訪時睡得不省人事。像貫一這樣不太在意別人的眼光，活得應該比較輕鬆吧。

其實他並非不體貼，反倒還更為他人著想。

不只照顧失智症的父親，還前往災區做志工。為了他人毫不吝惜自己的時間，也從來不抱怨。

小都在前一趟旅程中，了解到貫一個性中貼體的這一面並深受吸引。與其說感動，更接近震撼。前男友手頭闊綽，卻是個感情淡薄的人，相較之下，貫一那份毫不遮掩的溫柔教人吃驚。

而這股驚訝隨著時間過去，從加深對他的愛轉變為自我厭惡，在心中逐漸蔓延。

小都自以為常為身邊的人著想，體貼他人，然而一旦家人生病，需要付出時間照料時，她卻感到不太情願。面對自己的家人如此，更遑論陌生人，她根本打從心底沒想過這種事。相較於貫一，自己真是冷酷無情。這股想法在心底隱隱作痛，就像蛀牙滲了水。

她伸長手，小心翼翼地撫摸貫一的臉頰，沒刮乾淨的鬍碴輕扎著指尖。小都彎下身，將嘴唇貼近他乾澀的雙唇。他鼻息間夾雜著刺鼻的菸味，雙唇觸碰之前，小都停下動作。

小都看見倒在桌子另一頭的燒酎空瓶。一瞬間，貫一父親那張暗沉泛黑的臉龐閃過她的腦海。

貫一到了緊要關頭肯定比任何人都來得溫柔體貼吧。

不過在漫長人生中，所謂「緊要關頭」究竟有多久呢？

「喂，我要回去了。」小都搖晃著他的肩膀。「唔……」貫一應了一聲。

「待會記得蓋被子睡覺。」

「……好。開車小心點。」

貫一翻了身，縮起背，隨即發出鼾聲。最近他已經不送小都回家了。

獨自離開貫一的住處，慢慢走到附近的投幣式停車場。在收費器裡投入零錢，空蕩蕩的停車場裡響起巨大的匡噹聲。

鑽進車內，拿起手機。

回家前想找人說說話。明明才和貫一度過了愉快的時光，卻感受不到開心的餘韻，真想找個人胡亂嬉鬧一番後結束這一天。

颯花？繪里？可已經很晚了，她們倆可能都睡了。雖然這麼想，還是傳了簡短的訊息：**好久不見，最近好嗎？**

最近總覺得不好開口和颯花聊貫一的事，也不再報告近況。兩人都沒讀訊息。小都只好死心，準備發動引擎時，聽到LINE的訊息聲。以為是友人回訊，一看居然是阿仁。

我的 mya，妳好嗎？下星期請和我約會，哪一天都ＯＫ。

小都在暗夜裡盯著發亮的手機螢幕，整個人彷彿快被吸了進去。

感情不如意時希望至少工作上能順利些，實際上卻並非如此。

隔天早上一進店裡，店長氣沖沖走過來，一把抓住小都的手臂，「妳來一下！」硬是拉她進後場倉庫。看著店長吊起雙眼，小都心想難道自己捅了大婁子？但實在一點印象也沒有。

「有什麼事嗎？」

「中井小姐去Blue Ship上班了，妳知道嗎？」店長緊抓著小都的手臂，壓低聲音問道。

「什麼？」

「我聽隔壁店的人說了，剛過去確認，她站櫃時還一副若無其事的樣子。」

小都聽了目瞪口呆。

中井杏奈惹出來的風波，她還以為早已解決了。

小都拗不過行銷專員東馬及店長的請託，後來找上杏奈，說了部落格的事。杏奈看起來很平靜，點頭說「我知道了」，還微笑賠禮。「真不好意思，讓與野小姐費心了。」小都鬆了口氣，原來滿懂事的。沒想到杏奈卻以迅雷不及掩耳的速度隔週就向總公司遞出辭呈，並說要將未休的特休消化完，簡單打聲招呼後再也沒來上班。

這讓小都大感震驚。那次談話自認沒有讓杏奈不愉快，且她也一副能理解的態度。這種事不需要鬧到離職吧，完全不懂杏奈的想法。

店長先前明明說「她主動離職比較輕鬆」，可當杏奈真的遞了辭呈，店長又因班表亂成一團、導致自己無法休假擺出一張臭臉。只是服飾業員工臨時辭職是家常便飯，小都早已適應也告訴自己別多想。

「這是真的嗎？」

「與野小姐，妳早就知道了吧？」

「我完全不曉得。」

店長嘆了口氣低下頭。「現在的年輕人真是的，到底在想什麼……」

話聲到後來已聽不清楚。店長的右手依舊耍賴似地抓著小都的手臂不放。

雖說在同一棟商城或購物中心，由於每間店鋪隸屬不同企業，跳槽並不違反規定。不過跳槽到同業種且距離很近的店鋪，明顯有違職業道德。小都過去擔任店長時也遇過同樣的狀況，像這樣被擺一道，在精神上的確會大受打擊。

「……與野小姐也是，想辭職的話可要早點說。」

「我沒有要辭職。」

「別人呢？有沒有誰也想離職？」

「根本沒事，是中井小姐太莫名其妙了。」

店長的長髮遮住了側臉，看不見表情，只見她的肩膀不住顫抖。

小都一邊工作，激動的情緒仍無法平復，就這樣心神不寧直到休息時間。

小都本來就有點怕杏奈這種人，很清楚知道彼此合不來。這件事雖然煩人，但反正已和自己不相干，繼續垂頭喪氣也不是辦法。

她這樣告訴自己，拿著便當打開休息室大門，看見自動販賣機前有個高䠷女子的背影。女子蹲下身拿出購買的飲料，一轉過來竟然是杏奈。小都當下不作他想立刻關上門，轉身就往走廊走去。

整棟商城有好幾處休息室供工作人員自由使用，杏奈卻偏偏來到同一個休息室。太意外了。萬一和前同事打照面，她不覺得尷尬嗎？

「與野小姐！」

小都驚訝地轉過頭，只見杏奈一臉笑盈盈。

「為什麼一看到我就跑呢？」

小都屏氣凝神直瞪著她。

「別一副看到鬼的樣子嘛。我也要吃午飯，方便一起嗎？」

照理說回絕就好，但小都忍不住像剛才店長對待自己一樣，一把抓起杏奈的手臂拉她到通道後方。店長快休息了，她可不想和店長碰個正著。

小都拉著杏奈到離店鋪最遠的休息室，兩人隔著桌子坐下。小都打開便當，杏奈則拿出在便利商店買的三明治。

「與野小姐真有趣，該覺得尷尬而躲起來的不是我才對嗎？」

聽她大剌剌地說著，小都不禁一肚子火。「既然這樣，妳怎麼不尷尬地躲起來就好？」

「我可不覺得尷尬。我沒有做錯事。」

小都這時食欲全消，但不繼續吃又覺得不甘心，於是三兩下夾起炒小熱狗和煎蛋捲塞進嘴裡、然後低頭盯著便當說道：

「要去哪裡工作當然是妳的自由、不過妳做得太過火了，前公司當然會覺得不愉快，跳槽過去的新公司可能也會覺得妳這種人忘恩負義。說不定沒多久又得辭職。」

「的確不少人有這種看法。謝謝妳，連跳槽後的風險也為我擔心。」

「店長還哭了。」

「為什麼哭?有時間哭還不如做其他有用的事。」

即便小都說得這麼白了，她依舊一副四兩撥千斤的態度。一個巴掌拍不響，小都覺得很洩氣。好一會兒，兩人默默用餐沒有交談。杏奈以吸管啜著果汁，一邊輕哼著歌。小都看不下去，又開了口：

「我提醒部落格的事讓妳這麼不高興嗎?妳分明是正職員工，根本不需要因為這件事辭職吧。」

「不是，我才不是因為部落格的事離職。那只能算導火線，我本來就對公司有很多不滿。」

「嗯，看妳的部落格就知道。」

「既然行銷專員發現了，以後應該也不會再信任我。即使提出申請調去其他分店也未必會通過，加上我也不太喜歡包括店長在內的同事們，畢竟算不上好的工作環境，應該說每天都覺得很無趣。」

「那是妳自己搞砸了吧。」

「與野小姐今天講話很嗆吔。平常也像這樣勇於表達自己的意見不就好了？別老是想八面玲瓏不沾鍋。」杏奈語帶揶揄，指著小都的臉。在這個節骨眼上，小都竟然還盯著她纖細的手指覺得好美，指甲油和戒指也很有品味。

「或許吧，但還輪不到妳來指教。」

「這麼說也是。」杏奈露出輕蔑的笑容，感覺有挑釁的意味。

「中井小姐，妳不會覺得不好意思嗎？」

「什麼意思？我可沒有做任何丟臉的事。從我的角度來看，與野小姐才應該覺得不好意思。」

小都直瞪著杏奈。只見她嘴角上揚，眼神卻不帶一絲笑意。

「與野小姐要不要也跳槽？現在很缺人，來多少都錄取。而且在Blue Ship，就算是分店招募來的也有機會晉升為正職員工，對員工比較有利。換作是波瓦爾集團，不同意調動的話就沒辦法成為正職社員。」

波瓦爾集團是小都任職品牌的總公司。

「什麼？」

「妳連這個也不曉得？」

「……我當初錄取的時候看過合約。」

「檯面上才不會說那麼白。還有，波瓦爾評估無法擔任管理職務的人就不會通過成為正職員工。畢竟他們泡沫經濟前就在了，經營團隊都是老古板，就算獲得推薦，高層幾乎都是穿西裝打領帶的老頭，除非真的擁有亮眼的銷售成績又能言善道，否則面試也不會過。我不知道店長怎麼對妳說的，那女人說話真的很隨便。多半是端出晉升正職員工當幌子，讓約聘人員聽話做事罷了。」杏奈那長長的指甲輕敲桌面。

「再說與野小姐看起來一點企圖心也沒有。先不論組織或大環境，妳呢，工作時不就只是不求犯錯。仔細想想看吧，不管哪家公司都不會想讓毫無企圖心的人升上正職員工，不是嗎？」

坐在裡頭的一群人轉過頭來，看得出對這邊的狀況感到好奇。杏奈似乎也察覺到了，她輕輕咬著脣低下頭，緩緩攏了攏頭髮。

「如果妳無意成為正職員工的話，很抱歉冒犯了。以現今的服飾業而言，合約未滿前轉為正職員工其實也沒什麼大不了。波瓦爾雖然作風古板，但畢竟資本大，出於這樣的考量，依合約走或許更具動機性。」

「……中井小姐，妳不是因為喜歡這個品牌而進公司的嗎？」

「當然是不討厭。但這種價格的衣服，不就和自助式咖啡沒兩樣？管它是星巴克還是羅多倫其實都差不多。」

「咦？」

「每個人對服飾的看法不同，但這種程度的衣服我不認為是時尚，而是一般日常用品；就像到處喝得到的咖啡、買得到的襪子或文具。對了，就像漂亮的筆記本。與野小姐，妳念書時都拿什麼樣的筆記本？我會去手創館之類的店家認真找尋可愛的筆記本，當然百圓商店賣的也能用，只是既然每天要用的物品，還是想要更好看的吧？也希望朋友看了之後覺得很棒。差不多是同樣的道理。我也知道到銀座之類的地方買得到高級又有品味的筆記本，但買那麼貴的筆記本要用來寫什麼呢？難道用一本兩千圓的筆記本成績會因此變好？我呢，覺得在一般日用品上花大錢實在很蠢。對我來說，筆記本和衣服都是消耗品。正因為是消耗品，大方推銷叫賣也無妨，所以我喜歡在暢貨商城。我可是充滿企圖心推銷叫賣呢。」

她這番話氣勢逼人，且能夠巧妙穿搭暢貨商城的服飾，又展現絕佳品味的她，說起這些話充滿說服力。

「與野小姐應該和我一樣，並不特別喜歡現在這間店的衣服吧。但這很正常，其實每家店賣的衣服都差不多。比方說妳在咖啡館打工，難道不會想換到高時薪、工作環境愉快的店家嗎？那在百圓商店工作，或是在超市收銀呢？為什麼做服飾業就會冒出自尊這種東西？」

說到這裡，杏奈將剩下的三明治塞進嘴裡，依舊盯著小都的雙眼，緩緩咀嚼著。小都早已沒心思吃便當，放下手中的筷子。

「抱歉，我一個人說個不停。要是妳想說什麼、或是對我不滿，都可以直說。」

小都想了想說：「好像沒什麼要說的。」

「怎麼可能？」

「我覺得妳的話很有道理。就算覺得哪裡不對勁，無論怎麼回應妳都會反駁吧。」

「沒想到妳放棄得這麼乾脆。」

小都露出苦笑。

「剛才我也說了，小都姊不如來Blue Ship。我可不是說風涼話，這裡條件真的不錯。想在外場銷售的話，選品店會比較有幫助。老是穿Truffe的衣服會膩吧？」

「嗯，的確已經膩了。」

「不過東馬先生對妳有意思，找他的話說不定還能幫妳調薪。那男人畢竟是未來的高層名單之一。之前去喝酒的時候，他還說與野小姐的胸部很大、很誘人呢。」

「……妳說什麼？」

「他還說想和小都姊上床，最好多提防這男人。」

此時小都放在桌上的手機震動起來。她低頭看手機，杏奈趁機迅速地站起來。

「時間差不多，我該回去了。抱歉說了很多失禮的話。」

目送杏奈纖細的背影消失在門後，小都點開手機。

小都，好久不見。收到妳的LINE。有一陣子沒碰面了，改天來約喝一杯。

是繪里的訊息。小都正要回覆時，思考了片刻後撥打電話。

「小都居然打電話來？真稀奇。」繪里很快接起電話。好久沒聽到她的聲音了。

「現在方便嗎？」

「沒問題，星期六我休息。妳也休假嗎？」

「沒有，我要上班。現在是午休時間。」

「妳聲音聽起來怪怪的，感冒了嗎？」

「可能快感冒了。」

「小都感覺不太一樣。該不是在哭吧？是嗎？妳還好嗎？發生什麼事了？工作上不愉快？還是因為男人？」面對她連珠炮式追問，小都無力地笑了。

「我沒有哭。只是有點累，感覺沒什麼力氣。」

「我待會兒要去公婆家，晚一點方便的話要不要聊聊？」

「沒關係，我沒事。」

「真的？」

「真的。現在感覺輕鬆多了。」

「那改天來約。」

「好，謝謝。」

掛斷電話後，小都從皮包裡拿出面紙擤了擤鼻子。

和阿仁約會算出軌嗎？這一點小都曾質疑過自己。她和貫一之間沒有明確的約定，但若要說從此之後再也不和其他人約會，又好像是兩碼子事。

接受邀約出遊就算了，重點是一想到決定不了該穿什麼，又讓小都苦惱不已。

在鏡子前面穿上網購的襯衫，不到兩分鐘就脫下來，質地比想像中來得厚，顏色也有點暗，明天似乎是夏日典型的好天氣，穿這件感覺有點熱，沒什麼精神。

最近大多網購服飾，脫下來的衣服已在椅子上堆成一座小山，大部分才剛從宅配紙箱裡拿出來，連吊牌都還沒剪。冬天才丟掉一堆衣服，後來又陸續網購不少，原本空蕩蕩的衣櫥又塞得滿滿的。感覺做了愚蠢的事，令人洩氣。

這時腦中不禁浮現杏奈的話。

正因為是消耗品，所以要努力推銷，而且要充滿企圖心地叫賣。

自己也曾對貫一說，衣服是講求鮮度的商品。新鮮期很短，會隨著時間逐漸陳舊。

換句話說，只要是跟著潮流買來的衣服，新鮮期就和潮流退去的速度一樣快，而衣櫃裡退流行的衣服總是堆積如山。這番天經地義的道理，此刻讓小都有了更為深刻的體會，不由得打了個寒顫。

小都前一份工作的品牌被很多人揶揄是森林系風格，但其實大多是不受潮流影響的設計款。因此即便是五年前、十年前的款式，只要懂得搭配就能穿出新鮮感。

然而購物中心或是進駐車站的大量服飾卻非這麼一回事。那些只是從最頂尖的品牌抄襲表面品味，然後複製出一堆廉價品。顧客也就罷了，店員可不能隔了一年還繼續穿著舊款式。

起初進入服飾業工作時，前輩總說日本的氣候大致每兩週就會變化，因此店面也要隨著變更陳列擺設才行。若進一步考量到氣候、活動性質，外加跟隨流行穿搭，衣櫃的確需要塞入如山的成堆衣物。

此外還必須具備：每一季添購新衣的財力；足以妥善收納的衣櫥、管理衣物不過量的能力，以及為了跟上流行而勤於替換服飾，樂在其中的心態；即使累得要命、幾乎擠不出時間，仍然顧慮別人的看法，仍然想表現出自我，也就是意志堅定、毫不迷惘的自我展現能力。

過去她曾以為做得到，相信自己有這樣的天賦，如今赫然驚覺錯得離譜。

不知不覺想遠了。突然一陣敲門聲，小都吃了一驚站起來。

「小都，妳起床了嗎？我可以進去嗎？」母親稍微推開房門，從門縫探視。全身只剩內衣的小都趕緊抓起才脫下的T恤套上。

「嗯，可以啊。媽怎麼了？」

母親瞄了一眼旁邊那座隆起的衣服山，卻沒說什麼。

「上次我說要妳帶男朋友回來的事。」

「唔。」

「妳爸說妳這星期六或日休假的話，就找一天吧。」

原本想矇混過去，看來似乎行不通。

「……好。我看一下班表，也問問他方便的時間。」

「中午或晚上都可以。拜託妳了。」

母親正要關上房門時，「媽！」小都叫住了她。

「嗯？」

「這該不會是要逼他說出『請將女兒托付給我』的聚餐吧？」

「妳在說什麼啊？」母親呵呵輕笑。最近母親開朗不少，儘管身體偶爾還是會不舒服得臥床，不過已愈來愈少露出不愉快的表情。

「已經進展到這個程度了嗎？」

「不是，我是怕老爸誤會。」

「我已經再三交代他不是這麼回事。別擔心。」

母親關上門後，小都躺回床上，又想著自己和阿仁出去時該穿什麼。明明有更重要的事情該思考，卻不自覺習慣想到穿著的方面來。

不對，小都睜開了幾乎要閉上的雙眼。她重新思索著，對自己而言，這才是最重要的。哪些事備受期待？該如何因應？想要強調什麼？要讓所有人知道還是低調一點好？對小都而言，要表達這些想法就要靠「穿搭」。

貫一肯定完全不會為了穿什麼而煩惱，但他會從少數衣物中挑出還算平整筆挺的襯衫。經過思考後的穿搭，在體貼別人與自我主張之間達到平衡。

坐在一旁的自己會是什麼模樣呢？小都無法想像。

完全提不起勁，反倒有種豁出去的感覺。小都查看下個月的班表，確定星期六休假後，將母親交代的事傳了LINE給貫一，不到五分鐘便收到回覆，只有簡短兩個字：了解。

阿仁說想去看牛久大佛。

他聽人說進到佛像裡頭可以爬上最高處，還能眺望漂亮的風景。說實在的，難得的假期一點也不想去附近的大佛，但他無論如何都想去，小都只好作陪。

小都開車載著阿仁，來到不輸給暢貨商城的寬廣停車場停好車。一到入口就是商店街，兩旁林立著販賣伴手禮的小店，熱鬧的氣氛就像是出遠門遊玩。

這還是小都頭一次買門票進入園區參觀。境內放眼望去是一片青翠的廣闊草坪，大佛就矗立在正中央。包含底座高達一百二十公尺，相當於約三十層樓高的大佛，在周遭不見高樓的這一帶看起來巨大無比。

今天強烈的陽光宛如盛夏，空中萬里無雲。

冬天時披著皮草大衣、穿搭不協調感十足的阿仁，今天是一身深藍色T恤配Levi's牛仔褲的輕便穿搭。他的五官幾乎沒有東南亞人的特色，反倒像是隨處可見的日本男性。小都昨晚猶豫良久後，果斷放棄所謂的潮流時尚，挑了符合功能性，視覺上也清爽的條紋線衫款式，和阿仁站在一起感覺很搭，且在走幾步路就冒汗的天氣下，小都認為自己做了明智的決定。

兩人在寬敞的路上慢慢朝大佛前進，然而愈走近大佛，感覺愈不真實。明明是平日，觀光客卻不見減少，大多數是外國人。從正下方仰望大佛，無論是稱為螺髮的小鬈髮型頭，或是展露溫柔和藹的掌心，都大得驚人，震撼力十足。即使沒有特定宗教信仰，光看到這麼龐大的形體就教人不覺肅然起敬。過去的人看到奈良或鎌倉大佛時，也如此感到震憾嗎？

「好大！」

「真的好大！」

小都和阿仁不住齊聲讚嘆。

繞到大佛後方，從腳踝處進到內部，走向電梯。觀景室前方展示著大佛建造過程的照片解說面板，還有實體大小的大佛腳趾。光是腳趾就比人大上許多，小都和阿仁興奮地不停拍照。

這座大佛由東本願寺打造，是目前全球最大的青銅材質佛像，還創下金氏世界紀錄，光是掌心就能直接放下一整尊奈良大佛。小都念著面板上的說明給阿仁聽。

茨城縣內最高的大樓是高達二十五層樓的茨城縣廳，據說牛久大佛比縣廳大樓還高。小都賣弄聽來的冷知識，阿仁聽了開心笑著。

看他對於全球高塔比一比的插圖一副感興趣的模樣，小都問他：「越南也有這種高塔或大樓嗎？」

「有喔。最近胡志明市蓋了一座，好像高達六十八層樓。」

「比茨城縣還強啊。」

「沒錯，那是大都市，到處林立著高樓大廈。但空氣很差，一出門就人擠人。」

這時小都想起來阿仁家境富裕。說不定他比自己更像都會人呢。

「越南也有很多佛教徒嗎？」

「嗯，算是。不過我身邊的人並沒有那麼虔誠，經常去寺廟的幾乎是老年人和中國人。越南和日本一樣，年輕人對宗教並沒有特別的想法。」

「原來如此。」

「國民平均年齡是二十九歲，太早以前的事大家都不清楚。」

小都目瞪口呆。「二十九歲？平均年齡？」

「嗯，日本好像是四十六歲。」

「為什麼差那麼多？」

「因為戰爭死了很多人。」阿仁回答得一派輕鬆，小都卻啞口無言。小都對於越戰可說一無所知。一個國家竟然有這麼多人死去，甚至大幅拉低了國民平均年齡。剎那間她感受到這並不是太久以前的事。

「……對不起。」

「為什麼要道歉？」

「因為我太無知了。」

阿仁對她露出微笑，若無其事牽起小都的手，兩人手牽著手繼續往前走。在這個時間點甩掉手似乎不太妥當，而且小都並不排斥。他的手比貫一來得小，卻很厚實。

觀景室沒有想像中的寬敞，東西南北四面留有窗戶，能夠看到外面的風景，但只是小窗。窗戶開口不在佛像的頭部，而是胸部，離地面約莫八十五公尺。即使如此，俯瞰時還是覺得高得出奇，眼前清楚可見大湖霞浦；位在正下方每天通勤的暢貨商城，彷彿緊貼著地面由大佛腳部向外延伸而出。

「好棒的風景。」

「真的好棒！那一頭好像還看得到富士山喔。」

「富士山在哪裡？」

為了從細長的觀景窗看到外頭，小都和阿仁挨近了肩膀，此時阿仁冷不防親了小都。小都一驚之下趕緊別過臉，他則露出天真的笑容。不知為何連發怒都懶了，小都苦笑著不作聲。

參觀完，兩人在園區裡美麗的公園長椅上坐下來，四周綠意盎然，穿過樹蔭的微風吹動了迷你玫瑰的枝條。

這時，阿仁從背包裡拿出裝在保溫瓶的冰茶，以及他宣稱親手做的三明治。感覺像野餐，阿仁那正統的越式三明治粄米（Bánh mì），加了大量香菜和酸醋調味，非常好吃。

「阿仁真是細心。」

「會嗎？我覺得很普通。我喜歡做菜。」

「真厲害，將來會是個好先生。」對比自己廚藝不精，小都對於會做菜的人充滿敬意。

「本來想邀小都吃晚餐，但今天還要去打工。對不起。」

「你還要打工？」小都原本覺得一直隨對方的節奏起舞有點不安，這下子稍微能放心下來。

「你家那麼有錢，為什麼還要打工？」

「經驗是花錢買不到的。我將來打算開餐廳。」

沒想到聽到這麼正經八百的回答，小都一陣羞愧，脹紅了臉低下頭。阿仁有些過意不去地說：「真對不起，等下次見面能好好聊天的時候，請再和我約會。」並露出苦苦哀求的表情。

面對年輕男性的示愛，讓小都重拾了最近受挫的自尊心。只是她已經不是會為此感到飄飄然的年輕女孩了。

「喂，我很懷疑，你真的喜歡我？」

「喜歡！」

看著不加思索回答的阿仁，不知為何一股惱怒由然而生，也不禁猜忌起來。

「為什麼？我們又沒那麼熟，而且我年紀比你大，長相說起來算醜女吧？」

「醜女？小都長得很可愛。」

「才怪，比我年輕漂亮的女孩子多得是。」

「可能吧，但我還是覺得妳很可愛。這種事沒什麼道理可說吧？」阿仁說完又湊過臉來想親她。小都趕緊後退一步。

「我現在和貫一交往喔。」

「我知道。不如換我吧。」

「你之後就要回越南了。」

「我還會來日本。之後開店想兩邊跑，我們結婚的話就可以一起往返兩地。胡志明市不會太遠，直航約六小時，睡一覺就到了。那裡也買得到妳喜歡的漂亮衣服和生活雜貨；美味的餐廳也很多，妳有興趣嗎？」

「我當然想去看看……但對你來說我可是外國人。你不怕嗎？」

「怕？為什麼？」他睜大雙眼反問。

「換成是我，和價值觀相差太多的人結婚會覺得有點可怕。」

「就算是同樣的國家，每個人的價值觀也不一樣吧。」

看著阿仁一臉笑咪咪，實在不像在認真回答，小都感到有點不耐煩。

「但總不能和不了解的人結婚。」

「妳很了解貫一嗎？」

被這麼一問，小都一時說不出話來。一陣風搖晃著樹梢輕拂過來，吹亂了小都的頭髮，遮住她的視線。

阿仁伸手輕輕撥開小都的頭髮，順勢撫摸她的頸子。他的指尖涼涼的，很舒服。他總是一口生疏的日語，予人一股憨厚形象，然而說不定其實很會哄女人。

「我啊，非常精打細算喔。」

「真的？完全看不出來。」

「真的，沒騙你。我認識貫一之前交往的對象，是在精打細算下談的戀愛。那人是我前公司人事部的同事，年紀比我大，個性穩重。當然，我也是喜歡他才會交往，但我很清楚他是公司董事的外甥，若和他結婚，工作和家庭都會安穩無憂。要是生了孩子之後覺得累，辭掉工作也無妨。生活應該不會過得太辛苦，應該可以很幸福。」

阿仁偏著頭，窺探小都的眼神。

「我後來發現，那人並不尊重我。其實，我沒立場批評他，因為我也只關心他對我有利的那一面。那一年發生東北大地震，你應該還沒來日本？那人在核電廠出事後，擔心東京遭受輻射汙染，連忙向公司辭職，獨自搬去關西。我完全無法置信。每個人都會害怕，而且害怕的程度不同；很多人因為孩子還小，害怕這種事也很正常。但他當時完全沒問我要不要和他一起搬過去。只因為害怕待在這個城市，便毫無顧忌地丟下家人、女友、朋友，只要自己得救就好。發現他是這種人後，我感到很茫然。雖然我也沒資格責怪他什麼。」

阿仁不知何時收起了笑容，正色以對。

「我不是什麼單純的好人。貫一現在失業，不清楚是只有中學畢業或別的原因，總之應該還沒找到新的工作。我會因此想很多。就算和這個人結婚，接下來依舊得為錢奔波，搞不好連孩子也沒辦法生；就算勉強生了小孩，我還是要繼續工作，不就得犧牲睡眠和玩樂的時間了？明明和貫一相處得很開心，可我的個性就是這樣，難免會想這些事，也難怪我這種人會被男友拋棄。」

連自己都搞不清楚到底想說什麼，小都也不認為阿仁聽得懂她的話。可是腦中不斷湧現的想法讓她完全停不下來。

「我想結婚。最近一直在思考這件事，真的想結婚。無論去登記或同居都好，就看對象及實際狀況而定，想要有個伴侶一起生活。但坦白說，我並不確定貫一是我理想的對象，他的個性絕對沒有問題，但夫妻不是光靠個性就走得下去，而且貫一什麼也不說，我完全不知道他怎麼想。我只知道我對自己沒信心，無法下定決心和他走下去。再說我目前對人生沒有太大的熱情，或許，我只是因為寂寞才和貫一交往。倘若有一份值得我感到驕傲並投入的工作，沒有對象也無妨。可是沒有。」

面對一個聲稱喜歡自己的男子發表著這番沒頭沒腦、支離破碎的感想，小都內心某部分似乎覺得無所謂，兀自抒發著：

「所以呢，你說我很可愛，但我可不是你想像中的那種女孩。」

「別這麼說。」

「是真的。我連自己的父母都不太親近，工作上也幾乎沒有企圖心。我想我可能沒辦法真正去關心別人，只能顧著自己開心就好。我整天只想打扮得漂漂亮亮，就是個膚淺的傢伙。你聽了很失望吧。」

阿仁的指尖移動到小都的臉上，擦拭她淚水沾溼的臉頰。

不知不覺，太陽西斜，橙紅色的夕陽照著背後熱了起來。小都讓阿仁摟著肩，為止不住的淚水感到難為情。

五月底，服飾店舉辦迎新送舊會。

服飾業平常營業到比較晚，員工流動率又高，通常不太舉辦這類活動。但這次總公司派任兩名正職員工過來，才決定好好辦場聚會。

小都是約聘人員，照理說有事不出席也無傷大雅，不過店長事先交代她務必要到。自從發生那件事之後，店長對小都莫名倚賴。

聚會當天，準備打烊時接到顧客詢問的電話，加上帳目對不起來，等小都離開店裡已經比聚餐時間晚上許多。從暢貨商城搭乘接駁公車到車站，帶著不怎麼愉快的心情前往位於車站後方的居酒屋。

店員領著小都來到包廂，狹窄的榻榻米包廂裡坐了比想像中還多的人。不僅正職員工，連幾個打工的女孩也來了。餐會開始超過一個小時，大夥兒已經喝了不少，場面有點混亂。小都本來想找個角落坐下，一不小心卻和坐在裡頭的店長眼神交會。

「與野小姐，來！來這裡坐！」店長站起來，興奮地招呼著小都。店長裡頭那桌還有東馬，東馬前方是另一名陌生男子，男子的旁邊有個空位。小都連忙搖手婉拒，不料東馬也朝她招手，小都只好百般不情願地往裡頭走去。

生啤酒立刻端上來，小都和店長等人依循慣例乾杯。坐在東馬正對面的男子似乎是同集團男性服飾專賣店的店長，比東馬晚進公司三年的同事。蓄著落腮鬍，是服飾業常見的男性類型。

東馬等人似乎也喝了不少，起初還會顧慮小都，稍微解釋談話的內容，沒多久就聊起他們三人才聽得懂的小道消息。小都只好掛著敷衍的笑容，左耳進右耳出。肚子好餓，但桌上的下酒菜幾乎都盤底朝天，她夾了幾口剩下的沙拉果腹。

話說回來，印象中這還是第一次看到東馬高聲大笑的模樣。或許因為男性後進在場，他說話的語氣比平常來得粗魯，加上喝得稍醉了，說起話來有些含糊不清。店長聽著兩個男人的對話，動不動就笑得花枝亂顫。很久沒接觸男性也在場的聚餐場合，這讓小都感到莫名疲憊。此外一開始雖沒看出來，她後來察覺到，那名男店長即使語氣上沒那麼拘謹，對東馬的態度始終都很客氣。

男人也是辛苦啊。心裡才這麼想著，旁邊的男人以手肘輕輕撞了一下小都的手臂。嗯？小都一臉納悶地看著他，男店長努了努下巴，指著東馬的手邊。原來是東馬的酒杯已經空了。小都這才意會到是要她幫東馬斟酒，她不甘願地伸手拿起冷酒壺，冷不防發現一旁的店長瞬間板起臉來盯著她。小都在心裡嘟囔著，又不是我想幫這男人倒酒。

包廂好狹窄，快喘不過氣來。雖然不是真的想去洗手間，小都仍然起身往外走。都這時間了其實沒必要補妝，但她還是想拖些時間。看著鏡子裡疲憊的自己，她決定無論如何要找個藉口離開聚餐。下定決心後心情輕鬆不少。

正準備回包廂時，經過吧檯前，坐在角落的男子突然伸出手擋在她面前。小都吃了一驚，原來是東馬。

「是不是覺得包廂太小，快呼吸不過來了？」他笑著問小都。小都一時不知該如何回答。

「您出來醒酒嗎？」

「嗯，喝太多了。整間店只有吧檯才能抽菸。與野小姐，陪我坐一下。」他拉出旁邊的椅子。「我先回包廂了。」小都婉拒。

「別這樣嘛，一下子就好。有話想對妳說。」他雙手合掌，一臉誇張的表情懇求。小都心想太堅持也不好，於是緩緩坐下。

「麻煩給我們兩杯 Highball！」東馬對吧檯裡忙著烤雞肉串的店員喊道。小都連忙高聲更正：「不是，我們要茶。兩杯烏龍茶！」

「妳幹嘛？」

「您是要醒酒吧。」

「好吧。」

「東馬先生是住東京吧？要是錯過末班車就回不了家。」

「哦，我今天住商務旅館，明天一早還要去筑波分店。」

「真是辛苦。」

東馬接過吧檯裡端出來的兩杯烏龍茶，然後點菸。從側面就清楚看到他眼眶通紅。擅自要人坐旁邊，也不禮貌詢問就逕自抽起菸來，小都不禁皺起眉頭。

「與野小姐一個人住？」

「不是，我和家人一起住。」

「啊，妳是在地人嘛。不過妳說話完全沒口音。」

「還好。」

「店長她啊，不時會露出口音，尾音怪腔怪調的。」

「會嗎？」

「那女人真的纏上我了。」

小都看著東馬的臉，只見他表情有點扭曲。

「還說要離婚。說真的假的，她老公可是在企畫部，別鬧了。」

這兩人真的勾搭上了嗎？其實小都根本不在乎這些事，但為什麼要和她說這種事，不覺一肚子火。

「您和店長交往嗎？」

「怎麼可能！」

「但您言談間像是對她有意思吧？」

「我嗎?才沒有。真要出手的話，與野小姐比較好。」東馬拿起裝了烏龍茶的玻璃杯湊近嘴邊說道。小都原先緊盯桌子，聽到這句話不由得抬起頭看著他。

「與野小姐是店裡最可愛的店員，我一開始就覺得妳是我的菜。」

好想吐，小都直覺反應。這種像是在酒店說的臺詞，教人噁心到起雞皮疙瘩。

「而且妳胸部好豐滿，待會要不要去我飯店房間喝一杯?」

小都目瞪口呆直盯著東馬。他完全沒有一絲愧疚，臉頰一側還擠出揶揄般的笑容。小都一股厭惡感油然而生，刻意重重推開椅子大動作站起來。她低頭看著東馬，喉頭哽咽一時說不出話，好一會兒才勉強擠出聲：

「你這是性騷擾吧。」

「哎呀，真的很抱歉。」東馬莫名爽快地賠罪，小都不禁愣在原地。

「我居然藉著酒意胡言亂語，請原諒我。」東馬也站起來，順勢伸手朝小都的左胸使勁抓了一把。

一股劇痛讓小都差點無法呼吸，一時間還沒意識到發生什麼狀況。她趕緊往後退開，內心只感到無法置信，站在原地不知所措。東馬還是一副嘻皮笑臉。小都感到體內血液如倒流般激動起來，並回想起高中第一次在電車上遇到色狼時也是同樣的感覺。憤怒與恐懼，她全身不停顫抖。

她勉力舉起右手，正準備朝東馬臉上甩過去時，和他身後的女人四目相接。是店長。

錯失了甩巴掌的時機。東馬察覺小都的眼神，立刻轉頭。

臉色宛如鬼魂的店長看著兩人。東馬只是聳聳肩，慢慢從店長旁邊擦身走過，回到包廂。

小都二話不說走出餐廳；店長則不發一語，站在原地。

小跑步到車站，通過驗票口之後，衝上往月臺的樓梯。一看時刻表，前一班電車才剛離開。小都在空無一人的長椅上坐下，弓著背氣喘吁吁，剛才被東馬緊抓的左胸還隱隱作痛。實在太不甘心，整個人依舊惱怒得不住顫抖。

滿腔怒氣無法遏止，卻想著必須冷靜下來，手一面發抖一面伸進皮包裡掏出手機。

手機亮著收到簡訊的通知燈光。略顯慌亂地點開，發現分別是來自貫一和颯花的訊息。

應該先讀哪一則，她猶豫了。強忍著心悸的她又不禁思考自己為什麼要猶豫。

要是現在和貫一聯絡，八成會遷怒到他身上。最近發生的鳥事全是貫一害的，似乎會無來由地將怒氣一股腦兒向他宣洩。

小都先點開颯花的訊息。一個多小時前傳來的。

小都姊，妳好嗎？好一陣子沒見了，改天去妳店裡。

我最近買了一臺小烤箱，迷上烤箱料理，不嫌棄的話請來家裡吃頓飯。

短短幾句話，小都讀了一遍又一遍。

擁有這麼親切友善的朋友，父母也很疼愛她這個獨生女，還有溫柔體貼的男友。小都告訴自己，自己絕不是個可以任人糟蹋的人。深呼吸之後，她慢慢回覆簡訊。

我正在車站月臺上。準備回家。

立刻收到回應。

咦，工作到這麼晚？

公司辦聚餐，在餐會上被主管襲胸，超不爽！

什麼！太差勁了吧？妳還好嗎？

正想回覆「不要緊」，小都按下傳送鍵之前，颯花又傳來訊息。

我現在出發去車站！剛好男友有車，過去接妳！

小都讀了訊息之後，將手機輕輕放在腿上。

她心想，幸好，幸好不需要一個人回家，對於晚上發生的事不對任何人提起就上床睡覺，然後明天起來裝作若無其事去上班。

然後她點開貫一的訊息，內容只有一行字：「我要睡了。」

小都和來接她的颯花及她男友，一行人回到颯花的住處。

這棟大樓看起來滿氣派，公設也乾淨美觀。室內空間雖不大，但由於東西不多顯得很清爽，採間接照明，空間的氣氛溫馨沉穩。

颯花領著小都到沙發坐下後，轉身去沖奶茶。小都之前看過颯花男友的照片，但本人看起來比照片上還親切，也比聽到的實際年齡年輕許多。

兩人彷彿新婚夫妻般的互動，讓小都有些顧忌。颯花也在沙發坐下後，先聊起無關痛癢的話題，接著颯花又端來昨天剛烤好的戚風蛋糕給小都品嚐。

「小都姊，妳還好嗎？那個主管之前也有類似的行為嗎？是不是該向公司報告比較好？」颯花開口切入正題，小都連忙搖頭。

「沒事，真抱歉，搞得這麼誇張。其實就是被摸了一下。我剛才太激動，忍不住傳了LINE。多虧你們來接我，我現在冷靜多了，不要緊。」小都笑道。

颯花與男友相視一眼。颯花想說些什麼時就被男友示意制止，他先開口：

「就算只是一次也很明顯是性騷擾，應該找個值得信任的主管談談會比較好。」

「唔，不過……」

「我能理解想要大事化小、不引起爭議的心情。但要是隱忍下來當沒這回事，日後受過的傷就很難痊癒。不嫌棄的話，要不要說說今晚的狀況？我在不方便的話，我也可以先離開，讓妳和颯花單獨聊聊。」

「啊，不要緊的。」

小都一邊回憶一邊敘述聚餐過程。一開了頭就停不下來，連莫名的枝微末節都交代得一清二楚。絮絮叨叨說了半天，兩人從頭到尾沒有插嘴，只是靜靜聆聽。待小都說完，颯花的男友以堅定的語氣溫柔說道：

「太過分了，這不只是性騷擾，根本已經構成犯罪。我看那傢伙早就知道要身為約聘員工的小都小姐在一旁陪坐，妳肯定不好拒絕。還有，聚餐時要妳斟酒這種事，在這種時代根本稱得上職權騷擾了。我想貴公司應該有諮詢窗口，不如往上反映如何？要是不方便，也可以尋求公司外的管道。」

小都聽得目瞪口呆。

「我們公司也有類似的窗口，我去探聽一下狀況。總之錯完全不在妳。妳隨時可以找我和颯花商量，我們會盡力幫妳，遇到這種事情實在倒楣。」

小都直盯著他。他戴著質感很好、鏡片輕薄的眼鏡，身上穿著簡便的POLO衫。沉著穩重、充滿知性的談吐，令小都相當佩服。不但頭腦靈光，又懂得體貼別人，和颯花真是天生一對。

小都緊咬著嘴脣，不發一語，頻頻點頭。好想哭，但沒哭出來。她心想要是這時哭了也太悲慘了。

當天晚上，颯花和男友開車送小都回家。

一走進自己的房間，小都隨手將皮包往床上一扔。

滿心羨慕到快爆炸。對於和這種好男人交往的颯花，小都打從心裡欣羨。高學歷，在好公司任職，善良、體貼又成熟，在一旁冷靜地守護著女性。

但自己就是遇不到這種人。

自己會遇到的，是貫一。

貫一來家裡的那天，一早就飄著小雨。

小都撐傘前往最近的車站。其實貫一知道小都家在哪裡，根本不需要專程去接他；而且比起車站，下雨天開車也比較方便。但小都莫名害怕接了貫一到家後立刻要面對家人，決定刻意走去車站。她走在如霧氣般飄散的細雨中，心情覺得很舒暢。

和貫一好一陣子沒見面了。一方面是連續上晚班，同時又覺得尷尬而刻意迴避，最後拖到了今天。

小都在車站的連通走道上等待貫一。雖然下著雨，但時節已接近夏至，即使傍晚天色還是亮的。

沒見面的這陣子發生了好多事，心情有點緊張，待會兒遇到貫一會是什麼樣的心情呢。

在人潮中看到貫一的身影。他穿著白色襯衫搭配淺卡其色長褲，印象中沒看過那條褲子，或許是新買的。手上拎著像是伴手禮的一袋糕餅。小都朝他揮揮手，他笑嘻嘻走過來。

這麼久沒見到貫一，莫名擔憂心情上的變化，嚴陣以待之下卻毫無異樣。就是那張熟悉的臉。

「嘿，好久不見。」

「是啊，今天麻煩你跑一趟。」

「別這麼說。」

小都穿著淺藍色的七分袖襯衫配牛仔褲。襯衫是去年在自家店裡買的，看起來很有型，其實已經被洗衣機洗得有些舊了。

「最後菜色決定是大阪燒。」

「大阪燒啊。」

「我媽之前好像計畫做很多菜，一聽到你是專業廚師，一下子想太多整個人慌了起來，又聽到我爸說不如叫外送，氣得兩人還大吵一架。最後才說不然拿鐵板出來一起動手做點什麼，這樣吃起來氣氛比較熱絡。」

「哈哈哈哈，我來煎吧。」

小都默默地看著貫一那張天真的笑臉。

女兒要帶男人回家介紹給父母認識，這在一般家庭是多重大的事，他肯定毫無概念吧。

這男人到底有什麼打算？

自己又有什麼打算？

兩人都三十幾歲了，對於未來該怎麼走下去還搞不清楚就要和父母見面。小都心想這一切太莫名其妙。

內心湧起一股不祥的預感。自從遭東馬襲胸的那一晚之後，總覺得凡事都不如己意，始終揮不去心中的陰鬱。

「那是虎屋的羊羹嗎？」小都指著貫一手上的紙袋問道。他一聽立刻驚呼一聲。

「妳怎麼知道？超能力感應嗎？」

「看紙袋就知道了。很有名啊。」

「真厲害，我完全不懂伴手禮，是搜尋網路上第一名推薦才買的。」

「原來如此，謝謝你專程去買。」

一來一往聊著天很快就走到家。

小都有點害怕開門，正猶豫之際，母親就打開門探出頭來，笑著歡迎兩人。母親身上穿著嶄新的圍裙。

貫一彬彬有禮低頭鞠躬。

上到二樓，父親立刻從沙發起身，露出有別於平常的笑容。小都原以為他會像個昭和時期的頑固老爹悶不吭聲。看到這副模樣大吃一驚。

「歡迎。謝謝你特地來家裡。」父親低頭打招呼。貫一也笑著回應，不好意思假日還來叨擾。

餐桌上擺放著簡單的下酒小菜及沙拉，鐵板也準備就緒。父親幫貫一倒啤酒，他雙手捧著玻璃杯接受。

貫一表現得很得體，打招呼時還說「承蒙小都不嫌棄，從去年起交往到現在」。在場除了小都之外，三人都是笑容滿面，雖然略顯生疏，氣氛也算融洽。

每個人都好成熟啊，小都腦子裡想的完全是另一回事。

6

從小到大她從未在意過父母的長相，
直到他們老了才好好看著他們的臉。

自転しながら公転する
Spinning Around My Whirl
by Fumio Yamamoto

女兒的男友到家裡拜訪，就是桃枝在暢貨商城主動上前攀談的那個年輕人。

他看到桃枝時，露出別有深意的微笑，低下頭說了「幸會，很高興認識您」。桃枝接過他遞來的虎屋羊羹紙袋，低頭拿出客用拖鞋。感覺受到對方的牽制，暗示她別提起曾在暢貨商城見面的事，這讓桃枝有點不悅。

不知道是不是因為待在不算寬敞的空間裡，今天比起上次看到他時身材更顯高大。明明是自己邀請人家來的，此刻卻有種原本融洽的住家裡忽然有外人闖入，強烈瀰漫著格格不入的生疏感。

當初搬進這個家不久身體就出了狀況，因此家裡從來沒招待過客人。過去住社區時，鄰居常來家裡喝茶聊天，女兒的朋友也會來家裡玩，偶爾先生的同事還會來打麻將。曾幾何時，桃枝的家進入鎖國狀態，今天就像面對黑船來襲。

不過很久沒看到先生在人前擺出和藹的模樣了，本來還擔心他會板著臉孔，實在出乎意料。反倒是女兒看起來有點緊繃。桃枝依舊維持一臉笑容，不讓旁人察覺她的戒心。

「小都平常會任性嗎？」先生為貫一倒啤酒時問道。貫一趕緊搖搖頭說道：「沒這回事。」「小都總是坦率地說她的想法，我覺得很好。而且個性認真，幫助我很多。」

不知該說是標準答案，或說人不可貌相，竟然說出這麼客套的表面話。桃枝發現女兒一臉驚訝地看著男友，從這副表情看來，他平常應該不是會說這種話的人。

對話停頓下來，先生輕輕乾咳了一聲。桃枝若無其事起身，打開電視，轉到晚間新聞頻道，屋裡尷尬的氣氛立時緩和下來。無論是大阪燒的菜色，或是氣氛尷尬時就打開電視，都是時子提供的建議。

先生瞄了一眼體育新聞，聊起棒球經，所幸貫一似乎對棒球也算熟悉，兩人一來一往互動融洽。一旁的女性組邊夾取菜餚，同時緊張地等待男性組尋找共同話題。

「伯父和伯母都是茨城人嗎？」貫一問道。從陌生男子口中聽到「伯父、伯母」時，感覺得出來先生全身像是竄過一道電流。先生全身仍帶著電流，一臉若無其事，保持著微笑。

「我太太出身牛久，我老家在松戶。但在這裡住很久了。貫一呢？」

「家父在土浦開了壽司餐廳，我畢業之前一直住在家裡。」

「哦？土浦啊。最近很少去了，以前只要和同事聚餐，一定會到土浦。」

「過去好像很熱鬧，經常聽店裡的常客這麼說。」

「就是說。看電影也是，以前大家都到土浦看，自從郊區開了大型購物中心、筑波快線通車之後，人潮的流向完全變了。」

總算找到共同的話題，先生話匣子大開，貫一也適時應和，聽著先生說話。

桃枝的目光全投注在貫一的舉手投足。

他將啤酒杯端到嘴邊，那雙修長的手拿筷子夾起紅燒菜。對先生無聊的笑話微笑回應。偶爾偷偷瞄一下小都。

他的肌膚、從耳朵到肩膀的線條，還有手臂上的肌肉，充滿彈性與張力。桃枝移不開目光，這是年輕的雄性生物，就像棲息在熱帶莽原裡的動物。對照之下就能發現先生的蒼老。年輕，說穿了就是水分與彈性。像剛採收的蔬菜那般新鮮水嫩。

另一方面，看他外表樸實，卻意外地懂得應對進退。起初桃枝覺得他是在先生面前顯得客氣，倒也無妨，漸漸地內心浮起不安，那份穩重和善的態度似乎只是操縱人心的技巧，桃枝感到不寒而慄。

桃枝不禁思索這孩子的真面目是如此嗎？完全看不出那副純真臉龐背後的面貌。桃枝並不奢望自己能理解差不多能當自己兒子的男人內心真正的想法，卻希望對方至少不會讓女兒受傷。

這時，桃枝打斷先生的談話。「差不多該來煎大阪燒了。貫一，家裡沒什麼特別準備，實在招待不周。」

「才不會，我最愛吃大阪燒了，而且一段時間沒吃，今天可是相當期待。不如我來煎吧。」

「哎呀，讓客人動手怎麼好意思。啊，小都妳來吧，不要坐在旁邊發呆。」

「我來煎？」

「啊，我來煎可能比小都動手安全一點。畢竟我還有廚師證照。」貫一的玩笑惹得大夥兒笑了。只是笑聲聽起來刻意且空虛。

他站起來，將切好的蔬菜、麵粉和雞蛋攪拌後倒上鐵板。雙手迅速將麵糊整成圓形後再鋪上豬肉片，然後蓋上鍋蓋。這一連串的作業不難，然而他流暢的動作仍然讓桃枝看得出神。

「手勢看起來果然就是不一樣。」桃枝忍不住讚嘆。先生「哈」的一聲，笑聲中似乎帶著嘲諷。

「我們家的女性真的不會做菜。見笑了。」

這時，桃枝發現先前準備的三瓶啤酒已經喝空了。先生酒量雖不錯，但可能因為緊張，今天喝的節奏似乎快了些。

「你是為了繼承令尊的餐廳才成為壽司師傅嗎？」

「是的。不過因為我中學畢業就到東京的割烹餐廳工作，幾乎沒機會幫上爸爸的忙。總覺得就算要繼承家業，還是先到外面學習壽司之外的技能比較好。」

聽了貫一這番話，桃枝腦中不覺「嗯？」冒出疑問。中學畢業後就工作，意思是沒讀高中嗎？先生的表情也略顯僵硬，女兒則低著頭不作聲。

「之後我辭掉割烹餐廳的工作，過了一陣子才到迴轉壽司餐廳。因為當時家父的店已經歇業了。」

「你辭掉割烹餐廳？」

「是的。」

「為什麼？」

「東北大地震的時候，有個住北茨城的朋友是受災戶，我過去幫他重建家園，之後留在災區當志工，但餐廳沒辦法讓我請長假，這才決定辭職。」

桃枝和先生這下子更是目瞪口呆。

「……什麼樣的志工呢？」桃枝問了，貫一回答：「北茨城的朋友家裡開民宿，我們以那裡為據點，和一群認識的志工團體一路往北到福島，大致做些包括清除瓦礫、幫忙重建工程和義煮之類的服務。」

「原來如此，感覺很辛苦……」不知該如何回應，桃枝勉強擠出這句話。

「還好，只是剛好有這個機會。」貫一露出靦腆的笑容，掀開鐵板上的鍋蓋。稍微檢查燒烤的狀況後，拿起鏟子熟練地將煎餅翻面。屋裡頓時瀰漫焦香的氣味，連這股香氣也和當下的氣氛格格不入。

「呃，爸，要來點啤酒嗎？」女兒佯裝開朗似乎想打圓場。先生看著女兒，愣了一下，才回過神說道：「嗯，好啊。」

小都突然開口：「爸，你臉色看起來不太好。」

「會嗎？是妳的心理作用吧。我啤酒喝得肚子有點漲，貫一，家裡還有燒酎。」

「好啊，就喝燒酎。」

桃枝連忙站起來問道：「要怎麼喝？老公，你要兌熱水吧？貫一呢？」

「不好意思，若有冰塊的話，我加冰塊喝就行了。」

桃枝到廚房準備酒水。她望著吧檯廚房另一頭餐桌上，先生、女兒及貫一各自看著不同的方向，默不作聲。

桃枝從貫一口中聽到了意想不到的事，情緒有些起伏。她從冰箱拿出冰塊，要放進杯子時不小心滑落，彎下身想撿起來，沒想到一蹲下去就站不起身。

壽司師傅，中學畢業，災區志工。

面對完全超乎自己想像的人，桃枝有點手足無措，腦中一片混亂。

桃枝回到餐桌，貫一正站起來將烤好的煎餅再次翻面，淋上醬汁和美乃滋後切成四等分，灑上海苔粉和柴魚片再分別盛進小盤子裡。

由陌生男子煎的大阪燒，明明就是桃枝平常使用的材料，竟然能煎得這麼鬆軟，而且美味得驚人。

眼看先生悶不吭聲，桃枝定了定神，將話題轉到小都身上。

「小都，妳吃過貫一的壽司嗎？」

聽到桃枝這麼問，女兒露出意外的表情回答：「好像沒有。」

「有啦，在暢貨商城。」

「對喔，可是那算是『貫一的壽司』嗎？」

「說得也是，畢竟醋飯和魚料都不是自己挑的。」

在桃枝面前，女兒和男友總算稍微輕鬆地聊起天來。

「好吃嗎？」

「這個嘛……就是一般迴轉壽司的壽司。」

「喂，阿宮，妳之前明明說好吃得不像迴轉壽司。」

「阿宮？」桃枝插嘴，貫一立刻露出尷尬的表情。

「啊，這麼說來你們就是貫一和阿宮。實在太巧了。」桃枝不由得拍著手說，貫一聽了露出靦腆的笑容。女兒則一副不滿噘起嘴。

「明明就說別再叫我阿宮啦。」

「因為是壽司店的兒子所以取名貫一啊？我現在才發現。」

「是的，家父真是太胡鬧了。」

「不會啊，很有意義。」

「小都的名字有什麼由來嗎？」

「沒什麼特別的。當初和家母討論名字，由於母親叫美都子，既然這樣就叫『都』吧。家母說都這個字也有好地方的意思。有句話說『久居則安』，名字裡有『都』，希望這孩子將來無論遇上任何狀況都能隨遇而安，我聽了也覺得很不錯。」

「原來是這樣。媽，這些事要讓我知道啊。」

「還有，希望她能夠成為優雅又美麗的人。」

「優雅啊。」貫一笑道。女兒拿起大阪燒的鏟子作勢要打他。兩人就像孩子般嬉鬧，這時總算隱約能看到他的真性情，桃枝先前緊繃的情緒也稍微放鬆了。她心想，說不定這兩人的個性比想像中來得合拍。

只是職業是迴轉壽司餐廳店員，經濟上不太穩當，又只有中學畢業，這一點不免讓人擔心。倒是願意當志工代表他心地善良吧，也不會任意傷害女兒。假使兩人結婚之後住附近，感覺他也能幫忙家裡不少事。

「話說回來，《金色夜叉》究竟是什麼樣的故事？我只知道最有名的橋段是什麼抵抗不了鑽石的誘惑。」

「我最近才讀完。但其實故事並沒有完結。」

「是嗎？」

「聽說作家在完稿前就死了。」

「哦，我都不曉得。」

這時，小都以略顯驕傲的語氣插嘴：「貫一很愛讀書。」

「真的嗎？」桃枝感到有些意外。

「他兩天就讀完一本書。」

「差不多啦。」

「真厲害，我們小都只看漫畫。」

這時，先生冷不防「砰」的一聲將玻璃杯重重放在桌面。三人驚訝地望著他，等待他開口。

先生不發一語，保持沉默。只見他雙眼通紅，似乎已經醉了。你喝多了，桃枝才正要開口，先生搶先一步說了：

「這麼說來，貫一現在還在迴轉壽司餐廳上班？」先生完全不管話題的前後順序。

「不是，我最近正在找新的店。」

「什麼意思？」

「先前工作的餐廳歇業了，我還在找工作。」

先生雙眼睜得老大，直盯著貫一。貫一似乎沒看到先生這副表情，依舊一臉淡然。

「你現在待業中？」

「是的。」

好不容易變得融洽的氣氛，這時又緊張了起來。桃枝嚇了一跳，看看貫一，又轉頭看小都。待業就待業啊。她對於小都沒有事先交代清楚感到一肚子火。

「你啊，是不是應該先認真思考自己的前途比較好？」

「是的。」貫一點點頭，情緒似乎不受影響。

「回答『是的』算什麼！別隨口附和！剛才你說為了到災區當志工而辭掉割烹餐廳的工作。努力幫助別人這一點的確令人佩服，但因此拋下自己的工作就太不像話了。貫一，你對工作的態度是不是過於輕率？」

「老公，你喝多了。」桃枝笑著打圓場，伸手想從先生手上拿走酒杯。

「妳給我閉嘴！」先生一聲喝叱，現場彷彿連空氣都在震動。

「伯母，不要緊。伯父說得很有道理。不好意思，冰塊好像快融化了，可以再跟您討一點嗎？」貫一微笑說道，沉穩的口吻不知為何頗具氣勢，桃枝連忙起身，「哦哦，好的。」走進廚房打開冰箱的製冰盒時，才察覺貫一是刻意伸出援手。

「貫一，你倒是很天真。沒工作還想娶我女兒。」

一聽到父親這句話，女兒立刻開口：「爸，我們根本還沒談到結婚。」

「那這個人到底來幹嘛的？」

「媽，之前不是說好今天碰面的目的不是談這個嗎？」女兒轉過頭，責怪起桃枝。

「我說過了啊。」

「那爸怎麼還……」

「吵死了！妳們全給我閉嘴！」

桃枝再次遭到先生怒斥，肚子裡一把火快燒起來，想說些什麼反駁又一時語塞。這時，貫一突然起身。一家三口頓時愣住，全看著他。

「啊，我是想關掉鐵板的電源。小都，電源是不是在妳那邊？」

「啊，對。」

女兒手忙腳亂地關上鐵板電源。貫一慢慢地拿起鏟子將殘留在鐵板上的蔬菜焦渣剷到角落，他看著三人露出一副「然後呢？」的表情。先生似乎有些尷尬，轉頭看向旁邊。話說到一半被打斷後，氣勢大幅削弱的先生只好在一旁嘟囔著：「剛還沒說完，你的學歷是中學畢業？」

「是的。」

「這麼說來，應該也找不到願意僱用你的店家吧？」

貫一只是露出淺淺的微笑，沒有回答。

「既然有一技之長，不如到大型連鎖餐廳從頭做起如何？」

「有道理。」

「要我幫你介紹工作嗎？我公司的員工餐廳怎麼樣？啊，但那也是外包給廠商……」一個人自言自語了起來。

「會捏壽司的話，應該怎麼樣都找得到工作吧？」

「嗯，但也不是只要有工作就好。」

「這倒是。要和我女兒結婚，沒有個稱頭一點的工作可說不過去。」

「爸，你到底在說什麼！為什麼都不聽我說？」女兒眼中泛淚，不滿抗議著。

「小都，妳想和這男人結婚嗎？還是不想？」先生一問，女兒說不出話。

「伯父，別激動。在這種情況下問小都，她也不好回答。」

「不在這種情況，要在什麼情況才能回答？喂！小都！妳連想不想結婚都不確定，居然還帶這男人回家介紹給我們？妳腦袋壞掉了嗎？這樣叫我們做父母的要拿什麼態度面對這傢伙！」先生激動到放聲大吼，還不自覺站了起來。

「真羨慕你們這麼無憂無慮，工作也不必有責任感，一直賴在家裡就好。老子可是在賣命啊！留職停薪後回公司的處境尷尬得很，在同事面前根本抬不起頭來，但還是得為了家人拚命工作，更別提還有個更年期障礙完全做不了家事的老婆，連內褲也得我來洗。我告訴你，貫一，結婚就是這麼回事。結婚可不是只有好處。但即使如此為什麼還是得結婚，因為想在社會上生存百分之百要……」先生連珠炮似地說到這裡，突然停頓下來。

只見他右手撐在桌上，另一手扶著額頭，身體晃了晃，下一秒就倒在地上。砰的一聲，像整堆雜誌掉落在地上的聲音。

「爸！」女兒高喊。眼看著先生倒下，桃枝卻動彈不得，連聲音也喊不出來，腦袋一片空白，彷彿對於眼前發生的一切無法置信。她愣在原地，看著女兒搖晃先生，這一幕就像是預錄的電視劇。

「小都，妳放手。這時候別移動伯父比較好。」貫一拉開小都的手，接著將手掌貼在先生的嘴邊，感受他的脈搏。

明明照護過父母和公婆，要說起來也堪稱經驗豐富，但桃枝在等待救護車抵達的這段時間，只愣在原地像個孩子般不住發抖。

「救護車？慢著，也太嚇人了吧！最後怎麼樣，妳先生不要緊吧？」和時子聊起上個月那場小風波時，她顯得十分驚訝。

「暫時沒事，已經正常上班了。」

「不嚴重就好。會氣到話說一半倒下，該不是腦溢血之類的症狀吧？妳先生患有高血壓？」

「一般都這麼覺得，而且他倒下去時看起來就像氣到腦充血，檢查後才發現他血壓偏低，甚至還有點貧血。」

「怎麼和年輕女孩一樣？」

「就是說啊，竟然是個少女體質。」

這時傳來門鈴聲。時子看了對講機的畫面，「是宅配。抱歉，我去開個門。」說完就走出客廳。

桃枝嘆了口氣，拿起時子端來的杯子，啜了一口麥茶。

今天她來到時子的家，才剛喝一口茶就聊了起來，現在冰塊都已經融化。

桃枝緩緩環顧四周。這是她第一次造訪時子家。客廳空間並不算寬敞，但因為家具和擺飾不多，顯得很清爽。她說是父母留下來住了很久的老房子，三年前才狠下心重新改建。因為離車站有段路，她每天要開車接送先生到車站。

時子言談間還是一樣誇張，但桃枝發現她的建議雖看似胡來卻很有效，最近愈來愈倚賴她。她收完宅配回來又興沖沖問道：「妳先生到底是怎麼回事？啊，問這麼多會不會太失禮？」

「哎，沒關係。該怎麼說，就是突然站起來頭暈吧。」

「突然站起來頭暈！真的是個少女。」

「是不是很像朝會上暈倒的女學生？」說完兩人齊聲大笑。

「聽說是姿勢性低血壓。有些人不是平時突然起身會頭暈嗎？這似乎是較嚴重的狀況。不過那天才到醫院他就醒了，還罵我們幹嘛叫救護車，大驚小怪，在一旁氣得要命。結果還是在醫院住了一晚，做簡單的檢查。醫生診斷是疲勞、脫水，外加有點貧血，症狀累積下來才導致昏倒。這把年紀很多狀況都令人擔心，之後還要安排詳細的檢查。」

「怎麼會這樣。不過趁這個機會好好檢查也不錯。」

「我算是很常上醫院，可我先生很討厭醫院，但年紀到了也沒辦法。」說著說著就笑了，時子也露出放心的笑容。

雖然在時子面前一笑置之，桃枝從那天起內心就隱隱感到不安，悶悶不樂。

先生接受檢查期間，值班的年輕醫生列出一長串可能的病名，全是些沒聽過的名詞，桃枝當時只顧著筆記，之後上網搜尋不禁嚇出一身冷汗。畢竟說起家中的病人，桃枝首先想到的就是自己，從沒想過先生也可能罹患重病。

「對了，女兒的男朋友怎麼樣？」

「嗯，是個好孩子呢。」

時子似乎有些意外，眼睛睜得大大的。「真是太好了。之前還覺得他行跡可疑，害妳那麼擔心。」

「真的很謝謝妳幫我出主意。大阪燒是明智的選擇，後來還是女兒的男友煎給大夥吃。」

「真不錯。對了，妳說他是廚師？」

「是壽司師傅。」

「會做菜的男人很棒啊。現在的年輕人結婚之後夫妻都會繼續工作，男人可不能再說不做家事。家裡有個專業廚師真是令人羨慕。」

「他們還沒決定要結婚。」

「哦？妳先生反對嗎？」

「應該說兩個孩子還沒想得那麼遠。」

「對了，妳先前對那男孩子說了什麼？」

「咦？」

「哎，就是妳在暢貨商城見到他那次啊，不是還撂了狠話？真是佩服妳，太勇敢了。妳說要是不打算和我女兒結婚就別踏進我家！是不是這麼說？」

聽時子一說，桃枝驚訝得張大了嘴。「別亂說，才不是這樣。」

「不是嗎？」

「我是說，想和我家女兒認真交往的話，就堂堂正正從大門進來。」

「哈哈哈，原來如此。其實也差不多嘛。」

看著時子的笑容，桃枝不禁低喃：「是嗎？」

的確，交往對象的母親突然現身，還說了這番話，聽在當事人耳裡或許就是這意思。

那天在暢貨商城，她沒多想就衝口而出這句話。他戴著女兒的帽子，在暗處窺探正在工作的女兒，還曾經三更半夜闖入家裡。在桃枝眼中就是個輕率、毫無責任感的年輕人。

她當時心想，倘若這男孩只是抱著隨興的態度和女兒交往，聽到對象父母的這番話，或許會感到厭煩而離開。沒想到貫一正式帶著伴手禮，堂堂正正來到家裡。

她打從心底認為貫一是個好孩子，自始至終彬彬有禮、態度謙和，對於先生那番不友善的話語也絲毫未動怒。他似乎比小都小兩歲，說起來是當天在場年紀最小的人，言行上無疑卻是最成熟的。連先生倒下到救護車抵達之後，他也代替情緒不穩的桃枝和小都與救護人員溝通。

最重要的是，他看著小都時溫柔的眼神。桃枝清楚了解到貫一是真心愛著小都。

然而，桃枝心中還是有個打不開的結。

桃枝不禁自問，是因為他只有中學畢業、現在又待業嗎？但她同時也反省自己，不能光以學歷和經濟狀況來判斷一個人，只是仍不免思索著身為母親所重視的條件。

相較於貫一完美到極致的態度與應對，先生的幼稚行徑簡直慘不忍睹。

「這男孩子聽起來很不錯啊，妳女兒也三十幾歲了？不如讓他們趕快結婚吧。」

「說要讓他們結婚也有點猶豫。男孩子現在沒工作呢。」

「是嗎？」

「說是之前工作的壽司餐廳歇業。」

「但他目前在找工作吧？」

「嗯。只不過之前是在迴轉壽司餐廳工作，怎麼說呢，就是讓人擔心他的收入到底有沒有辦法養家活口。」

哈哈哈哈，時子聽了放聲大笑。「桃枝，沒想到妳的想法這麼古板。」

桃枝聽了不太高興。「我想法古板？」

「我剛才也說了，這時代可沒辦法只靠老公的薪水過活喔。夫妻倆都得工作，然後一起帶孩子。」

「這道理我也懂。我可不是說一定要高收入，但至少要穩定一點吧。生小孩的畢竟還是女人，而且生了孩子很可能有段時間沒辦法工作。」

「妳說得是沒錯，不過這些事就算父母擔心也沒輒。」

「也是。」桃枝感到很洩氣。的確，父母就算為孩子左思右想煩惱不已也使不上力。

「說到孩子，我好像快有孫子了。」

「啊，恭喜妳！」

「終於也要當阿嬤了，真不知該開心還是難過呢。我兒子一家也要搬回來。」

「哦，一起住嗎？」

「這裡原本就設計成二代住宅，一樓空間雖小，但也有獨立的廚房和衛浴。」

「很好啊。」

「當初不確定兒子會不會搬回來，我先生就說要是不回來租人也行。媳婦起初沒什麼興趣，但有了孩子之後還是想省一點房租，日後作為孩子的教育經費。也可能想要我幫他們帶孫子吧。」

「家裡人多熱鬧些。」

「才不會，管太多可會討人厭。我只想安著本分不討人厭就好。倒是桃枝最近身體狀況怎麼樣？」

「我被先生昏倒的事嚇了一大跳，根本忘了自己的病。」

「那就好。哎，夫婦就是這麼回事。」

孫子啊，桃枝心想。

朋友裡頭確實有人期待抱孫子，但桃枝從以前就沒有特別的感覺。有的話當然會覺得可愛，但老實說，要是希望她幫忙帶孫子她也覺得很麻煩。畢竟現在光是先生和自己的身體就夠她傷腦筋了。

八月的最後一週，先生住院檢查。

起初先生很堅持，認為光是檢查不如就當天來回，不需要住院。直到年邁的內科醫生開口：「夏天那麼熱，就在涼爽的醫院裡多待一下吧，不必那麼匆忙。」他才勉為其難地答應。

辦妥住院手續之後，先生為了隔天的檢查必須禁食，桃枝坐在四人房的病床旁邊百無聊賴，於是早早離開醫院回家。

隔天下午，桃枝算好探視時間前往醫院。以為夏天差不多要接近尾聲，沒想到炎夏一記回馬槍，才走出家門就滿身大汗。走到公車站，一波波熱氣從柏油路面往上竄，感覺整個人快從雙腿被融化了，忍不住攔了計程車。

探頭往病房裡一看，窗邊的病床上不見人影。去廁所了嗎？或是還在檢查？隨意找椅子坐下，隨即看到坐在輪椅上的先生出現在病房門口，讓她嚇一大跳。

「妳來啦？」先生一看到桃枝就露出虛弱的笑容。

「怎麼了嗎？」桃枝一問，推著輪椅的年輕護理師面帶微笑說道：「腸檢查使用低劑量的鎮定劑，現在還會有點暈，所以我陪著過來。但稍微躺一下，藥效很快就會退了。」接著以熟練的動作幫助先生移回病床。

「還好嗎？」

「沒事。只是從早上就排了一系列檢查，有點累了。」

護理師走出病房後又回來，設置點滴時一邊對桃枝說：「醫生待會兒要說明病情，您有時間嗎？」

「有的。」

「醫生約莫一小時後過來，請在這裡稍等一下。」護理師說完後，將隔開病床的布簾拉上，走了出去。四周在亮米色布簾的圍繞下，狹小的空間突然只剩下桃枝和先生，氣氛變得有些尷尬。

「打什麼點滴？」

「要到明天早上才能進食，應該是營養劑。」

「嗯，肚子餓了吧？」

「倒還好。」

透過大片窗戶可以看到前方的庭院和國道，直直眺望到遠方。略微斜射的陽光映照在號誌燈上，閃閃發光。

先生穿著醫院的薄睡衣。這款睡衣的胸口稍微敞開，露出先生裸露的胸膛。一直以為他很瘦，仔細一看才發現表面覆著一層中年人常見的脂肪，皮膚也顯得鬆垮。突然看到先生虛弱的肉體，桃枝的情緒動搖起來。

她從來不曾仔細盯著先生的身體。別說身體了，多年來一起生活，到最後連臉都不會特別注意。她想起自己的父母。從小到大，她從未在意過父母的長相。直到他們年老病痛時，才總算好好看著他們的臉。腦中閃過他們臥床時的表情，儘管大熱天還是讓桃枝背脊竄起一陣涼意。

「小都說晚上會過來。」桃枝刻意輕鬆地說道，彷彿在逃避自己的情緒。

「不用專程過來。」

「那你傳訊息給她。」

「嗯，待會傳。」

莫名順從。平常愛鬧彆扭的個性雖然讓人傷腦筋，但她並不習慣這樣的先生。

「今天是小都的生日。」

「是嗎？這丫頭幾歲了？」

「滿三十三了吧。」

「已經這麼大啦。」

「感覺不久之前才剛過成人式呢。」

「三十三歲得趕快結婚生小孩了。」

「又來了，小都聽了會不高興喔。這麼想抱孫嗎？」

「先不說孫子，女人沒有小孩不是很可憐嗎？」

「一點也不會。你要是不修正這種偏見可會被年輕人嫌棄。」

先生聽完突然笑了。不是令人厭煩的嘲諷笑容，而是無奈默認的微笑。他抬起頭看著裝了點滴的塑膠瓶說道：

「生日應該要和那個男孩子一起慶祝吧。別來找老爸了。」

「既然這樣就告訴她啊。」

「好，待會兒傳訊。」

「不過這孩子很乖，還是會來吧。」

「對啊。」

先生一臉心滿意足地笑了。好久沒和先生這樣悠閒的對話。

「話說回來，那傢伙啊。」

「哪個傢伙？」桃枝自然知道先生說的是誰，卻刻意裝傻。

「就壽司店那傢伙。」

「哦，貫一啊。」

「沒想到年紀輕輕，個性挺穩重的。」

直到此刻，先生才又提起那天的事。先前他總是一副什麼事都沒發生過的態度，桃枝也刻意避開這個話題。

「為什麼能夠擺出自信滿滿的態度呢？明明只有中學畢業，而且又沒工作。」

「那孩子沒有自信滿滿吧。」

先生不作聲。停頓了一下開口：「偶爾住院也不錯。」

「怎麼突然這麼說？」

「昨天晚上，我想起小時候住院的事。」

「你曾經住院？」

「那時上體育課摔成骨折，覺得可以離開家裡住在醫院很新奇。雖然痛到動不了，但比起孤伶伶待在醫院，可以擺脫囉唆的老爸更痛快。護士小姐又親切，還有親戚帶甜點和哈密瓜來探望。那是我有生以來第一次吃到哈密瓜。」

「真不錯。」

「也想到久久沒想起的老爸。對了，老爸的口頭禪就是『這社會沒那麼好混！』，對吧？」

「是啊。」

「我想到自己也對女兒的男朋友說了同樣的話。」

桃枝記憶中頭一次聽到先生反省自己，內心不覺十分震驚。

「對於老爸動不動端出『社會沒那麼好混』來否定我，實在很不耐煩，又覺得反駁這老頭也沒用，於是選擇不回嘴。只是看在老爸眼中，可能反而覺得我居然還敢一副無所謂的態度。」說到這裡，先生又沉默了。似乎沒打算說下去。

「你認為貫一的穩重也出於同樣的道理嗎？」聽桃枝這麼說，先生露出淡淡的微笑。

「我沒打算改變自己的想法喔。我還是認為小都要和社經地位更好的男人結婚。到了這把年紀，我是真的深刻體會到這社會果然不好混。」

「……說得也是。」桃枝望向窗外，出神地看著西側逐漸染成金黃色的天空。先生也閉上眼睛，打起了盹。

不久之後，那位護理師走進來，通知醫生已經回到診間。

聽完醫生的說明，桃枝離開了醫院。

醫院裡的空調很強，自動門一打開，迎面捲來一股悶熱的空氣。檐廊下停了一排計程車，桃枝卻不想搭，直接走向公車站，不到五分鐘的路程，襯衫已經汗溼得貼在肌膚上。

桃枝走進排隊等公車的行列。夕陽已西沉了一半，依舊感受到讓人喘不過氣的酷熱。汗水從額頭流到下巴，一滴一滴地落下。

剛才醫生的話在她腦中盤旋不去。

腸內有個大腫瘤，很可能是惡性的。多半是因為腫瘤出血才會導致貧血。建議不做內視鏡手術而改做外科手術。

先生沉默了一會兒，最後只回答「好」。

桃枝也跟著向醫師低頭行禮。

這時她想起來，先生的父母也是雙雙罹癌病逝。

等了好久公車還是沒來，排在桃枝前面較年長的女性，拿著扇子在面前不停地搧著。桃枝也想從皮包裡掏出扇子，卻疲倦到連這個動作都覺得麻煩。

任憑汗水直流，桃枝低頭盯著穿著涼鞋的腳尖。

桃枝原本一直不懂，為什麼在自己更年期障礙症狀最嚴重的時期，先生卻這樣盡心盡力地照顧她。現在她終於稍微了解了。

配偶死亡的陰影和父母過世是截然不同的兩回事。那是毫不留情、足以動搖自身根基，有如全面崩潰般的震撼。

身處暮蟬嘈雜的鳴叫聲中，額頭滲出的汗水流入眼睛後感到刺痛，桃枝依舊直挺挺站著。

7

我錯了，我沒錯，我錯了，我沒錯，
她像摘著花瓣占卜的女孩，
走在清晨的街道上，口中反覆呢喃著。

自転しながら公転する
Spinning Around My Whirl
by Fumio Yamamoto

父親的手術平安結束。

過程很順利，比預期還早出院。也回去上班了。

小都曾設想過最糟糕的發展，沒想到彷彿什麼都沒發生，轉瞬間就回到父親生病前的日常生活。這段期間小都也幾乎沒請上幾天假。

然而，這些事依舊在小都心底留下看不見的裂痕。乍看之下沒什麼，心底卻像花瓶底部般一點一滴滲出了水，逐漸不斷流失掉了什麼。

她和母親待在醫院寬敞的等候室裡好幾個小時，等待手術結束。接著被叫進一個小房間，剛結束手術的醫生拿出切除的腸子給她們看。在一個沒有任何擺飾、冷冰冰的房間裡，看著不鏽鋼盤上一塊血淋淋的肉。這是她頭一遭看到人類的內臟，外觀就和超市裡販賣的食用肉沒兩樣。小都看得出了神。

醫生面對那一小段腸子，簡單向兩人進行術後說明。

母親一臉認真聽著醫生的話，小都也很專心，但腦袋某個角落同時想著其他事情。

要是自己沒有結婚，保持單身到年老，又得動同樣手術的話，誰會來看自己切下來的內臟？又是誰來聽取醫生的說明？

這麼一想，冷不防清晰地感受到那名為「自己」的容器中從小由父母關愛所灌滿的水，水位已然下降許多。

頓時擔憂不已，想放聲大喊。

水快漏光了！要是不加滿就會死掉！

與其想哭，那般令人難耐的孤獨更讓小都心情複雜。

即使如此，小都依舊一臉平靜地應付一週五天的班表。只要繼續工作，時間就會快速流逝。地球依舊轉動，夏天也結束了。

九月的最後一個星期是貫一的生日。

一個月前是小都生日，但那時不僅工作忙碌，加上父親住院，根本無暇慶生。現在總算有了空閒，心情上也比較放鬆，才邀貫一一起吃飯。沒想到貫一說剛好那天有事要上東京，不如偶爾約在大都市用餐。

他指定兩人在上野碰面。小都從來沒想過會和貫一約在東京吃飯，雖然不是青山、銀座這類高級地段，也讓她莫名緊張起來。

小都在中央出口的銅像「翼之像」下方等候，貫一遲到約五分鐘後出現。看到他穿西裝的模樣，小都不由得一愣。炎夏的尾巴仍在，天氣還很悶熱，但他不只穿西裝還打上了領帶。該不會是為了約會特地打扮？一想到這點讓小都有點手足無措。貫一還提著一只平常不會提的黑色公事包，看上去根本是跑業務的上班族。

「抱歉，讓妳久等了。我已經訂好餐廳的位子。」

貫一說完就快步往前走，小都連忙跟在後面，來到出了淺草口後距離一小段路程的飯店一樓。這間餐廳要說是巴黎小酒館風格有點浮誇，但外觀看起來也算時尚，不太像上野一帶常見的餐廳。寬敞的空間中坐著約八成滿客人，生意熱絡。以深褐色為基調的酒吧風裝潢雖不算精緻，餐點卻感覺很美味。打開菜單，推薦菜色是烤雞。光是菜單上金黃香酥的烤雞照片就教人垂涎三尺。

「這個看起來好吃。」

「妳喜歡雞肉吧？」

「嗯，所以你才帶我來嗎？貫一竟然知道這麼棒的餐廳。」

「我原本不曉得，上網查的。」

「好用心。」

小都想起兩人第一次相約小酌時，貫一也事先查好餐廳還訂了位。

點完餐之後，貫一脫掉西裝外套，鬆了鬆領帶，一副終於可以喘口氣的模樣。

「今天怎麼穿西裝？該不是因為要約會？還是去面試？」

「嗯，反正穿成這樣就不會出錯。」

「方便問是什麼樣的工作嗎？」

「壽司餐廳啊。」

「這樣啊。餐廳在東京嗎？」

「有不少分店，但主要在東京。」

「哦，感覺會錄取嗎？」

「不曉得。」

貫一看起來似乎不希望小都問太多。既然是生日這麼特別的日子，小都也不再追問下去。

或許因為貫一今天穿了西裝，看起來就是個有模有樣的社會人士；小都穿的也是自家店裡販售的簡單洋裝。看在旁人眼中，兩人就和周圍的年輕人一樣是剛下班的一對平凡情侶吧。

生啤酒上桌後，兩人舉杯。

「三十一歲生日快樂。」

「雖然晚了一個月，也祝妳三十三歲生日快樂。」

「我的年紀就不必特別說了啦。」小都啐了一聲，貫一開心地笑了起來。四周飄散的焦香，搭配著刺激喉嚨的冰啤酒，愈來愈想趕快吃到鹹香四溢的烤雞。但烤雞要花點時間，兩人慢慢吃著下酒小菜和沙拉。

自從六月貫一見到小都父母那天之後，兩人之間的氣氛出現轉變。小都感覺擺脫了原先的膠著狀態，踏出一大步。

要是父親沒有突然昏倒，說不定現在和貫一之間會更尷尬。小都不至於感謝父親倒下，但兩人的關係的確因為父親生病而有所進展。

烤雞終於上桌。明明只點半雞，分量卻大得驚人。油亮的外皮閃著金黃色光芒。

「看起來好美味。」

「口水要流出來了。」

貫一拿起帶鋸齒的牛排刀，很自然地切開分食。他切下方便食用的部位放進小都的盤子裡，小都拿起叉子叉起一塊送進嘴裡。烤得香脆的外皮配上飽滿多汁的雞肉，一吃進嘴裡瞬間覺得好幸福。

「好吃！」「超讚的！」同樣的話像傻子般不斷重複之際，兩人大快朵頤。吃完之後攤開毛巾擦手，貫一懶洋洋地將手肘撐在桌上；小都則飽到身心都放鬆下來，出神地望著貫一領口上備感陌生的領帶。

應該不會變成有錢人，但只要和這個人在一起似乎就感到很安心。最近小都心中這股感覺在此刻變得格外清晰。

和這個人結婚吧。

別再抱怨了，就和這個人結婚吧。小都想著。

父親的癌症看起來沒轉移到淋巴，狀況不算糟。目前醫生還沒斷定已完全康復，接下來會怎麼樣還不得而知；母親的更年期障礙也還沒治癒，父親動手術這段期間或許只是硬撐著。目前看來狀況不錯，但父親出院、回去上班之後，母親一放鬆下來又變得懶洋洋的。

父母老邁，以及伴隨而來的病痛，再來是日後的死亡，小都並不想獨自一人面對這些事。她希望有人能陪她一起面對。

以自己的年紀，若決定不和貫一結婚，就得早早分手尋找下一個對象。但要找合得來的人談何容易。勢必得積極參與各種活動，而不是坐等天賜良緣。曾經聽繪里談過相親聯誼活動的疲憊，一想到就頭皮發麻。

但就算小都有意結婚，貫一又是怎麼想的呢？

自從那天之後，他的態度幾乎完全沒有變化。聽了小都父親開口閉口結婚的話題，照理說不可能完全沒想法。可日常的對話卻從未顯露任何蛛絲馬跡。就算對小都父親反感也毫不奇怪，但看來似乎又沒這回事。

不過，貫一在小都父親昏倒之後找了一份出賣勞力的臨時工，還參加了一些面試。說不定他其實正認真思考著，只是沒說出口。今天面試結束後和她約在東京吃飯，難道是因為有機會重返職場了嗎？小都心想。擺脫待業身分之後，或許貫一會向自己求婚。她好想開門見山直接問貫一，又不想讓他知道到自己迫切的心情，還是沒開口。

服務生收拾完桌面，小都從皮包裡拿出一只包裝盒，遞到貫一面前。

「這個送你。生日禮物。」

哦！貫一露出驚喜的表情。「好棒，可以打開嗎？」

小都點點頭，他隨手拆開緞帶。「啊，是皮夾。」

「我看你現在用的已經舊了。但這種配件要看個人喜好，你喜歡嗎？」

「嗯，很喜歡。現在的真的舊到不像話。」

其實光是考慮要不要送貫一禮物，小都就苦惱很久。送禮物沒什麼，但又擔心貫一會認為非回禮不可。小都是那種想要什麼會自己買的人，而且通常男人送的東西都不太符合她的品味，坦白說她很怕收到禮物，況且她現在實在不願讓貫一多花錢。

貫一的皮夾是中學生常見的帆布材質，而且又破又舊，每次看到就覺得礙眼。一個社會人士拿這種皮夾不免過於孩子氣，於是小都在暢貨商城買了一只價格不貴的黑色真皮皮夾。普通到了極點的設計，但任何人拿都不會覺得突兀。

貫一輕聲道謝之後，將皮夾收進公事包裡。上班族常見的尼龍材質公事包，看起來很新，但一眼就知道是便宜貨。可能是為了找工作才買的。小都暗自盤算，等到幫他慶祝找到工作時再送他像樣一點的公事包。領帶看起來也很廉價，應該幫他挑一條品味更好的。

貫一收起皮夾時，順手從公事包裡掏出一只淺藍色的小紙袋。「給妳的禮物。」

「咦？」小都一看到那紙袋略感驚訝，怎麼看都覺得是Tiffany的紙袋。

「喂，有點丟臉。妳趕快拿去啦。」

「我嚇一大跳。真的，本來沒有任何期待。」

「喂，說這什麼話。」

「太驚喜了！好開心！可以打開嗎？」嘴上說不抱任何期待，但一接過那只散發光澤的紙袋，原本壓抑內心的情緒瞬間如決堤般爆發。

該不會是戒指？難道他要求婚？

小都內心忐忑，一邊拆開禮物的包裝。盒子裡露出一條心型墜子的項鍊，手指輕輕捏著拿起來時還發出細微的清脆聲響。

「這是什麼系列？Open Heart？好漂亮。謝謝。」

「妳喜歡就好。」

「你特別去買的？」

「嗯，也是上網搜尋，還跑去銀座。」貫一露出得意的笑容。進入高級精品店竟然不會退縮，小都相當感佩。項鍊款式是兩顆心雙套的設計，材質分別是純銀和玫瑰金，深得小都喜愛。這時她不禁後悔自己竟然只送暢貨商城裡買的便宜皮夾。

回程的常磐線電車上，兩人實在吃得太飽，不一會兒就相倚睡著了。一醒來電車剛好到站，小都緊張地搖醒貫一，兩人匆忙衝下電車。

隔天小都上晚班，就在貫一的住處過夜。母親已經認可小都在貫一的住處留宿，不知父親心裡怎麼想，嘴上倒沒特別說什麼。

要是結了婚，不管出門去哪裡，都可以回到同一個家。小都想到這裡，心中湧出一股宛如沉沉睡去的幸福感，和他牽著手悠閒走在夜晚的路上。

貫一說想繞去便利商店，小都也跟著他走進店裡。

肚子裡的晚餐稍微消化了，這時有點想吃甜食。小都看看甜點櫃，剛好有新商品試吃活動，布丁一個一百圓。剛才餐廳那一頓四千圓兩人分攤，心想接下來應該要省一點，但一百圓的話無所謂吧。她拿著布丁要結帳，剛好貫一也走到櫃臺，「我一起付。」說完就從小都手上拿走了布丁。

店員從購物籃裡將一件件商品拿出來掃條碼。布丁、幾罐發泡酒、下酒小菜、夾餡麵包、納豆、雜誌。貫一還請店員拿了兩包菸。

結帳金額總計三千圓出頭。看到收銀機上的數字小都霎時睡意全消。

貫一從破舊的皮夾裡掏出五千圓紙鈔，然後收回一張千圓鈔和找零硬幣。先前愉快的心情全都煙消雲散，小都跟在他後面，悶著頭走出便利商店。

「喂，香菸一包多少錢？」

「我抽的應該是四百六。」

「這麼貴？」兩包買下來不就將近一千了嗎。不確定貫一每天抽多少菸，但就算三天抽一包，一個月花費也要五千圓。若是年薪還不錯的上班族倒也罷了，但依他目前的收入應該只夠過生活。

「抽菸感覺很花錢，而且還有害健康，不如戒了吧？」聽小都這麼說，貫一「嗯」了一聲沉吟了一會兒。

「妳說得對。我盡量少抽一點。」

不是這樣的！小都真想對著夜空大吼。兩人此刻沒有婚約，本來就不應該對個人經濟狀況提出太多意見。小都沒有回應。

回到住處，貫一脫下西裝一扔，「好累，我要睡了。」說完逕自鑽進被窩。

幸福感消失得一點也不剩。只換來瀰漫整個房間無來由的不安，令小都喘不過氣來。不禁思考著今晚乾脆回家住，後來仍不敵惰性，懶洋洋換上居家服後洗了臉。這時，不經意瞥見水槽旁的塑膠籃裡堆著待洗的衣物。

為什麼不買一臺洗衣機？應該說，為什麼不搬到至少有浴室的房間呢？這麼一來就能沖個澡了。

鑽進被窩躺在貫一身邊，一時間卻沒有睡意。小都坐起來靠在牆邊，點開手機。在黑漆漆的房間裡，她就著照在臉上的手機螢幕光，認真上網搜尋餐廳裡收到的那條項鍊。

頂著一流的品牌，卻是相對友善的價格，因此適合當作小禮物送人。這種模式似乎在過去泡沫經濟時期流行過一陣子。網上有人說這種小禮物現在已是出了名的俗氣。這讓小都不以為然。小都很清楚，有些一提到女性就單純認為花朵圖案、心型設計會受歡迎的商品很容易遭到嫌棄；但能夠成為老字號品牌的經典款，以及拿起來就能感受到的高級感，和便宜貨就是不一樣。

搜尋了價格，即使價格親民，也比小都買給貫一的皮夾貴上許多，這讓她感到很不安。

這時她察覺到一件事，緊盯手機畫面。

過去曾風靡一段時期的那款項鍊，和小都收到的在設計上似乎不同。經典款的Open Heart只有一顆銀色的心型墜子，但小都收到的是銀色和玫瑰金串在一起的兩顆心。

她提心吊膽搜尋價格，接著立刻驚訝於那樣的金額，趕緊從皮包裡拿出項鍊比對，來回幾次盯著數字和項鍊。

「九萬一千八百圓……」

幾乎要價十萬。

在目前的狀況下，小都可沒天真到收下十萬塊的項鍊還覺得開心。收到禮物時的喜悅煙消雲散，小都猛地站起來，使勁搖著貫一的背，「喂，你起來！」就算搖晃、猛搥，他也只是翻個身，完全沒有要醒來的樣子。小都想起來，同樣的狀況之前也發生過。

低頭看著呼呼大睡的貫一，小都心想，這男人搞不好做事完全不經大腦，原本的不安突然昇華成為對未來不確定的恐懼。

「喂，我說真的，你給我起來！」想到若就此收下項鍊回家，會錯過說清楚的時機，小都加大力道搖晃貫一的背。

這下子貫一終於醒了。「幹嘛啦。」一臉惺忪轉過頭。

「我剛上網查了，居然要十萬塊！你到底在想什麼。」

「什麼？」

「這麼貴的禮物我不能收。」

「妳說什麼……非要現在說這些嗎？」

「因為不管我怎麼說你都不肯認真面對。」

看著怒氣沖天的小都，貫一深深嘆了口氣起身，扭著身子在棉被上盤腿而坐。小都搖著貫一的腿。「項鍊真的很漂亮。但以你現在的狀況，我收了這麼貴的禮物也高興不起來。」

他揉揉眼睛低下頭，輕聲說道：「不要一收到禮物馬上去查多少錢啦。」

小都一陣面紅耳赤。「這種行為的確很沒水準，不過這不是重點。」

「工地剛好發薪水，身上有點錢。」

「那可是你賺來的辛苦錢，為什麼要拿去買這麼貴的禮物？」

「……進店裡看到很多款式，覺得這個還不錯就買了。」

「也要看一下標價吧。」

貫一搔搔頭，打了大大的呵欠。「喂，妳到底在氣什麼？」

「我不是說了很多嗎？」見貫一遲遲無法理解，小都愈來愈不耐煩，情緒更加激動。

「我一直覺得你花錢的方式太奇怪了。以你現在的經濟狀況，不適合買十萬塊的禮物送人！」無論小都口氣多憤慨，他還是一臉快睡著的表情。

「我不知道你究竟有多少存款，但你應該要知道與其買項鍊，不如買一臺洗衣機。偶爾去自助洗衣店花不了多少錢，但一星期得去上好幾次的話，買臺便宜的洗衣機絕對比較划算。還有大眾澡堂的花費、去網咖沖澡的費用，你算過一個月要花多少嗎？找一間附衛浴的房間一定更值得。你花錢的方式實在太隨興了。」

他只是在一旁靜靜聽著，臉上不帶任何情緒，看起來也不像不耐煩。這下讓小都更看不順眼，感覺是自己小題大作。

小都雙手抓著他的肩膀，邊搖晃邊喊著：

「你花太多錢在抽菸喝酒了。有十萬塊的話不如換掉身上的西裝、公事包還有領帶。別穿那些便宜貨，換個像樣點的。」

這時，面前突然有什麼晃過去，左邊臉頰逐漸熱了起來。小都意識到自己被甩了一巴掌。力道並不大，就像拍上一隻吵得令人心煩的蚊子。小都驚訝得睜大雙眼。

「妳真的很煩。」貫一懶洋洋說道：「那就還來吧。」

「咦？」

「快點，還來啊。我去退掉，要是不能退我就拿去二手店賣掉。盒子和袋子都拿來。」

「可是……」

他拿起放在一旁的淺藍色小盒子。

「……我不是那個意思。」

「那妳是什麼意思？」貫一露出嘲諷的笑容，拿起紙袋和緞帶，一股腦兒塞進小都之前送他的布質環保袋。

然後他套上扔在房間角落的牛仔褲，披上夾克，踩著重重的腳步穿過房間。

「這麼晚了你要去哪裡？」

貫一沒作聲，打開房門往外走。待在房間裡都聽得到他衝下樓的聲響。

獨自被留在房間裡，小都只是一個勁地哭。眼淚止不住。

為了叫醒睡著的貫一大肆批評一番而感到自責，還有挨了那一巴掌，以及認為貫一完全無法理解自己想法這些徒勞的空虛，她兀自啜泣不已。

過去兩人也有過小爭執，但貫一從來沒有像這樣動怒過。

以為他沒多久就會回來。沒想到等到窗外天色都亮了，貫一還是沒回來。無論再怎麼難過，眼淚再怎麼潰堤，也到了該收起眼淚離開的時刻。得回家換衣服、化妝，然後去上班。

小都穿好衣服，走出貫一的住處。貫一沒給她備用鑰匙，只能關上門沒上鎖就離開。

小都失魂落魄地走在清晨微青色的空氣中。

和交往對象吵架，這輩子不知道經歷過多少次。

不要緊，沒什麼大不了的。她告訴自己，這不過是情侶間鬧鬧彆扭。昨晚在上野的餐廳吃飯時，不是還那麼幸福嗎？

我沒錯。不對，是我的錯。

我錯了，我沒錯，我錯了，我沒錯，她像摘著花瓣占卜的小女生，走在清晨的街道上，口中反覆呢喃著。

「與野小姐，稍微這樣，身體歪一邊。」

「像這樣嗎？」小都在店門口，對著新到任的正職員工仁科手上的單眼相機擺出姿勢。

「表情有點僵硬喔。笑一個、笑一個。」

身上穿著秋冬季服飾還搭配人工皮草脖圍，額頭上滲出汗來。

「試著可愛地張開雙手，像要歡呼的感覺。」

「很丟臉啊……」

「是工作啦，工作。一點也不丟臉。」

長期從事服飾業，同事間並非不習慣互相拍照，但實際上很少外拍，經過的路人紛紛好奇轉頭看，教人感到難為情。

現在每間分店都要經營店家的社群。這項工作之前一直交給擅長社群經營的杏奈，她離職後就由全體員工一同構思穿搭，互相拍照後上傳。只是這樣不免流於常規店的制式作法，於是仁科提議既然是分店，不妨走更休閒的路線，於是來到戶外拍些較動感的照片。

結束拍攝作業後，小都和仁科直接到商城裡的咖啡館吃午餐。其實今天兩人都是晚班，但最近業績常沒達標，店長心情不佳，小都才和仁科商量提早外拍。

「拍得很漂亮！妳看、妳看。」仁科將相機遞到小都面前，讓她看拍攝成果。

「真是謝謝妳。」

「與野小姐看起來真年輕，簡直像只有二十五歲。」

「也太會拍馬屁了。」

「被識破了嗎？哈哈。但說真的，看起來完全不像超過三十歲。有什麼祕訣嗎？快教我。」

「這個嘛，硬要說的話就是不常用腦吧。」小都以食指碰著下巴，刻意裝傻說道。

「哈哈哈哈，果然是這樣嗎。」

「整天思考未來會變成怎麼樣、要存多少錢，皺紋馬上就跑出來。」

仁科放聲大笑。她的個性開朗、不做作，很好相處。服飾店依舊問題叢生，而且和貫一吵架之後心情很低落，所幸和仁科聊過之後舒暢不少。

和貫一之間的爭執，後來不了了之落幕。大吵一架後貫一奪門而出，隔天晚上他傳了LINE，表示對於打了小都耳光感到抱歉。小都則回覆「我也說得太過火了，對不起」。

乍看之下像是和好了，但以往即使沒什麼特別的事，貫一也會隨手傳些食物或是路邊遇到的貓咪照片給她，現在卻不再傳了。就算小都傳些訊息想試探他的心情，他也都以無關緊要的貼圖回應。至於項鍊是不是已經拿去退貨或轉手賣掉，貫一沒提，小都也不便過問。

為什麼會那麼生氣呢？小都一旦具體考慮和貫一結婚的事，似乎就覺得那些無謂的開銷都像從自己的荷包掏錢出來一樣。

倘若要結婚，兩人無論收入、開銷都會綁在一起，的確該好好討論才行，但小都又認為這等於在強迫對方接受自己的想法。或許像這樣不了了之，反而是不傷害彼此的方法。

午餐吃得差不多，這時咖啡館大門打開，小都不自覺抬起頭，看到店長走進來時愣了一下。後面還跟著東馬。兩人的表情都很僵硬。

「啊，店長！東馬先生！」仁科隨即朝兩人打招呼。東馬一副機靈地露出微笑，店長還是一臉陰沉。兩人在店員的帶領下往裡頭的座位走去。小都的心跳亂了節奏，趕緊暗自深呼吸。

嘴裡咬著吸管的仁科，挨近她招了招手。小都湊過耳朵，就聽到她說「店長和ＭＤ這兩人愈來愈可疑了」。光聽到這句話，小都的胃不覺抽痛起來。

「是嗎？」小都刻意裝傻。

「與野小姐。」

「嗯？」

「妳是不是和店長交惡了？吵架了嗎？」

「沒有啊。怎麼這麼問？」

「不好意思，我亂猜的。覺得妳們倆之間好像怪怪的。」

「是嗎？沒這回事。」

心跳得更快了。自從上次聚餐後，店長幾乎不和小都交談。店長雖然不會故意刁難她，但即使小都主動找她談工作上的事，店長也會若無其事地避開。難怪別人看在眼裡會覺得可疑。

東馬大致一星期來店裡兩次，小都一看到他仍然會緊張到背脊僵硬。原以為憤怒與恐懼會隨時間逐漸淡去，沒想到無論過多久當下的觸感仍然如此清晰，令人作嘔的顫慄感。

「不過這兩人真的毫不遮掩。我本來就不喜歡那男人，快要看不下去了。」

「妳說東馬先生？」

「不是，是龜澤。」仁科不客氣地直呼店長的姓氏。

「我們同期進公司。她是四年制大學畢業，我念短期大學，所以她大我兩歲。」

「原來如此。」

「妳不覺得她最近對約聘人員過於嚴厲了嗎？總是一副高高在上的態度。」

這一點小都也感受到了。照理說應該要盡量安撫約聘人員才對。但是和正職員工一起批評店長有點危險，於是她偏了偏頭，不置可否含糊帶過。

好想辭職，小都心想。想辭職的情緒已達到極限。

要是貫一的工作最後落腳東京，就可以和他一起搬到離東京近一點的地區，順便換到其他分店。

可是說不定自己和貫一沒辦法維持下去了。

毫無倚靠，滿懷不安，覺得似乎只有自己一個人活在半裸的狀態。

下班後回到家，穿著圍裙的父親正在做晚餐。

「今天煮什麼？」

「雞肉丸子。」

「哦，媽呢？」

「在房間裡休息。」

「不舒服嗎？」

「好像不是，只說覺得有點冷。應該是天氣突然轉涼的緣故。」父親揉著調理盆裡的絞肉，頭也沒回說道。兩人表面上完全恢復了以往的生活，但小都已經很清楚，事實上根本不可能恢復原狀。

她突然想起來和貫一第一次的約會。他當時說的是地球轉速嗎？他說地球不只是繞著太陽轉，而是以螺旋狀穿越宇宙，相差一瞬就不會再回到同樣的軌道。

腦中不停想像著，突然一陣天旋地轉，小都趕緊在沙發坐下。一坐下來就覺得全身沉重不堪，拖著身子躺下。

「快吃飯嘍。妳這是什麼樣子。」父親轉過頭說。

「好像沒什麼胃口。最近也覺得沒有力氣，說不定感冒了。」

「雞肉丸子裡加了很多薑，多吃一點，然後早早上床休息。這個家裡怎麼全是病人。」父親笑了，小都卻笑不出來。

母親走出房間下了樓，三個人圍坐吃著晚餐，沒什麼交談。

加了薑的雞肉丸子很美味。雖然不是感情多融洽的家庭，但一起在家裡做菜、吃飯，身心還是全然放鬆下來。一家三口都喜歡雞肉，小都出神想著，這究竟是遺傳，或只是從小養成的飲食習慣。

隱約聽到沙發上的皮包裡傳出幾次手機震動聲，小都覺得麻煩，姑且先不理會。

那天晚上泡了熱水澡，然後配著溫開水服用葛根湯後就鑽進被窩。

隱約察覺到父母在二樓的客廳交談。過去母親一吃完飯就馬上回到自己的房間，像是要避開父親，但最近兩人似乎每天晚上都會聊上一會兒。

關了房間的燈，蓋上毯子，滑起手機。

貫一依舊沒消息。阿仁和颯花倒是傳了LINE過來。

阿仁在越南，傳了幾張看起來很愉快的自拍照，說Mya來的話想帶妳去這些地方玩，還附上時尚咖啡館、設有觀景臺的高樓，以及氣氛佳的街景等多張照片。

本來早將阿仁忘得一乾二淨，但最近和貫一的關係陷入愁雲慘霧，於是又想起了阿仁。

我下個月會去日本，請和我約會。小都一次又一次反覆讀著他傳來的這句話。

平常覺得不起眼的糖果，肚子餓的時候卻格外甘甜。此刻這句話就像是小都的浮木一般。我也是很搶手的。但也知道自己對阿仁這句沒什麼意義的話想太多了。

颯花也傳訊邀她小酌。自從上次公司聚餐完到颯花家訴苦後，兩人就沒再碰過面。能理解她對自己的關心，但這陣子小都多以抽不出時間的藉口婉轉回絕了她兩次。

坦白說，現在真的不想見到颯花。

小都當然喜歡親切溫柔的颯花，但每次只要想起她的男友，就懷著嫉妒又羨慕的心情而難受不已。不只是男友，就連擁有一份好工作、充分獨立生活的颯花，也深深刺激著自卑的小都。

但三番兩次拒絕她的邀約也讓小都內心浮現罪惡感，同樣不得平靜。

對了！小都靈機一動。不如找繪里一起，三個人聚會。

連自己也忍不住感嘆的好主意，她爬起來打開桌燈，打算確認列印出來貼在牆上的班表。

一站起來看班表上的休假日，頓時感到身體莫名沉重，甚至暈眩了起來，小都趕緊躺回床上。明明閉上眼睛，還是感覺天花板轉個不停。這是怎麼回事？她滿心不安，心想是否明天去看個醫生比較好。

想好好休息，小都心想。三天就好，一切拋諸腦後，讓大腦清空。然而，就連這個微小心願也無法實現。

隔天早上起床，身體狀況稍微好一點。雖然很想請假，但除非情況緊急，否則還是想依照班表上班。能夠如常工作令小都鬆了口氣。

進到店裡，一打開倉庫，就發現成堆的貨物後方有個抱膝蹲坐暗處的人影，小都嚇一大跳。轉過頭來的是打工的女孩子，蹙起眉頭直盯著小都。雙眼紅腫。

「與野小姐嗎？抱歉，我還以為是店長。」女孩的眼神稍微柔和了些。

「怎、怎麼了？」

「妳聽我說，店長真的是……太過分了。我超生氣的！」她蹲在地上，環抱著膝蓋。小都也蹲下來輕撫著她的背。女孩像小孩一樣，將額頭貼上小都的肩膀然後大哭出聲。

倉庫和店面寬敞明亮的空間相反，堆起小山般一箱箱的庫存，還有各式雜物，不但狹窄而且到處是灰塵。連裸露日光燈管射出的光線也被一層層紙箱遮蔽，在這昏暗的空間裡，小都眼看著年紀小她一輪的女孩哭泣，不知所措。

這女孩每星期排五天班，實際上的工作和正職員工幾乎沒兩樣。年紀輕輕的，工作能力卻相當優異，儘管是打工人員，做事仍相當可靠。

「我從早上就一直待在這裡標價。上星期也是，整整兩天被要求待在倉庫，不讓我出去站櫃。」

「有這種事？店長的指示嗎？」

「對，那女人很討厭我，肯定是故意整我。我中途去外頭稍微休息一下，她就氣得大罵要我做完才能出去。總算處理完了，她又說玻璃櫃上沾了指紋，要我去擦乾淨。隔天只要玻璃櫃有一點髒汙，就罵我偷懶沒打掃乾淨。我正做著她交代的工作，她連自己招呼客人從架上拿下的衣服和鞋盒也不收，還大吼著要我趕快整理。既然是她招呼的客人，不就應該同時收拾好嗎？」她一口氣傾吐對店長的不滿，那股憤怒連小都也感受到了。小都當年進入服飾業時也是打工人員，一開始也遭到類似的職場霸凌，所以她暗暗下定決心絕對不要做出同樣的事。

「……我知道了，這太糟糕了。」

「還有，十二月的班表出來了。」

「嗯。」

「但她完全無視我的需求。我早就說了十二月有兩個星期天沒辦法排班，但她還是故意排我那兩天的班。」應該是很想一吐為快，抱怨停都停不下來。

「而且店長週末經常排休。我之前就覺得奇怪，店長排班根本只顧自己方便！」

這一點小都也察覺到了。店長近來明顯常在週末休假，就算來上班也會臨時找理由回家。這狀況愈來愈頻繁。

「我就是個住老家、胸無大志的打工族！要說有事也是約會或出去玩樂，但這種完全不顧員工需求的工作環境還是第一次遇到。最近愈來愈常下班前被交代工作，之前快下班時被叫去做一堆雜事，離開店裡都要十二點了。休息時間也會被下令做些有的沒的。加班的話至少還有加班費可領，休息時間可半毛錢也沒有！」

「喂，妳太大聲了。小聲一點。」

她露出驚訝的表情，抬起手掩住嘴，壓低聲音繼續說：「……不只是我，其他打工人員也遭到同樣的待遇。店長不敢對正職員工和與野小姐這種約聘人員太誇張，但想必認為打工人員用完即丟。偶爾看她笑嘻嘻走過來，居然是要我們買下賣不出去的衣服！這工作時薪又低，快幹不下去了。」

「她叫妳們買衣服？」

「她說要是達不到銷售目標，就要調降我們的時薪，甚至解雇，所以要大家都出一點力。」

店長居然連這種話都說得出口。小都一時語塞。

「硬要員工買剩下的衣服實在很差勁。其實我已經算打工人員中季初就買了不少的。我會先看型錄，預訂喜歡卻還沒進貨的款式，還會去其他分店購買。畢竟我是因為超愛Truffe的衣服才來打工。」

「真的？」

「真的。我高中畢業後就去總公司面試，但沒錄取。就算錄取了也不見得能派來Truffe。直接來應徵打工的話至少能穿店裡的衣服工作，先前還為此雀躍不已。」她帶著哭腔說。

「店長只會對我們耍威風，在東馬先生面前就輕聲細語，看了超噁心。面對不同人的態度竟然能差這麼多。東馬先生表面上毫不關心我們，可是會若無其事地吃我們豆腐。這兩人真的差勁透了。」

「……他摸妳嗎？」

「只是碰觸肩膀之類的，但還是很討厭。」

小都又暈眩起來。曾經待過各種服飾店，沒遇過這麼誇張的店長和主管，而且這家店的業績竟然還不錯，令人難以置信。

「我會和店長說說看。」

「不用了，反正我要離職了。」

「什麼？」

「我們幾個打工人員討論過了，決定一起辭職。就算跳過店長和ＭＤ直接向公司反映，總公司應該也不會改善我們的處境。不如大家集體辭職，總公司多少會覺得店長和ＭＤ有問題。」

「慢著！拜託妳等一下！」

瞬間腦袋一片空白，小都緊抓著她的雙手。

「千萬不可以！」

「為什麼？反正遲早要辭，至少要讓總公司知道狀況。」

「妳先冷靜。妳們還沒和其他員工商量過吧？」

她一臉不滿，點點頭。

「總之先讓我和店長談談看。拜託，我非常了解妳們的心情，但要是所有打工人員全走光，店裡會很慘。應該是說，我會很慘。我看看還有什麼方法，拜託再待一陣子。若店長還硬塞工作給妳，導致妳沒辦法準時下班，請告訴我。」

雖然一臉不情願，她還是點頭答應。然後她斜眼瞄著小都。「我好像不小心說太多了。」她眼神低垂，然後再次抬起頭。「與野小姐，妳會挺我們吧？」她坐正了身體，瞪大眼睛注視著小都。

之後，小都幫那女孩迅速處理完店長要求當天完成的工作。

小都讓上早班的她先下班，獨自去找店長。當向別的同事問起店長時，每個人都沒好氣地回答「誰知道，可能在休息室吧」。其實當上店長之後需要處理很多行政事務，店內客人不多時通常會待在休息室電腦前工作。只是這段時間店長太少待在分店，所有員工都看在眼裡。

小都有太多事想向店長反映，但不知道究竟該從哪一件事開口。話說回來，那群打工女孩的不滿已經快要爆發了，這一點肯定要先解決。

商城內有好幾間休息室，小都一間間尋找店長。每一間都去了，卻不見店長人影。雖然百般不情願，她考慮直接打店長的手機。不過這陣子有時工作上的聯絡，即便打電話或傳LINE，店長也都視而不見。

會不會在美食區或咖啡廳？小都從員工通道走出去。

距離打烊還有一段時間，但秋天太陽下山得早，商城已經籠罩在一片夜色之中，只隱約可見玻璃櫥窗。耶誕燈飾點亮前這段時期，正是商城最黯淡的季節。每間店都沒什麼裝飾，太陽下山後變得格外冷清，來客也寥寥無幾。

陣陣冷風吹拂下小都全身發抖，雙手邊搓著手臂往前走。前方不遠處一張不顯眼的長椅旁陳設菸灰缸，她看到一名女子在那裡抽菸。

定神一看，居然是店長。小都悄悄走向她。

店長穿著一件薄襯衫，右手夾著菸，左手拿手機。只見她一臉嚴肅盯著手機，一會兒後才將手機塞進長褲後方的口袋裡。她胡亂在菸灰缸裡按熄香菸，踩著高跟鞋往員工通道走去。

小都趕緊跟在她身後。到了轉角，小都停下腳步。

店長靠在牆上抬頭仰望夜空。小都也跟著看向天空。

輕薄而破碎的雲朵，正從月亮前方飄過。

店長的側臉露出小都從來沒見過的表情。空洞無神的雙眼。

原本對她的印象是不拘小節，沒想到她略帶哀愁的側臉這麼美。一陣風吹得她頭髮飄散，遮住她半邊側臉。她緩緩撩起頭髮，蒼白的臉頰上隱隱閃著光芒。小都與她相距約五公尺，仍看得出她毫無血色的雙脣微微顫抖。

原本想對店長宣洩滿腔的憤慨，這時卻說不出話來。

眼前的女人很痛苦，也許是自作自受，但她真的很痛苦。小都心想，此刻就算對這女人發脾氣也沒用。

「店長。」小都輕聲開口。她緩緩轉過頭看著小都。

她沒抬起手擦眼淚，也沒打算掩飾什麼。或許已經無暇顧及了。

小都走過去，小心翼翼伸出手放在她的背上。「……妳怎麼了？」

她低著頭好一會兒，然後和那個二十歲的女孩一樣，額頭靠在小都肩上抽咽了起來。

拜託，我才想哭。小都無奈地想著，一邊輕撫店長瘦削的背脊。

在那之後的星期五，就是和繪里、颯花相約聚會的日子。

先前還討論要去哪間餐廳，但繪里說那天先生剛好出差，不如到她家待久一點慢慢聊。就決定這麼辦。

小都下班後先到便利商店買零食和飲料，然後前往繪里家。這是第一次拜訪繪里婚後的新居。大樓外觀看起來年代已久，但室內空間翻新之後還算寬敞。

「好大喔！」小都在繪里的引領下進到屋內，忍不住驚呼。客廳兼飯廳旁有間約四坪的和室，光是這樣看起來也比小都全家人過去住的社區住宅還寬敞。

「還有其他臥室吧？格局是兩房兩廳？」

「是三房。因為屋齡很舊，空間大是唯一的優點。」

小都在餐桌前坐下之後，環顧室內空間。大沙發搭配大電視，地毯是暖色系，讓屋內看起來氣氛柔和，實在不像是同年齡友人的住處。小都心想，這樣的生活環境可以安心生下小孩，孕育家中成員。

「颯花呢？」

「好像得加班，剛說在路上了。」

「真辛苦。哦，需要幫忙嗎？」

「不用不用。我準備了沙拉，妳先坐。」

看著站在廚房吧檯另一頭準備餐點的繪里，小都不由得彎下身，臉頰貼在餐桌上。好羨慕，甚至想躺在地板上耍賴。繪里婚後離職，現在做些兼職的工作。能有這樣的房子，過這種生活，對小都來說簡直是結婚的範本。然而，現在的自己根本八字也沒一撇。

這時門鈴響了。一身套裝的颯花出現，和去年重逢時一樣，樸素又乏味的套裝。

「抱歉，來晚了。我先回家一趟，拿了做好的菜才趕過來。」

繪里從她遞過來的紙袋裡拿出好幾個保鮮盒。

「妳做了好多菜。這是什麼？看起來好好吃。」

「這是茄汁沙丁魚，這是庫斯庫斯，冷凍的是醬燒牛肉片。我還烤了司康。」

「真厲害。謝謝妳。」

兩人熱絡交談。小都覺得自己就像孩子一樣，看著兩個大人興奮聊著下酒菜。回頭看自己買的零嘴實在幼稚得可以。

桌上擺滿各式菜色後，三人舉杯。照理說酒量最好的繪里卻說要少喝酒而改喝茶，颯花和小都喝著繪里準備的啤酒。

「我只要有這裡的一半就好，真想搬到大一點的房子。」

「颯花的薪水再大都租得起吧？」

「但是一個人住太大的房子也不太好。」

「喂，話都是妳在說。」繪里笑著挖苦颯花。

「和妳那個男友結婚，搬到大一點的房子不就好了？」

「沒有，暫時不會結婚。」

「同居也可以啊。」

「嗯，說得也是。」

「附近還滿便宜的，而且環境不錯，要是能開車上下班的話，倒也不會不方便。」

小都靜靜聽著兩人的對話。颯花突然看向小都，問道：「小都姊好像沒什麼精神？」

「對啊，實在打不起精神。」小都聳聳肩。

「不要緊吧？」颯花一臉認真，皺著眉頭探出身子關切。

「該不會是因為那件事吧？」颯花低聲問道。她指的應該是那晚遭到東馬的騷擾。

「也不是。只是覺得最近每件事都不順。」

「還是和貫一之間有些不愉快？」

「不知道算是不愉快，還是莫名不了了之收場。」

繪里聽了笑道：「看來今天聚會的重點就是聽小都姊的煩惱。」

「可以嗎？我需要坦白的建議，不必客氣。我完全不知道該怎麼辦。」

「中學畢業的迴轉壽司男現在還是沒工作嗎？到底找到工作了沒？」

「聽說陸續去面試了，但應該還沒確定。」

「他是春天那段時間失業的吧？已經快半年了，會不會太扯？」繪里這麼一說，小都心想也有道理。

小都說起因為Tiffany項鍊吵架的過程，甚至連後來數落他的花錢習慣、之後被輕摑了一巴掌的細節也說了。繪里和颯花靜靜聽她說完，沉默了好一會兒。兩人不約而同微微偏著頭，露出難以形容的表情。

「後來他傳LINE道歉，我也向他道歉。但關係變得有點僵，也沒再碰面。」

繪里搔了搔頭，「我說啊，」終於開口：「真的可以不客氣給意見嗎？」

「妳說。」

「我先聲明，我並不是否定妳，也沒打算表現出優越感。」

「我知道。」

「我覺得這種男人早點分手算了。」繪里說得很直接。「妳都三十三了，再這樣下去太浪費妳的時間了。」

聽了繪里的建議，小都感到很驚訝。父親也說過類似的話，但沒想到聽同年紀友人這麼說心情上有截然不同的劇烈起伏。

「我打一開始就認為那傢伙不是好對象。妳畢竟想結婚生子吧？既然這樣，幹嘛還和那種毫無規畫的男人鬼混下去？想生小孩的話，這年紀可不能再悠哉下去。」

「……唔。」

「而且那傢伙還稱不上所謂的窮忙族，根本就是貧窮階層了。什麼叫做貧窮，我認為就是口袋裡有零錢上自助洗衣店，卻沒辦法買一臺洗衣機的人。倘若今天妳賺得夠多，完全不必靠男人收入，甚至拍胸脯保證錢由妳來賺，對方就好好做家事、帶小孩，那也就罷了。但實際上不是吧？」繪里一口氣說完，小都無言以對。

「趕快分手認真去相親聯誼。妳啊，只是茫然想著結婚，卻毫無具體行動，才會被那種街貓般的男人吸引。」

「相親聯誼……很辛苦呢。」

「當然辛苦啊，廢話！要是能夠輕輕鬆鬆找到理想的對象，誰要這麼拚命！」繪里激動得握拳敲桌。她花了好幾年積極相親、參加聯誼，經歷過多少失落、苦惱才遇到現在的先生。這些話出自她的口中格外具有說服力。

這時，「那個……」，颯花輕輕舉起手。

「我不這麼覺得。之前聽小都姊說了很多，我認為貫一這個人非常好。」

「妳認真的嗎？」

「我了解繪里姊的看法。但每個人都有各自的觀點吧。」

「是啦。」颯花轉向面對小都。

「我認為不能只靠學歷、收入這些條件來評斷一個人。雖然半年還找不到工作的確讓人感到不安……但小都姊之前說過，你父親對貫一說找份工作並不困難時，貫一回答不是只要有份工作就好。我聽到他這麼說，就認為他應該是個腳踏實地的人，肯定很認真思考過吧。貫一不只當志工、照顧安養院的父親，連小都姊父親昏倒時也從容應對。我覺得他是個在必要時值得信賴、而且懂得關心別人的人。況且剛才聽了小都姊的話，我覺得……」颯花一瞬間眼神游移起來，變得吞吞吐吐，過了一會兒才抬起頭，似乎下定決心。

「對方難得送了這麼棒的禮物，我覺得小都姊太小鼻子小眼睛了。」

「小、小鼻子小眼睛？」

「抱歉，我用了這種說法。因為我納悶的是，妳居然對貫一說有十萬塊的話不如去買好一點的領帶和公事包。我一直覺得小都姊很時髦，品味又好……」說到這裡，颯花又停頓一下，小都坐直了身子。

「我不是針對小都姊，只是我常感覺懂得打扮和品味的人都有點小心眼。」

「小心眼？」

「無論貫一打什麼樣的領帶或提哪一種公事包，也不應該嫌棄別人的品味。就算覺得俗氣或老土也是對方的自由。事實上，我認為隨口批評別人買的東西或穿搭並不妥當。領帶或公事包，只要能發揮它的作用不就好了？想增添品味需要閒錢；沒有的話，簡單合用的也很好。對比起來，貫一送給小都姊的禮物不只講究功能，還是具價值的飾品。沒想到還被瞧不起，所以貫一才會這麼生氣吧。」

沒想到颯花會說出這番話，小都十分錯愕。從來不覺得自己小鼻子小眼睛或是小心眼，反倒認為自己常顧慮別人，很多話說不出口。

繪里也聽得目瞪口呆，但不一會兒又笑道：「滿口大道理。」

颯花聽了板起一張臉。「我才覺得繪里姊是理論派呢，或說心機重。」

「哪裡心機重了？妳說啊！」

「為了追求理想的人生，設下一堆條件，挑選伴侶就像去購物，好比買窗簾，這種便宜卻單薄，那款的遮光性好可是比較貴，究竟哪一款ＣＰ值高呢。就是這種態度。」

「妳說什麼？」

「我覺得人和人的相處不光是條件。」

「妳說什麼夢話！談戀愛當然很好，但要生孩子、維繫一個家，管妳心地多善良，要是沒有經濟能力、沒有魄力，一切都是空談。」

「只要保持心地善良，遇到什麼事都能克服。」

「喂，妳腦袋裡裝著空中花園嗎?!」

小都忍不住站了起來，說道：「冷、冷靜點，別吵了。」

「誰吵架了？」

「對，這不是吵架。」

處在劍拔弩張的氣氛中，小都內心忐忑不安。明明是自己要友人直言不諱，但或許因為女性友人頭一次不開玩笑、坦率說出真正的想法，小都反而感到不知所措。而且兩人提出的看法大相逕庭，小都不由得迷惘起來。或許這也是價值觀本就不同的兩人頭一次對峙。

繪里向坐在正對面的颯花探出身子說：「我問妳，妳認為小都和中學畢業的迴轉壽司男結婚，真的會幸福嗎？」

「嚴格說起來我不是這個意思。」

「什麼？妳不是很支持他？」

「我覺得社會上多數人是不是都被結婚這件事綁住了呢？當然，兩人有小孩的話，登記結婚會比較方便，這我能理解。但結婚並不是為了生小孩而存在吧？我只是覺得，若是考慮一起生活的對象，貫一未嘗不是個很棒的選擇。過於拘泥在結婚制度上，可能沒辦法了解貫一本身人格上的優點。換個角度想，採事實婚[11]的做法也不錯。」

「抱歉，我覺得妳想得太簡單了。我沒有否定事實婚的意思，但如果妳認為這和登記結婚享有相同的權利，那可是大錯特錯。不僅繳的稅金差很多，最重要的是當一方生病或突然身亡時非常不方便，容易產生糾紛。再說社會上也有許多不被認同的情況。本身若有不願意登記結婚的堅持倒也罷了，要是沒仔細想過，只因為下不了決心登記，那不就和一般的同居情侶沒兩樣？小都要是覺得只是同居也無所謂，那就沒什麼好說了。」

「家人之間的維繫不是只靠戶籍吧？」

「這話沒錯，但只想著占盡好處的伴侶關係，不覺得少了一些決心嗎？」

「照妳剛才說的，反倒是事實婚更需要決心。」

「妳們兩個！先冷靜一下！」小都眼中泛著淚，伸長雙手趴在桌上，介入對峙的兩人。

「對不起！是我不好！我優柔寡斷！什麼都決定不了！是我的錯！」小都趴在桌上喊著。繪里和颯花一臉尷尬，雙雙閉上嘴。

繪里嘆口氣站起來，「我去熱一下颯花帶來的小菜。」隨即往廚房走去。小都慢慢抬起頭來，看到颯花一臉親切的微笑。她的表情就像是溫柔注視著年輕人的長輩。

「小都姊，妳不擅長這種事吧。真抱歉。」

「……哪種事？」

「針對某個主題討論。」

唉，小都無力地嘆息。

「不好意思，討論得太激動，沒考慮到小都姊的心情。」

「別這麼說，也不要道歉。很高興妳們認真地為我著想。說起來，我的確一看到爭吵就很難受。平時也害怕和別人唱反調。」

「這麼說來，妳也沒和貫一討論過將來的事嗎？」

「嗯，我想貫一應該也不擅長表達自己的意見。所以我們之間不會這樣爭論。但也可能發現一旦具體討論就得做出結論，因此誰都不想先開口。因為那條項鍊，我忍不住挑明了說出不滿，然後他就氣得奪門而出……」

「出餐嘍。」繪里端著盤子回到餐桌。茄汁沙丁魚搭配香蒜麵包令人垂涎三尺。氣氛頓時緩和下來，三人開動。

---

11 未經法定登記，但有結婚意願且共同生活事實的婚姻關係。

「我剛才在廚房裡想了一下，」繪里舔著沾到番茄醬的手指，望向小都。
「小都，假如那條十萬塊的項鍊換成戒指呢？」
「啊，沒錯，那時小都姊會怎麼想？」
小都頓時語塞，慌慌張張將嘴裡的食物嚥下喉嚨。
「如果當時他拿出十萬塊的戒指，然後說請和我結婚。妳會高興嗎？還是生氣？」
小都沉吟了一會兒。
「……應該不會生氣。」她緩緩答道。
「搞什麼，其實妳內心根本想和迴轉壽司男結婚嘛！」繪里大聲回應，小都聽了口中嘟嚷著幾聲，垂下頭。
「小都姊，也就是說妳內心並不覺得這樣的金額太高，也不認為假使兩人要結婚就別亂花錢，對吧？」颯花清楚道出這一點，對小都宛如當頭棒喝。她從不認為自己居然自私到這種程度，但或許真是如此。
「小都，妳還是想要一個按部就班思考未來，然後向妳求婚的男人吧？迴轉壽司男是這種人就好了，可惜他不是。那傢伙絕對不會這麼做。」
小都聽了垂頭喪氣。
「妳們兩個說的我都懂，對不起，其實是我的態度不明確。我真的不知道自己想怎麼做。雖然想結婚，但不知道自己想不想要小孩。說白了，經濟上有餘裕的話也想要有小孩，這感覺又沒有強烈到沒錢也要養小孩。就像我喜歡貫一，也並非愛他愛到不可自拔。要說心裡較明確的想法，應該就是羨慕自己以外的人。」

兩人面無表情看著小都。

「我剛才一進來屋裡，就覺得好羨慕繪里，也想住這種房子，過這種生活。只是我完全沒想過這些是繪里釐清自己的期望之後努力爭取來的；我也很羨慕颯花，有個高學歷、聰明又年長的男友，而且颯花不會黏著對方，整天吵著要結婚，兩個人建立起獨立自主的關係。儘管如此，我也只是在心裡想著，好好喔、真羨慕，卻也不是真心想追求這樣的狀態。」

聽到這裡，颯花露出了無奈的笑容。

「這些只是小都姊的一廂情願，實際上根本不是這樣。」颯花的語氣透著罕見的沮喪。「這些事我只對妳們說，她先聲明。

「我之前說他離過婚吧。他和前妻有兩個小孩，得付一大筆贍養費，根本沒餘力再婚。」

「什麼？」

「真的嗎？」

意想不到的告白，小都和繪里不覺驚呼出聲。

「孩子、房子、車子，他全給了前妻，自己離開那個家。現在依舊要負擔那個家的房貸和贍養費，自己則住在一間破公寓裡。就算想孩子，前妻也不肯讓他見上一面。這讓人深深體會到，登記結婚和解除婚姻關係的決定真的很可怕。」

「嗯……」

「這是真的嗎？好傻眼。」繪里毫不掩飾說道。

「是真的。我從來沒對朋友說過，畢竟說了別人也不見得懂。」颯花語帶自嘲。

「是因為颯花才離婚的嗎？」小都小心翼翼問道。

颯花笑了笑。「不是，我們認識的時候他已經離婚了。」

繪里好奇地探出身子問道：「我知道這麼問不恰當，但方便了解他離婚的原因嗎？」

「小都姊猜中一半，他的確有外遇。似乎是在小酒館認識的，女方年紀比他大，才交往不到三個月。」小都和繪里不約而同又驚呼一聲。

「這種人可靠嗎？難保哪天不會再偷吃。」

「是啊，沒人能保證不會再發生。一開始交往我也很小心。只是我們無論在飲食、閱讀和電影上的興趣都很合拍，聊起天來非常愉快。從來沒遇過這麼合得來的男人，想想也顧不了這麼多了。而且我又不是非要小孩不可，換句話說，並沒有一定要打造普通家庭的欲望。我只能下定決心追求我想要的人生，就是努力工作，隨自己的喜好學習，心思放在旅行或其他感興趣的事上。」

「啊……」小都腦海中浮現那個只見過一次面的男人。當時覺得颯花的男友性格率真，連素不相識的小都彷彿都當作自己人，真誠對待，實在不像是會出軌的男人。

「對一個已經下定決心的人來說，我這樣問想必很煩。我還是很好奇，假使妳男友經濟上沒問題，妳會想結婚嗎？」聽了小都的問題，颯花沉吟了一會兒。

「假設性的問題很難說。我認識他的時候，他就已經是那樣的處境了。我是知道一切才和他交往。」

「颯花好厲害，很清楚自己的想法。」

「小都也一樣啊，明知道那傢伙是迴轉壽司男還和他交往。」

颯花聽到繪里的戲謔忍不住插嘴：「繪里姊從剛才開口閉口都強調迴轉壽司，難道妳不吃迴轉壽司？」

「我吃啊。反倒已經不太去沒迴轉火車的傳統壽司店了。」

「我也常吃迴轉壽司，便宜方便，而且好吃。以服飾業來比喻的話，就像UNIQLO。這時代還瞧不起UNIQLO的人是不是哪裡有問題？」

「唔，這麼說也是。」繪里不太甘願承認。隨即伸個懶腰大喊：「認真說這麼多話好累喔！」

這時，颯花說要借用一下洗手間便起身離席。

餐桌前剩兩人獨處時，繪里問道：「工作還好嗎？」

「一點也不好，店裡的氣氛爛透了。」

「是那個行銷專員害的？」

「算是。店長也很亂來，那群打工的女孩一肚子不滿。連我都想離職了。」

繪里接著說：「想辭職的話，最好也一併決定是否換個跑道。」

「……」

「我知道說這麼多很雞婆，但如果之後想生小孩，六日沒休假的工作會很辛苦。除非妳媽肯幫忙帶小孩，這樣可能會好一點。」

「唔，我爸媽不會幫我帶小孩。以前就說過不必指望他們。」

颯花回到餐桌，繪里稍微向她提了正在聊的話題。颯花露出一副欲言又止的表情。

「颯花，趁這個機會，妳想到什麼就直說。」

「……嗯，我這樣說可能不太禮貌。」

「沒關係，說吧。」

「我猜小都姊會覺得徬徨，追根究柢是擔心沒有自力更生的經濟能力。但妳們別誤會，我先聲明，我並不認為每個人都需要賺到足以自力更生的錢。畢竟背後各有不同的苦衷，比如需要照顧家人，什麼狀況都有。不過以小都姊來說，對貫一的疑慮只有在經濟上吧。倘若想和他維持良好的關係，不如小都姊主動增加能應付生活開支的收入。貫一現在是一個人生活，照理說沒什麼負擔。小都姊憂慮的並不是貫一的將來，應該是對自己未來的不安。」

小都不禁語塞。

「如果不能靠自己消除這股不安，我也認為妳該換一個對象。」

說得沒錯，小都低下頭。就算和貫一沒發展到結婚，只是同居，理所當然得從家裡搬出來住。現在住家裡，收入僅勉強支應自己的生活，或許她下意識希望貫一也能帶給她像住老家時同樣的生活環境。

三人陷入沉默。繪里動手收拾起餐桌。

「大家好像太嚴肅了。要不要吃颯花烤的司康？妳們倆想喝點什麼？要喝酒的話有很多種喔。還有起司可以下酒。」

「繪里姊喝的是什麼？好像很好喝。」

「這是玉米茶。」

「麻煩給我一杯。」

「對了，繪里今天怎麼沒喝酒？」

「嗯，沒喝呢。」

颯花小心翼翼開口：「那個，莫非是……」

「嗯，昨天去醫院檢查出來的。」

「果然沒錯！恭喜！」

「妳們在說什麼？」小都瞪大了眼，搞不清楚狀況。

「繪里姊懷孕啦。」

「有寶寶了啊，難怪。」

「小都還是一如往常的遲鈍。」

兩人笑了。

「原來是這麼回事，恭喜妳。一開始先告訴我們不就好了。」

「是啊。不過昨天才剛知道，本來想進入穩定期前先保密的，畢竟上一次流掉了。」

「是這樣嗎？」

「嗯，但不要緊。我很注意自己的身體，妳們也別太介意。」

繪里要當媽媽了啊。小都心想。看到好友懷孕當然為她開心，但另一方面又覺得比起結婚，好友彷彿離自己更遠了，不免有些落寞。

「小都呢？喝酒嗎？」

「不了，我也喝茶。最近覺得身體不太舒服，今天狀況算比較好，仍然還有點頭暈，微燒也一直沒退。」

站在廚房的繪里聽完轉過頭。颯花也直盯著小都。

「喂，小都，妳上一次生理期是什麼時候？」

「……是什麼時候？」

當場一片靜默。

繪里穿著拖鞋啪噠啪噠衝到房間另一頭，拉開電視機旁邊的櫃子，拿出一樣東西回到餐桌旁。

「拿去，趕快給我去廁所！」

細長外盒，裡頭裝的是驗孕棒。

8

我啊，
對任何人都沒有貢獻，
只會漫無目的地囤積物品，
然後像傻子般丟棄。

自転しながら公転する
Spinning Around My Whirl
by Fumio Yamamoto

在繪里家的洗手間忐忑不安用了驗孕棒，並沒有出現顯示陽性的兩條線。但仔細一看，旁邊似乎浮現一道若有似無的線，小都感到不知所措。

繪里似乎想安慰緊張的小都，便說道：「懷孕的話顏色不會這麼淺，會是很清楚的兩條線。」一旁的颯花迅速拿起手機搜尋，「這個好像叫做蒸發線，看起來不是陽性。」

然而，沒有明確的陰性結果讓小都嚇得一臉蒼白。況且生理期確實罕見地遲來了，兩人強力建議她去醫院檢查。

「我那間診所的醫生雖然是個歐吉桑，但風評很好，可以去看看。」

聽到繪里的建議，小都連忙搖著頭。「不行，我做不到。」

「什麼做不到？小都，那可是名醫喔。」

「我……那個……我從來沒躺上婦產科內診的診療臺，何況還是男醫生。我做不到。」

兩人對看了一眼。

「我說妳啊，人家可是專業醫師。」眼見繪里一臉不耐煩，颯花像是勸說孩子的口吻說道：「可以理解妳的擔憂，這種事也不是經歷幾次就能習慣的。不過小都姊，長遠來看，妳之後也是免不了要做檢查。」

「可是……」

「我念大學時有段時間生理期不順，常找一位女醫生看診。她人很親切，只是診所在東京，要去看看嗎？」

小都眼眶裡的淚水打轉，緊咬嘴脣。兩人說的沒錯。

憂心忡忡的颯花說要陪她去，但這樣的自己實在太窩囊了。小都最後還是去掛了號。

想起來就害怕，小都決定盡量不想，撐到看診的那一天。但一個不留神，腦中就閃過可能懷孕的念頭，在店裡摺衣服的雙手不住顫抖起來。

萬一真的懷孕，沒什麼好說的，人生會出現翻天覆地的大變化。

雖然清楚都是自己造成的，依然覺得人生沒道理被這些事搞得烏煙瘴氣，整個人彷彿快被恐懼給壓垮。

萬一懷孕了，依貫一的個性兩人很可能會結婚。但是和貫一這樣的人生活，真的能好好養大孩子嗎？慢著，不對！就像颯花說的，自己內心的不安其實源於對未來的擔憂。以目前的狀態來說實在不適合生小孩，更別說要背負孩子的人生了。坦白說，自己目前都還需要獲得別人的庇蔭。

話說回來，若選擇不生下此刻可能在肚子裡的孩子，往後還能若無其事地和貫一繼續交往下去嗎？她覺得應該沒辦法。內心深處將不時感受到「沒能生下貫一的孩子」這股內疚感，或甚至反而怪罪起他來，「要是貫一的經濟能力好一點當初就能生了」。無論如何，兩人都無法再一起真心歡笑。

事實上，他們都做了預防措施。仔細想想，和貫一做那件事已經過了好一段時間，而且驗孕棒的結果並不明確，加上颯花查到的資訊，整體看來實在不像懷孕。

然而，還是難以抹去內心的那股恐懼。

小都這下子終於了解到，自己根本沒有下定任何決心。

好想和別人分享這股巨大的不安。但想來想去也只有貫一，好想和他聯絡。但也不想還不明瞭實際狀況前就一股腦兒對他宣洩自己的情緒，只好咬緊牙關等待看診日到來。

千頭萬緒之下，終於來到預約看診的日子。小都抱著上斷頭臺的心情前往位於東京的診所。

颯花口中的親切女醫師，看在小都眼裡就只是個臭著一張臉的年長婦女。在婦科的內診間，小都緊張到雙腿不住顫抖，兩腿間難以忍受的異物感，覺得自己簡直像接受酷刑一般。

「看起來沒有懷孕。」一聽到女醫師這麼說，小都頓時淚水決堤。怎麼可以在這裡哭呢！都幾歲的人了在搞什麼！儘管不斷對自己說，卻始終停不住淚水。女醫師不發一語，面對抽泣不止的小都，將整盒面紙遞到她面前。

「妳被施暴嗎？」

「咦？」

「非自願的性行為？」

這時小都才發現，醫生問她是不是遭到強暴。她連忙搖頭。

「不、不是。對方是我的男朋友。」

「男友霸王硬上弓？」

「也不是。就是……一般狀況。」

「那就好。」

小都努力停止啜泣。此刻只想找個地洞鑽進去。

「不要緊吧？」女醫師始終面無表情。

「……沒事。只是一時太激動了。不好意思。」

「沒事。」她的語氣稍微和善了些。小都輕輕擤了一下鼻子。女醫師低頭看病歷，低聲喃喃道：「妳住得還真遠。」

「這裡是婦科。但可以幫妳介紹身心科或精神科醫師。」

小都抬起頭看著女醫師。內心大受震撼，原來自己的狀況看起來這麼糟。她想起母親固定看診的身心科，過去總認為那和自己八竿子扯不上關係。

「妳的氣色很差。」

「……是嗎？」

「生活辛苦到連自己臉色好不好都沒察覺嗎？是因為工作還是感情？」

「……都是。與其說辛苦，其實是不知道該如何是好。」

坐在對面看著女醫生時，才發現她髮際上多已花白，感覺和母親差不多年紀。但完全看不出疲態，肌膚帶有光澤，感覺得出她白袍底下良好的體態。從事服飾業多年，即使隔著衣物，小都也看得出一個人肌肉的緊實程度。

「沒看到血檢報告不確定詳細狀況，但看起來有脫水的跡象。」

「脫水？」

「至少可以肯定水喝太少。有充分攝取不含咖啡因的飲料嗎？」

「應該喝得不夠。」

最近上班根本沒有像樣的休息時間，就算逮到機會喘口氣，多半也是喝咖啡或紅茶。

「妳的職業是銷售人員？這種工時較受限的行業很容易出現水分攝取不足的狀況。妳說的頭暈、倦怠很可能都是這樣來的。我知道有難度，但還是建議妳要多喝水。要是一個不注意，這些症狀有時得花好幾年才能恢復。」

沒料到醫生會這麼說，小都愣愣地坐著。從來沒想過自己水分攝取不足。

「生理期不順的狀況再觀察一陣子，可能是壓力過大或荷爾蒙失調。總之，水分和睡眠都要充足，生活作息要規律。一天的疲勞盡可能當天就消除。聽起來或許是老生常談，但就是沒做到才會搞壞身體。」

「……我知道了。」

「沒有失眠，還算有食欲，應該沒什麼大礙。只是要注意略有憂鬱的徵兆。」

「憂鬱……是憂鬱症嗎？」

「對。或是妳乾脆澈底休息一段時間。無論工作或戀愛。」

「戀愛？」小都聽了大感意外，忍不住反問。

「談戀愛可不輕鬆啊，畢竟關係到人與人之間的感情。」女醫師不是在說笑，一臉正經地說道。

或許是心情上整個放鬆下來，當天晚上生理期就來報到。

來了是很好，但這次的生理痛非比尋常。小都隔天早上上班，不到一小時就難受到躲進倉庫。

晚班人員到店之前，店裡只有小都和上次向她訴說不滿的打工女孩。但小都實在連站都站不住，向打工的女孩說明要提前午休，並說再一小時晚班人員就來了，在這之前要是有電話，小都會飛奔回店裡。交代完後那女孩一臉堅定地點點頭，嘴上說著「小都姊今天還是先回家比較好」，神色間似乎仍略顯忿忿不平。

其實這個節骨眼上最好別讓她一個人顧店，但小都痛到額頭滿是冷汗，光是傳訊請其他店員早點來上班，就快要了她半條命。

吃了止痛藥，趴在休息室的桌子上。但是狀況愈來愈糟，最後她幾乎是縮著蹲在椅子上。其他店鋪的員工看她這樣，說躺下來比較好，帶她到醫護室。小都從來不知道商城裡還有這種地方。

號稱醫護室，其實只是個沒有對外窗的小房間，也沒看到像是護理師的人員。房間裡擺著一張合成皮的摺疊床，還有兩座嬰兒的尿布檯。拉起的布簾後方是個可以坐下的空間，似乎也兼作哺乳室。

摺疊床旁邊放著毛毯，小都抓了毛毯裹住身體躺下。

閉上眼睛，不一會兒就意識模糊。

鬆開了一半的意識，但另一半似乎仍莫名清醒。穿著絲襪的腳趾好冷。

蜷起身體，環抱著自己，宛如胎兒的姿勢。身體愈來愈冷，逐漸僵硬起來。腦中倏忽閃過一個念頭，死亡就是這種感覺嗎？

明明閉上眼睛，眼前還是轉個不停，一股沉重的闇黑像漂浮在水面上的焦油朝自己湧來。最近遭遇的人群面孔和處境，在這片黑色液體上浮起又逸散。

打工女孩因不滿噘起的嘴脣、診所女醫師世故不耐的表情、繪里漾著幸福的臉龐、颯花滑手機的靈活指尖。

父親動手術時身上那件一點也不保暖的罩衫、母親哭泣的臉。

阿仁身上的皮草、淺黑色肌膚和一排整齊的白牙。

貫一的破舊運動鞋、積滿灰塵的腳踏車、吊掛在牆上的西裝。

我真是個廢物！突然好想大喊。

幼稚到極點！無藥可救！

什麼事都決定不了，如孩子般膽小。明明是自己的人生，卻老是希望交由別人主導。

我啊，對任何人都沒有貢獻。

只會消費，漫無目的地囤積物品，然後像傻子般丟棄。

仔細一想，總是盤算著和貫一結婚的好處。但站在他的角度，和自己結婚實在一點好處也沒有。

我只不過是個累贅。

一個累贅希望被撿走而不斷示好。

我毫無價值。

才會被自信滿滿的男人襲胸。

毫無價值。

真想死。

就像置身在混濁的沼底慢慢被埋沒頭頂。不知哪裡傳來一陣叫聲，藏在深層的意識逐漸往上浮起。

是貓。小都想到了。

小都茫然想著，野貓跑來院子裡嗎？

那不是可愛的喵喵低鳴，而是發情時的狂亂嘶吼，沒完沒了。父親最氣野貓潛進庭院搞得一團亂，揚言再來就要盛水潑貓，看來得在父親發現前驅趕貓才好。可是，好想摸貓。毛茸茸的頭，豎起來成一道小三角形的耳朵，這些都想摸。小都很想養貓。小時候住社區，母親說沒辦法養。但真想緊緊抱住柔軟的小生物。

小都還沒清醒的腦袋裡繼續想著。

方才冰塊般的僵硬腳趾暖和了起來。想沉浸在睡夢中的世界，但也想看貓咪。努力撐開沉重的眼皮，眼前卻是一片乏味的白色天花板。頓時想起此刻身在何處。

小都抬起頭。

房間裡不知何時出現另一名女性，背對小都站著。她面向設置在角落的檯子忙碌著，原來正在幫嬰兒換尿布。剛才以為的貓叫聲其實是嬰兒的哭聲。在這個狹小的房間裡，嬰兒的哭鬧聲格外響亮。

「不好意思，吵醒妳了嗎？」女人轉過頭笑道。一頭幾近金色的褐髮，綁著高馬尾。是當地常見的太妹。

「啊，不會，不要緊。真的沒關係。」小都連忙坐起身。忽然發現身上除了先前借用的毛毯，下半身又蓋了一條白色粉紅相間的時髦小毯子。

「那個，我剛看妳好像很冷，就幫妳多蓋一條。」

「咦？謝、謝謝妳。」

「大姊，妳還好嗎？」

「嗯，還好。」

「妳剛才一直痛苦呻吟。」

「是、是嗎？不好意思。」小都慢慢下了床，或許是止痛劑發揮藥效，已經不太痛了。

好喔，我們來擦乾淨屁屁吧。太妹女孩像唱歌般對小嬰兒說起話來。她穿著迪士尼人物圖案的寬鬆休閒服搭配牛仔褲，纖細的脖頸和沒什麼肌肉的背部看起來還是個孩子。雖然抱著嬰兒，腳上卻踩細跟涼鞋，一臉濃粧之下仍未脫十來歲的稚氣。

小都走過去瞄了小嬰兒一眼。「真可愛。幾歲了呢？」

「謝謝。九個月了。」

「是女生嗎？」

「雖然穿粉紅色的衣服，其實是男孩子。是從媽媽朋友接收的二手嬰兒服。」

好久沒這麼近距離看著嬰兒。比想像中來得大，而且充滿生氣，渾身散發出一股奇妙的香味。淚水溼潤的眼白部分泛著青色，像洋娃娃的眼睛。手腳小到根本不像真的，但上頭還是長了指甲，真是奇怪。

繪里之後也會生出這麼大的生物。想到自己的肚子裡頭竟然能蹦出一個人，就覺得真了不起。小都連寵物都沒養過，實在沒自信能看顧好這個什麼都不會的小生物。

不知道眼前這位年輕媽媽心裡怎麼想，至少看不出任何驕傲的感覺。

「我常來這裡。帶孩子也很方便。」幫小嬰兒穿上外層尿褲後，她突然說道。

「這樣啊。」

「停車場很大，很好停車。」

「是啊，平日也有很多帶孩子來的顧客。」

「公園裡啊，全是跩得要命、自以為是的媽媽們，煩死我了。」那女孩咯咯笑道。小都不知道該怎麼回應。腹部深處湧上一股悶痛。

「大姊，還不舒服嗎？不要緊嗎？」

「只是生理痛。剛才吃過藥躺了一下，已經好多了。」

女孩抱起小嬰兒，讓他躺在一臺大型嬰兒車上。嬰兒車上掛了好多東西。小都將女孩蓋在她身上的小毯子摺好，交還給她。她猜想母子倆離開前若自己還沒醒來，那年輕媽媽想必會繼續讓她蓋著毯子，悄悄走出去吧。

「真的很謝謝妳。」

「不客氣。大姊，妳的電話響了。」

咦？小都慌張尋找起手機，這時女孩逕自走出了房間。

還以為是店裡打來的，焦急地看著手機，是貫一，她有點驚訝。

不是傳LINE，而是打電話，小都有點緊張。該不該接呢？猶豫不決之際掛斷了。

應該要接啊。內心浮現莫大的後悔，她頓時不知所措。這時，手機螢幕又亮了起來，上頭清楚浮現貫一的名字。小都屏住呼吸，點擊通話鍵。

「哦，通了。阿宮？是我。」

「嗯。」

「可以說話嗎？在忙嗎？」

「剛好休息。有什麼事？」

「好久不見。」

「是啊。」

貫一的聲音聽起來似乎沒什麼重要的事。小都滿腹狐疑，轉身坐在摺疊床上。

「喂，我的工作有著落了。」

「真的嗎？」

所以他才開心地打電話來嗎？真是太好了。貫一曾說，並不是只要有份工作就好，既然這樣，想必是他能接受的工作吧。

「十一月上工。前三個月試用期。」

該說恭喜嗎？小都隨即又想，現在就說恭喜好像太早了。

「……太好了。是壽司相關的工作嗎？」

「對。不過是立食壽司。」

「立食？」

立食壽司店，小都還是第一次聽到。

「最近很流行喔。但其實江戶前壽司最早就是立食。這家是連鎖店，還不知道會被派到哪間分店，搞不好要搬很遠。」若無其事的平淡口吻卻掩不住欣喜。這讓小都想起，貫一雖然話不多，卻總是坦率地表達自己的情感。

「這樣啊。」

「妳反應好冷淡喔。」他笑道：「哎，算了。妳十月中有沒有機會連休兩天？我想趁上班前來趟兩天一夜的溫泉旅行。」

「咦，你和我嗎？」

「不然是誰和誰？」

「唔，因為……」

自從項鍊事件之後，兩人就斷了聯絡，小都原本心想貫一說不定還在生氣，對她的感情也淡了。現在卻若無其事地邀她去兩天一夜的旅行，小都大吃一驚。

「旅費我出。」

「為什麼？」

「就是，那個，項鍊呢，我拿去退了。」

「真的嗎？」

「我到那間店向接待我的店員大姊拜託之後，她就讓我退貨了。名店真是了不起。」

貫一這種個性的人前往東京鬧區的精品店，還央求店員讓他退貨，光是想像這每一幕場景，都讓小都幾乎想尖叫。任憑貫一平時再怎麼大剌剌，也不會心甘情願這麼做，而且需要相當的勇氣才辦得到。更深的罪惡感朝小都襲來，她臉色唰地變得蒼白。

「該怎麼說，真的很對不起，讓你為難了。都怪我說那些話。」

「沒事。就拿那筆錢去泡溫泉吧。」

「不，我自己出旅費。應該說，我上次也說了，那筆錢還是存起來比較好。」

啊。小都忽然發現，不知不覺已經答應一起去旅行了。

「我知道了。重點是妳能不能排到休假？」

「我看看。我記得最後一週的星期一、二休假。」

「好，我先去訂房。」

「等等，還沒說要去哪裡。」

「熱海如何？我沒去過熱海，也想順道看看貫一和阿宮的塑像。」

「什麼？」

「就這麼決定嘍。」說完就掛斷電話。小都拿著手機佇立在原地。

喉嚨有點乾。想起女醫師說她水分攝取不足，總之先喝點東西，邊想邊拿起皮夾站起來。

突然一股異樣感。身體好輕。

她緩緩轉頭，後方剩下那條剛才蓋在身上、已皺成一團的毛毯。

下腹部還有些沉重感，但已經不痛了。以為自己睡很久，一看時鐘還不到一小時，有些意外。小都趕回店裡，還不見晚班人員的身影，問了打工的女孩，這段時間也沒有顧客上門。

身體輕飄飄的，像在水裡游完一段很長的距離，感覺疲倦卻很充實。

環顧店內，比平常看起來更清晰。小都忍不住揉揉眼睛。

曾經在雜誌上讀到，整理家中環境時最好拍照。她嘗試之下赫然發現，自認為整理得還算乾淨的房間，對比照片卻亂得驚人。

此刻就像那時一樣，眼前的一切變得好清晰。連衣架上的套頭上衣掛得略為歪斜、地板角落積起的灰塵，全一清二楚。她走過去掛好衣服，拿起清潔刷擦去灰塵。仔細一瞧，櫥窗下方也很髒。

收好清潔刷，瞥見收銀機旁散置的文具。一直以來就是這樣，為什麼之前眼睛或該說大腦視而不見呢？將原子筆、剪刀放進筆筒裡，接著看到髒汙的電話分機。總之，拿出備品裡的溼紙巾擦拭乾淨。

不只是眼睛，耳朵也更清晰了。打工女孩踩著高跟鞋不滿的腳步聲，平常響徹賣場卻幾乎記不得的背景音樂，全聽見了。似乎是知名的電影配樂，但不清楚是哪一部電影。小都記不得自己多久沒看電影了。

此刻的情緒莫名沉著。許久不見恍如「恢復自我」的感覺。接到貫一的電話很愉快。順利重修舊好讓她放下了心中的大石。不僅如此，內心察覺到一股觸底後的反彈。

晚班人員總算陸續來到店裡，仁科也來了。小都突然想到：「啊，怎麼沒想到可以和她聊聊。」工作上遇到的麻煩事為什麼總是想一個人苦撐？

小都走到仁科身邊，表示有事想討論，請她空出時間。仁科略顯驚訝，但確認櫃上人數足夠之後立刻答應。

小都在休息室角落的座位上，將最近店裡的狀況告訴仁科。包括幾名打工人員對於店長與東馬的不信任感已經快到極限，還有店長強迫員工購買賣不掉的衣服。說到後來，小都連自己遭到東馬性騷擾的事情也說了。提到東馬的魔爪伸向更多員工時，仁科緊咬著嘴唇，默不作聲。

沉默持續了好一會兒，小都突然感到不安。

萬一仁科說再觀察一陣子，對此避重就輕該怎麼辦？或認為小都既非正職員工，哪來的資格管這麼多閒事？

小都看著仁科一臉凝重，心底慢慢湧現出平靜而堅定的決心。萬一真是這樣，那麼繼續待在這裡工作也毫無意義了。乾脆換工作吧。

終於，仁科靜靜站起來。然後對小都深深一鞠躬。

「真的很抱歉，竟然讓約聘的與野小姐扛起這麼沉重的負擔。謝謝妳願意告訴我這些事，我會盡快處理。盡快找店長了解狀況。」

小都看著仁科垂下的長髮，感到肩上的沉重感似乎逐漸減輕。雖說是理所應當採取的行動，卻還是緊張不已。太好了，頓時一陣鼻酸，但終究勉力忍住了淚水。

小都彷彿脫胎換骨，在這般奇妙的心情之中，晚上開車返家。行駛在夜間的道路也不再害怕，連她最不擅長的倒車入庫也一次完美到位。

就像電腦作業系統版本更新之後，原先跑起來不順的地方如今變得順暢無比。

懷著愉快的心情打開玄關大門，脫了鞋，走廊轉角暗處放著一件平常沒放在那裡的物品，小都一不留神撞到腳。

「好痛！」

她忍不住蹲坐下來。腳趾頭劇烈疼痛起來，當下差點要哭出來。

慘了。趾頭搞不好斷了。一邊心想，蜷起身子忍耐疼痛。呻吟了幾分鐘之後，疼痛逐漸退去，小都摸到牆上的開關打開走廊電燈。

一看是母親房間裡那只造型典雅的茶杯櫃，上頭還貼了大型垃圾回收的貼紙。

「搞什麼。」

怎麼會放來這裡？小都揉著隱隱作痛的趾頭，看到櫃子旁邊立著父親的高爾夫球球具袋，以及近期幾乎沒從櫃子裡拿出來的暖被桌。是斷捨離嗎？

走進房間開了燈，映入眼簾的是許久未打掃、凌亂不堪的房間，小都忍不住嘖了一聲。她恍然大悟，這天正是上天給的警示，世事不可能總是盡如人意。

隔天晚上，下班後小都和仁科來到街上的一間家庭餐廳。

接近晚間九點半。服務生來到桌邊，收走兩人面前盛放漢堡排定食的沉甸甸鐵板。桌子上頓時空無一物，兩人一時不知該做何反應。

「好慢，那傢伙搞什麼。」仁科雙肘撐在桌子上說道。

「要不要傳訊息問問？」

「嗯，再等等好了。與野小姐要吃甜點嗎？其實想喝點酒，但是待會兒得開車。」仁科邊說邊將菜單遞給小都。小都的目光一下子就被超大杯聖代的照片吸引，但想起昨天要命的生理痛，還是作罷。

「我點鬆餅。」

「那我來份秋季美味聖代。」

昨天仁科聽完小都那番話之後，立刻打電話給排好休假的店長，約了今天碰面。這些事也不適合在休息室說，於是決定下班後在外面談。店長說傍晚有非處理不可的事，之後再和兩人會合。約定的時間是八點半，現在仍不見人影。

「與野小姐的身體好點了嗎？」

「好多了，已經沒事了。」

突然想談些自己的事，小都主動開口：「其實我這次生理期來晚了。」

仁科露出疑惑的表情。

「還以為懷了男友的小孩，害我好緊張。」

「我懂。」她親切地瞇起眼睛。

「會緊張很正常。我和男友同居很長一段時間，動不動也會擔心懷孕怎麼辦而感到不安。」

「原來如此。唔，這樣問可能有點失禮……不過，為什麼同居這麼久卻沒有結婚呢？」

「唔，要是不小心有了小孩可能會匆匆忙忙跑去登記。但坦白說並沒有積極想結婚。現在這樣也沒什麼不好。妳和現在的男友對結婚有什麼看法呢？」

「這個嘛……我們兩個都是窮忙族。」

「結婚確實很花錢。」

「真的很花錢。」

兩人一臉尷尬地笑了出來。

「妳男朋友是什麼樣的人？」

「嗯……很會做菜的人。」

「會做菜的男人超級加分。假如同居就能將三餐交給他包辦，然後妳換個賺更多錢的工作也不錯。」她說這番話的口吻極其自然，看起來不像在挖苦人。

「我朋友也說了同樣的話。」

「對吧。畢竟妳現在是約聘人員，根本大材小用。」

「會嗎？」

「妳做事很認真細心，品味又好。我記得妳還擔任過店長吧？」

「……謝謝。」

「要是妳現在辭職的話，公司真要傷腦筋了。」

這時，服務生端來鬆餅和聖代。兩份甜點淋上大量的鮮奶油，光看就覺得好膩。

「妳之前在哪裡工作？」

小都說了品牌名稱。

「森林系女孩風！太驚人了。」仁科驚呼一聲後笑著說道。

「高中畢業後先去打工，陸續待過東京幾間分店，後來升上正職員工，然後當上青山街邊店的店長。那時森林系女孩風格已經淡很多了，改走自然路線。」

「太厲害了。妳還有森林系女孩時期的照片嗎？」仁科顯得興致濃厚。小都從手機相簿裡搜尋出照片給她看。

「根本是小精靈！就像童話故事裡的女孩一樣，超可愛的。」

「算是奇蹟美照吧，哈哈。」

「這些照片是專業攝影師拍的嗎？」

「嗯，我二十五歲左右的時候拍的。」

那是一本主打森林系女孩風格、現已停刊的時尚雜誌，某一期主題是專訪王牌店員，總共採訪六個人。過去小都雖然也上過雜誌裡類似街頭時尚快拍的單元，但這還是頭一次由專人整理妝髮到攝影棚拍攝的經驗，當時雀躍不已。

「這可是青春的回憶。」

「胡說什麼，現在也還很年輕。」

「是嗎。」

「妳現在不穿這類風格的衣服了嗎？」

「其實我當初會這樣穿，是因為想要避免胸部看起來太大。」

「咦？」

「那個年代幾乎沒有寬鬆的款式，碰巧走進一間森林系女孩風格的服飾店，試穿後覺得好搭。胸部總算不明顯了。當下心想這就是我要的。」

「真的很巧，畢竟不容易找到真正適合自己的衣服。」

「是啊，所以毫不猶豫就在這個牌子上花大錢。我現在比當年瘦一點，而這幾年也出了幾款能讓胸部看起來較小的內衣，才勉強穿得下店裡的衣服。但還是有些款式的襯衫釦子扣不上。」

「居然也有這種煩惱。」

「不過，最近覺得自己愈來愈不適合森林系女孩風格。工作上穿多了簡潔俐落的衣服，再回頭穿寬鬆麻質的款式總不太習慣。」

「嗯，不只是年齡，整個人的狀況也會影響適合自己的衣服。」仁科點點頭。聖代吃到一半似乎沒什麼胃口，放下了湯匙。

「與野小姐，妳有沒有意願成為公司的正職員工呢？」話題突然轉到工作，小都瞪大了眼睛。

「唔，店長曾經說過類似願意推薦我的話。但我聽說除非業績表現很好又幹勁十足，否則沒機會升上正職員工。」

「也是，檯面上雖有正職員工的升等制度，實際上要是沒有店長或行銷專員的推薦並不容易。而在這間店，那兩人又是那副死德性。」

小都露出苦笑，吃了一口鬆餅。

「雖然我剛說妳要是辭職公司就傷腦筋了那種矛盾的話，但倘若妳更積極地升上正職員工，不也是一條路嗎？」

「話是沒錯……」

「有什麼顧慮嗎？」

小都沉默了一會兒後緩緩說道：「問題應該在於我沒自信。老實說，我之前當店長的時候，可是員工們眼中討厭到不行的主管。」

「什麼？」

「差不多就和龜澤店長一樣不得人心吧。」

「會有人討厭妳？妳不僅很好相處，處事上也很懂分寸。」

「那是我拚命提醒自己這麼做的。」

仁科目瞪口呆。

「聽那群打工女孩娓娓道來她們的不滿，我當時嚇出一身冷汗。我當店長的時候，還曾經被所有店員集體排擠。」

「怎麼會？」

「黃金週連假的第一天，所有儲備員工和打工人員沒有半個人出現。店裡只有我和另一位同事，後來我邊哭邊打電話向公司求援。」

仁科依舊一臉不可置信。

「貨來到店裡之後沒時間拆箱，直接堆在收銀檯旁邊。整天忙得團團轉，公司的女會計被迫趕來幫忙，連正準備出發到沖繩的員工也被叫來支援，一身輕裝拉著行李箱來到店裡。當下的心情真的如坐針氈。」

「簡直是地獄啊。」

「腦袋一片空白。原本就知道那些人討厭我，但沒料到會做得這麼絕。」

「為什麼會做到這個地步？」

小都泛起自嘲的笑容，偏頭思索起來。「現在回想起來，應該是我完全沒有身為領導人物的資質和決心。當小職員時對上頭諸多抱怨，一旦自己當上主管，卻完全不理會員工的意見，也不懂得如何將公司的決策落實到賣場；我也不擅長對員工下指示，什麼事都想自己來，最後就爆炸了。而且我連班表都排得亂七八糟，和員工的關係很差，也從未試圖傾聽他們的想法。總之，方方面面都不行。身為店長已經是個糟糕的示範，還和總公司人事部的同事交往，這也讓一些人對我產生不好的印象。」

「原來還有這些事。」

「從事服飾業而且是駐櫃的話，首先就要當上店長，否則沒什麼前途。不過老實說，我真的有點害怕再當店長。」

「原來如此。」

「我不是要幫龜澤店長說話，只是稍微能了解那種辛酸。」

仁科點點頭。

「但也不要老想著會失敗。不如想，正因為失敗過一次，所以不會重蹈覆轍。」

「這麼說也有道理。」

「是啊。」

這些事，小都還是頭一次告訴別人。無論是面對父母、親近的友人，甚至貫一，她都說不出口。說起當年那段往事應該會哭出來。更令她難堪的是因為自己的無能，導致同事厭惡她到這種程度，最後只能逃回老家。這些過往讓她打從心底感到羞愧。遭到同性之間的排擠非常難受，比起來還不如被男友甩掉。要小都說真心話，母親的病就像一場及時雨，她也好趁機辭去工作。由於這段回憶太過苦澀，她始終不願回想。想不到竟然有一天能如此平靜地向工作上的前輩傾吐那時的遭遇。

這時店長傳來LINE。

「她說約十分鐘後到。」仁科長吐了一口氣，叫住經過的服務生，請對方收走沒吃完的聖代。

「哎，龜澤到底知不知道現在的狀況。還有，她和東馬到底在搞什麼。雖然很難開口，但又不能不問清楚。」仁科像在自言自語。

店長和東馬之間的關係，前幾天小都聽當事人自己說了。

店長和東馬果然已經交往了一段時間。說是交往，實際上似乎只是東馬高興時就叫店長到飯店幽會而已。

整個人已經飄飄然到失去理智的店長，只要東馬找她，就算三更半夜也出門。先生當然很快就察覺不對勁，一問之下店長只好坦承出軌，但沒說出對象正是同公司的東馬。即使如此，先生仍然大受打擊離家出走。

以往任職於總公司、週休二日的先生，幾乎週末都會幫忙帶孩子。先生一旦離家，要是週末有班，孩子只好請同住二代宅的父母幫忙照顧。但長輩知道事情始末後也大發脾氣。據說店長的先生目前住在東京的週租套房，每天從東京通勤。

孩子們眼看父親無來由離家，祖父母又怒氣沖天，感到相當困惑，情緒似乎也變得不太穩定。店長為此傷透腦筋，找來東馬商量，哪知道他壓根懶得聽她說，反倒因為店裡營業額未達目標將店長痛罵了一頓。

小都聽完這番話只覺得不可置信，同時感到不適。當然，東馬百分百有錯；但被這種人牽著鼻子走，搞到家庭和事業亂成一團的店長，明明年紀也不小了，能說沒問題嗎？

然而，不知該說是大快人心的自作自受或是那不顧一切的傻勁，小都反而有些被打動，無法狠下心來討厭店長。

小都終究無法對仁科說出這些話。還是要讓當事人自己開口才行。

和仁科暫時停止對話，想到等店長來了場面應該不會太平靜，小都略為緊張地看向餐廳門口。終於，店門打開，店長到了。

小都立刻舉起手，店長很快看到，朝兩人的座位走來。

店長的臉頰微微泛紅，頭髮稍顯凌亂。應該是一路從停車場跑過來。

「抱歉，我來晚了。」說完立刻坐下，調整著呼吸。仁科不發一語，雙臂在胸前交叉，直盯著店長。

「妳們倆吃過飯了嗎？」店長似乎沒打算脫下身上的外套，劈頭就問。

「吃過了。店長呢？」

店長對仁科搖搖頭。「我不用了。吃不吃飯不重要。」

她一臉緊張摸著皮包。這時，隔壁座位四名貌似高中生的客人突然放聲大笑，店長不安地望著他們。

「抱歉讓妳們等這麼久，我們可以換到比較安靜的位子嗎？」

「好啊，換個座位吧。」

小都伸手就要按服務鈴。店長卻冷不防制止她。

「別在這裡，去外面吧。」

「為什麼？換到裡面的位子不就好了？」仁科疑惑地說。但店長直接站起來。

「總之，找個安靜一點的地方。」話一說完就抽走立在桌邊架上的帳單，快步往收銀臺走去。

小都與仁科對看了一眼。店長原本就性格浮躁，但這些反應不太尋常。仁科似乎也有相同的感覺，一臉納悶。

兩人站在店門口討論著接下來要去哪裡，店長開了店門走出來。小都對她行禮說謝謝招待，店長則搖搖頭。

「要不要到我車上說？」

「咦？」

也不顧兩人的意見，店長又逕自邁步離開。意外強硬的作風，兩人只好緊跟在後。

店長在停車場角落的一輛休旅車旁停下腳步後解鎖。她上班時開的是小客車，這想必是家人出遊時才會開的車。拉開滑門，店長鑽進車內，將三排座位中第二排轉向，呈面對面的座位。

「不好意思，裡頭有點亂。請進。」店長要兩人上車，一副邀請朋友來家裡坐的態度。車子停放的地方離店家或街燈很遠，只靠小小的車內燈，四周十分昏暗。的確，是個相當適合密會的環境。

小布偶、吊掛在駕駛座後方的面紙套、傘架，這些充滿生活感的小東西格外醒目。小都心想家庭休旅車真不愧是行動客廳。從這個角度來看，小都的車只是行動小房間。

「我去買點喝的。」小都坐下沒多久後說道，準備起身。

「與野小姐，謝謝妳。不過想請妳先聽一下這個。」店長攔住小都，同時手伸進皮包裡掏出小型銀色物體。是數位錄音筆。

仁科問道：「這是什麼？」

「之前為了歡迎仁科小姐等人，在居酒屋辦了歡迎會對吧？我拜託那間餐廳的店長吉岡先生讓我過去錄音。」

店長按下播放鍵。小都和仁科在昏暗的車內湊近了臉，豎起耳朵。

先是一陣移動物體的窸窣聲響，然後是店長的聲音。

「你一直在旁邊觀察那兩人的互動？」

停頓片刻，出現一名男子的聲音，顯得有些沙啞。

「對，我都看到了。那男的一個人跑來吧檯坐的時候，我就覺得有點奇怪。感覺很不耐煩，腳抖個不停，口中喃喃自語。我擔心他影響其他客人，所以邊忙邊注意他的舉動。」

「女孩子是後來才走過來坐在他旁邊？」

「唔，算是走過來嗎，應該是她從後面經過時，那男的叫住她不讓她走，硬要她坐下來。我猜女的是他的部屬。兩人交談了一會兒，我也一邊工作，並不是一直盯著他們看。但女生的臉色一直很難看，怎麼說呢，有點不情願，感覺很為難。」說到這裡，男人的聲音略為停頓，輕輕乾咳了幾聲。

「然後兩人一起站起來，我心想這女孩總算能擺脫醉鬼了。沒想到那男的竟然伸手抓了女生的胸部。」

「你說抓嗎？」

「對。不是輕摸或碰觸，而是猛力一揉的感覺。我差點就要朝他大吼了。」聲音停頓了約三秒鐘。

「我到現在還是很後悔，當時怎麼沒喝斥他。那小子一副嘻皮笑臉的，我看腦袋肯定有問題。啊，抱歉說成這樣……其實我以前警告過喝醉的客人，和客人大吵一架後被老闆罵得狗血淋頭。想到家裡還有很小的孩子，要是丟了工作就糟了。出於這些考量才忍住沒發作。」男人的聲音聽起來情緒很激動。

「後來女孩子衝出去，男的若無其事大搖大擺走回包廂。我真的好後悔。我自己也有女兒，說真的遇到這種人還真想砍死他。就算是喝了酒，但我猜早就發生過類似的事。我最近深深體會到，人喝醉了才顯露本性。酒沒有問題，正是酒揭穿了這些傢伙的真面目。那傢伙肯定還做了別的壞事吧？我願意全力幫忙，要我去公司作證也沒問題。」店長按下了停止鍵。錄音筆的電源燈一熄滅，車內頓時陷入寂靜。

「龜澤小姐，妳今天回去現場錄音？」仁科驚訝得目瞪口呆。小都的腦袋還沒跟上這突如其來的發展，當場說不出話來。

「對，我請店員說出當晚的狀況。我擔心公司不會相信我的片面之詞。我們向公司報告東馬的行為吧。」店長說完，轉身面對小都。「與野小姐，對不起。當時我明明也看到了卻沒有採取任何行動。除此之外許多事也給妳添了麻煩，真的很抱歉。向上頭報告性騷擾這件事，要求總公司盡快撤換ＭＤ吧。」

店長深深低下頭賠罪。小都頓時感覺眼底一熱，總算得到店長的體諒了。小都趕緊拿手帕擦去眼角的淚水。仁科輕撫小都的背，像在為她打氣，點了點頭。

「沒想到妳會去錄音。幹得好啊，龜澤小姐。謝謝妳。」仁科說道。

「但這並不表示一切沒事了。」仁科補上一句。

「我明白。」店長點點頭。

「我知道員工們都很不滿，重拾信任的過程會很辛苦。」

「聽說妳要求打工人員購買店裡剩下的衣服，這可是很嚴重的問題。」

「我知道。」

「妳真的知道嗎？」昏暗的車內，氣氛緊張了起來。因為聽過仁科從以前對店長就有所不滿，小都猶豫著此刻是否該插嘴。

「我會當面向打工人員道歉。」

「就這麼辦。我也會向大家說明狀況。還有一件事，之前覺得是私事所以沒特別過問，妳和東馬到底是什麼關係？」

店長抿著嘴低下頭，過了一會兒才甩了甩頭髮抬起頭。「……我們交往過一陣子，但已經走不下去了。應該說一開始就知道行不通。」

「已經分手了？」

「也沒什麼分不分手。我只是稍微透露願意離婚和他在一起，他就一副要我別開玩笑的態度。根本沒當一回事吧。」

「你先生知道嗎？」

「他不知道對象是東馬。自從他離家之後，我們幾乎沒聯絡。但似乎我上班時會私下回來看孩子。再這樣下去，很可能真的會離婚。我們夫妻的感情本來就不太好，才會被東馬那種男人吸引。」店長緊緊握起放在腿上的雙手，這番話彷彿也對著自己說。

店長繼續說著：「照理說店裡出了這麼多狀況，能夠商量的就是ＭＤ。但偏偏是東馬。我真的幹了蠢事。」

「萬一鬧離婚，我先生很疼小孩肯定會爭監護權。我和我父母住的是二代住宅，照理說比較有利；但夫家還算有錢，整件事又是我的錯，最後會變得怎樣還很難說。但我絕對不會主動交出孩子。所以現在我也很難放太多心思在工作上。」

「我覺得啊，」在一旁靜靜聽著的仁科低聲說了：「龜澤小姐，說老半天妳還是只想到妳自己。與野小姐根本沒做錯事，但遭到性騷擾的受害者就是得背負起最大的風險。明明沒有錯，社會上卻有些討厭鬼認為受害者得連帶負起責任。如今一切的風險由與野小姐來承擔，而妳呢？妳要求打工人員購買店裡剩下的衣服，難道不是因為東馬要妳這麼做的？妳不僅私下和東馬交往，還敢在週末店裡最忙的時候排休，給這麼多同事添了麻煩卻不向公司回報？都是因為不想讓妳先生知道吧？這難道不是再自私不過的行為了嗎？」

「那是因為……」店長想要反駁，卻說不下去，低下了頭。

小都忍不住開口：「仁科小姐，算了，我不要緊。這件事萬一傳進店長先生的耳裡，本來或許能圓滿解決的狀況也會變得不可收拾。」

「不，這不只是與野小姐一個人的問題。我還是認為龜澤小姐必須將所有事上報公司。不應該全然當作沒這回事。」
小都偷偷瞄了一眼店長的側臉。只見她低垂雙眼，緩緩點了頭。

結束談話後，店長和仁科分頭離開。小都則待在自己停在家庭餐廳停車場的車子裡。原先陷入膠著的局面彷彿有了轉機，身體雖疲累，但或許心情過於激動，腦袋仍然很清醒。不想直接回家，小都心想。要聯絡貫一嗎？拿出手機點開LINE，又覺得不太符合此刻的心情。今晚打算獨自思考一些事，最好能喝點小酒。

自從回鄉下之後幾乎不曾一個人去小酌。這麼一想還是算了，去星巴克喝杯茶就好。突然想起店長今天錄證詞的那間餐廳。那間店離車站很近，吧檯也很長。車子可以停在車站的停車場，明天下班再過去開走。像那種空間寬敞的店家，一個人進去倒也不會尷尬。印象中營業到深夜。先前因為和東馬的不愉快，本來再也不想前往。但既然店裡有人願意為她作證，就當作去道謝吧。打定主意後小都開車前往餐廳。

帶著些微緊張的心情掀開門簾，店內響起「歡迎光臨」的招呼聲。小都說了只有自己之後，店員領著她來到吧檯。

長長的吧檯前只有一對看似中年夫妻的男女坐在中央。店員帶小都來到L形吧檯較短一側的角落，這個位子莫名讓人有安全感。

小都向端毛巾過來的女店員點了檸檬沙瓦，還有黑板上「今日推薦」的兩道下酒小菜。明明不久前才吃了漢堡排定食和鬆餅，或許今晚過於震驚大幅消耗能量，現在竟又餓了。

吧檯內站著一名正忙著出餐的男子，臉龐和身體略顯渾圓，應該不是上次和東馬坐在這裡時看到的那個人。男子端著檸檬沙瓦和開胃菜，隔著吧檯遞給小都。這名店員看起來還很年輕，親切地對小都露出微笑。於是小都問他：「請問店長在嗎？」

「您問吉岡嗎？他今天已經下班了。」

「這樣啊。」

「有什麼事嗎？我可以打電話給他。」年輕男子很熱心，小都聽了連忙搖頭。

「沒什麼事，只是想向他打聲招呼。我之後還會來。」

小都鬆了一口氣，啜飲著檸檬沙瓦。比起罐裝飲料，氣泡感和酸度都強勁許多，感覺相當暢快。

小都撐著下巴，環顧四周。店內喧鬧得恰到好處，燈光不會太亮也不會太暗，剛剛好的亮度。許久不曾像現在這樣，沉浸在一個人放鬆下來的時光。

夾起開胃菜放進嘴中，小都陷入沉思。

無論是父母、貫一或自己的工作，接下來肯定會變得更艱辛。尤其是工作，接下來應該會以性騷擾受害者的身分接受公司調查，想必也會出現一些討人厭的狀況。或許可以趁這個機會離職，換份工作。不過目前心情上倒是有股塵埃落定的安心感。

接下來該怎麼辦？小都茫然想著。與其說怎麼辦，不如說擔心起會被什麼樣的事態發展牽著走。

旁邊一張四人桌的客人站起來似乎準備離開，小都不經意瞄到對方紛紛穿起外套。打扮入時的年輕女孩和兩名乾淨斯文的男子，說不定也是暢貨中心的員工。小都很少接觸其他店鋪的員工，工作幾年下來沒認識多少人。

這時，她和其中一名男人對上了眼神。男人立刻「啊」驚呼一聲。

看到男人臉上那副圓框眼鏡，小都也同樣驚呼出聲。去年颱風夜，貫一找來幫她發動汽車引擎的那個人。

「我們在停車場見過面吧？就是貫一的……」

「對，上次真謝謝你的幫忙。」小都連忙低下頭。圓框眼鏡男露出親切的微笑。和上次的印象一樣，是個輕浮男。

「妳一個人？」

「嗯。」

正要走出餐廳的同伴喊了他的名字，他很快回頭說：「遇到認識的人，聊一下。」

「阿貫最近好嗎？」

「很好。」

「商城裡的迴轉壽司餐廳收起來了吧？那小子現在在哪？」

「好像已經找到下一份工作了。」

「也是壽司店嗎？」

「聽說是立食壽司。」

「立食壽司嗎？」圓框眼鏡男依舊笑咪咪站著。喝醉了嗎？但說起話來依舊很有條理。

「剛才和你同桌的是Blue Ship的同事？」

「對。咦，我和妳提過我在哪間店？」

「去年說過。我之前有個同事中井杏奈，後來跳槽到你們店裡。」

「哦，杏奈啊。忘了她是不是說過從Truffe過來。不過她離職嘍。」

「咦？」

「待不到半年。」

「什麼？」

「就是有這種換工作成癮的人。她現在在運動用品店。」

「也在商城裡？」

「對啊。」

「太厲害了。令人佩服。」

「真的值得佩服。」

兩人說著說著就笑了。看他始終站著，似乎沒有要坐下的樣子。小都心想，說不定骨子裡是個老實人。於是開口：「唔，你要不要坐下聊？」

他看看手錶，「距離下一班電車還有二十分鐘，坐一下好了。」說完他拉開小都旁邊的椅子坐下。一坐下來，他的左手臂就碰到了小都的右手臂，他坐得很近，兩人幾乎貼著手臂而坐。小都有點意外。左邊是牆壁，她覺得自己彷彿無處可逃。於是她往牆壁貼近，盡可能隔出一點距離，一邊問道：「你沒開車？」

「今天我弟借走了車子。」

吧檯的年輕店員走過來問他：「要喝點什麼？」他笑著說：「給我一杯可樂。」

「其實我不會喝酒。久久喝一次，沒想到頭馬上就痛了起來。」他搔搔頭。

看他一臉若無其事，也不是喝醉酒。或許只是單純不善於掌握社交距離，小都稍微放鬆下來。撐個十五分鐘左右應該就會離開了。

「妳和阿貫在交往嗎？」

「嗯。」

他喝了店員端上來的可樂，顯得有點驚訝。

「是誰先開口的？」

「也沒有誰特別先開口。」

「哦，在一起開心嗎？」

「嗯，算吧。」

「會結婚嗎？」

這輕浮男果然不識相，小都不禁後悔為什麼讓他在旁邊坐下。還以為自己現在對周遭的判斷力更精準了，搞不好只是自我感覺良好。

「我應該不需要和你談這些事。」小都強硬回應。他只是「哦」了一聲，依舊維持笑容。

「聊聊天嘛。不過呢，和阿貫結婚真令人難以想像。」

「請你坐過去一點。」

「啊，抱歉抱歉。總之勸妳一句，和那種人繼續交往可沒有好處。」

「為什麼？」

「他只有中學畢業喔。」

小都一直很介意貫一的學歷。但這話從別人嘴裡說出來聽了就一肚子火。

「有什麼關係，他比我聰明多了。」

「聰明？」

「他讀過很多書。」

「我要是女孩子，才不會喜歡上那種混混。腦袋好不好看的不是成績吧？他是因為個性太散漫才上不了高中。」

小都不禁疑惑，這男人到底想說什麼。

「他就是沒什麼想法才會隨波逐流，永遠只顧眼前的事。該說他頭腦不好還是個性散漫呢？」

「你說那麼多，到底想表達什麼？」

圓框眼鏡男直盯著小都，眼鏡後的那雙眼睛有點失焦，透著一股陰森感。

「妳問過那傢伙為什麼沒上高中嗎？」

「那是因為他去割烹餐廳工作。他原本是為了之後繼承他爸的店。」

「這個嘛，算是後來才變成這樣的吧。其實他本來也和大家一樣要去考高中，但入學考試前一天受到輔導，最後沒能參加考試。」

「輔導？」

「當時一群不良少年鬧出一起強暴案。聽說貫一是負責把風的。但因為他似乎完全不知情，沒有遭到任何懲處。但他心裡應該不太舒服。」

小都噗嗤一聲笑了。這男人居然為了傷害她說得出這種謊話。

「這也太扯了，誰會相信啊。」

「也對，這些只是傳聞。我也不確定哪些是真的。」他莫名愉快地笑了。

「但那傢伙是真的很壞。我被他揍過好幾次，還被他勒索。鄉下地方的小混混很沒水準的啊，妳是在地人應該很清楚。他之前聊到妳也是，在我面前念了好幾次，說商城裡有個波霸女，好想上她、好想打炮，說個不停。最後還真的還給他把到了，不愧是阿貫。妳要是覺得我騙人，就這麼想吧，隨便妳。聽我一句，男人八成都是先看到妳的胸部而不是臉。妳也有自知之明吧。難道妳以為自己很吃得開啊？」

小都瞪大眼睛，覺得應該要反駁他，卻說不出任何話來。圓框眼鏡男面帶笑容站起來，從皮夾裡掏出五百圓硬幣放在小都面前。

小都直盯著他沒喝完的那杯可樂。

眼前的一切失去了色彩。

感覺好像，好像又一次遭受東馬的性騷擾暴力。

後來，店長在仁科的勸說下向總公司報告東馬的劣跡，並且向打工的女店員們一一面談致歉。只是女孩們對店長的不信任感比想像中來得更嚴重，最後還是有一半的店員同時離職。

十月的最後一個星期六，上晚班的小都在鬧鐘鈴聲中醒來後依舊睡眼惺忪，窩在被子裡賴床。這時電話響起，一接起來就是仁科緊張的聲音。她說一大早打工人員似乎就傳訊給店長，表示昨晚全體打工人員討論後決定不再來上班。

小都顧不得沖澡梳洗，直接換上衣服就衝去店裡。

週末店內收到大量進貨。小都和原本排休卻被臨時找來支援的店員匆忙開了箱，準備開店營業。

不只打工人員抱著罷工抗議般的心情辭職，幾名派遣員工也遞出了辭呈。據說派遣公司向總公司正式提出抗議：「店長會強迫員工購買商品。」

店長曾說一旦遇到緊急狀況，行銷專員應該早一步動起來，擔任總公司與店鋪之間的橋梁並設法扭轉事態，這正是這個職位最重要的責任。小都在前一間店遭到同事們排擠時，最後幾乎全靠行銷專員為一籌莫展的小都扛起工作，度過危機。但這一次最大的問題就出在行銷專員。

東馬完全沒現身。雖然總公司派來其他的行銷專員，但代班專員光是籌畫當週賣場配置就忙得不可開交，幫不上更多忙。店長則幾乎每天被叫進總公司，分身乏術，很少來店裡。就這樣，小都好一陣子搞不清楚隔天究竟幾個人會來店裡上班。

總公司陸續派人支援，但有時來的是根本不會接待客人的行政職員，實在稱不上戰力。難得是能夠做出業績的週末，反倒因人手不足惹得顧客抱怨連連，連摺衣服的時間也沒有，全堆在架上，整間店亂七八糟。從開店營業到打烊的工作堆積如山，不僅雙腳站到水腫，體重也掉了兩公斤。原本和貫一約好的兩天一夜小旅行當然也泡湯了。

「與野小姐真的很強大。」

趁著店內剛好沒客人，小都默默走進狹窄的倉庫裡拿起一件件商品拆開塑膠封套，身後突然傳來這句話。一轉頭，原來是仁科。總是神采奕奕的她，連續好幾天長時間工作下來，眼睛下方也冒出了黑眼圈。

「咦？什麼意思？」

「大家都一臉焦慮、情緒不佳，但與野小姐依舊很冷靜。」

「哪有這種事。」小都笑著回答。仁科頹然靠在牆上嘆了口氣。

「妳看，妳還是能夠笑咪咪的。其實大家都快忍不下去了，只有妳無論對顧客或同事都仍保持一臉笑容。這次我真的對妳五體投地。耐力十足且心胸寬大。而且照理說，最有理由大發雷霆的就是妳。」

小都將頰邊的頭髮撥到耳後，想了一會兒後說：「可能因為我有過一次經驗，再遇到這種事就不覺得太驚訝。」

仁科伸手接過小都拆開塑膠封套後拿出的商品。「這裡我來接手，妳先去休息。妳從早上站到現在都沒吃東西吧？」

「那好吧，麻煩妳了。」

小都提著裝著皮夾的小包包，走出店鋪。從員工專用通道走出商城，太陽都要下山了。不知不覺白天又變得這麼短。

忙過頭了反倒不覺得餓，但要是不吃點東西等夜裡怕胃會受不了。最近別說帶便當，連到超商買午餐都沒時間。小都走到休息室的自動販賣機前，按下章魚丸子的按鍵。之前貫一也曾買來吃。

她在面對窗戶的座位坐下，機械式地將章魚丸子塞進嘴裡。一開始覺得醬料的味道太重，沒吃幾口就膩了，索性推到桌邊。

好煩。下星期還得前往位於東京鬧區的總公司。總公司對東馬的性騷擾事件展開調查，找她去問話。

聽說東馬備受高層器重，升職指日可待。說不定人事部反倒會要她這種約聘人員別惹風波。她甚至忍不住煩惱著，早知道會這樣，當初還不如什麼都別說。

想到剛才仁科稱讚她心胸寬大，小都苦笑起來。小都知道仁科並不是嘲諷她，但是被看作和平常沒兩樣、神色自若的小都，並不是因為耐力十足，而是她內心深處就這麼想：「隨便，反正與我無關。」

她之前曾努力安撫打工人員，希望別鬧大事態。因此眼前的狀況確實令她感到氣餒。但坦白說，還是抱著幾分嗤之以鼻的心態。

半數店員離職，小都並不需要對這件事負起責任。她只是約聘人員，幾乎不可能加薪，反過來說也不會減薪。這間分店也不是小本經營的服飾店，而是大型連鎖店，根本不需要小都瞎操心，反正總公司肯定能調派人手過來，恢復正常營運。

明明是一間毫不留戀的公司，卻指控主管性騷擾，最後會變得怎麼樣呢？

她心想不如就辭職吧。可是前一份工作擔任店長時也遇到同樣的狀況，這次實在不想逃避。眼前也等著一堆事要忙，若忙碌能放空自己的腦袋，對此刻的小都來說也是好事。那天晚上圓框眼鏡男說的話，小都後來也忙到沒時間想。

然而就像現在，一有時間喘口氣，那一晚的事就浮現腦海，完全逃不掉。

小都當然不會全盤接受圓框眼鏡男的話。甚至幾天下來都因為那股惡意氣憤不已。但隨著時間過去，他的話卻成為小都內心深處一道不祥的預感。

說不定貫一讀中學時真的壞到小都難以想像。但那已是過去的事。過去無法重來，如今再追究也沒有意義。

而另一方面，小都對於男人究竟以何種眼光看待自己的身體感到苦惱。那天赤裸裸的談話令小都大受震撼。就像被髒水潑到一樣，憤怒的同時也感到悲傷。

異性會先看自己的胸部而不是臉，她曾隱約感受到這個事實。

十幾歲到二十歲這段時期，小都十分熱衷於森林系女孩風格的服飾，主要原因固然是喜歡這類服飾代表的世界觀，但同時也是因為這個路線和「性感」完全扯不上邊。雖然算不上多堅定的信念，但心情上盡量避免自己被視為和性或慾望有關的對象。前男友曾說就喜歡小都這一點，所以才會繼續和他交往吧。

進入三十歲之後，感受到身上那股年輕女孩原生的野性魅力逐漸褪去，也了解到世界上並不是只有一種男人，才慢慢接受穿著襯托體態線條的服飾。

自己的想法是這樣，但貫一又是怎麼想的呢？

回想兩人初識，小都在壽司餐廳提出客訴。當時他肯定覺得這女人很討厭。後來呢？小都雙肘撐在桌子上，回想和貫一逐漸熟稔的過程。

他曾對小都說衣服溼透後胸罩若隱若現很性感，突然闖進小都家時又說想打炮，這些小都過去都解釋為貫一掩飾難為情的玩笑話。但會不會其實自己在貫一眼中只是個隨時可以洩慾的波霸女？或許一直以來都是她一廂情願地解讀貫一的話，好讓自己忽視心中的疑慮，一味以自己的期望來看待他。

小都想了想，又搖搖頭。

不對，不可能。

貫一無論何時都是那麼溫柔善良。他不可能只是將小都看成洩慾的對象。滿腦子只想上床的男人不會幫妳做一頓又一頓的晚餐，更不會送妳一條要價十萬圓的項鍊。

就這樣，小都反覆趕走自己腦中的壞念頭，腦中同時浮現東馬露出輕蔑的笑容猛力捏著自己胸部的那一幕。

全身發顫，起了雞皮疙瘩。

貫一對小都的情慾究竟讓人感到欣喜，還是作嘔，全憑小都的心情而定。事實上，無論是東馬的情慾或貫一的情慾，兩者之間並沒有太大的差異。

自己當然也有情慾。

是否太在意某些事了？

對待貫一時是不是真的太小心眼？

她想起來颯花曾說講究品味的人都很小心眼。

講究品味，就是與他人之間的落差，難免器量會顯得狹小。這麼說來，小都的前男友是非常挑剔的老饕，要是在餐廳吃到不滿意的料理，馬上就像變了個人似地破口大罵。

愈是講究某件事，心胸就會變得愈狹窄。

愈是堅持追求幸福，就會失去雍容的氣度。

連番的自問自答讓小都備感疲憊，她嘆了口氣。不想再繼續思考下去，雖然時間還早，但她決定回店裡。

想要補個口紅，她從小包包裡拿出鏡子，赫然發現左臉頰上的痘子已經變得紅腫，忍不住皺起眉頭。好明顯。額頭上也冒出幾顆痘痘。雖說工作太忙實在無可避免，但看到就很在意。

最近不僅睡眠不足，也淨吃些不像樣的食物。與其思索未來的幸福，她更想睡到自然醒，然後好好泡個澡，花工夫保養肌膚，買新衣服打扮一番。小都打從心底這麼想。

反正今天也得忙到很晚才能下班，她站起身，打算先到商城裡的咖啡廳買份沙拉當晚餐。

前往咖啡廳的路上，一群穿工作服的人站在摺疊梯上布置耶誕燈飾。進入十一月之後，一晃眼就到年底。好像什麼事也沒做，時間就飛快地流逝，內心不免焦急起來。走廊前方隱約能看到沐浴在夕陽餘暉中的牛久大佛。依舊泰然自若地俯瞰街景。

出神地望著大佛，一邊走著，前方迎面走來一家人，這時另一頭走過來一名男子。身材高大，從遠處就看得出良好的體格。身上穿著深綠色的麂皮外套。

小都驚訝地停下腳步。是東馬。

瞬間想轉身逃跑，但定神一想，為什麼是自己要逃走。於是繼續往前走。眼看與東馬愈來愈接近，但他還沒發現小都。

他一手拿著公事包，另一手插在長褲的口袋裡，步伐悠閒。他並非刻意展現品味，然而從整體的線條，以及恰到好處的袖長、褲長、材質、色調，連鞋子和公事包都看得出講究十足的穿搭。他非常了解自己的體態及適合的風格。

擁有如此無懈可擊的品味，想必他也會格外關注別人的服裝。想到這裡，小都的背脊竄起一陣涼意。

東馬似乎變得有些憔悴，臉頰略為凹陷，腮幫子冒著沒刮乾淨的鬍碴。那股無精打采的模樣反而讓他看起來更富魅力。明明就是個眼中只有自己的傢伙，卻一副壓倒旁人的穿搭。小都不禁困惑起來，人究竟是為了什麼而打扮？

終於和東馬對上眼神。他認出小都，嘴角微微撇了一下。不知道是嘲弄還是無奈的意思。

小都向總公司報告他性騷擾這件事早就傳進他耳裡了吧。

他會對小都說什麼呢？小都感覺心跳愈來愈快。

東馬的目光從小都的臉往腳底移動。想必正打量著小都的體態和穿著。已經老大不小的波霸女還在穿廉價服飾。皮膚粗糙，髮質受損，全身俗不可耐。或許他心裡這麼想著。

小都低頭看著地板，強忍著拔腿就跑的衝動。要是避開眼神，就像是認同他對自己的輕蔑。小都決定盯著他邁步向前。

東馬也沒避開眼神，反而眼頭稍微放鬆，甚至像帶著淡淡的微笑。

兩人更靠近了，在很近的距離四目相交，然後擦身而過。

「真是辛苦妳了。」東馬在小都耳邊含糊地說著。小都停下腳步看著他。

但東馬完全沒有停下來，繼續往前走。

想要往石階上踢一腳，然後衝向他，藉著助跑的氣勢朝他的腰使勁來一記迴旋踢。小都在腦袋裡天馬行空幻想。

現實上她也做不到。東馬的腳步絲毫沒慢下來。或許在他眼中，小都不過就是一隻煩人的蟲子。

好不甘心。

屈辱感讓全身的血液沸騰了起來。

早知道就該學武術。念高中時真不該進桌球社，要去空手道社或柔道社才對。這樣的話，現在至少能踹那男人一腳。

小都直挺挺站在原地。他沒回頭，踩著輕鬆的腳步朝顧客走去，很快就不見身影。

直到一名年長女性驚訝地看著愣在原地的小都，她才回過神來。

得回店裡了。她抬起頭，牛久大佛又出現在眼前。

她看著大佛柔和的曲線，還有輕輕舉起的右手。不對，小都突然領悟到，以暴制暴又算什麼。要說自己至少能做到的，就是將東馬對待她的行為勇敢說出來，如實上報行銷專員的言行導致這間店鋪變得一片混亂。

小都慢慢走出商城。步伐愈跨愈大，使勁踩著高跟鞋咔咔作響。

幾天之後，睽違已久的休假日，小都睡眼惺忪走上二樓的客廳。母親一看到她就說有事告訴她，要她坐下。

「什麼事？」

「妳先坐下。要喝咖啡嗎？」

「……好啊。謝謝。」

還穿著睡衣的小都在餐桌前的椅子坐下。注視著母親燒熱水，拿出濾杯沖泡咖啡。

「咖啡機呢？」

「丟了。手沖濾杯比較不占空間。」母親的回答讓小都覺得有些不對勁。她感到疑惑，難道母親正提前為人生的終點鋪路？

「哦……最近身體怎麼樣？」

「還不錯。妳呢？稍微沒那麼忙了？」

「才沒有。我猜這種兵荒馬亂的生活會持續到年後。」

「真辛苦。」

小都打了個大大的呵欠，手伸到後面攏起頭髮。萬一之後父母連番病倒的話，可不是她一個人就能負擔得了。母親能維持健康真的太好了。

母親拿著兩只馬克杯，在小都對面坐下，挺直背脊低聲說道：「我說啊，」

「媽好嚴肅，難道老爸怎麼了？千萬別說他身體又出狀況了。」

「不是。我們已經決定賣掉這個房子。」

「什麼？」

「一過完年就要搬家。之後會住在只有兩房兩廳的房子，沒有小都的房間。所以妳要去租房子。」

小都手上拿著馬克杯，瞪著母親。「妳說什麼？要賣掉房子？」

「我剛才不就這麼說了嗎。」

「為什麼？」

「和爸爸討論之後決定的。現在賣還可以賣個好價錢。」

「為什麼？」

「妳一直問為什麼。其實貸款很吃緊，而且我們夫妻倆並不需要這麼大又氣派的房子。」

「為什麼？」還是不懂母親的意思，小都驚訝得說不出話來。

母親平靜地啜飲著咖啡，那副泰然的神情就像牛久大佛。

9

或許人生也該像軟著陸，
一點一點緩慢降低高度。

自転しながら公転する

Spinning
Around My Whirl
by Fumio Yamamoto

桃枝宣布「我們決定賣掉這個房子」之後，女兒似乎完全無法理解，不斷問著為什麼、為什麼。

「怎麼沒和我討論過？」

「因為妳之前忙到經常不在家，要找妳說話也總是愛理不理的。」

「話是沒錯。但是如果好好說要談這件事，我一定會聽的嘛！」餐桌前的小都激動地探出身子，扯開嗓門喊著。看來這件事對她的打擊很大。

「妳不贊成？妳想住在這個家？」桃枝一問，女兒無言以對。

「突然決定這件事，也難怪妳會嚇一大跳。真是對不起。」

「當然！真的已經決定了？」

「目前確定會賣掉這個房子，至於要搬去哪裡，這陣子只看了幾個地方。妳之後想一起住的話，我們就要找更大的房子。」

女兒默不作聲，往前趴在桌上，悶著頭喃喃說著：「為什麼會這樣？難道要回頭買大樓中的一戶？」

「不是，我們打算租房子。」

女兒猛然抬起頭。「為什麼？年紀大了還租房不是很辛苦嗎？照理說應該是反過來，年紀大了之後有自己的房子才會安心。」

「就是這個想法。」桃枝露出笑容。女兒面對笑盈盈的母親，目瞪口呆。

「我過去總是這麼想，心想無論發生任何天大的事，只要有自己的房子，一切就有辦法解決。」

「當初媽還說很喜歡這個房子，很想一直住在這裡。」

「當時的確這麼想，也很開心能住在這麼棒的獨棟房子。但想法慢慢變了。」

女兒一臉狐疑。

「爸爸的想法和妳一樣，起初完全不理我。但我不死心，每天都說，久了之後他也慢慢聽進了我的想法。商量之後，爸爸提出了不少意見，最後我們決定趁著還有體力時展開新生活。」

女兒沉著臉說道：「難道不能在這個家重新生活嗎？貸款真的這麼吃緊？還是我多拿點錢回家？」

「重點不是這個。嗯，我該從哪裡說起。」

「唔。」

「這麼說吧……爸爸和我在生病之後實際感受到年歲漸增這回事。接下來我們會愈來愈老，等雙腳不方便了，家裡這麼陡的樓梯爬起來肯定很吃力。說不定連上二樓的客廳都沒辦法。」

「原來如此。」小都點點頭，接著說：「這樣的話，不如將賣掉房子的錢拿去買一間附無障礙設計的房子？」

「……也可以。若到時候覺得這樣比較好也不是不行。」

「嚇死我了。原來是因為這樣才丟東西。」小都搔搔頭，似乎鬆了口氣，高舉雙手伸懶腰。陽光斜射在上午的客廳裡。身穿睡衣的女兒、一派悠閒的光景，很快就看不到了。明明是自己的決定，桃枝還是感到不捨，胸口一陣酸楚。

光憑這麼簡單的說法，女兒似乎就接受了。事實上桃枝可是經歷前所未有的長考，以及幾乎算是婚後首度和先生如此深入交換意見之後，好不容易得出的結論。沒想到三言兩語就說服了女兒，她不免有點失落。

「事情就是這樣，妳也想想之後該怎麼辦。」

「嗯。」

「妳和貫一沒打算結婚？」

小都噘起嘴沒作聲。看來兩人尚未進展到結婚的階段。

「不過，你們不要緊嗎？」

「什麼？」

「因為，」小都支吾起來，一臉困惑地說：「當初老爸對我說妳的身體狀況不好，要我搬回家幫忙。我要是不在家了，你們不要緊嗎？」

「原來是說這個。這件事我也和爸爸討論過了，不可以將女兒當成照護員。」

「咦？」

「如果小都不是獨生女，或許狀況會不同。但也沒辦法。我曾經想，要是我和爸爸都生病了，有妳來照顧我們自然再好不過。不過仔細想想，妳得獨力負擔爸爸和媽媽兩個人呢。我們從來沒想到這對妳來說是多麼沉重的責任。爸爸的觀念是孩子照顧父母天經地義；但我覺得要是孩子為了照顧父母、或是為了工作或結婚就得有所犧牲，那並不好。」小都聽了桃枝這番話，驚訝得瞪大雙眼。

「像是往返醫院不需要老是麻煩妳，也有付費的接送服務。萬一病情惡化了，在長照保險給付範圍內的費用其實都不算貴。還有，不是只有高齡人士才能保長照險。我以前完全不知道這些事，直到認真思考起這些事才陸續了解。啊，這麼說來住得離大醫院近一點也是個選項。」

「可是……」

「我對爸爸說，既然養兒育女的任務已經告一段落，就放開孩子的手吧。我想和爸爸兩個人重新開始。對不起，妳在東京明明過得好好的，卻硬是叫妳回來。謝謝妳。」

小都好一會兒沒吭聲。她陷入沉思，手上馬克杯裡的咖啡早就涼了。

「我大致了解你們的想法了……既然如此，我要和誰結婚也是我的自由，對吧？萬一臨時出了狀況，說不定我也不回來喔。要是我搬去國外，你們也沒意見嗎？」小都突然沒頭沒腦地說道。

「國外？妳要搬到國外？」

「我只是舉例。」

「嗯。」要是父母反對，這孩子無論任何事都會放棄嗎？桃枝不由得害怕了起來。

「妳有想做的事嗎？」

「想做的事？」

「例如想從事哪一種工作、想和貫一結婚，生小孩或不生小孩、住好一點的房子、到遠一點的外地看看世面，或是反過來只想留在老家。諸如此類的想法。」

小都思考了一會兒後輕輕嘆口氣。「……有的話，搞不好事情就簡單了。真羨慕那些擁有強烈欲望的人。其實我沒什麼特別想做的事。」

「沒什麼不好，不過度也是一種平衡。」

「是這樣嗎？」女兒一臉沮喪地低喃著：「我啊，當森林女孩那段時期最幸福了。」

「咦？」

「想買的衣服堆積如山，大買特買，薪水全貢獻在衣服上。那時完全沒想過浪費或擔憂未來。」

「妳現在不是森林女孩了嗎？」桃枝半揶揄地笑著問道，女兒苦著一張臉點點頭。「早就不是啦。」

十一月，桃枝和時子來到筑波山。

前幾天電話中，她告訴時子自己打算賣掉房子搬家。

時子聽了非常驚訝，便說不妨趁著忙搬家前出去玩一趟。對了，山上正值楓紅時期，不如去筑波山吧。如同時子一貫的作風，沒頭沒腦就提出邀約。

沒想過跑那麼遠。但若沒人邀約，或許再也不會去筑波山。這麼一想，桃枝就答應了。

抵達後先從山頂站往女體山的方向，時子說這段路程約十五分鐘。走在山路，整片斜坡鋪設著樹幹排成的階梯，抬頭一看樹梢已染成一片紅與黃色，一邊欣賞，緩步前進。陽光雖強烈，但冷冽的空氣很舒適。秋天的山林裡瀰漫著一股奇妙的甜香。

走在前面的時子腳步穩健，全身裝備也很齊全。

「時子，妳常登山嗎？」桃枝一問，時子聳聳肩。

「稱不上登山，只是加入朋友的健行團，有時候會一起上山。但我走一下就累了，所以都挑比較矮的山。」

「健行團啊……」

「前陣子不是流行山系女孩嗎？不過我們是山系歐巴桑啦。」

走著走著，喘了起來，桃枝將注意力集中在雙腳，一步一步往上爬。不經意一抬頭，眼前出現一道全是石頭的斜坡，嚇了一大跳。但時子沒有停下腳步，正準備爬上前方的大石頭。

「等、等一下！我們要爬上去？」

時子轉過頭來笑道：「對啊，妳之前不是來過？」

「我沒印象爬過這裡。不行，我想我爬不上去。」

「沒問題的，爬上去之後就快到了。」時子完全不理會桃枝的哀嚎，一個勁地往岩石堆上爬。

唉，我絕對爬不上去的，真想回家。腦中不斷浮現這些念頭，桃枝不情願地跟在時子身後。一步又一步，避免滑倒，小心翼翼地攀上岩石。額上的汗水如噴泉般湧出。專注爬了五分鐘左右，回頭一看，來到了往下看會嚇出一身冷汗的高度，差點腿軟。繼續手腳並用，拚命往岩石堆上爬。今天同行的若是先生，應該早就吵著「我要回家」而折返了，但在友人面前就算想示弱也沒那麼容易開口。

總算爬過那堆岩石，氣喘吁吁抵達山頂。

山頂上沒有任何遮蔽物，遼闊的關東平原盡收眼底。天空遼闊得令人驚嘆。桃枝痴迷地看著眼前的景色，震撼到嘴都快合不攏。好暢快。

「風景真的很棒，不管來多少次都覺得很棒。」

「太神奇了，關東平原居然這麼平坦。」

據說有時還看得到富士山，但這天遠處滿布雲霧，看不清楚。時子指著遠處說：「看到晴空塔了！」遙遠的高塔看起來就像根牙籤。反方向是整片霞浦，水面映著陽光，閃閃發亮。再過去就是太平洋。

兩人在長椅上坐下，補充水分。

「唉，妳搬家後我會很想妳的。」時子突然開口。聽她說得這麼直接、毫不掩飾，桃枝感到有些難為情。

「說是搬家，也不會搬得太遠。預計是取手或柏市那一帶，有機會的話還是可以約碰面。」

「太好了。妳要不要也加入健行團？」

「唔，會不會拖累其他人？我體力這麼差。」

「社團裡有很多年紀更大的人呢，沒問題的。看到感興趣的行程再參加就好。」

「那麼我也加入吧。」

「太好了，桃枝。妳真的精神好很多呢。」

「多虧有妳，時子。謝謝妳。」

這不是硬擠出來的客套話。桃枝能夠在心理上重新振作，時子的確扮演著重要的角色。桃枝對此滿懷感激。

和之前比起來，最近更年期的症狀減輕許多。偶爾還是會感到燥熱，或是難免身體不適臥床。但即使躺在床上也不再感到焦慮心慌。

「說起來妳還真爽快，就這樣賣掉房子。」

「是啊，當初心裡浮現這個想法的時候，也覺得自己很傻，一點也不務實。」

不久之前，壓根沒想過會離開現在這棟房子。如今的進展連桃枝都很驚訝。

起因是先生住院。但嚴格說起來是女兒男友來訪的那天，先生倒下前說的那番話慢慢在桃枝心中醞釀，引發始料未及的效應。

真羨慕你們這麼無憂無慮，工作也不必有責任感，一直賴在家裡就好。老子可是在賣命啊！留職停薪後回公司的處境尷尬得很，在同事面前根本抬不起頭來，但還是得為了家人拚命工作。

當初聽到先生這番話只覺得反感，到底自以為多了不起？然而等先生診斷出癌症、住院開刀之後，桃枝想起先生這番話時竟有著不同的體會。

一直以來，先生是否逞強得超乎自己想像？桃枝從不曾如此思考過。

桃枝生長的時代還保有男主外、女主內的觀念，也就是男人外出工作，女人守著家務。社會上推動《男女僱用機會均等法》之後，懷著這般陳腐想法的人逐漸減少，但桃枝在父母灌輸這樣的價值觀下長大，先生也是個老古板，她自然而然成為家庭主婦，而且從來沒對此質疑過。

成為家庭主婦，並不代表日子過得很清閒。女兒小都從小身體弱，得格外花心思照顧；現在先生幫忙很多家事，但他以前可是連碗都不洗的，身上穿的衣服也全是桃枝挑選購買。

她自以為了解在外工作的辛勞，而既然男人也視為理所當然，就算先生一臉疲憊她也不以為意。從來沒想過他累積多年的疲勞已然瀕臨極限。

決定搬離社區公寓時，找到了這棟據說由新銳建築師設計的時尚獨棟住宅。桃枝簡直是一見鍾情。雖然大幅超出預算，她認為總有辦法解決。

說是總有辦法解決，但實際上是要先生解決。這負擔對他來說是不是太重了呢？還是他已經疲憊到連感覺都麻痺了，連超出負荷都沒發現？

先生曾開口要桃枝找個兼差的工作。桃枝沒將他的話當一回事。

家中日常開銷由桃枝打理，但其他諸如儲蓄、保險及房貸都由先生掌管。她覺得身為家庭主婦不該過問錢的事。不對，與其說不該過問，應該說她認為這類傷腦筋的事交給先生處理就好。

到頭來，她只在意來自先生和社會上的壓力，渾然不覺自己帶給先生的壓力。

得知先生罹癌，桃枝一瞬間想過逃離這個家。然而，即使有人願意收留逃離的主婦，她也不覺得自己日後能就此忘掉先生，最後便死心。

既然這條路斷了念，她決定朝另一條路前進。先生開完刀出院之後，桃枝心一橫，要先生向她全盤說明家裡的經濟狀況。一開始他還是堅持「這些妳不需要管」，不肯坐下來談。但桃枝說萬一先生的病情突然惡化就糟了，遇到緊急狀況卻不清楚家裡的經濟狀況，到時會手足無措。一再追問之下，先生才不甘願地拿出帳簿和存摺。

桃枝花了好幾天，仔細研究先生多年記錄的數十本帳簿，感到十分錯愕。

存款比想像中少很多，每個月還要繳交高得驚人的壽險保費。這十年來先生的薪水幾乎沒調過，獎金也不到一個月的薪水。桃枝一直以為薪水和獎金每年會調漲，這讓她完全說不出話來。先生每個月都會交給桃枝一筆固定家用，金額從景氣最好的時期至今從沒變過，因此能轉作存款的金額就減少了。

最讓桃枝驚訝的是房貸利息。沒想到竟然得付這麼多利息，她看了差點昏倒。仔細看過當初買房子時銀行製作的還款計畫表，預計支付的利息竟然將近一千萬圓。

桃枝同時驚愕於自己的無知。她先前天真地以為買下四千萬的房子，只要付清四千萬就好了；利息應該也是九牛一毛吧。

接下來，桃枝幾乎每個晚上都在餐桌上攤開帳簿和存款和先生討論。

起初談不到五分鐘就丟下一句「不說了」逕自離席的先生，後來留在餐桌前的時間也逐漸變長了。

先生似乎也對於存款不夠感到擔憂，一臉嚴肅地說即使退休後也要再找工作，估計得工作到七十歲才行。而且兩夫婦搞不好哪天又生病臥床。女兒呢，不知道她將來會怎麼樣。但既然是獨生女，至少要留個房子給她。我也很清楚等我們老到動不了的時候，女兒未必照顧得來，說不定得搬到安養院。到死之前要花上多少錢呢？很難說。先生苦著一張臉說道。

說要工作到七十歲時，先生一臉有氣無力。並不是充滿活力、聲稱七老八十只要還有精神都想工作下去的那種幹勁；而是早已筋疲力竭，但左思右想為了維持目前生計只能繼續拚下去的悲愴感。

那時，桃枝頭一次冒出這個念頭：賣掉房子吧。

趁房子還算新，可以賣個好價錢。這時脫手也能擺脫房貸和利息，手頭上也多出大筆可運用的現金。桃枝心想，這麼一來心情上也可以輕鬆許多。有能力的話，當然想留棟房子給女兒，但萬一因此身心俱疲病倒，又得要女兒貼身照護，反而帶給她更沉重的負擔。

她將自己的想法告訴先生。他聽完嗤之以鼻，完全不當一回事。

桃枝左思右想，腦中淨是過去從未有過的念頭。

她每天在客廳的電腦上網搜尋，然後上圖書館請館員推薦她一些簡易的書籍。

接著桃枝聯絡房仲業者來估價，得知這棟房子似乎還能賣到不錯的價格。

她每晚向先生遊說。

先生很氣她擅自找人來估價，還嘲笑她過於天真。久而久之，卻也慢慢接受了桃枝的想法。

不要貸款，然後搬到房租便宜一點的地方，設法減少家裡的經濟負擔。桃枝不斷對先生說著。

將高額的保險解約，車子也不需要了，固定支出全部重新評估一遍。澈底歸零之後，再來規畫老後的生活。我們這個年代的人說不定能活到九十歲，未來的日子還很長，別繼續勉強自己。

她告訴先生。

終於，先生對於桃枝的建議不再唱反調。

直到某一天晚上，他喃喃說道，這似乎也是個辦法。

隔天他又說：「我們年紀都大了。或許人生也該像軟著陸一樣，一點一點緩慢降低高度。」先生嚴肅的表情和緩了下來，桃枝見狀也略感安心。

多年來想必先生一直很辛苦。不希望他的人生再繼續折磨下去。

「桃枝，妳真了不起。我從來沒想過這些事。」

桃枝大致說明決定賣掉房子的過程，時子聽了驚呼連連，並說：「到了這個歲數要放棄自己的房子，坦白說我原本不懂，但妳這麼一說我就能接受。」

「讓妳見笑了。」

「一點也不會。妳真的很有想法。」時子對桃枝笑著說。

「妳女兒怎麼說？」

「我看她好像還沒反應過來。」

「這倒是。不過，能對孩子說出這些話就很厲害了。太崇拜妳了。我忽然想到我自己，接下來還要和兒子一家人同住，太過依賴了。」

「那不一樣。每個家庭都有各自的狀況，一起住也是一種選擇。」

「是啊，各自的狀況。」

桃枝心想，女兒小都無論在經濟或心理上都不算是能讓人放心的成年人。她依舊相當擔心女兒，也並非不想就近照顧她。說到底，擔心和束縛不過一線之隔。

「然後，我也想出去工作。」

「什麼！」時子高八度驚呼出聲。

「一下子進展這麼快，會不會太拚了又病倒？」

「哎，說不定會這樣。至少一星期三天也好，想找個兼差的工作。」

「妳真積極。」

「才沒有。妳也兼差過嗎？」

「我可是做過不少工作喔。像是超市的收銀員和熟食店店員。」

「感覺很辛苦。」

「也不會。只要抱著『大嬸可是來幫你們的喔』的心情，就會輕鬆多了。」

「哈哈哈哈。」

「不過啊，桃枝，妳會幫人穿和服吧？不如找找看這方面的工作。」

「嗯，可以先從七五三節或是成人式時期，接一些短期臨時性的案子。」

「還有那個啊，我之前在電視上看到，現在來觀光的外國遊客很流行和服體驗，東京好像也有相關的服務？」

「大多是在京都或是鎌倉？」

「附近好像沒有。」

吃過午餐後，兩人站起來，決定繼續挑戰登上男體山。聽到鳥鳴聲抬頭一看，頭上的遼闊青空通透到似乎能看進漆黑的宇宙。

10

她追了上去，
藉著助跑的力道抬起右腳，
狠狠朝他小腿後方踢了一記。

昨天母親正式告訴小都，這個家要賣掉了。年底會正式簽約，最晚二月上旬就得交屋搬走。這麼一來，無論小都願不願意都得自立生活。

母親告訴她要賣掉這個房子的時候，即使小都經常想著搬出這個家，一聽之下還是驚訝得手足無措。姑且不論父母哪天離開人世後自己是否還要繼續住在這裡，就以這棟房子與土地價值而言，她過去仍抱著相當大的期待。沒想到一切就此落空，不免感到失落。

小都坐在房間裡，環顧四周。

原本設定為主臥的房間超過五坪，巨大的衣櫃一度斷捨離，此刻裡頭仍塞滿了小都的衣物。搬回家時房間還空蕩蕩的，陸續買了一些廉價家具，不知不覺房間裡擺滿了物品。

接下來要大量減少隨身衣物才行。靠自己的能力要租單人套房，頂多兩房一廳。雖然目前衣櫃裡區分成「私服」、「制服」不同類型的穿著，但往後可沒那麼大的空間。

小都伸長雙腿，在床上靠牆坐著。她拿起手機，最近幾乎每天都會點開仲介公司的租屋平臺。看得太過專注，回過神來發現已經過了將近一小時。她深深嘆口氣，扭動起僵硬的脖頸。

房子要多少有多少。適合小都這種單身人士的房子根本供過於求，而且格局、房租沒有太大的差異。要說哪一間比較好，其實看起來每一間都可以，就像購物中心裡流行服飾專櫃的衣服。

遲遲無法決定租屋處的原因不在於找不到房子。最大的前提是小都還沒下定決心。

要趁這個機會和貫一同居嗎？

尋找住處的第一步，首先要和貫一碰面討論接下來的事。但小都一直拖著。

因為一說出口，兩人的關係勢必要往下一個階段推進；也可能就此結束這段拖泥帶水的關係。小都每天晚上都想聯絡貫一，卻仍猶豫不決。

然而期限迫在眉睫。

接近晚上十點，早起的貫一應該差不多要睡了。

她點開LINE之後想了想，又關掉LINE。從通訊錄裡找出貫一的電話號碼，鼓起勇氣按下通話鍵。

只響了一聲，「喂！」他馬上接起電話。「妳很難得打電話來呢。怎麼了？」貫一的聲音聽起來帶著些許睡意。

隔天一到店裡，小都就對仁科說想討論班表。剛好她也有事想找小都談，於是兩人排定一起午休。

差不多從上星期開始，櫃位就逐漸擺脫緊急狀況。面對年底即將到來的折扣戰，總公司也派來支援的人力，雖然只待到下一次人事調動，但進駐的全是有實際銷售經驗的員工。姑且化解了這段時間人手不足的窘境，小都等人總算能好好休息。

兩人來到商城裡的人氣中餐廳。這間餐廳的總店位於東京鬧區，兩人決定來碗辛辣的擔擔麵。端上桌的麵比照片上看起來還要辣，小都提心吊膽吃了一口，的確很辣，但湯頭意外鮮美，一吃就停不下來。都要十二月了，吃完麵的兩人卻是滿頭大汗，有著運動後的暢快。

餐後點了芒果布丁當作清口甜點，邊吃邊放鬆休息。

小都小心翼翼對仁科說，最近想找個週末排休。可以的話，她願意在耶誕節連同過年前後一律排班。仁科笑著說「當然沒問題」，一口答應。

「前陣子最辛苦的時候我記得妳連上二十天班。妳要連休三天也沒問題。倒是耶誕節和過年前後很多人都想排休，妳能上班就太好了。」

小都鬆了一口氣，低頭道謝。仁科接著開口：「我也有點事想找妳談。」

「最近來代班的行銷專員之後會正式負責這間店。」

「這樣啊。」小都也猜到了。那位女性專員感覺不算可靠，卻不難相處，至少比東馬好上幾百倍。

「東馬應該會回業務部。那傢伙很討高層喜歡，可惜沒被打入冷宮。」

小都想起回總公司說明性騷擾一事的狀況。當時總務部一名年長的女性員工坐在小都對面，聽她說明事發經過。不曉得對方是公事公辦，或覺得只是雞毛蒜皮大的小事，總之沒聽到任何一句安慰的話語，談話就公式化地結束了。

「算了，所幸是好的結果。」

然後啊，仁科探出身子，壓低了嗓門：「店長也會在過完年後換人。」

小都看看仁科，遲疑了一會兒後點點頭。店長最近幾乎沒露臉，店裡的事都由副店長仁科打理。

「聽說龜澤小姐提辭呈了。」

「咦？」當初聽她說考量可能和先生離婚，所以絕對不會辭掉工作。因此小都感到很驚訝。

「是公司要她辭職的？」

「不是，我看公司也不敢做到這種程度。龜澤小姐好像要跳槽到同行。詳細狀況倒沒聽說，但應該也是覺得待不下去。」

「真希望是東馬覺得待不下去。」

「反而是這種厚臉皮的傢伙升職。」仁科皺起眉頭，舀了一口布丁送進嘴裡。

「然後，下任店長應該會是我。」

「啊，太好了。」

「雖然不太可靠，還請多多指教。」

「才不會，仁科小姐當店長就令人放心了。真慶幸。」小都打從心裡感到欣慰，她相信這麼一來店裡的氣氛肯定會變得更好。

「我想問與野小姐，妳若想成為正職員工，要不要我趁這個機會推薦妳？」

「咦？」

「只是還要考試和面試，不保證一定能成功。不過，這次妳能在這麼困難的局面下撐過來，正好是向高層展現妳真正實力的機會。」

完全沒料到仁科會提起這件事，小都一時間愣住。

「坦白說，升上正職員工未必有多少好處。但公司旗下業務很廣，若想轉調其他分店或部門都能提出來。」

小都還沒實際感受到這些話代表的意義，只是生硬地點著頭。

「我猜妳可能也覺得受夠了，想換工作。可是就算要換工作，不如當上正職員工感受一下再決定會更好。」

小都正考慮該怎麼回應，仁科冷不防雙手伸進頭髮胡亂攪動，上半身趴向桌面。

「怎麼了？發生什麼事？」小都見她雙手抱頭連忙問道。

「對不起！」她突然道了歉：「剛才那番話實在很偽善。」

「怎麼會。」

「我說得一副為妳著想的模樣。」

「我不會這麼想。」

「但我其實是不安好心。」仁科猛然抬頭。「坦白說，要是妳現在辭職我就頭大了。」

「咦？」

「店裡一片烏煙瘴氣，總公司不但沒生氣還持續調派人手過來，妳知道為什麼嗎？」面對仁科丟過來的問題，小都瞪大了眼睛，一臉驚訝地看著她。

「因為業績很好。不知情的人或許以為暢貨中心只是邊緣的店面，但其實我們分店的業績只輸給直營店第一名的分店和線上商店。正因如此，總公司才想加把勁，還派了東馬過來。只不過這策略失敗了就是。」

仁科豎起食指，「所以說，」指著小都繼續說：「我啊，可不是只想當個代打店長，我要做出業績，然後晉升行銷專員，一步步往上回到總公司。總公司的管理階層太少女性了，我要努力。說白了，我想盡快往上爬，所以需要優秀的工作團隊。」

小都睜大了雙眼。

「與野小姐，拜託不要現在辭職。當上正職員工留下來吧。」

小都聽完仁科這番宛如颶風般的說詞之後，花了點時間消化。

「我了解妳的意思。聽完妳的抱負之後我反而下定了決心。請務必推薦我成為正職員工。」

「咦！」

「若有機會成為正職員工的話，我願意一試。就算之後會換工作，短時間內我會繼續待在這家店。」

「真的嗎？」

「我會努力，不辜負妳對我的期待。」

仁科對於小都爽快的回應似乎有點不知所措。

「其實我之後要搬出家裡。」

「咦？」

「接下來得自立生活，還是需要一份能累積資歷的工作。而且第一次有人這麼信任我，我覺得很高興。坦白說，我沒有非常喜歡這個品牌的衣服，但即使沒那麼喜歡，我還是很了解它的優點。我認為自己可以做好銷售。」

仁科的表情逐漸綻放光采。「聽妳這麼說我好高興。那麼就打鐵趁熱，動起來吧！明天行銷專員到店裡後我們三個人討論一下。對於店內陳列我有好多點子，之前龜澤小姐還在的時候不方便提出來。突然覺得幹勁十足呢！」

「我也會加油的。」

午休時間到了，小都起身，和仁科走在商城裡。一如往常的商城，此刻在小都眼中卻呈現不同的景致。自己在這裡工作，想到今後也將繼續在這裡工作，內心第一次如此積極正向。

十二月的第二個星期六，小都和貫一一起前往熱海小旅行。

前幾天打電話給貫一，說想碰面聊聊，沒想到貫一提議不如就去先前取消的熱海之旅。貫一任職的餐廳全年無休，但因位於東京四谷的商業區，週末反倒生意清淡，也方便排休。小都原來打算和貫一約在他的住處或附近餐廳碰面，聽了貫一的提議後想想這陣子忙著工作，好久沒出遊，趁著休假跳脫日常放鬆身心，也更好和貫一閒聊。於是她爽快答應。

小都原本想搭電車，但適逢週末，只訂得到離熱海站較遠的住宿。考量移動的便利性，最後還是決定開車。

一段時間沒見到貫一，他看起來體態精實不少。果然沒工作的時候，男人的線條相對也沒那麼俐落。

「喂，妳是不是瘦了。」貫一邊說邊撥亂小都精心梳整後的頭髮。

先由小都開常磐道這一段，接近首都高速道路時換貫一接手。下了首都高之後進入東名高速道路。兩人一路情緒高昂，天南地北隨意閒聊，換手駕駛之後小都放鬆下來，竟然睡著了。十分鐘後醒來，許久不見的緊繃感消除，小都睡眼惺忪看著貫一的側臉。他直視前方，保持安全的駕駛習慣，即使上了高速道路也不加速，平穩行駛在外側車道。

沿途想吃點東西果腹，貫一將車子開下休息區。

平時住關東北部，幾乎不會來神奈川縣，一進入廟會般人潮洶湧的休息區，就像出遠門旅遊一樣。兩人買了據說是名產的炸竹筴魚和菠蘿麵包。

離開休息區，貫一說「我有點睏，換妳開」，於是小都坐上駕駛座。來到陌生地域心裡多少有點害怕，但想到一有狀況還能向旁邊的貫一求救，心裡就踏實許多。

從小田原厚木公路下了西湘交流道就看得到海，兩人不禁像孩子般高喊：「是海啊！」調高收音機的音量，管它聽過或沒聽過的歌曲，一股腦兒胡亂唱著。

沒多久便抵達熱海，車子停在靠近海邊的市立停車場。

眼前是一片開闊的大海。第一次看到熱海風景的小都興奮高喊：「好棒！」十二月空氣冷冽，寬廣的晴空萬里無雲。

熱海沿岸是遼闊的海灣，小都站的地方恰巧位在海灣弧線的正中央，右手邊是大型碼頭，左手邊是一片沙灘。

海邊步道鋪設得很寬敞，許多觀光客走在上面。旁邊一整排棕櫚樹，海鷗並排站在鐵柵欄上，乍看之下迥異於日本的景致。

右側的海岬往高處延伸，看起來像是一座山城。左側的海岬及沿岸林立著飯店、渡假小屋整排密密麻麻的建築物。海灣另一頭看得到小島，前方豎起好幾道堤防，庭院式的小天地展現出奇特的美感。

「這裡和茨城的海完全不一樣。」

「是啊，感覺很精緻。」

「茨城的海看不到邊際。」

小都和貫一說著，並肩走在沙灘上。

貫一的手插進牛仔褲口袋裡，小都輕輕抓住他穿著羽絨衣的手臂，在沙灘上散步。

兩人走在海浪打溼的白色沙灘上。雖不是大面積的海岸，但由於靠得很近，海浪聲依舊驚人。海風的氣味刺鼻，撲打在臉上時，小都和貫一都忍不住瞇起了眼。這時，貫一打了個大大的呵欠說：「有點睏了。」

「每天通勤到四谷上班很累吧。」

「是啊。」「有時回不了家，還直接在餐廳的椅子上睡一晚。應該考慮搬家了。」

要不要一起住？話還在嘴邊，就聽到貫一喊著：「妳看！那個就是貫一和阿宮的銅像。」他指著前方。

「原來在這裡。」

兩人走到銅像前方。銅像下方設有底座，看起來特別巨大。銅像表面已然生鏽變色，歷史感十足。和網路上看到的照片一模一樣，身穿學生服、披著披風的貫一正舉起一隻腳踹向阿宮；阿宮則一手撐著跌坐在地。

小都看著銅像，沒有特別的感觸。

「這根本是約會暴力。」

「聽說還有人發起運動要拆除銅像，認為不能鼓勵這種暴力行為。啊，就是這個。」貫一指著旁邊的小告示牌，上頭寫著「主旨為忠實重現故事，絕非鼓勵暴力」。

不少情侶或全家大小陸續來銅像前拍攝紀念照。很多人刻意模仿銅像的姿勢搞笑，但全是男性擺出阿宮被踹倒在地的姿勢，邊拍邊大笑。

小都望著這副景象出了神，好一會兒才開口：「貫一是因為阿宮迷戀有錢人才發這麼大火嗎？」

「妳不是讀過小說嗎？」

「讀到一半就放棄了。」

「貫一其實不是真的那麼氣阿宮。」

「哦？」

「阿宮其實也不是那麼討厭貫一。」

「那為什麼會大打出手？」

「就是為了錢啊。是錢啊。拜金主義撕裂了這對情侶。」

面對貫一戲劇化的語氣，小都笑著問道：「你認真的嗎？」

「肚子餓了。去找點東西吃，然後逛逛名產店再回飯店吧。」貫一邊說邊往前走。

住宿飯店位於從熱海往國道車程約十五分鐘的地點。

之前在那須住的是適合全家出遊的大型溫泉飯店，因此小都這次並不抱期待。沒想到是一間海邊的精緻旅館。大廳擺設富現代感的鮮花，一旁的沙發和茶几也走時尚清新的風格。旅館內還有讓房客依喜好挑選浴衣的服務，貫一辦理住房手續時，小都面對多種款式的浴衣遲遲無法下決定。

進到房間，大片窗戶望出去是遼闊的海景。空間寬敞到感覺連兩人入住都過於奢華。

「好棒喔！」小都忍不住高聲歡呼。海景好美！還有露天溫泉！木板露臺！小都在房間裡到處走，驚喜地高喊。

「很棒呢。」一旁的貫一也不住滿意地點著頭。

「這房間真的好美。一定很貴吧？其實不需要那麼高級的房型。」

「只有這間空房嘛。反正有十萬塊。」

「怎麼可以全花光。」

「沒問題啦，還剩下一半。我累了，先來泡個澡。」

「嗯。」

「妳開這麼久的車也累了。要去露臺上的戶外池泡澡嗎？」

「我去觀景浴池好了。貫一留在房間裡泡澡吧。」小都起身，準備前往浴池。

位於最高樓層的浴池，周圍的門全部開啟，比起房間可以更直接眺望海景。一道弧線構成的海岸線、漁船、堤防，還有遠處隱約可見的熱海飯店區，構成一幅壯觀的景致。才泡進池裡，全身的疲勞就彷彿消融在熱水裡，小都泡到心滿意足才離開。

回到房間，披著浴衣的貫一已經躺在榻榻米上睡著了。身旁還有看似從房間冰箱拿出來的啤酒空罐。早猜到會是這幅景象。小都輕輕嘆口氣，撿起空罐丟進垃圾桶。她從櫃子裡拿出毛毯，幫貫一蓋上。只見他側臉埋在座墊裡，傳出輕微的鼾聲。小都心想，他平常一定很累。

為了不讓泡得暖呼呼的身子變冷，小都罩上半纏[12]，再套上房間裡準備的日式花紋襪。欣賞了一會兒海景，覺得有點膩了，回到浴室在鏡子前簡單補個妝，順手紮起頭髮。窗外天色逐漸暗下來，海面和天空變得一片漆黑。

小都趴在大矮桌前，不知不覺也打起盹來。這時，房間裡的老式電話響起。小都接起裝設在角落的電話，另一頭聲音說道：「晚餐準備好了，隨時可用餐。」

「睡得好飽。」

一轉過頭，貫一坐了起來，正大大伸著懶腰。

「也睡太久了。櫃檯通知我們吃晚餐。」

「剛好也餓了。走吧。」

「穿這個吧，只穿一件薄浴衣會著涼。」小都遞上半纏，貫一輕聲說句「謝啦」接過來披在身上。小都一看很不甘心，貫一不只穿浴衣好看，連半纏也很合適。根本是超級適合日式傳統服裝的男人。若和貫一結婚，說不定選傳統服飾比較好，小都想得出了神。雖然對婚紗懷抱憧憬，但實在太想看貫一穿日式傳統禮服，或許也可以配合他穿白無垢[13]，西式禮服就留到續攤的二次會[14]。在前往餐廳的走廊上，小都邊走邊想，哎，果然還是很想和這個男人結婚。望著貫一消瘦的雙肩尋思。

兩人來到一個小餐廳用餐，餐桌上已經擺設完備。暖氣有點強，反倒覺得腳邊空蕩蕩的，於是小都脫下半纏蓋在腿上。這時聽見貫一驚呼一聲。

「這件浴衣真好看。」

這件山吹色[15]的浴衣算不上品味出眾，年齡上也不太相符。但小都心想既然是溫泉旅館提供的就不需要太講究。

「剛才在大廳借的。」

「小都穿起來真好看。感覺妳今天特別漂亮。」

聽到貫一坦率的讚美，小都的臉微微一紅。貫一穿浴衣也很好看，我正想著你穿日式禮服的

---

12 日式短袖外套。

13 裡外完全純白色的和服。

14 日本人的結婚宴客活動一般分為「披露宴」（一次會）和「二次會」。披露宴是正式的結婚發表會，但新人較沒有自主性，因此才有了能夠邀請新人雙方好友參與的二次會。

15 日本人稱棣堂花為「山吹」，山吹色指的是這種花的濃黃色彩。

模樣。雖然心裡這麼想，卻說不出口。只輕聲回了一句「謝謝」。

先上桌的是啤酒和前菜。兩人輕輕碰杯後，喝了口啤酒。小都突然說：「要拜託貫一一件事。」

「什麼？」

「今天有事想對你說，你先別喝了好嗎？不好意思，難得有一頓大餐。只是擔心你一喝又會很快睡著。」

原先擔心他的反應，但貫一只是「嗯」了一聲。

「說完之後再喝？」

「好。」

賞心悅目的懷石風料理擺滿一整桌，兩人沒交談幾句，心思都在眼前美味的料理上。

「那個，我要搬出去了。」小都先開口。

「搬出去？」

「我爸媽要賣掉房子，改為租房子，而且新家沒有我的房間。」

貫一不發一語，注視著小都。

「接下來我得自己找房子住。唔，想問你要不要一起住？」

「我嗎？」

「不然和誰一起住？別鬧了。你之前不是也說餐廳在四谷，想搬到離餐廳近一點的地方。我也要通勤暢貨商城，若能在常磐線沿線找個離東京近一點的房子，你覺得怎麼樣？」

貫一表情沒變，拿筷子夾了塊生魚片送進嘴裡。沒有回應。

「你不想嗎？」

「不是，只是嚇一跳。」

「為什麼嚇一跳？我可是想了很久。」

「唔，這個意思是……要結婚？」

「我還不確定要不要結婚。」

「居然不確定！」原本表情僵硬的貫一反而笑了，然後點點頭說：「好，一起住吧。」

「這麼快就答應了。」

「不好嗎？」

「為什麼不多考慮一下。」

「考慮之後還不是一樣。」

貫一拿起玻璃杯，才發現啤酒早喝光了，微微皺起眉頭。

「我很想和你一起住，但也還有很多讓我猶豫的因素。」

他往後靠坐在椅背上，瞇起眼睛看著小都。

「說是一起租房子，但我不確定你能出多少錢。」

貫一輕輕點點頭。正好女服務生經過，「不好意思。」他叫住對方，點了兩杯烏龍茶。

「你現在的房租多少？」

「三萬。」

好便宜。小都不禁在心裡驚呼。

「若我們各出一半，就能租六萬塊的房子。但最好有兩房……你還能再出五千嗎？」

「可以啊。」

小都稍微鬆了口氣。這個金額應該至少能租到有衛浴而且放得下洗衣機的房子。

「妳爸媽答應同居？」

「應該沒問題。」

「哦。」不知為何，貫一的笑容似乎帶著一絲落寞。

「妳想結婚嗎？」

「唔，我就說還不確定嘛。」

「都這把年紀了還和不確定要不要結婚的男人同居，這樣好嗎？」

「說得也是。」小都撐著下巴，嘆了口氣。貫一笑道：「我看妳還是再認真考慮一下。」

小都板著臉噘起嘴來。「我當然想過，而且快想破頭了。我知道我想得還不夠多。可是我已經沒有更多足以判斷的資訊，因為你完全不談自己的事。」

「妳想問什麼？」

「很多。雖然不方便談錢的事，但要一起住的話還是得多少了解狀況。像是貫一的父親住安養中心的費用大致多少呢？」

「原來是這個啊。」貫一露出淺淺的笑容。「最初的入住費是拿賣掉老家的錢付的，現在每個月由我和我姊分攤。」

「貫一出多少？」

「每個月六萬吧。」

一個月六萬塊可不是個小數目，小都感受到意外的打擊。而這個金額還是貫一目前房租的兩倍。小都並不清楚貫一的薪水，但是應該不到二十萬。雖說他不像小都花這麼多錢買衣服，經濟上卻不算寬裕。假使六萬塊能夠存起來，一年下來就是一筆可觀的金額。只是安養中心的費用肯定省不下來，而這筆支出每個月延續下去，要養小孩想必很吃緊。

才放心下來，這下子內心又湧上莫名的擔憂。

這時，下一道餐點上桌。服務生說明是飯店最有名的金目鯛火鍋。小都夾起淺粉色的魚片在小鍋子裡涮過熱湯，送進嘴裡。

「魚肉好嫩。」小都故作平靜地讚美。

貫一聽了噗哧一聲笑出來。「別逞強了。」

「逞強什麼？」

「我啊，和小都在一起很開心。雖然和女人交往經驗並不多，但裡頭就屬和阿宮在一起最有意思。」

「我也這樣覺得。」

「但妳還是很擔心吧？我能理解。」他的口氣像在安慰小都。

「我當然有自知之明。當初去拜訪妳父母，我就覺得肯定會被反對，而妳在父母反對之下可能也會打退堂鼓。有了心理準備後心裡反倒比較輕鬆。面對妳爸時，將他當作店裡的客人，其實就很好應付了。也因為這樣，每次和妳碰面我都告訴自己這可能是最後一次。」

「貫一……」

他明明沒喝酒，為什麼說出這些奇怪的話。

「而且我只有中學畢業。」

「這有什麼關係！」

「嗯，我知道妳不會因為這種事歧視別人，我沒有怪妳。但妳還是會擔心吧。之所以擔心就是受不了吧？我想有教養的人就是這樣。」

「你到底在說什麼？」

貫一露出了小都從沒見過的表情。他帶著一絲嘲諷淺淺的微笑背後，隱隱透著眼前鍋子下方宛如固體燃料的藍色火焰。小都分辨不出來那副表情意味著死心還是憤怒。

「我之前說去當志工。一開始是幫阿優清理他家，之後就和當地一群人幫忙附近住家，然後加入鄰鎮消防隊長成立的臨時志工團，就這樣跟著大夥一路往北。沒想到愈往北走，狀況愈慘。那些車子和房子居然能破爛到這種地步，還有腐爛的魚，臭到不管吃什麼一聞全吐出來。但看到不久前居民還用得上的生財工具全爛在土裡，體內莫名有道開關被開啟，不由分說就挖起了泥巴和瓦礫，連續幾天沒好好蓋著被子睡覺。半夜裡餘震一來就打從心底恐懼起來，深怕海嘯又襲來。最後當地人居然哭著謝謝我們。其實一開始沒想那麼多，慢慢地覺得自己做了正確的決定。待在東北期間和附近的老爹混得很熟，晚上還一起喝酒。」貫一突然聊起以前的事，小都聽得一頭霧水。

「酒一喝，就閒話家常起來。老爹一問，我坦白對他說我中學畢業就到割烹餐廳工作，但這陣子沒去了。誰知他一聽就脫口而出你這樣可不行，還說至少要拿個高中學歷，或明天趕快回去上班這些擔憂的話語。我不禁想，你不是不久前才哭著謝謝我嗎，還忍不住笑出來。」

「貫一？」

「明明是個素未謀面的老爹。很想回他一句干你屁事。不過這就是所謂一般人的想法。我心想哎呀，連陌生的歐吉桑都在擔心我。不只是老爹，連阿優他老爸也是。我和阿優他姊一起清洗沾滿泥巴的碗盤時，她老爸笑著說，喂，貫一，你可不准打我女兒的主意喔。你這傢伙人不錯，但我希望我女兒過更好的日子。雖然他是半開玩笑說著，但我知道那是真心話。說起來我也能理解。換成我是女孩子的爸爸，的確也不想讓女兒和我這種男人結婚……」說到這裡，貫一停頓一會兒，深吸了一口氣再吐出來。「所以啊，阿宮，如果妳總有一天想結婚生子，而且不想因此煩惱的話，就此打住是不是比較好？」貫一臉上泛著冷笑說道。小都一時之間不知道該怎麼回應。

這時，主菜日式牛排上桌。小都雙眼發直，盯著服務生在桌邊現磨山葵泥。

小都和貫一變得沉默，各自靜靜吃著眼前的料理。照理說很美味的牛排，送入嘴裡感覺像嚼著黏土一樣。

「貫一的意思是不想和我結婚嗎？」

他沒有回答。

走出餐廳，貫一說想買菸，要小都借他點零錢。小都遞給他千圓紙鈔後，他說再來一張。

「一千就夠了吧。」

「我還要買套子。」他的語氣再自然不過。小都一時語塞，漲紅了臉從皮夾裡掏出一張紙鈔交給他，貫一接過便晃著身子往大廳走去。

小都這才想起來，今天碰面之後還沒看到貫一抽菸。在高速公路休息區吃完午飯，他也沒四處找菸灰缸。

獨自回到房間，大矮桌已經收拾好搬到房間角落，床也鋪好了。瞄到緊貼並排的兩床墊被，小都打開房間裡的冰箱。

心情難以平復，加上剛才被餐廳裡的超強暖氣吹到喉嚨都乾了，她一看到罐裝氣泡酒就好想喝。但想到待會兒要保持清醒和貫一談話，最後還是拿了經典瓶包裝的可樂。

她坐到走廊的藤椅上，曲起膝蓋，整個人蜷縮起來彷彿抱著自己。

剛才貫一邊說著「連陌生的歐吉桑都在擔心我」，臉上同時浮出淡淡的無奈笑容。

仔細一想，還是第一次從貫一口中聽到洩氣的話。往後我會待在你身邊，一起追求幸福。不對。我會讓你幸福的，請放心。想這樣對貫一說，但這和小都的真心話似乎又不太一樣。

她將頭埋進抱起的雙腿中。過了好一陣子，始終沒見到貫一回來，於是拿起手機看時間。已經過了半個多小時。只穿浴衣又沒帶皮夾能上哪裡去呢。小都傳了LINE給貫一。才傳送成功就聽見房間角落傳來手機通知的聲響。小都起身往聲音來源望去，原來貫一脫下牛仔褲後隨手一扔，手機就放在褲子上沒帶出門。小都忍不住咋了下舌。

出於擔心和煩躁，小都走下樓到了大廳，找遍吸菸區和名產店都沒看到貫一。回房間後坐立不安，沒多久房門突然打開。「不好意思。」貫一笑著走進來，身上散發著菸味和淡淡的酒氣。

「你上哪兒去了？」

「去喝了杯酒。」

「什麼？」

貫一說本來想買菸，到外頭找便利商店。經過一間雞肉串燒店時問了在外頭休息的店員，店員回答附近沒有便利商店，又說七星牌可以的話，店裡有。於是貫一走進店裡買菸，順便喝了杯酒。

「太過分了，知道我多擔心嗎！」

「真的只喝一杯。其實身上就剩兩千，只喝了一杯沙瓦。」

「你明明一喝就會睡著。今天不是說要好好談嗎？」

「不睡啦！不睡！」貫一似乎毫無愧疚，嘴角還帶著笑容，走到廊上小都先前坐的那張椅子坐下。小都強忍著想抱怨的心情，走去他對面坐下。

「還要談什麼？剛說到哪兒了？」

「別想矇混過去。你是不是不想和我一起住？」

「才不是。我覺得和妳一起住一定很有趣。」

「為什麼你剛才說最好就此打住？」

「我不希望將來牽扯不清。」聽到貫一這句話，小都一臉錯愕。

「什麼叫做牽扯不清！你是打預防針嗎？讓我之後不要說想結婚、想要小孩之類的話？」

「我可沒這樣說。」

「那到底是怎樣！太奸詐了吧！你的意思是可以一起住，但不要對將來抱有任何期待？還是強調反正是我自己覺得你這種男人可以同居的？到底是怎樣！只是方便你打炮？還是你覺得吃軟飯或當個爛男人也無妨？」小都忍不住愈吼愈大聲，貫一只是在一旁懶洋洋地搔著脖子。

「意思就是妳要是這樣想的話，不如就此打住比較好。」貫一整個人靠在椅子上，和之前一樣，臉上露出淡淡的冷笑。

深夜裡旅館的微弱燈光下，一身浴衣蹺起腿來的貫一此刻居然散發出誘人的魅力。看不到一絲方才餐廳裡隱隱流露出的怯懦。眼前的男人無懈可擊。

「我還想問別的。」

「趁這個機會想問就問。」

「我之前在居酒屋遇到你的中學同學，他對我說了一些事。」

「是誰？」

「你一問我才發現我不知道他的名字。我們還沒交往那時候，有一次我車子發不動，你找了一個男人來幫忙。就是那個戴副圓框眼鏡、有點輕浮的傢伙。打扮得很時尚，也在商城上班。」

「哦，平井啊。」

「原來是這個名字。嗯，但是不重要。」

「妳遇到那傢伙？」

「我一個人去喝酒，當時他和朋友也在，離開時過來找我聊天。」

貫一皺起眉頭。「妳一個人去喝酒？」

「偶爾會。那男人對我說了一些莫名其妙的事。」小都咬著嘴唇，顯得有些遲疑。雖然覺得不說比較好，但她已經沒辦法繼續裝作沒這回事。

「他說你中學的時候很壞。說自己以前也被你揍過，還被勒索。又說你沒繼續升學並不是因為找到割烹餐廳的工作，而是考高中前一天被叫去輔導。這是真的嗎？」

他眉頭皺也沒皺一下，注視著小都。

「他還說是因為你和一群伙伴對女孩子……呃，強暴，而且你也被懷疑……」

「是真的。」貫一爽快坦承，小都頓時感受到一股連自己都難以想像的沉重打擊。倒不是希望他否認，但原以為至少會有些情緒起伏，不料那副表情從頭到尾沒變過。貫一緩緩拿起桌上的可樂，直接啜了一口。

「那是我最荒唐的時期。」貫一放下瓶子，繼續懶洋洋地攤在椅子上。

「聽了很傻眼？覺得我很恐怖？」

小都低著頭，似乎從喉嚨裡硬擠出話來：「其實從貫一的外表和言行，大致感覺得出來以前不是好學生。這都是過去的事了，現在沒什麼好提的。但不只這些，那男的還說了別的。」

「他說什麼？」

「你對他說我是波霸女，很想找我打炮。還說所有男人都和貫一一樣不會先注意我的長相，而是先看我的胸部。叫我別誤以為自己很搶手。」

聽完這番話，貫一的臉色變了。咋了下舌撇過頭低聲咒罵：「我要殺了那小子！」

「那傢伙說你因為我是波霸想找我打炮，這些話是真的嗎？你是以這種眼光看我的嗎？」

他避開小都的眼神沒作聲，過了一會兒後嘆了口氣說：「可能說過吧。」

「……原來你說過。」

「現在聽起來或許像藉口，但我不是只因為這一點才喜歡妳。」

「擺明了就是藉口。」

貫一明顯流露出不悅，壓低了嗓音：「根本就是女人家自己去喝酒，才會遇到這種莫名其妙的傢伙。」

「你說什麼？」小都不加思索立刻高聲反擊：「我要不要一個人去喝酒，輪不到你來指教！」

「那我去喝一杯酒也不必聽妳嘮叨。」

「這兩件事根本不相干！完全不一樣！」

哼，貫一刻意嘆了口氣。「什麼胸很大、想打炮這些話，我可能真的說過，但那只是男人之間的垃圾話。……可能一小部分是真心話。但我對妳不是只有那樣的企圖，至少妳要搞清楚這一點！」

先前刻意壓低的音量隨著不耐的情緒逐漸放大。然後貫一停頓半晌，恢復平靜的語氣說道：「我不認為所有男人只注意妳的胸部，不在乎妳的長相。這種沒水準的話，妳也不必聽得太認真。」

小都垂下頭，直直盯著山吹色浴衣下的大腿。貫一才讚美她穿這套浴衣很漂亮，卻感覺已經是很久以前的事。為什麼氣氛會變成這樣？要是不提同居的事，兩個人還是可以好好的。一想到這裡，小都輕輕搖頭否定自己。不對，事到如今已經沒辦法假裝什麼都不知道，若無其事地交往下去。

「……我知道貫一對我一直很好。只是為了上床不可能對我這麼好的。就算出於那樣的動機……」

「動機？動機到底算得了什麼？哦，要在大街上邂逅、一見鍾情，像少女漫畫一樣的情節才行？不好意思，我就是個當過混混而且只有中學畢業的色胚。」貫一顯得怒氣沖沖。那張憤怒的臉讓小都感覺似曾相識。貫一雖然常擺出撲克臉，卻很少會露出這種表情。小都感到很驚訝，努力回想。沒錯，就在兩人初次見面那天迴轉壽司餐廳的吧檯裡。小都想起來，當時貫一就是這副表情。

「我遇到主管性騷擾。」

「妳說什麼？」

小都突如其來提到這個話題，原本看著旁邊的貫一轉回視線。

「我提到那些不舒服的對話就是想告訴你這件事。半年前左右，我在公司的聚餐上遭到男主管襲胸。」

貫一微張著嘴，目瞪口呆盯著小都。

「不是輕輕碰一下而已，而是抓到瘀青。那個主管本來就會盯著別人的胸部看，或是有意無意碰觸，連店長也不放過，是個大爛人。我向總公司反映他的惡行，之後他就被調走了。」

「為什麼？」一直靠在椅背上的貫一坐直身體，握起拳頭敲打桌子，氣憤說道：「為什麼都沒說？」

「說了又怎樣？你能做什麼？」小都意料之外的反應讓他一愣。

「我不會因為性騷擾的主管和貫一都對女人的胸部感興趣，就認為你們是同一類人。但難道只因為我身為女性，就有義務分辨其間的差異，判斷誰是好人、誰又帶著惡意嗎？」

小都看著貫一放在桌子上的拳頭微微顫抖，卻又彷彿事不關己般心想，搞不好下一拳就要揮過來了。小都很清楚，這番話想必傷到了貫一的自尊心。

「你剛才說自己只有中學畢業。我相信你出社會後遇過許多帶有偏見的人，肯定也吃盡苦頭。坦白說，我聽到這件事時也嚇了一跳，並為此感到擔憂。」

豁出去了。小都繼續說：「可是這不就和我天生比一般女生胸部大沒兩樣？身為大胸部的女人，我也會覺得不方便，甚至遇過很多不愉快的事。但我不會因此拿紗布裹起胸部，或是駝著背過一輩子；我也不想總是穿掩飾身材的寬鬆服裝，就算會凸顯胸部，還是想穿合身的衣服。貫一也是，坦率一點不行嗎？假使你真的很在意，還是可以去參加高中學力鑑定。我從沒打算去縮胸，但你的自卑感只要有心多少可以改善。我也會幫你。」

貫一收起桌上的拳頭，低著頭沉思。然後他一邊搔著頭站起身來，說道：「我去抽根菸。」

「不要逃避。」

「沒有逃避，只是去抽根菸。」

「這就是逃避。」

他起身正準備離開，小都立刻擋在他面前，雙手一把抓起貫一身上半纏的衣襟，使勁搖晃著。

「我看是你比我更不安。說什麼我爸媽反對，還說每次見面都覺得是最後一次，這些不都是因為你認為自己沒有價值，隨時擔心自己被甩掉？說什麼不想要我之後牽扯不清，實際上只是你怕背負期待又讓人失望吧？老是擺出一副不管明天發生什麼都無所謂的表情，其實心裡根本不是這樣想！」

「妳到底在說什麼？」貫一不耐煩地伸出右手推開緊抓著自己衣襟的小都。雖然力氣不大，但她一不小心踩到榻榻米的邊緣滑倒，失去平衡跌在走廊上。還沒回過神，連椅子也跟著倒地迸出巨大聲響，桌上的可樂瓶打翻灑了一地。

「抱、抱歉。妳沒事吧？」眼看小都摔倒，貫一焦急地蹲下身體伸手攙扶，卻被小都甩開。

小都狠狠瞪著他，眼中泛出淚水。

「當然不安！我擔心得不得了！」

他的眼神中透著膽怯。小都感受得到情緒蓄勢待發。她向貫一吐露心聲：

「前陣子生理期晚來，我還以為懷孕了。那時候好害怕，很怕和貫一有了孩子卻沒辦法好好養育。我也找朋友商量，但大家對於幸福各有不同的看法，我愈聽愈覺得迷糊。我每天都很擔心，而且下不了決心。」

「……」

「老爸得了癌症，我媽的狀況又不穩定。連我自己或貫一都不知道什麼時候會生病。萬一沒辦法工作了，該怎麼生活？這年頭連國民年金都打不了包票，哪可能輕鬆獲得生活的保障？又不是兩個人都存得了錢的處境，而且到底要存多少才能感到安心？我當然擔心！我沒辦法裝作什麼都無所謂！」小都止不住源源不斷的淚水。貫一伸出雙手捧著小都的臉，拇指緩緩擦去她的眼淚。

「目前日本人中兩個人就有一人罹患癌症。」貫一語氣平靜地說道。小都聽了睜大雙眼。

「八〇年代後國人的死因首位就是癌症，而且比例愈來愈高。每年自殺人口兩萬多人，在已開發國家中也位居前幾名，更是交通事故死亡人數六倍之多。還有，少子高齡化的比例在全球也是數一數二。各項社會福利支出節節高升，年金給付年齡上限愈來愈高，給付金額卻逐漸遞減。全日本找得到完全不擔心未來的人嗎？」貫一一副對孩子說話的神情。

小都搖搖晃晃，伸手撐在榻榻米上，全身不停顫抖。貫一突然站起身，跨到房間另一頭。她聽到房門打開的聲音。一會兒貫一走回來，將小都的衣物放在榻榻米上。

「阿宮，換上衣服。到外面呼吸一下新鮮空氣。」

那是明天早上要穿的襯衫和開襟外套，小都想到難得的旅行就這樣毀了，不由得升起一股強烈的失落感。

她慢慢披上外套。迅速換好衣服的貫一低聲說：「妳那件不夠暖。」隨即脫下自己的羽絨衣遞給小都。小都連抗拒的力氣都沒有，脫下喜愛的白色大衣，穿上他的黑色羽絨衣。好大件、好暖和，帶著點灰塵的氣味。

小都讓貫一拉著自己的手，走出旅館。白天還很溫暖，入夜之後四周的空氣則冰涼了起來。貫一在毛衣外頭披上旅館的半纏，圍上了小都的紅格子圍巾。

兩人沿著三兩車輛駛過的國道，跨越到靠海一側的步道。路燈間的距離稍遠，四周一片漆黑。海上也一片黑，不見漁火的蹤影，只看得到拍打消波塊的白色海浪。

巨大的海浪聲，刺鼻的海水味，貫一掌心的觸感。黑暗中反倒銳化了視覺之外的感官。可能是在房間裡已將所有的不安一吐為快，現在心情顯得相當平靜。

貫一突然停下腳步，手伸進小都身上的羽絨衣口袋，掏出香菸。老派地以火柴點燃。

「喂，你是不是戒菸了？」

「嗯，算是。」

「話題沉重到讓你又想抽菸了？」

他吐出煙霧的側臉面無表情。

「……妳想過幸福的生活吧？」

「誰不想呢。我和朋友聊過怎麼樣才能變得幸福，想得可多了。」

「妳是幸福的基本教義派。」貫一扁了扁嘴，一側臉頰露出笑容。

「結婚，安心生小孩，算是達成了妳心目中的幸福嗎？」

「我沒有這樣說。」

「哦？」

「我只是不想斷送這樣的可能性。」

貫一沒回應，將菸蒂丟在腳邊踩熄，又牽起小都的手繼續往前走。混凝土和消波塊築起的海岸線延伸到遙遠的前方。兩人沿著海岸線漫步。

呼出來的氣化為白霧。身體怎麼走都暖不起來，寒意一點一滴從腳底往上竄。

貫一沉默了很久，小都忍不住開口：「我不斷思考你是不是我命中注定的人。你呢，有這感覺嗎？」

「命中注定？」他突然停下腳步，注視著小都。「命中注定？」又問了一次。

「阿宮，妳相信命運嗎？」

小都脫口而出「命中注定」，貫一卻莫名在意，一臉狐疑瞪著小都。

「妳相信拉普拉斯惡魔嗎？」

「那是什麼？」

「拉普拉斯惡魔。妳聽過嗎？」

「沒聽過。」

「拉普拉斯惡魔是十九世紀一位叫拉普拉斯的法國數學家提出的理論。這個理論的概念是人類依循的劇本都是事先決定的，而且假設世界上的智者能完全掌握所有原子的位置與動量，嗯，就當成天神吧。既然天神可以計算出原子的時間變化，理論上就能百分百預測接下來的世界會變成什麼樣貌。可是，倘若能洞悉世界上一切的發展，與其說是神，更像是可怕的惡魔吧？所以不知不覺人們稱這種理論為拉普拉斯惡魔。進入二十世紀，量子力學出現之後，人們才了解到不可能事先得知原子的位置與動量。但在這之前可讓所有物理學家傷透了腦筋。」

「夠了！」小都甩掉貫一的手，打斷他滔滔不絕的說明。他停了下來。

「誰教妳要提起命中注定。」貫一乾笑了一聲，轉身背對小都往前走。小都握起拳頭，激動到全身發抖，注視著貫一逐漸遠去的背影。

體內深處燃起一團怒火。

小都使勁蹬著柏油路面，追上前方距離不到五公尺的貫一，然後藉著助跑的力道抬起右腳，狠狠朝他小腿後方踢了一記。

「好痛！」貫一慘叫一聲，向前撲倒。一臉驚愕回頭看著小都。小都有生以來頭一次踹人，沒想到意外地順利，連自己都嚇了一跳。

在商城裡和東馬擦身而過那一次，明明忍住了訴諸暴力的衝動，面對男友卻無法控制。這根本是約會暴力！腦中不由得閃過了這樣的念頭，同時覺察到無比暢快且亢奮不已的自己。

「少賣弄了！」貫一一聽皺起眉頭。搞什麼，他口中念念有詞，正想站起身。小都想也沒想，搶先一步趁貫一還沒起身就猛力按住他的肩膀。毫無預警的貫一又一次跌在地上。

「喂！妳搞什麼！」

小都低頭看著一屁股跌坐在腳邊的貫一。他這麼一吼，反到加劇了小都怒火中燒的情緒。

「每次只要情勢對你不利，就賣弄起那些知識想模糊焦點，煩死了！」

看著一側手肘撐著身體，伸直雙腳倒在路面的貫一，小都站在他面前狠狠跺起了右腳。這時，她瞥向掉落在貫一身邊的香菸盒，反腳就踩扁那盒香菸。看到小都穿著短靴的腳從自己的臉旁落下，貫一目瞪口呆定在原地。

「我也知道世上沒有命中注定這回事。」小都感覺喉頭深處彷彿塞住了，好難受。每次想說出真心話，就覺得肺部像被壓迫著一般。

「我提議同居，是因為像這樣繼續交往不會改變任何事，煩惱的事永遠存在。因此不管會變得怎樣，我都想往前走。我不是為了消除不安或煩惱，而是至少先移開眼前的障礙！」

貫一瞪大眼睛看著激動的小都。

「回答就是YES或NO，二選一！不管你以前是混混或只有中學畢業，還是經濟上不穩定，我都知道。同居是我反覆思考過後才鼓起勇氣提出的想法，就算你是這樣的人，我還是想和你在一起，為什麼你還一直試圖模糊焦點！擺什麼姿態啦！」

貫一沉默著不作聲。

「你這麼害怕的話，現在就直接對我說NO。簡單一句阿宮我們分手吧，你說啊。」

「……我沒這個意思。」

「你就是這個意思！害怕改變的是你，膽小的也是你，你根本不想和我同居，也不想結婚，更別說生小孩。可是你要是說出來，我就會離開。你這也不要，那也不要，只會出一張嘴！」小都繼續跺著腳。

「你拒絕我，說沒辦法和我一起生活，我就會死心。完全死心。我會將力氣放在工作和相親。就算不知道會不會結婚，我這輩子還是想和他人建立關係，找個伴侶一起度過。我會努力找到對象。」彷彿快爆炸的情緒。小都來不及思考一口氣說完。

這一瞬間，奇妙的現象發生了。小都體內突然湧出一股能量。或許單純只是對貫一心灰意冷，再也不想忍耐。而此刻從心碎的縫隙間不斷湧現的，則近乎她從醫護室醒來之後那股神清氣爽的感受。

小都就像感受到天啟，清楚意識到就算沒有這個人我還是能好好活下去。不只如此，就算未來遇不到情投意合的對象，一個人走下去也無所謂。她這輩子頭一次體認到，完全不需要只為了消除內心的不安，就勉強自己和合不來的人相處。甚至難以理解為何過去的自己如此恐懼。

「別說大道理了，還不如直接說分手。貫一只是沒有察覺到自己內心真正的想法。你一味模糊焦點就是想逃避。」

貫一依舊坐在柏油地上，張著嘴沒有出聲。小都在他面前蹲下。

平常總是一臉游刃有餘的貫一，這時臉色蒼白。兩人之間陷入沉默，耳邊傳來夜裡海浪一次次拍打岸邊的巨響。

「我不會主動提分手。一旦我開口，你就會繼續逃避，認為自己是迫於無奈接受，是被我甩了。然後又會覺得是因為自己只有中學畢業、錢賺得不夠多才會被拋棄，一頭栽向這些藉口。」

貫一透出怯懦的眼神，凝視著小都。

「說不出口嗎？」

他似乎拚命尋找適當的說詞。

「我無所謂。這段日子真的很開心，和你在一起就算聊些很白痴的廢話也很有意思。分手後我不會忘記。我也不覺得你對不起我，這段關係很棒。就算這輩子再也不會見面，我也會感謝你，曾經讓我覺得很幸福，曾經對我那麼溫柔。」

這時，貫一搖起了頭。一開始慢慢地，然後變得猛烈。

「我不要。」聽起來像是勉強從喉頭擠出的幾個字。

「什麼意思？」

「我不要分手。」

真的嗎？你確定？小都強忍下追問的衝動。她直覺認為這麼問又會讓貫一占上風。她慢慢地、細細地望著貫一。

「要同居嗎？」

他立刻點頭。

小都嘆了一口氣。全身失去了力氣。她蹲在地上抱著腿，臉埋進雙腿之間。

貫一伸出手小心翼翼捧起小都的臉。

小都也伸出手環抱貫一的背。這溫暖的身體終於在自己的臂彎裡。貫一的背微微顫抖著。這是她最愛的貫一，小都心想。這副身體不是要被踢或推的，而是要像此刻這樣，永遠擁在懷裡。

回到房間後，兩人還有點尷尬，脫下衣服鑽進被窩。

今天到底穿脫了幾次衣服，實在很蠢。小都一說，貫一也笑著附和真的很蠢。

旅館裡上過漿的床單躺起來特別冰涼，但兩人緊緊抱在一起，貼合彼此的身體，很快就熱了起來。

小都一陣迷濛，閉上眼睛。

貫一赤裸的肌膚光滑又溫暖，任何高級的毛毯都無可比擬。他的手臂、雙腿的肌肉堅實卻細緻，無論手臂、雙腳、嘴唇，觸碰到任何部位都像被吸住一般。

花了好久才走到這一步。小都細細品味著好不容易到手的甜美。

他每一個動作都無比溫柔，絕對不會傷到小都，讓她安心。小都心想，從小到大自己可能從來沒感到如此安心。

已經不需要語言，從來沒想過能放鬆到這種程度。

下腹部感受到他下身的挺入，小都沉浸在蜜糖般的幸福裡。兩人不時四目交會，明明仍在繾綣纏綿，卻莫名止不住笑意。

兩人世界總算展開。在外頭拚命工作，有時就算感到不平或受挫，若每天都能回到令人安心的床鋪，就能重拾生活的動力。小都這麼想著。

回復平靜之後，貫一久久撫摸著小都的頭髮，然後將手臂輕巧地伸出棉被。他沒穿內褲，直接披上浴衣，推開拉門走出房間。

小都半睡半醒聽著走廊底的廁所傳來水流聲，茫然想著等兩人同居之後，這些聲音都將成為日常。小都閉著眼睛，聽他回到房間的腳步聲，然後是打開冰箱的聲音。

「妳睡著了嗎？」貫一輕聲問道。

小都閉著眼隨口應了一聲。

「我可以喝酒嗎？」語氣中帶著謹慎。

「到底多想喝啊。」小都轉過頭，語氣透著不耐煩。

「不喝就是了。」他說完關上了冰箱門，聲音聽得出滿滿的失落。

小都手掩著裸露的胸部從床上坐起來。「逗你的。想喝就喝吧，看你從晚餐忍到現在。可是你後來自己跑去喝了一杯。」

「抱歉，那時候不知道該怎麼做，只好選擇逃避。」貫一拿出一瓶啤酒，放在靠牆的矮桌上。

「妳也來一杯？」

「我不喝了。感覺會很冷。」

「那我來泡茶。」

小都穿上浴衣，外罩日式厚棉外套，在矮桌前坐下。拿著茶杯和茶壺過來的貫一坐在斜對角。兩人輕碰著彼此赤裸的腳趾。明明才剛經歷比這更親密激烈的接觸，卻仍讓小都內心小鹿亂撞。

倒了啤酒的玻璃杯和裝著熱茶的茶杯輕碰一下，兩人乾杯。

「回去之後得來找房子了。阿宮，妳最晚什麼時候得搬家？」

「我爸媽說最好是一月中。」

「那就要在過年前或一過完年就決定。」

「我已經搜尋不少物件，大致有個底了。交給我吧。」

好啊，貫一瞇起眼。「對不起，都是我拖拖拉拉的。」

小都雙手捧著溫熱的茶杯笑道：「聽起來像是我勉強你一起住。」

「沒有，這樣很好。謝謝妳。」他的語氣聽起來感觸良多，小都凝視著貫一。房間裡的燈光只有以和紙為燈罩的小夜燈，映著貫一的側臉。

「只有中學畢業是我的心結，妳說得沒錯。」

「……」

「我也查過取得高中學力證明的方法，但這幾年來我賺的錢只能勉強度日，根本想不了其他的事。再說也沒有動力。」

「嗯。」

「現在工作的餐廳可以排班，公司那邊也好商量，感覺可以試試看。」

從他口中聽到這麼坦率且積極的話，小都略感驚訝。

「阿宮，妳剛說到連帶關係。這算是說到我心裡了。坦白說，結婚這兩個字感覺會牽扯上太多人和事，就像妳說的我很畏懼。但妳說連帶關係我就懂了。」

「因為以前當混混時常聽到連帶責任嗎？」小都忍不住開了玩笑。但貫一不以為意，搖著頭低喃：「怎麼說呢，比較類似工會的意思。」

「什麼？」

「這要談到波蘭的民主化運動……」，貫一突然閉上嘴。「不行，差點又要賣弄起來。」

「哈哈哈。」

「我啊，總是開不了口向別人求助。但如今想想，說了也無妨。」

「當然。」

貫一喝著啤酒。

「我想到一件事。」

「嗯。」

「我覺得貫一和我一點也不像。一旦結婚……不對，要是在連帶關係下共同生活，優缺點都一樣的人相處起來肯定很無聊吧。正因為擅長不一樣的事，彼此才能互補。」

他似乎很欣賞這個說法，瞪大了眼睛露出笑容。

「有一句諺語：破鍋自有爛鍋蓋。」

「好像聽過。」

「妳偶爾也讀點書吧。」

「賣弄知識就交給你了。」小都偏著頭，從下方窺探著貫一。「而且沒有所謂的命中注定，對吧？所以沒有神明，也沒有惡魔吧？」

「嗯？」

「沒有命中注定這回事，不就意味著沒有正確答案嗎？沒有正確答案，也就沒有錯誤，換句話說，也沒有失敗。」

「哦！阿宮的見解好犀利！」

兩人高舉起手，在空中擊掌。

不知道睡了多久，小都感受到一陣低沉的震動而醒來。是熟悉的手機震動。她在枕邊摸到自己的手機，螢幕上沒有任何通知。已經是凌晨三點。

貫一從後方環抱著小都，鼻息均匀起伏著。再次傳來低沉的震動，小都環顧四周尋找貫一的手機。腦中瞬間閃過他住在安養院的父親該不會出事了的念頭。小都看見貫一放在座墊上的手機正閃著燈，她移開貫一的手臂爬出被窩。拿起手機，螢幕上的來電顯示是「優」。

她搖醒貫一。

「你手機響了。好像響了好幾次，是不是接一下比較好？」

睡眼惺忪的貫一接過手機，看到畫面後滿腹狐疑，皺起眉頭。

「喂，這麼晚了有什麼事？」他同時起身，沒綁好身上敞開的浴衣就推開拉門，走向外頭的洗手間。

優，是誰？他姊姊？拉門另一頭說話聲窸窸窣窣，聽不見談話內容。

電話講了很久，小都擔心地盯著拉門。十分鐘後還是沒有動靜，貫一也沒回房間，小都再也忍不住站起身。一打開拉門，就看到貫一坐在通往露天浴池的門前暗處，一臉垂頭喪氣。

「怎麼了？」

他瞥了小都一眼，沒說話又垂下頭。小都默默走到他面前蹲下。

「發生什麼事了？誰打來的？」

「阿優。」

那是誰？小都在記憶中搜尋。

「就是在那須飯店工作的那小子。」貫一的聲音沙啞。這麼一說，小都想起了那個似乎很崇拜貫一、齒列不整的男孩。

「阿優他父親病倒了，說正送往醫院急救。」

「怎麼會……」

聽到不是貫一的父親出事，心下暗自鬆了口氣。但眼前的貫一滿面愁容，就像聽到自己的父母病危一樣。

「阿優似乎不知所措，說到一半就換他姊姊接聽，說是急性心肌梗塞，感覺很危險。」

「送去哪裡的醫院？」

「北茨城。」

看來也沒辦法立刻飛奔過去。小都一時不知道能做些什麼，面對大受打擊的貫一，只能挨近他的頭，緊緊抱著他。

「我現在過去一趟。」小都聽到懷裡傳出模糊的聲音。他將頭抽離小都的懷抱，抬頭看著小都。

「現在……三更半夜嗎？」

「我剛喝了酒，沒辦法開車。我先搭計程車看能坐到哪裡，然後再轉電車。」

「你、你等等。」小都一聽之下手足無措。

「再等兩、三個小時就能搭上頭班車。」

「我等不了。想見他最後一面。」貫一堅決的態度讓小都大感驚訝。

「麻理子似乎很慌張，我想去陪他們。」貫一的眼神渙散，一不小心脫口而出麻理子這個名字，聽起來很親暱。貫一似乎沒察覺到自己說溜嘴。小都直覺認為貫一和那個叫麻理子的女孩曾有一段過去。

搞什麼……小都半張著嘴想著。

好不容易抓住了老是想逃跑的貫一，兩人親密的夜晚還沒到天亮就被意想不到的外人給闖了進來。

「阿優一家人待我像家人一樣。連我那段荒唐的時期還是對我很好。他爸是個鄉下的歐吉桑，沒受過什麼教育，但很愛讀書，聽到我有喜歡的書也會買給我，還教我去圖書館借書。當初我能去割烹餐廳工作，也是他爸幫我介紹的。阿宮，旅行途中遇到這種事很抱歉。但他是我的恩人。」貫一不知不覺抓緊小都的肩膀並且激動地搖晃，祈求她的理解。

小都試圖釐清現在的狀況。

可以理解這位大叔的地位好比貫一的父親。貫一父母放棄的愛與教育，由這家人給了他。但剛才晚飯時貫一不是才說他不准貫一打他女兒的主意嗎？此刻小都決定不再深究。

「我知道了。」小都嘆著氣說道。

又不是親生父親，而且三更半夜勉強出遠門實在不妥。但小都也決定吞下這些話，因為這是「連帶關係」。人們有著各自的執著，貫一若堅持送這人最後一程，小都認為自己也不該否定這份心意。

「搭計程車不知道要花多少錢。我開車吧。」

「不，這樣太麻煩妳了。」

「應該沒辦法一路開到北茨城，至少可以送你到東京。那時候應該有電車了，你就從東京搭特急電車過去如何？」

貫一仔細盯著小都好一會兒，最後低頭輕聲說了「麻煩妳」。

滿心無奈。小都脫下浴衣又換上衣服。心想穿脫這麼多次到底在幹嘛，而且心情完全不同。現在一點也笑不出來。

兩人找來旅館裡值夜班人員，匆忙結帳退房後出發。

小都在深夜裡開著車。雖然是昨天才走過的路，街道上卻比預期來得暗，還有不少彎道，小都不免有點緊張。還好天亮前路上不見其他車輛。

出了熱海市區進入小田原厚木公路，逐漸出現車潮，還有不少大卡車。瞥向後照鏡，跟在後頭的卡車對於小都緩慢的車速明顯表現出不耐煩，小都只能邊冒冷汗硬著頭皮繼續開。

內側超車車道接二連三駛過卡車和大型休旅車。小都的小型車看起來幾乎經不起碰撞。小都的雙手緊握方向盤，柴油車的黑煙從車外飄了進來，車內的空氣變得嗆鼻。

「阿宮，妳在外側車道慢慢開就行了。」始終默不作聲的貫一，似乎也看不下去。

「嗯。」

「抱歉，都怪我沒辦法開車。」貫一說完垂頭喪氣的模樣，讓小都有些意外。每一次他都直接坐向副駕駛座讓小都開車，這還是第一次坦然向小都道歉。

「不要緊，這也沒辦法。」

「要是沒喝酒就好了。」可能覺得自己幫不上忙，貫一咋了下舌之後又說：「到海老名之後就換手吧，酒也醒得差不多了。」

小都笑答：「沒關係。」內心卻大大鬆了一口氣。小都原本就不擅長夜間駕駛，頭一次深夜上高速公路讓她緊張得要命。坦白說，真想現在、馬上、立刻換貫一駕駛。

保持端正、挺直背脊，小都正前方只剩下逐漸狹窄的視野和儀表板，同時踩著油門。

小都將車速始終維持在速限內，但旁邊的車子不斷飛快駛過。其中幾輛大車邊隆隆作響，貼著小都的迷你小車呼嘯而過，還不斷按喇叭。不確定喇叭聲是不是針對自己，小都依舊感到沉重的壓力，心臟怦怦直跳。

小都腦中想像起這輛小車發生事故全毀的景象，而且畫面愈來愈清晰。好害怕。不想繼續開車了。究竟為什麼會置身這樣的處境？

貫一在旅館裡說要搭計程車，讓他搭車不就好了？就算會花上幾萬塊，反正是貫一自掏腰包，又不是小都的錢。幹嘛非在那時逞英雄？

「妳看前面那輛小貨車，跟在那輛車後面。」貫一突然開口。小都回過神來盯著前方路面，一輛小貨車從外側車道匯入，可能載了不少貨物，車速顯然比其他車輛慢上許多。

「妳看著小貨車的車尾燈，跟在後面慢慢開就沒問題。」貫一的語氣聽起來像在鼓勵孩子，小都立刻點點頭，連出聲回答的力氣也沒有。

總算抵達休息區。小都在停車場停好車，緊繃的情緒瞬間放鬆下來，忍不住摀著臉哭了起來。前一天去程路上兩人還在車上開心聊天，哪想得到現在變得這麼狼狽。

「對不起，阿宮。」貫一說了好幾次，然後抱緊小都。

貫一接手駕駛之後，小都放下心中大石。

他似乎為了趕上先前小都被超越的進度，不斷左右變換車道，陸續超越幾輛大卡車。他以驚人的車速奔馳在超車車道，小都從來不知道自己的小車可以跑這麼快，嚇了一跳。看到平常堅守安全駕駛的貫一，現在卻飆出高速，小都心裡再次升起車禍的恐懼。

儘管貫一的車速讓她全身緊繃，終究不敵襲來的濃濃睡意。這也難怪，仔細算起來只睡了兩小時。不知不覺小都進入夢鄉。

途中她一度醒來，一抬頭看到綠色的路標，這表示已經穿過了東京市區。本想要貫一讓她先下車，睡意卻讓她眼皮抬不起來。

下一次再睜開眼睛，車子已經上了圈央道，就要進入筑波牛久交流道。天也亮了，呈現一片水藍色。

雙眼布滿血絲的貫一說道：「我先送妳回家，我再搭電車過去。」

「不用回家，到車站就好。」

「是嗎？謝謝妳。」

「還是我借你車子，你直接開過去。」

他似乎有點猶豫。「沒關係，我搭電車。我也有點睏了。」

車速慢了下來，朝交流道的出口駛去。過了收費站之後下到一般道路，映入眼簾的是沿途熟悉的風景。小都心情上不禁輕鬆許多，啊，終於回家了。

路邊商店的招牌在眼前往後飛過。下了高速公路，這樣的車速也太快了。小都心想，於是說：「貫一，我知道你很著急，但是不是該稍微減速？」

他隨口答應了一聲。嘴上這麼說，看到前方黃燈轉紅燈時仍猛力踩油門衝過路口。又開了一段路，貫一瞥了一眼後照鏡，放開油門。小都心想太好了，他聽進去了。沒想到下一秒就傳來「前面的小客車！」擴音器特殊的刺耳巨響，小都大吃一驚。她扭頭看向後方，亮著紅燈的警車就跟在正後方。

前面的小客車停下來！這次聽得很清楚了。

「是我們的車嗎？」

貫一默不作聲，放慢車速，亮了警示燈後將車子開到路肩停下來。

他緩緩轉頭看著驚嚇之餘還搞不清楚狀況的小都，臉上露出苦笑。這下子小都才知道是因為超速被攔下來。

「好好說明就沒事了。」她忍不住拉高嗓門：「向警察解釋親人病危趕著去醫院就好。」貫一一副沮喪的神情，搖了搖頭。

小都顯得有點激動。「等開罰單可能得花點時間，接下來換我開，我載你到北茨城。」

「沒關係，阿宮。」

「又不是出車禍，沒事。不要擺出一副苦瓜臉。」

「小都。」

個性靦腆，平常不太與小都眼神交會的貫一，此刻認真正視著小都的雙眼，輕輕撫摸她的臉頰。而且他罕見地叫她「小都」而不是「阿宮」，小都心中升起一股不祥的預感。

「我很高興，謝謝妳對我這麼好。」

「怎麼了，一副要生離死別的樣子，太誇張了。」小都勉強擠出笑容，試圖轉換氣氛。這時員警來到車旁，敲著駕駛座一側的車窗。貫一的手放開小都的臉頰，然後搖下車窗。

「車速飆很快喔。可以看駕照嗎？」員警禮貌地說道。警帽掩住了臉看不到表情。貫一慢慢從牛仔褲後方的口袋裡掏出皮夾，然後抽出駕照交給員警。

員警看看駕照，瞥了貫一一眼，然後眼神再移回駕照，動作突然停頓。接著員警伸長脖子看著副駕駛座上的小都，隨即轉過頭向後方招手叫同事上前。

「可以請兩位下車嗎？」

貫一解開安全帶，轉頭看小都，努努下巴，要她也一起下車。小都無奈之下走到車外。

「麻煩妳來這裡。」另一名員警迅速上前，引導小都往警車方向走。

「咦？」

「請坐到後座。」

「唔，我們有急事……」

「待會車上再說。麻煩妳。」員警打開警車後車門，小都別無選擇只好上了車。員警並沒有跟著上車，而是猛力關上車門。

這還是小都頭一次坐上警車，她小心環顧車內。聽起來像廢話，但和一般小客車沒兩樣，只是到處積著灰塵，沒有清掃過的跡象。從車窗望向自己的車，只見貫一背對小都的車，兩名員警分別站在他的兩側。

看起來像在檢查什麼。是酒測嗎？貫一半夜喝了啤酒，已經過了幾小時呢？小都連忙在腦中計算。那時是十二點左右，這麼說來也超過六小時了。小都觀察貫一離開旅館時完全看不出醉態。但究竟需要幾小時才能讓體內殘餘的酒精量降低到合法駕駛的數值？小都一無所知。

非好好解釋不可，小都心想。貫一並不是會酒後駕車的人，平常也很注重行車安全，只是因為情況緊急才超速。小都焦急著想向警察說明。

想打開車門卻開不了，摸索半天也解不了鎖。

沒多久，員警走回來，也坐進警車後座。

剛才就覺得這名警察好高大，實際坐到旁邊更覺震撼，就像一頭熊逼近眼前。小都也對員警制服的粗糙耐用感到驚訝。而看似強韌的腰帶上吊掛的無線電對講機與腰間的警棍，與其說可靠，更令人產生一種不適感。

「開車的人是你先生嗎？」員警問話的口吻嚴肅。小都搖搖頭。

「男朋友？」

小都沒作聲，點了點頭。

「車主是妳嗎？」

「是的。」

「妳沒有喝酒吧？」

聽起來像接受盤查，小都略感不悅。

「我沒喝酒。他是昨天晚上喝了點酒，照理說酒早就退了。但我們不放心，所以前半段是我開車。唔，我們是從熱海回來的，等他完全酒醒才換他駕駛。他昨晚得知親人病危，才開得比較快。」

「請出示妳的駕照。」員警打斷小都漫無章法的說明。小都心煩意亂地從皮包裡掏出駕照遞過去。

「情況有點緊急，可能因為這樣而超速了。要開罰單也沒辦法，但能不能盡快處理完呢？他趕時間。」

警帽下的那雙眼睛盯著小都。眼前的男人身材高大，長相也很強悍。「笑容」則完全沒列在他的基本裝備之中。

「妳知道他是無照駕駛嗎？」

「什麼？」

「他的駕照六年前就失效了。」

小都一時之間沒聽出員警的意思。

「妳知道吧？」員警語氣變得強硬，小都緊張得嚥了口水。腦中一片混亂，說不出話來。

「知道還讓他駕駛的話，就會視為知情不報。」員警的口吻聽來似乎懷疑小都是共犯。

「我完全不知道！」

「妳讓他駕駛過多少次了？」

回答不出來。

為什麼？怎麼會這樣？

小都心想，該不會還在做夢吧？

不久前，兩人才在熱海的旅館裡相擁，沉浸在令人融化般的甜蜜幸福中。該不會之後兩人沉沉睡去，眼前的景象都只是一場夢。

「請和我們回局裡一趟。」員警冷冷說道。

小都和貫一被帶回警局，接受調查。

手指按上印泥，留下十根手指的指紋。

警方要她回想認識貫一之後，總計讓他開了多少次車，而且要全部列出來。即使她已經筋疲力竭仍不放過她，也不像電視或漫畫中那樣可以叫外賣。從頭到尾沒有人對她輕聲細語。他們不讓她見貫一，甚至不告訴她貫一被帶去哪裡、說了什麼。

警方懷疑小都早就知悉貫一無照駕駛，就算她極力否認也擺出不接受的態度。其實她才想問貫一，為什麼他會在駕照失效後默不吭聲，繼續駕駛小都的車子？

隨著員警不斷追問過去的事之後，小都想起很多可疑的片段。

仔細回想起來，除非貫一判斷小都駕駛有困難，否則絕不主動接手開車；還會在副駕駛座喝起燒酎氣泡酒。往熱海的路上雖然在首都高上開了一段路，但之後還是讓小都駕駛。可以說他總是極力避免坐上駕駛座。

為什麼不老實說？

一股憤怒湧上來，淚水奪眶而出。

直到傍晚，小都仍被拘留在警局裡。晚上，父親前來接她，小都才獲釋回家。

父親應該從警方口中得知事件始末，一句話也沒說，默默帶著面容憔悴的小都回家。她看到一臉哭喪等著她的母親，擠出了一句「對不起」。照理說應該很餓了，卻什麼也吃不下，回到房間直接倒向床鋪就睡著了。

隔天早上醒來，一時還有點困惑自己置身何處。在床上躺了好一會兒，昨天發生的事才一一在腦海中重現。

即使如此，還是得上班。起床後想著今天要穿什麼呢，但一瞬間卻連現在是哪個季節都想不起來。

習慣成自然，伸手拿起手機。

沒有簡訊，沒有電子郵件，也沒LINE的通知。

小都沖完澡，吹乾頭髮，回到房間打開衣櫥，懶得花心思套了件黑色高領毛衣。

她拿起手機，封鎖貫一的LINE，刪除了通訊錄中他的電話號碼。

這一次小都澈底失望。

結束了。小都心想。

11

這種羨慕的心情過去總讓心頭微微刺痛，
現在卻是平常心，
反而更接近一股憧憬。

自転しながら公転する
Spinning Around My Whirl
by Fumio Yamamoto

今年的冬天特別冷。

搬進的小套房乍看之下挺漂亮的，空調效能卻很差，外推的窗戶紗窗可能因為過於老舊，動不動就灌進冷風。實在冷到受不了，小都拿出搬家時封箱的厚膠布，將玻璃窗下半部貼起來，再遮上厚窗簾，過著不開窗的生活。

嚮往許久的獨居生活，卻一點也不令人嚮往。當初還幻想布置出品味，找朋友來家裡聚餐；現在卻連三餐也懶得做，晚上以便利商店的餐點果腹，然後上網看韓劇或偶像的影片。休假就去爸媽的新家，窩在暖被桌裡，什麼事也不做。父母看著小都這副模樣，一句話也沒說。

小都還記得那個冬天，但已經不再回想了。對這世界微笑以對，很多事反倒明朗了起來。

冬季進入尾聲，小都接到消息，春天起升上正職員工。不僅仁科，所有員工都為她感到高興。小都也雀躍不已。當上睽違已久的正職員工之後，比預期更快進入狀況。面對店裡各項庶務也當作自己的店一樣，認真處理。

春天的腳步慢慢接近。

蓋電毯會覺得熱了。某個休假日，她撕去黏在窗戶上的封箱膠布。在透著陽光的房間裡，小都以吸塵器仔細打掃房間，接著像開啟了身上的大掃除開關一般，從衛浴、廚房到衣櫥深處全拿抹布擦過一遍。

冬季外套、毛衣全部送洗，並且寄放在洗衣店，委託店家保管到下一個冬天。

整理得乾乾淨淨的衣櫥裡，分批掛上春夏的輕薄衣物。微風從敞開的窗戶吹進來，脖子感覺一陣涼意。

先前冬天那麼冷，自己居然完全沒感冒，想想身體還滿強壯的嘛，小都忍不住笑了。

和貫一連分手都沒提。雖然刪除了通訊錄的電話號碼，卻沒設定拒接來電。不過，完全沒接到他的電話。可以想像得到，依貫一的性格，一旦知道LINE被封鎖，就會認為小都想分手吧。

小都在狹窄的陽臺上晾著洗好的抹布，同時仰望飄著淡淡雲朵的天空。

經過無數次交談和難受的爭執，好不容易達到一致的想法。一切卻成了徒勞。

為什麼貫一不去換駕照？

警方說他的駕照六年前就失效了。或許因為當時是災後志工，無暇處理這件事；也可能單純懶散到沒去換照。但這些只是小都的想像，她並未打算進一步深究這件事的真相。

就在那個颱風夜，正經討論未來的兩人明明該相互坦承，貫一依舊隱瞞了駕照的事，這是他的錯。小都心想，那時起就沒救了。那男人就算會賣弄知識，重要的事情卻絕口不提。一切都明朗了。

沒有貫一自己也能活下去。相信他沒了小都也活得下去。

到此為止了。

黃金週連假的忙碌，讓不願多想的小都心存感激。

升上正職員工之後，多了責任和業績壓力，但在提升銷售上能夠毫無顧忌地擬訂策略，心情反而輕鬆了起來。

小都工作的分店雖然位於偌大的暢貨商城中，但櫃點位置不佳，門面也不寬敞。不過在得知這家店的銷售業績幾乎和正規店不相上下之後，小都改變了想法。這裡不同於主打觀光客的非日常型購物中心，來客多半是當地居民，因此和正規店一樣很注重回流客。小都比以往更頻繁更新部落格，並且針對留資料的顧客勤發活動廣告；平日相對沒那麼忙碌時，會向來店顧客主動攀談，盡量記得顧客的長相與姓名。小都也特別留意讓打工人員保持愉快的心情工作。

此刻，工作成了她的救星，一蹶不振的自己重新站了起來。

然而小都笑容的背後，卻是一片荒涼的景致。

連假期間好幾天到家時都半夜了，也分散了一些心思。連假結束，漫漫長夜裡小都百無聊賴，隔一段時間就會約颯花，找兩人下班後的晚上小酌一杯。

這天夜裡，小都和颯花在烤雞肉串餐廳裡小聚。

這是一間最近也在縣內開設分店的連鎖餐廳，優點只有便宜和營業到深夜。而且區隔開來的座位像小包廂，無需在意其他客人的眼光。由於沒有更好的選擇，基於方便與惰性，兩人已經來過好幾回。不知不覺間成了與颯花固定聚餐的地點。

起初還會彼此訴說工作近況，閒話家常。但每次酒過三巡，小都會一而再，再而三反覆不斷相同的抱怨。

下定決心和貫一同居之後，自己花了多大的心力去說服他！貫一總是吊兒郎當度日的態度，如今回想起來實在太卑鄙了！自己的誠意與努力全然付諸流水，令人火大！小都無來由瞪著下酒菜的小碟子氣憤不平地說道。

小都抬起眼神，發現颯花始終毫無反應。她根本沒正眼瞧著小都，眼神望向遠方，啜飲手邊的沙瓦。小都這才驚覺，哎，又談起同樣的事了。連平常親切善良的颯花也快受不了了。

為了取悅颯花，小都的語氣刻意開朗起來。

我啊，最近決定要振作起來，盡快找下一個對象。但在店裡工作恐怕沒什麼機會，不妨試試看交友軟體。店裡好幾個女孩子也在用。雖然有點擔心，但反正很多人都在用。

這時，颯花將酒杯「砰」地一聲重重落在桌上，小都不禁一驚。

「小都姊，妳根本沒看開嘛。」

「妳說什麼？」

「貫一啊，我看妳也該對他死心了。」颯花冷冷說道，小都無言以對。

「沒有死不死心的問題，反正我已經不留戀了。」

「明明就不是這麼一回事。」颯花無精打采地回應。小都聽了有點不高興，但耐著性子露出微笑。

「好了，我不會再抱怨他。是我不好，老是聊一樣的事。真是抱歉。同樣的事聽那麼多次肯定會膩。」

「小都姊，妳要對自己誠實一點。」

「哎，颯花今天話比較重呢。」感受到颯花的氣勢，小都仍壓下煩躁輕鬆地回應。

「今天就容我多說幾句。」颯花依舊一臉嚴肅。對了，小都頓時想起來，颯花平常雖然和善，但關鍵時刻的發言總是直率到不留情面。

「貫一做的事真有那麼壞嗎？」颯花依舊面無表情。

「無照駕駛當然不對，這沒什麼好說的。貫一打從一開始幫小都姊修車、要帥坐上駕駛座的時候就說不出口了。可是小都姊和他交往後，認為可以和這個人建立關係走下去，表示妳感受到他是個善良的人吧。但現在又說無法認同他性格上的弱點？貫一說過要努力取得高中學力認證，既然如此，駕照絕對也能重考。只不過時運不濟。貫一尊敬的那位北茨城老先生病倒；原先盡可能避免坐上駕駛座，卻在不得已的情況下被警察攔下。說起來就是一連串倒楣事湊在一起。小都姊連辯解的機會都不給他，會不會太過分了？我建議妳再聯絡他，一次說個清楚。」

「不可能。他願意找我解釋就算了，為什麼我要主動聯絡他？」

「我的意思是，倘若妳真的認為一切都結束了，就乾脆斷個乾淨。小都姊這段時間開口閉口都是貫一，與其像這樣放不下，倒不如下定決心談分手如何？」

「已經分手了。」

「才沒有。妳一直在等貫一聯絡，但沒等到，所以既失望又難過。妳就承認吧。」

兩人注視著彼此。小都還是頭一遭感受到颯花如此尖銳的態度。

「妳說得有道理。」小都低喃著。

「是啊，有道理。」颯花一臉漠然。「我男友也常這麼說。他認為我只會說道理，之前還提醒我總是說道理的人容易自視完美，以為自己就是正確的。可是呢，黃金週連假他說帶孩子去旅行，我後來才知道他前妻也去了。這不成了家族旅行？他因為心虛騙了我。我因此氣得要命。難道要說誰教我是個愛說道理、自以為是的人？」她紅著眼眶緩緩吐出這段話。

冷不防聽颯花說起男友，小都驚訝地張大雙眼。

「居然發生這種事？」

「對不起，我剛才遷怒妳了。」她咬了咬嘴脣，露出悽楚的笑容。

其實小都也隱隱察覺到了，過完年後颯花常能陪伴她，可能是因為和男友相處上出了問題。但颯花和小都不同，幾乎不發牢騷，一頭烏煙瘴氣的小都也就沒有多問。

這時，一名經過小都桌子的男子探頭過來說了：「喂，兩位美女，過來一起喝啊。」染成一頭褐髮，眉毛修得很細，一看就是典型的小混混。全身散發酒氣混合髮蠟的臭味。小都和颯花默不作聲，男子的兩名同伴立刻跑過來，「不好意思，這傢伙喝醉了。」連忙將男子拉回座位。

男子一離去，兩人同時尷尬地嘆了口氣。

小都深深感覺到，深夜在這不入流的小酒館不滿地數落彼此，真是空虛極了。吸菸區飄來刺鼻的菸味，一群打工的店員扯開嗓門閒聊。這裡充斥著劣質酒水和油煙味，怎麼看都算不上健康的空間。

小都想起和颯花去過的那間燉菜餐廳。在夢境般可愛的店裡，兩人興高采烈地分享才展開不久的戀情。提著裝滿新衣服筆挺的購物紙袋，身邊是美食和漂亮衣飾，一邊聊起溫柔善良的戀人，充分享受著燦爛美好的時光。曾幾何時，兩人淪落到這種烏煙瘴氣的地方對彼此發牢騷。

「……抱歉，颯花，我完全沒發現。光是煩自己的事就一個頭兩個大。」

「我才要道歉。我知道自己一副模範生的態度讓人看了就煩。」

「沒這回事。要謝謝妳肯一直聽我發無聊的牢騷。妳想說的話，我也很願意聽妳和妳男友的事。」

颯花思索片刻之後，搖著頭說道：「今天就算了。下次再請妳聽我說。」

飲料喝完了，兩人吃著冷掉的烤肉串。

「小都姊，要加點嗎？」

「這個嘛……不然來份甜點吧。」

颯花停頓了一會兒，然後說：「好啊。」露出了微笑。

就像家庭餐廳裡的大型菜單，這家餐廳的菜單最後也列出幾樣甜點。點完甜點後，心情稍微放鬆了些。颯花也露出柔和的表情提議：「小都姊，下次約白天吧？」

「不如什麼都不想，活動一下身體呢？打桌球、網球還是保齡球都好。當天往返的溫泉旅行也不錯。」

「說到這裡，我媽最近迷上了登山。」

「哦？聽起來不錯。要爬筑波山嗎？」

「好像很棒！」

「到時候再說我的事，別約這間店了。」

一大份聖代上了桌，小都刻意高聲歡呼，裝作一副沒有煩惱的模樣，拿起湯匙舀了一大口鮮奶油送進嘴裡。

小都心裡很清楚，不只朋友，父母對自己也很好。儘管搬出去獨立生活，但她每週兩天休假中，其中一天會去爸媽家，已經成了習慣。

小套房冷到待在裡頭都快感冒了，冬天時還能找這樣的藉口。但眼看夏天要來了，找不到理由就不好意思常跑去。但這天母親說收到很多梅子，要她過去幫忙醃梅乾，小都才抱著輕鬆的心情前往。

爸媽搬到一處昭和時期建造的大型社區，地點比小都的租屋處更靠近東京。房子內部裝修得很漂亮，頗富現代感，但整體氣氛很接近小都生長的老家，待在裡頭彷彿回到過去一般。

小都在社區入口撞見母親。她化了妝，還穿著外出的白襯衫。

「小都，妳來得正好。」

「妳要出門？」

「臨時有工作上門。有個員工突然生病，聽說店裡忙得人仰馬翻。」雖貌似不滿噘起嘴來，但母親顯得心情不錯。

「要請爸爸一個人處理梅子了，妳可以幫忙吧？」

「爸爸平日怎麼在家？」

「前陣子假日加班，今天補休。好了，麻煩妳嘍。」

只見母親肩背皮包，踩著輕快的腳步離去。小都目送她的背影。搬家後，母親在淺草一家提供外國觀光客體驗和服服務的店家兼差。能夠發揮幫人穿和服的技能找到工作固然值得高興，但母親的更年期障礙症狀並未完全消除，起初擔心她能否勝任職務，但目前看起來似乎很順利。

一想到要和父親獨處，心情頓時沉重起來，但既然來了總不能轉身回家。小都搭老舊的電梯上五樓。一進屋就看到客廳的茶几被推到角落，地上鋪著報紙，父親正將一顆顆梅子排放在報紙上。

「哦，妳來了？」

「在樓下碰到了媽媽。」

「還好妳來了。想到要一個人處理這些就已經覺得煩了。」穿著圍裙的父親說道。排放在整面地板上的梅子散發出一股清新的氣味。窗戶大大敞開，遠處傳來孩童的哭聲。

「太壯觀了，怎麼會這麼多？」

「那些是樫山太太給的，隔壁的老太太也給我們很多。」

「真是豐盛。」小都心想這種住戶間熱絡的餽贈，還真是歐巴桑必備的社交活動。在小都兒時居住的社區就像家常便飯。或許比起關在獨棟住宅，這種生活更適合母親。

「媽以前常醃梅乾。」

「這幾年她總嫌麻煩，但看來現在又躍躍欲試呢。」

「喂，老爸，這要怎麼弄？」

「妳問我？我也不知道。」父親拿起放在旁邊的手機查看，慢慢念著：「我看看……洗乾淨梅子之後，一顆顆擦乾上頭的水滴。」

「哦，爸換了智慧型手機？」

「嗯，上星期剛換，還不太會用，真煩。」嘴上這麼說，卻掛著滿滿的笑意。

「妳繼續往下看。」

小都接過父親遞過來的手機，看著「如何處理梅子」的主題網頁。

「唔，擦乾梅子上的水滴之後，以竹籤小心挑除果蒂上的蒂頭。」

「蒂頭是什麼？」

「就是果梗下面這個，這裡。」

小都和父親拿起母親備好的竹籤，兩人席地而坐，小心翼翼剔除梅子的蒂頭。處理完四顆梅子之後已經覺得肩頸僵硬，小都停下手上的作業問父親：

「媽常臨時被店裡找去嗎？」

「不太常，偶爾吧。」

「真厲害。」

「有時也會累得要命。但生活有點刺激比較好。」

父親的氣色也變好了。去年絕對無法想像，無論言談或態度都變得溫和許多。雖然白髮變多，年紀也大了，但臉上已看不到過去的嚴厲。

父親賣了車，改搭電車通勤。上班往茨城方向，下班往東京方向，剛好錯開人潮，搭電車也沒有壓力。先前還堅持使用傳統手機，現在也換了智慧型手機。小都不禁想著，只要有心，無論活到幾歲還是能改變。

父母重新擬訂生存策略。想要長久走下去，難免會遇到瓶頸，但只要改變，終究能找到突破的出口。自己和貫一也能這樣就好了。一想到這裡，小都頓時感到一股失落。

兩人繼續默默作業了一會兒，父親突然開口：

「妳怎麼樣？」

「什麼怎麼樣？」

「工作啊，還有生活。」

父親也擔心我嗎？小都露出苦笑。

「工作上算順利。升上正職員工之後可以放手做些事，職場人際關係也變得不錯。雖然工作還是很忙，但不覺得辛苦。生活上就普普通通。也不是現在才自己住，還算舒服。」小都語氣平淡地回答。

「我說小都，妳別勉強自己一定要結婚。」聽到這句話，小都驚訝地睜大眼睛。「爸在說什麼啊？」

「要是對未來沒有規畫，想回來一起住也無妨。只是這裡地方小了點，但可以搬去大一點的房子。」父親垂著頭處理梅子，一邊說道。

是同情，是疼愛。應該要心存感激。

但小都只說：「才不要。」

「等你們倆七老八十動不了的時候，我再搬回來住。在那之前就放我自由吧。」嘴上這麼逞強著，小都其實快哭了。

備受父母關愛竟然比遭冷淡對待更令她不知如何自處。

前陣子才冷到發抖，不知不覺惱人的夏天已然到來。連續多日創下氣溫新高，持續燠熱難當的酷暑。

七月的某一天，太陽總算躲到雲後，下了小雨，緩解了暑氣。說是緩解，也還是少不了空調的氣溫。小都在小套房裡將空調設定最低溫，然後站在鏡子前面。

這面大鏡子是當初她剛上東京獨自在外頭租屋時狠下心買的，非常氣派。小都每天吹整髮型、化妝、思考穿搭，多年來都是站在這鏡子前面。

今天要穿什麼出門呢？

幾年下來，在同一面鏡子前不知自問過多少次同樣的問題。幾乎沒有毫不猶豫、今天就穿這套服裝的決定。多半還是少了點自信。

今天休假，待會要和交友平臺上認識的男人見面。昨晚花了點時間泡澡而不是淋浴，讓身體和臉部充分保溼，還仔細按摩。

關於預計傍晚碰面的男子，只知道職業是髮型設計師，他上傳平臺的照片和個人檔案，以及往返幾行的LINE訊息，除此之外小都對他一無所知，因此遲疑著該穿什麼樣的服裝赴約。心想穿得像自己就好，但究竟什麼叫做「穿得像自己」，至今她仍然無法肯定。

這不是小都第一次與交友平臺配對的對象見面。自從六月中旬登入平臺之後，她見過兩個人，今天是第三個。

店裡的年輕員工鉅細靡遺傳授這類交友平臺的使用方式，哪些事項需要注意、哪些對象最好別碰等等。小都起初很緊張，擔心和網路上認識的人見面不要緊嗎？所幸前兩人還算正常，並未予人危險的感覺。回想當初和貫一交往之前，除了他在商城裡的壽司餐廳工作之外，對他可說幾乎一無所知。這麼說來，或許和網路交友並沒有太大的差異。

第一次見面的男人年紀比較大，然後是較年輕的男人，今天見面的對象則是同年。

前面兩個人和個人檔案上的印象都大不相同。但小都並不是那麼注重外貌，覺得談得來就行了。

去類似的餐廳，進行類似的談話，裝模作樣毫無幫助，盡可能平常心交談就好。即使見面聊得算愉快，一回到家就感到筋疲力竭。年紀較大的男人直接挑明了要找結婚對象，人感覺不差，但一見面就說得這麼白反倒讓小都有點退縮；而年紀較輕的男人，明明在餐廳裡聊得很熱絡，回家之後卻直接封鎖小都的LINE，意思相當明確。

找對象真辛苦。不過，現在氣餒還太早！她暗暗對自己說。

小都今晚精心化了自然妝。天氣實在很熱，不想過於著重穿搭，於是挑了今年公司熱賣的涼感材質無袖洋裝。是薄荷綠的條紋花色，小都原本認為這年紀還穿淺粉色系略顯勉強，沒想到意外地合適。雖然沒打算今晚就和第一次見面的人關係更進一步，但為了給自己打氣，還穿了新添購的內衣褲。

全身從裡到外都是新品，帶著好心情走出家門，沒走幾分鐘就因為強烈的溼氣滿身大汗。她努力保持著幾近修行的平和心境，終於來到車站搭上電車。

離峰時段的常磐線車廂裡一片空蕩，小都點開手機上的交友軟體消磨時間，螢幕上的男性照片一張滑過一張。

就像品項龐雜的購物網站，交友軟體上排列著巨量的大頭照，會員人數多到離譜。小都像挑衣服般一張看過一張。看到順眼的就停下來，點入個人檔案。檔案上列出身高、體重、興趣等資料，評估後感覺不錯的就做個記號。反覆著同樣的過程。

交友軟體看膩了，小都深深嘆了口氣，將手機放在腿上，低頭閉目養神。耳邊傳來電車每一站停靠的規律車輪聲響，不經意又想起貫一。

颯花說，要不就澈底死心，要不就找貫一當面說清楚。小都兩個都做不到。

她想起颯花的話。颯花說小都一直等貫一聯絡，但沒等到，所以感到失望難過。

是這樣嗎？總覺得不太對，卻又覺得或許真是如此。

每當回想起和貫一交往時的美好時光，警局那段記憶就會前來阻撓。

已經超過半年了，許多回憶都已模糊不清，唯有那時的印象始終盤踞小都心頭，無法釋懷。

被警方視為罪犯，對小都來說不僅心情上備受打擊，還是巨大的恥辱。平常雖稱不上品行多端正，但為人處事應不致受到這樣的對待。被採指紋、限制行動，以及近乎恐嚇般的問訊。過去東馬對自己那極盡羞辱的性騷擾，令小都極度不甘心、氣得牙癢癢的，同樣的感覺在警局時又再次感受到了。

對於貫一的無照駕駛，颯花態度上很寬容，覺得肯定有苦衷，但小都並不認為。貫一的駕駛技術很好又穩定，想必開車經驗豐富。但無照駕駛在小都心目中是無論任何苦衷都無法越線的行為。這樣的行為就和酒後駕車一樣不可饒恕。小都也無法諒解他可能一心想著「只要不被抓到就好」的僥倖心態。

人們口中的善良指的到底是什麼？小都想得出了神。

小都並不認為光是守法就稱得上善良。

以往小都總是自顧不暇，雖然不會違法，平時也不太做善事。大致是沒做多少好事、卻也沒做壞事的人生。

可是貫一明明願意投注自己的時間去幫助別人，卻又做出無照駕駛這種明顯違法的行為。

貫一後來怎麼樣了？被逮捕了嗎？受到什麼樣的刑罰？有沒有被餐廳開除？

小都點開手機，在搜尋欄裡輸入「無照駕駛」、「罰則」等關鍵詞。好幾次想搜尋，卻又害怕而不了了之。這還是頭一次。小都從頭閱讀搜尋到的網頁。

這時手機震動，收到LINE訊息。

抱歉，這麼臨時通知。今天無法赴約了。老家廣島豪雨，家裡通知淹水，所以我得盡快回家一趟。臨時取消真的很不好意思！改天一定好好賠罪！

後面還附上一張道歉貼圖，小都瞬間感到困惑，不知道誰傳來的訊息。過了幾秒，才想到就是在交友軟體上約好今天見面的男人。

豪雨？她打開氣象資訊網頁，西日本似乎降下了驚人的雨量。看來對方不是騙她的。但無論真話或藉口，實際上就是被放鴿子。

難得精心打扮了一番。

一股掃興讓小都感到很洩氣，她隨手將手機塞回皮包。茫然望著車窗外流過的風景，捨不得直接回家，她慵懶地想著，不如一個人去散心。

皮包裡的手機忽然震動起來，掏出來一看，是阿仁傳來的簡訊。

我上星期回日本了。會待上一陣子，有空一起去吃飯吧！

小都盯著訊息好一會兒。

她幾乎快忘了阿仁。去年還偶爾會傳訊，但忘記何時斷了聯絡。

小都想了想，回覆阿仁久違的訊息：「本來有約，臨時泡湯了。今天晚上方便的話可以碰面吃飯。」實話實說。不到兩分鐘收到阿仁回訊，說若不嫌八點太晚，希望能見個面。

阿仁指定的碰面地點是東京車站旁的飯店酒吧。在約定的時間之前，小都先到沒去過幾次、鄰近日本橋的流行商場打發時間。

小都沒來過這間飯店，但既然位於車站旁，應該不至於太高檔，於是抱著輕鬆的心情前往。她一踏進位於高樓層的酒吧時，腳下的地毯鬆軟得驚人，天花板上富設計感的大型燈飾閃閃發光，她一時間錯愕不已。

小都讓一身黑衣的接待人員領著她到等候區。好久沒來這麼高級的場所，她有點緊張。接過服務生畢恭畢敬遞上的酒單，小都一時興起，點了調酒師推薦的限時特調，一杯要價近兩千圓的水蜜桃雞尾酒。

大片玻璃窗外頭是東京的夜景。眼前是平常見不到的絢麗景色，小都看得目不轉睛。這時雞尾酒端上來，輕輕啜了一口，意外地好喝。心情總算稍微平靜下來，小都手肘輕輕靠上吧檯，撐著下巴。還好今天出門前盛裝打扮，要是隨便穿可能會立刻轉身回家。

雖然被交友軟體的男人放鴿子，卻和許久不見的阿仁聯絡上，逛了街之後還在高級飯店酒吧裡品嚐美味的調酒，整天下來比預期過得更充實。小都心想，喝完調酒就回家其實也不錯。

有人拍拍她的肩膀，轉過頭果然是阿仁。

「Mya，好久不見。」

他露出燦爛的笑容。一看到他，小都忍不住驚呼一聲。之前還蓄著劉海，現在是俐落的短髮，形象截然不同。一身正式西裝，耳垂上戴著小顆卻相當閃亮的耳環。似乎胖了一點。他在小都旁邊坐下，然後脫掉西裝外套。裡頭穿的是黑色T恤，從色澤上明顯看得出是高級材質。胸膛和手臂上的肌肉結實，小都這才發現原來不是發胖，而是更精壯了。

他對上前招呼的調酒師親切地點了黑啤酒，一臉愉快地看著小都。

「多久沒見了？上一次記得是去牛久大佛。真開心能和小都見面。」

先前生硬的日語此時流暢得驚人，小都大感意外。

「阿仁變得好成熟。」

「是嗎？」

「你現在幾歲？」

「二十二。」

整整小了一輪！小都感到驚訝的同時，看到他放在旁邊椅子上的手提包。皮質公事包雖不顯眼，也是名牌貨；腳上穿的帆船鞋是略顯正式的真皮材質。整體完全不是學生的穿搭。

「你已經出社會了嗎？」小都忍不住問道。他點點頭。

「我哥的事業進展得比預期快，我也要負責不少工作。今天才剛開完會。」

「好厲害。」

「明年春天要在東京開一間越式咖啡館，店裡會設置寬敞的空間販售生活雜貨和服飾。要是小都肯來上班就太好了。」

「少來了。」

「我說真的。」他一本正經回答，小都有點訝異連忙轉開頭。他耳垂上鑽石般的小顆耳環在水晶吊燈的反射下閃耀，小都感覺周圍的事物變得很不真實。

「吃過晚飯了嗎？餓不餓？」

「只吃了午飯。簡單吃一點也好。」

「沒問題。」

阿仁帥氣舉起右手，招來服務生後微笑詢問若想用餐能否換到用餐座位。服務生立刻引導兩人來到窗邊的餐桌。這裡的燈光相對於吧檯略顯昏暗，燭光下看向斜對面的阿仁，那側臉看起來莫名精明幹練。

小都的位子剛好看得到直入雲霄的晴空塔。她深受美景吸引之際，阿仁已經向服務生點了好幾道菜。小都想著那杯雞尾酒的價格，擔心起結帳價格。心想阿仁應該會埋單，但考量到他的年紀，實在沒辦法一派天真地接受請客。

看著和服務生愉快聊著菜色的阿仁，小都覺得他看似純樸，其實非常世故。初識時他身上散發至今的志得意滿，或許來自於長久以來富裕的生活。

要說現在感覺愉快又放鬆，的確如此。來到這麼高級的場所，還有熟門熟路的男人無微不至悉心款待，自己彷彿沉浸在公主般的夢幻感，心情自然很好。比起和交友軟體上的男人首度碰面，阿仁至少是熟識，令人感到更安心，而他對小都的好感也滿足了她的虛榮心。

「貫一哥最近好嗎？」他若無其事隨口一問，小都才伸出來要拿玻璃杯的手停在空中。

「我們分手了。半年之前的事了。」

「什麼！」他露出相當驚訝的表情。

「為什麼？」

「問我為什麼……總之說來話長。」

「太意外了。」

「是嗎？」

「雖然只是我的猜測，但我總覺得你們會結婚。」

「我原本也這麼想。」

阿仁收起驚訝的表情，注視著小都，露出滿面笑容。黝黑的膚色下是一口漂亮白牙。「那麼，現在我也有機會嘍。」

「少來了，你真的很會說話。說起來，你的日語進步好多。」

「真的嗎？我很擅長學習外語。」

「你好像什麼都會。」

「怎麼說，腦袋還算靈活吧。有句俗話說我這種人就是『貪多嚼不爛』。」

他叫住經過的服務生。兩人面前的飲料還沒喝完，他卻加點兩杯香檳。

「為什麼？」

「乾杯慶祝啊。雖然和男友分手很遺憾，但小都小姐卻能因此展開新戀情。值得乾一杯。」

「這段臺詞你是上哪兒學的？太厲害了。」小都忍不住放聲大笑。這番話聽起來就像她前一陣迷上的韓劇臺詞，聽起來渾身不對勁。腦中卻閃過另一個念頭，隨便哪個男人說起這段話肯定很蠢，從來自外國的阿仁口中說出來反倒頗有架勢。

沒多久香檳就端上桌，兩人笑著乾杯。在阿仁追問下，小都也說了和貫一分手的經過。兩人喝完香檳，他又加點調酒，小都喝酒的節奏也加快了。說了他們為Tiffany項鍊大吵一架、貫一的生長背景和安養院裡的父親，阿仁問她就說。最後是熱海旅行當晚到隔天的事，這時小都也醉得差不多了。

「原來如此，聽起來滿嚴重的。」連無照駕駛被逮捕的事都說了。阿仁聽完不覺皺起眉頭，點頭回應。

「這男人是不是很爛！」

「嗯，不過很像貫一哥的作風。」

「你還幫他說話？」小都語帶挑釁，不滿地噘起嘴。阿仁蹺起二郎腿靠向椅背，嘴角突然浮現嘲諷的笑容。

「貫一哥雖然年輕，但我覺得他的個性就像傳統的日本男兒。我的印象中，生長在地方城鎮而非都會區的人，就算年紀輕，想法也多半比較傳統。唔，這一點越南其實也差不多。我覺得日本男性的自殺率偏高，很可能是那些以日本男兒自居的人都受到一個觀念所囿：遇到事情不輕易找人商量。」他一改先前的態度，冷冷地說完這番話。小都瞪大眼睛，一時接不上話。

「因為不是女人，不能到處發牢騷或同仇敵慨。這些男人內心懷著無來由的自尊，認為靠自己就能解決所有問題；就算遇到困難，這股自尊心也將橫亙在他們眼前，無法跨過去找旁人商量。到最後只能自我毀滅。差不多是這樣的模式。」

眼看小都不作聲，他又舉起右手。服務生像變魔術般一聲不響現身。還以為阿仁要點酒，沒想到點了咖啡。

小都激動的情緒這時也冷靜下來。低頭看錶，快十一點了。

「這麼晚了！我得走了，不然趕不上末班車。」

阿仁依舊蹺著腿，動也不動，面帶微笑說道：「咖啡很快就來，留下來喝吧。」

「可是電車……」小都猶豫著，若改去爸媽家，設法搭上常磐線的末班車就行了。她拿起手機想搜尋班次，阿仁伸手以食指輕輕戳了小都的手背。

「我來日本固定住這間飯店，不然今晚到我房間過夜？」

小都瞪著他瞧，說了「別鬧了」試圖矇混過去，正好咖啡端上桌，小都錯失道別趕車的機會。

阿仁帶著揶揄的神情說道：「房間裡有兩張床，妳可以放心一覺到天亮。」

阿仁的房間是寬敞的雙人房。

原來如此，難怪他說兩張床。話雖如此，小都可不認為這樣就什麼都不會發生。小都在門口停下腳步，阿仁穿過她身邊進了房間，然後走近窗邊拉開窗簾。大面窗戶面對的方向與餐廳裡不同，看出去是東京鐵塔。

小都的目光被夜景吸引的同時，他走回小都旁邊，理所當然地湊上一吻。小都不禁往後一縮，他露出苦笑。

「別那麼害怕。我不會強人所難，妳放心。」他指著窗邊的沙發，「先坐下吧。」小都忐忑地坐上沙發。

「今天也滿身大汗。東京雖然沒有胡志明市這麼熱，但也不能只穿一件T恤開會。我全身汗臭，可以先去沖個澡嗎？」

「請、請便。」

「冰箱裡的飲料都可以喝，放輕鬆點。」說完之後，阿仁走進浴室。獨自留下小都在原地。她莫名鬆了口氣。

房間裡還有一座大沙發，空間明顯比小都的小套房寬敞一倍以上。書桌上擺放一些文件，衣服隨手掛在椅子上，看來已經在這裡住了好幾個晚上。小都心想，阿仁的確是個富家子。

小都不安地想著，因為他是有錢人，自己不加思索就跟來了房間？還是只聽男人吹捧就樂昏了頭？阿仁會不會真的是能夠珍惜、尊重自己的對象？難道這才是命中注定？不不不，才沒那麼誇張，可能單純因為慾望，加上酒意還沒退去。小都腦中一片混亂。

說真的，這段時間早就將阿仁忘得一乾二淨。想必他也一樣。畢竟好一陣子沒聯絡了。心情無論如何難以平復，一坐上沙發隨即又起身。不一會兒，穿浴袍的阿仁走出來。驚訝地說：「啊，妳還在。」

「咦？」

「我還以為妳會在我沖澡的時候離開。」

他走過來擁抱小都。小都整個人籠罩在他身上散發出的溼氣與洗髮精香氣之中。接著是一個有別於先前更濃烈炙熱的吻。並不討厭，但腦袋很冷靜，還不到沉醉其中的地步。碰觸他溼淋淋的頭髮，小都生硬地回了一吻。兩人耳鬢廝磨之際，阿仁耳環上的珠寶擦過小都的臉頰，冰冷的觸感讓她清醒過來，一把按在他胸口上將他往後推。

「你喜歡我嗎？」小都一問，他立刻回答：「喜歡。」

「但不是一直喜歡吧？」

「嗯，之前總覺得妳會和貫一哥結婚，加上我也很忙，的確不到念念不忘的感覺。但隔這麼久重逢，小都小姐還是很可愛。妳願意當我的新娘嗎？」

「新娘……突然對早就拋在腦後的女人開口求婚，一般人會這樣嗎？」

「我不是日本人，不知道日本的『一般人』怎麼想。」

看著笑咪咪回答的阿仁，小都差點一句話衝口而出：「你只是想和我上床吧?!」只是因為想來一炮，才隨口要人當你的新娘吧。一股汙穢的情緒襲來。

是詛咒嗎？小都不禁激動起來。

圓框眼鏡男口中那句狠毒的話再次浮現在小都腦海。「男人八成都是先看到妳的胸部而不是臉。妳也有自知之明吧？難道妳以為自己很吃得開啊？」

小都一時說不出話來，阿仁伸出食指輕輕觸碰小都的嘴脣。

「我呢，想和日本女孩結婚。」

「……唔。」

「像我哥一樣。而且這麼做對於在日本做生意很有幫助。」

小都覺得彷彿頭一次聽到他的真心話，驚訝地屏住氣息。

「只要是日本女人都好嗎？」

「不是這樣的。像妳這種有品味又漂亮的女孩，當然沒話說。」

小都還沒開口，嘴唇又被封住。阿仁抱起她來放倒在床上。肌肉結實的身體湧現強烈的慾望，小都逐漸失去抵抗的意願，她想，這樣也好。阿仁以熟練的手法拉下她的洋裝拉鍊，這時小都制止他。

「等等，我去沖個澡。」

「不用了。」

「我流了好多汗，拜託。」

阿仁無奈地鬆手。小都迅速從他身體下方鑽出來，連忙整理凌亂的衣襬，朝浴室走去。可能還有點醉意，腳步顯得蹣跚，推開門時差點撞到。小都一轉身，看到阿仁似乎有點難為情，臉朝下趴在床上。看著他的背影，心中突然湧上一股憐愛。於是她輕聲說道：「我年紀大你很多，你不在意？」

他緩緩抬起頭，依舊一臉笑容。「嗯，我知道妳比我大。」

「比你大上一輪喔。」

「一輪？」阿仁似乎沒意會過來。「……一輪，是生肖的一輪嗎？」

「對，生肖的一輪。越南也有生肖的說法嗎？」

阿仁還是愣在原地，沒有反應。

「嗯，一輪就是差了十二歲……」

「什麼！」他倏地從床上坐起身。

「所以妳現在幾歲？」

「快三十四。」

「噫！」他突然高聲驚呼。吃驚程度遠超出在餐廳裡聽到小都與貫一分手的時候。

看到他出乎意料的驚訝態度，小都略感不悅。他從床上爬起來，直盯著小都。從敞開的浴泡露出幾乎看不見腿毛的光滑小腿。

「妳是說真的？」

小都點點頭。他有些激動地伸手摀著嘴，低喃著：「請妳等一下。」

他表現得太過吃驚，小都不禁困惑起來。只見他低下頭，糾結地苦思了一會兒。

「抱歉。」最後竟然說出這兩個字。小都的手還貼在浴室門上，一臉疑惑地反問：「咦？」

「我沒想到大這麼多。」

「咦？」

「抱歉，我覺得沒辦法。」

一時之間小都還沒意會過來。

「真的對不起。那個，我原以為差不多大個五歲，但差這麼多實在不太妙。妳年紀比我姊還大，不行，真的沒辦法。」

先前始終展現成熟幹練的態度，這時卻手足無措了起來。小都面對這意想不到的發展目瞪口呆。經過將近一分鐘的沉默，她終於理解阿仁這番話的意思。

也太急轉直下，小都邊想著，忍不住放聲大笑。

啊哈哈哈哈哈，乾笑了幾聲。她一邊笑，腦中想著歐巴桑不就是這麼笑的嗎。一旦發現事情搞砸了，中年女性就會以大笑矇混過去。

「Mya小姐。」

「哈哈哈哈哈，不會，我才該說抱歉。」小都捧腹大笑，然後小跑步到沙發旁，慌張抓起自己的皮包就往房門走。

「我走了！現在常磐線還有車！」

「Mya小姐！妳……」

「沒事，別放在心上。謝謝你招待晚餐。」

小都到了走廊，直奔電梯。看到電梯門一開馬上走進去，衝出飯店後一路跑到車站，三步併兩步狂奔上通往月臺的階梯。

天底下沒有那麼美的事。有的話也太難以置信。

在深夜的電車裡，抓著皮吊環，鏡子裡倒映出一道不知為何憋著笑的臉龐。沒有受傷，也不覺得難過。

她茫然抬頭看著車廂頂部，夜晚照亮車內的日光燈好刺眼。

小都專心在健身房的跑步機上動著雙腳。

高中之後就沒跑過步了。久違的活動身體，發現身體比想像中來得更笨重，著實吃了一驚。

小都是頭一次來健身房。這種跑在迴轉輸送帶上的器械，對她來說也是全新的體驗。一開始覺得雙腳快打結了，五分鐘之後終於有餘力東張西望。

健身房牆上掛著一面大鏡子，鏡子前設置一字排開的跑步機，就算不情願也會看到鏡中的自己和兩旁的人。穿著臨時在暢貨商城購買的運動服，衣服下的手腳比家裡看起來更顯鬆垮無力。再次被迫體認到年歲漸增的現實。

颯花今天請了特休，在她的邀約下，兩人來到附近新開的健身房免費體驗。

颯花原本就打算加入健身房會員，最近正到處物色理想的健身房。小都完全只是跟來湊熱鬧，但跑了一會兒覺得似乎也可以入會。

工作人員先向她們介紹游泳池和淋浴間。大浴池非常寬敞，還有三溫暖，休息室裡備有按摩椅。工作人員說明營業時間從一大早到深夜，不少會員甚至只是為了來洗澡。若限定平日使用，會費也是小都能夠負擔的金額。小都心想，應該是打發時間不錯的方式。

前幾天是小都三十四歲的生日，她請了半天特休，淘汰使用三年的手機，買了一支新手機。她沒有將舊手機裡頭儲存的大量照片檔案轉移到新手機上，也包括和貫一的合影及一些參考的穿搭照。要刪除這些照片需要勇氣，刪除完畢之後卻感覺神清氣爽。她也刪除了交友軟體，並將平臺上認識的人一併從通訊錄中移除。

和阿仁碰面的那個晚上過後，內心出現了如釋重負的奇妙感受。原先逼迫自己得加緊腳步找到幸福的想法，似乎一點一點地剝落了。

阿仁發現小都的年齡大他一輪時那副瞠目結舌的表情，回想起來仍然令人莞爾。但奇妙的是，小都並不覺得失落或憤怒，反而感受到一種釋懷的安心感。

隔天他打電話來，一個勁地道歉。說起來，成為接受道歉的對象有點不太對勁，但不接受又沒完沒了，最後小都笑答：「下次再請我吃飯吧。」

阿仁又強調希望小都到他店裡工作是真心話，請她務必考慮。「又在說這種好聽話了。」小都再次以歐巴桑大笑輕鬆帶過。

小都雖然沒將阿仁的話當真，卻覺得認真學習一種外語似乎不錯。商城裡最近增加不少來自中國等亞洲各地的顧客。她盤算著學英文或中文，搞不好可以向阿仁學越南文。有時間的話，取得一些有助於未來職涯的認證也好。仁科說要參加商品裝飾展示技能士的國家考試，說不定自己也能試試看。

就在小都腦中一一冒出從未有過的念頭時，颯花邀她上健身房。活動身體總是好的，畢竟想穿漂亮的衣服，身材也很重要。小都在跑步機上邊跑邊想，嘗試維持半年吧。跑完了設定的時間後，升起一股超乎想像的成就感。

小都在牆邊的長椅坐下，拿下圍在脖子上的毛巾擦拭臉上汗水，感受運動後的心曠神怡，同時看著一旁正在進行重量訓練的人。

她在靠窗的大型器材上看到颯花的身影，兩腿輪流起伏的動作就像在爬樓梯。在颯花的推薦下，小都上跑步機前也嘗試了幾回，但實在太累，沒多久就哀嚎著放棄。

颯花額頭上的汗水閃閃發光，她默默活動著身體，側臉的神情十分嚴肅。做著這麼辛苦的運動表情自然不會太輕鬆，但她看起來有點痛苦。

終於告一段落，她從器材上下來，稍微蹲下調整呼吸，然後一邊擦汗同時轉過頭望向小都。小都揮揮手，颯花見狀隨即露出笑容。

「颯花，妳好厲害。」

「妳看到了啊？真丟臉。」

「我累斃了，今天就到此為止。妳看起來很有運動細胞。」

颯花的身高夠，運動起來全身彈性十足，感覺充滿力量。

「這倒是，我覺得可能比晚上約喝酒更適合我。」她笑著說。

「妳要加入會員嗎？」

「唔，這裡我先保留，想再多比較幾家。」

「哦？」

「游泳池比想像中來得小，而且我平日沒辦法過來，這樣就只能加入一般會員。會費稍微貴了一點。」

「我應該會加入平日限定的會員。我家浴室又小又舊，光是來泡澡也不錯。」

「大浴池真的很吸引人。」

兩人並肩坐下，看著眼前運動的人們隨意閒聊。穿短褲、運動鞋，伸長雙腳，就像回到高中的社團活動，光是這樣就挺開心的。

「我之前還對健身房有點反感，沒想到感覺滿好的。」

颯花笑著問道：「為什麼反感？」

「專程花錢來動身體就像一種神聖的遊戲，感覺很跩。」

「神聖的遊戲？沒這回事。」颯花聽了大笑。但小都並不認為只是個玩笑。換作是貫一，就算他經濟上有餘裕，也不會特地加入健身房鍛練身體。

「最近時間很多。」小都平淡說道。颯花一臉微笑看著她。小都接著說：「不談戀愛時間就多出來了。」

「就是說。我和他最近也很少碰面，時間的確變多了。」

「原來你們沒碰面。」

「倒也沒有分手，打算保持一點距離。」

「原來如此。」

兩人坐在長椅上，面對大片窗戶，出神地望著陽光照射下的行道樹。沒一會兒，外頭熱了起來。

「該去沖澡了，然後去繪里姊家。」

「嗯。」

兩人起身，走向更衣區。她們打算傍晚到繪里家看寶寶。

在更衣區脫下沾滿汗水的運動服，小都突然笑出聲。

「要是繪里聽到我們說時間很多，她肯定會生氣。」

「保證會。這才叫神聖的遊戲。」全身只剩下內衣的颯花露出促狹的笑容。

繪里的寶寶躺在客廳裡的藤編搖籃裡，一雙眼睛睜得大大的，面無表情看著小都。

面對小嬰兒的眼神，小都顯得不知所措。身後的颯花正將賀禮與伴手禮交給繪里和她先生，大夥兒說說笑笑。

「……小寶寶居然是這麼認真的表情啊？」似乎沒人聽到小都的低喃，沒有任何回應。小寶寶的眼睛和成人完全不同，清澈純淨，帶著淡淡的青色。洋娃娃般的小手已經長出指甲，耳朵外輪廓明顯，頭髮比想像中濃密，而且髮色極黑。

「你好，我是與野都。可以叫我小都喔。」小都伸出指尖輕觸嬰兒的小手背，低聲念著。小嬰兒沒有任何反應，依舊瞪著小都。

「你心情好嗎？舒服嗎？開心嗎？」

「妳問他什麼啊？」繪里從後面拍了拍小都的背。

「也沒有，因為他都沒表情嘛。」

「現在還看不太到眼睛呢。」

「是這樣嗎。」

這時，繪里的先生從廚房高聲問道：「小都小姐也喝冰咖啡嗎？」小都趕緊轉過頭回應：「好的！」沒想到嬰兒表情驟變，哭了起來。

「對、對不起，嚇到你了嗎？」

「沒事。」繪里笑著抱起孩子，微微搖晃起來，一邊輕輕拍著包尿布後圓鼓鼓的屁股。她對著廚房裡的先生說：「我要焙茶。昨天媽拿來的點心也拿出來吧。」語氣像對部下下達命令。

繪里的氣色透著疲憊，而且應該沒有化妝，看起來睡眠不足。累歸累，她的笑容一點也不像勉強擠出來的，而是自然流露的滿足神情。

比起小都上次拜訪，屋裡的家飾擺設變多了，生活感更濃。到處是嬰兒用品，色彩繽紛到有些驚人。

真好，小都心想。感覺很幸福。這種羨慕的心情過去總讓心頭微微刺痛，現在卻已是平常心，反而更接近一股憧憬。

小都站在旁邊，瞄了一眼哭聲漸歇的嬰兒，繪里問她：「要抱他嗎？」

「別開玩笑，太可怕了。」小都猛搖頭。但繪里直說不要緊，她才提心吊膽地抱起嬰兒。小寶寶抱起來好重，還很熱。雖然覺得可愛，卻沒有那種自己也想生一個的強烈嚮往。

嬰兒又哭了起來，繪里從小都手上接過來，坐到沙發上餵奶。繪里身上穿的是前襟可以輕鬆打開的哺乳專用T恤。這時，繪里的先生端來四人份飲料，繪里一邊餵奶，一邊自然地和大夥兒聊天。

小都說起了上健身房的免費體驗，正猶豫著要不要加入會員。於是颯花補充小都口中的「神聖的遊戲」，繪里聽了大笑，接著說：「這才真的叫神聖的遊戲！妳就趁還有神的時候玩個痛快吧！」

繪里的先生邀請她們留下來用餐。颯花擔心太麻煩兩夫婦，繪里立刻接話哪會麻煩，好久沒這麼開心地和姊妹聊天了。

我來煮義大利麵吧？繪里的先生提議。繪里說叫外送披薩就好。兩種都吃吧！颯花舉手主動要幫忙煮義大利麵。於是颯花和繪里的先生走進廚房，小都接過繪里遞過來的平板電腦，點開外送披薩店的網站。

「明天還會這麼熱嗎？颱風要來了？」繪里邊說邊拿起遙控器打開電視機。

披薩很快就送來了，配上颯花迅速煮好的蒜片辣椒麵，還有冰箱裡現成的小菜，餐桌上一字排開，大夥兒熱鬧開動。

電視上的天氣預報結束之後，緊接著播報新聞，小都不經意瞥向新聞畫面。

那是七月時西日本豪雨的新聞。日本西部地區到處出現土石流、淹水等大規模災害。經過兩個月至今情勢仍不見好轉，主播說明仍需廣大志工的援助。

小都盯著這則新聞，深深被吸引。

她看到畫面上志工報到的長隊伍中有一名背著黑色背包的男子。

咦？好像貫一。背影神似。是貫一嗎？小都屏住氣息睜大了眼睛。攝影機鏡頭一轉，拍到男子的側臉，接著換到下一個畫面。

不是貫一。是一名陌生男子。

「小都？」

繪里發現只有小都偏著頭認真看電視，開口喚她：「妳怎麼了？」

小都緩緩轉過頭。三個人的目光全集中到她臉上。

突然，一滴水落在餐桌上。為什麼哭了？連小都自己也搞不懂。

12

她伸長手想摸摸他，
哪怕明天就要死去，
想緊緊握住的只有他的手。

自転しながら公転する

Spinning Around My Whirl
by Fumio Yamamoto

隔週，小都搭上西行的新幹線列車。

吃完在東京車站買的便當，列車才到新橫濱站。小都平常沒有讀書或聽音樂的嗜好，抵達目的地廣島前的四小時不曉得該如何打發時間。

上個星期在繪里家不小心哭出來，小都沒能好好向三人解釋緣由，當場只說「看到令人難過的新聞」，隨口帶過。

回到家後，她不想面對內心混亂的情緒，迅速沖了澡早早上床。

明明躺平很久就是睡不著，數不清翻來覆去多少次。最後她忍不住「啊」大喊一聲，半夜起了床。從冰箱裡拿出一罐燒酎氣泡酒，站著一口氣就喝掉半罐。

然後小都挨著床緣靠坐在地上，屈膝抱著雙腿。

她好不容易才將貫一的記憶摺得小小的，塞進抽屜最深處，現在卻滿腦子他的身影。

但此刻的心情又不太一樣，並不是純粹眷戀貫一或想念貫一那麼簡單。究竟是怎麼回事？小都思索著。她屏氣凝神告訴自己，既然鼓起勇氣打開了原先不想面對的情緒，就得好好看個仔細才行。

她抱著腿，蜷起身體，思考了將近十分鐘。

小都抓起身旁的手機，全神貫注搜尋起來。

過了兩小時，她已經預約了從廣島車站出發的志工專車、廣島市區的商務旅館住宿，以及新幹線車票。一切準備妥當之後，一陣睡意襲來，她很快沉沉睡去。

一到店裡，她就遞出特休假單。最近是銷售淡季，休假很快申請通過。小都原本想萬一店長仁科問她「要去哪裡？」，她會找仁科商量自己是否適合到災區擔任志工。沒想到仁科什麼也沒說，小都也問不出口。

最後小都連颯花、繪里還有父母都沒說，一個人前往關西地區當志工。為什麼會從事這種不符合自身作風的公益服務，好像舉不出一個明確的理由；再加上並不是出於單純助人的心態，實在不想聽到「好棒」、「真了不起」這類的讚美。

小都凝視著窗外快速流過的風景，不自覺緊張起來。

像我這樣既沒體力又沒腦袋的人，當志工會不會反倒給人添麻煩呢？心底湧上強烈的後悔，還是作罷吧。她心想待會到名古屋就折返。這時，車廂內的販賣推車經過，她買了咖啡和巧克力糖。吃了點食物，情緒也稍微穩定下來。

自己也想到災區當志工。之所以這麼想，是她混沌不明的情緒底層突然像泡泡般咕嚕咕嚕冒出的念頭。

那天在繪里家看電視，從畫面上志工中心的排隊人龍中發現那名酷似貫一的男子之後，小都的心情混亂到連自己都大吃一驚。

她平常不太看電視新聞，住老家時幾乎不讀餐桌上的報紙，網路上看到新聞標題時也只是掠過，對於和自己生活沒有直接關聯的事物，她從來提不起興趣。

她知道自己不僅眼界狹隘，思想也很幼稚。但另一方面她覺得倘若關注起那些重大的社會議題，到頭來就得正視無能為力的自己。可以說一半原因來自她積極地逃避。

平常盡可能不碰觸，一旦碰觸了就覺得內心波濤洶湧，翻騰不止。第一次感受到這種心情，是聽貫一說起在東北大地震時辭去工作、一頭栽入志工行列的時刻。當時與其說佩服貫一，更像是敬畏。

那場地震發生的時候，小都的前男友一個人逃走了。然而，竟然有人做出和他完全相反的行動。深深的佩服之外，小都同時隱約感覺到責難，「妳難道什麼都沒做嗎？」當然她知道貫一不會這麼說，她卻難以消除內心的罪惡感。

對於社會上身處困境的人們，小都從來沒有任何作為。她的金錢和時間全花在自己的享樂。這一點，她在母親受更年期障礙所苦時已經深切感受到了。因此她總覺得自己和貫一之間有著一段無法拉近的距離。看著貫一省吃儉用支付父親的安養院費用，耐著性子拿湯匙一口一口餵父親吃飯，這些全讓小都感到莫大的自卑。

連交友軟體上約碰面的男人捎來訊息稱廣島老家淹水，小都也只覺得「哦，這樣啊」，然後就和阿仁約會，享受高級飯店裡的餐點。隔天看到新聞，雖然吃驚於災害的嚴重程度，但完全沒想起那名網友。想到自己可能真的欠缺關懷他人傷痛的同理心，小都的背脊上不覺涼了起來。

貫一現在在哪裡？正在做些什麼？

假使他當時因無照駕駛被逮捕，之後丟掉工作，倒也並非不可能前往西日本當志工。

貫一打亂了小都內心的平衡。無論是他的善行或惡行，同樣讓小都的世界天翻地覆。自己從來不做的事，貫一卻輕易就做了。對小都來說，貫一是她無法理解又不願認同的人，儘管如此仍對他滿懷憧憬。

自己也想嘗試貫一會做的事。這麼一來，或許能多少理解他的心情。小都想嘗試付出自己的時間、金錢與體力來做好事。剛好最近她有了加入健身房的時間、金錢與體力，那麼撥出其中一小部分從事志工活動也好。就算這樣的行為終究只是一場「神聖的遊戲」，小都依舊認為放過這次機會往後再也遇不到。

她想要了解無法理解的貫一。雖然不認為光這樣就能理解他，但她仍然想要更接近他，哪怕只能拉近一點點距離。

下了車，廣島站比想像中來得大，一出車站，多線車道的大馬路兩旁高樓林立。沒想到是這樣的大都市，超乎預期，小都感到有些退縮。

傍晚時分，小都在熙來攘往的人群中尋找市電的乘車處。三節車廂的列車駛來，小都從來沒搭過市電這種路面電車，感覺新奇，卻也帶著期待和緊張。

車窗外流過陌生的街景。街道上看不出兩個月前豪雨的影響，呈現一片潔淨的地方城市風景。看著看著，緊繃的心情透出一絲愉悅。但又趕緊提醒自己不是來遊玩，可不能過於放鬆，於是立時板起了臉。

約莫過了三站，小都下了市電。空氣滯悶。正想拿出手機搜尋地圖，眼前就是小都預訂的旅館招牌。走向旅館的路上有便利商店和幾間小吃。她心想，不如待會兒出來逛逛，還可以吃個廣島燒。

完成住房手續後，小都走進房間。相當普通的單人房，但空間滿大的。才關上房門，一股疲憊襲來，嘆了口氣後倒向床上。

不過只是搭了一趟新幹線，卻累成這樣。頓時喪失在陌生城市冒險的意願。望著房間裡白色的天花板和牆壁，小都想著搞不好可以挑個便宜點的旅館。當初出於不安，忍不住訂了價格不低的旅館。兩個晚上的住宿費加上新幹線往返車資，她腦中閃過一個念頭，這筆錢說不定直接捐款還比較好。

最後小都走進離旅館最近的便利商店，買了便當回房間吃，解決晚餐。

想到明天，又緊張了起來。得一大早起床才行，於是她關了燈鑽進被窩，緊緊閉上眼睛。

隔天早上，小都混在一群商務人士中吃過簡單的早餐，然後前往廣島站。

抱著忐忑不安的心情，也不知道明確的集合地點，好在很快看到通勤人群間站著一排穿著輕便的人。其中一名男子舉著紙板，上頭寫著志工專車集合地點，小都向男子報上姓名後排到隊伍後面。

小都前面約有十個人席地而坐，每個人似乎都是隻身參加，並未交談。長大之後再也沒有直接坐在地上，光是這點就讓小都隱約感到一股遠離日常的不安。

隊伍中幾乎是男性，也有少數女性；幾名工作人員中也有女性。小都稍微放下心來。聚集在這裡的人都穿著素色服裝，身邊放著看上去略顯陳舊的背包；而小都從衣服、帽子到背包全是新的，對比身上的裝備感到有些難為情。

當初她上網搜尋到志工專車的行程。據說是由當地的民營組織成立，上網就能預約報名，行程和隨身攜帶物品清單也列得很清楚，甚至還附上Q＆A仔細回答參加者的問題，於是小都就報名了。總之，這是她有生以來頭一次志工體驗，心想找個主辦經驗豐富的單位參加，依照指示去做就行了吧。

小都的背包裡裝了網站上列出的隨身攜帶物品。飲料、午餐，厚底工作靴，還有毛巾及工作手套。臉上是最基本的淡妝，頭髮紮起來綁成馬尾。

到了出發時間，一行人魚貫走向專車。工作人員來到一輛大型觀光巴士前停下。

「今天搭這輛巴士。因為平日人數較少，大家不用坐得太擠。」

聽到工作人員這麼說，小都稍微鬆了口氣，走到後方的座位坐下。隔著走道另一邊座位上是一名看起來年紀較大的女性。小都向對方點頭致意，那人也露出笑容回應。

「好，我們出發嘍。謝謝各位平日撥空前來，今天就由我帶領大家，請多多指教。」一名男子拿起麥克風向眾人打招呼。男子看起來和小都年紀相仿，聲音洪亮，口齒清晰，說話很有條理。

接下來往吳市方向行駛，車程預計將近兩小時，下車之後再徒步到現場。根據氣象預報，今天白天氣溫很高，作業時務必以安全第一為原則，注意避免中暑或受傷。本來還擔心要志工上去自我介紹，緊張得要命，但看來沒有。領隊人員僅稍微說明待會兒抵達地區的受災狀況。

巴士出了市區之後，窗外的綠意逐漸增加。田地、混合林、零星散落的民宅和小工廠，這是全日本隨處可見的尋常鄉間風景，沿路上看不出受災程度。整輛巴士裡靜悄悄的。照理說小都應該十分緊繃，但突然一陣睏意湧上。心想可能昨晚沒睡好，眼皮愈來愈沉重。

不知打盹了多久，一睜開眼發現窗外的景致驟變，小都驚訝得瞪大眼睛。

道路兩旁堆滿瓦礫，一眼看不到盡頭。小都不禁挺直身子，貼向車窗。

看似斷掉的夾板、腳踏車、櫃子、椅子、電風扇、書包，以及大量破損得面目全非的廢棄物，堆到差不多一個人的高度。這副景象延伸到遠方。小都伸長了脖子看向對面，另一頭的路旁同樣堆滿廢棄物。

車裡的每個人都皺起眉頭，看著窗外的景象。

多年前東北大地震時，曾在新聞報導裡看見類似的場景。但這一次不是地震，小都很驚訝豪雨竟也造成如此嚴重的災情。況且，豪雨過後已經兩個月了，至今仍有大量的殘屋破瓦等待清運，小都感到難以置信。

對向車道幾輛大卡車揚起灰塵呼嘯而過。連續行駛幾公里，眼前都是同樣的光景。

不一會兒，車子離開主要幹道，開往一座平緩的山丘，這時窗外又回到閑靜的景致。但仔細一瞧，路邊到處是倒在地上的道路轉角鏡，或是正在破壞建物的重型機具。

忽然覺得口乾舌燥，小都從背包裡拿出水壺，喝了口水。逐漸加快的心跳一時難以平復。

眼看窗外稀落的住家逐漸增多，巴士在一處類似區民中心的地方停下。

一行人陸續走下巴士，看到一名身穿工作服、手上拿著檔案夾板的男子從建築物裡走出來，隨即和帶領志工的工作人員討論起來。這裡應該是當地的聚會場所，貼著一張紙，上頭是「重建中心」四個手寫字。

環顧四周，工作服上沾滿泥巴的人員往來神色匆忙，建築物旁看似裝有援助物資的紙箱堆積如山，一旁幾名女性正忙碌著。

這時，領隊開口了：「接下來要從這裡步行到現場。剛才已經向中心借用洗手間，需要的志工請排隊輪流使用。」

聽到這句話，小都意識到前往現場之後可能無法隨時上廁所，現場甚至可能還停水停電。而且志工總不會來災區服務，還跑去向受災戶借廁所吧。出發之前小都稍微做了點研究，她想起志工被提醒到災區現場絕對不能借用或收受任何物品。她也提醒自己，別喝太多水。

拿到志工專用的紅色背心，男性志工拿起借來的大鏟子，一行人便出發了。陽光炙烈，氣溫節節上升，大夥兒頂著豔陽列隊前進。在田園與住家混合的地區，部分住家已經整理乾淨，有些房子的庭院裡則堆起骯髒的泥土。四周灰塵飛揚，小都後悔忘了隨身帶口罩。

不一會兒來到坡道，聽說路程約莫二十分鐘，但小都不免擔憂，萬一持續上坡路該怎麼辦。雖然平常工作需要久站，體力不至於太差，但額頭上不斷冒出汗水讓她感到不安。

周圍不見住宅，等穿過一片混合林，又出現了住家。走到這裡，一群志工停下了腳步，迎面而來的慘況讓大家不覺屏息。

道路兩旁堆滿瓦礫，只剩下勉強供一輛車通過的寬度。坡道上方流下來的濁流夾帶泥沙和樹枝，直接灌入民宅，以及倒在路邊完全遭泥沙覆蓋的小型車輛。即使乍看之下未受損傷的房子，仔細一看就發現窗戶已經全部拆除，不像有人居住。屋頂掀落，外牆沾滿乾掉的泥巴，院子裡堆滿沙發等家當。空氣中瀰漫著從沒聞過的臭味。領隊說明這一帶大型車輛進不來，加上居民多半是年長者，復原的速度很慢。

親眼目睹遭到破壞的平凡生活，小都的內心波濤洶湧。

心想萬一自己也遭遇同樣的災害，喉頭突然一緊，感覺呼吸困難。放眼全日本，沒有一個地區不會遭受豪雨或地震的侵襲。不對，即使是全世界，也沒有永遠不遇上災害的地區。昨天之前理所當然的日常，很可能瞬間遭到顛覆，沒有人能例外。任誰也無法保證到了明天、後天，還能繼續安穩過生活。

不寒而慄。小都不禁感嘆人類竟如此渺小，如此微不足道。

「太慘了。」

聽到一旁傳來的說話聲，小都回過神來。

原來是巴士上打過招呼的女性正一臉憂愁感嘆著。是啊，小都嚴肅地點點頭。很高興這時候有人找自己攀談。

這名女性身形很高，體格強壯。素著一張臉，臉上布滿雀斑。

「妳好，我叫與野。這是我第一次參加志工活動，從來沒看過這種景象。您經常到災區擔任志工嗎？」小都一口氣說完，只見對方睜大了眼睛回答：「倒也不那麼常來。」神情略顯困惑。

「我叫近藤，平常住國外，但老家在廣島市。正好趁著返鄉過來幫忙。」

「原來如此。」

「我住洛杉磯。與野小姐呢？」

「我住茨城縣。」

「妳從那麼遠的縣市過來？」

「還好，洛杉磯比較遠。」

「說得也是。」

一陣風吹過來，小都不小心吸入揚起的塵土咳了起來。近藤從背包裡拿出口罩戴上。

「妳要嗎？」

「咦，方便的話就太好了。」

「請用。」

她拿出另一片口罩遞給小都，然後轉頭朝旁邊走去。小都話還沒說完，但那人已經逕自往上坡走。是因為自己一副裝熟的態度嗎？小都有點沮喪。

小都跟在那人後面，也往坡道上走。坡度愈來愈陡，小都氣喘吁吁，加上酷熱的天氣，臉頰燙得快沸騰。正想喝點水，又想起上廁所不方便而作罷。

這一天主要的援助活動是協助受災戶清理住宅，不一會兒就抵達該戶人家。出來迎接眾人的是一名男性，看起來年紀比小都的父親還大。

領隊打了招呼後，屋主露出燦爛的笑容。志工見狀深深一鞠躬致意。屋主表示和妻子在豪雨之後身體狀況變差，一直躺在避難所養病。眼看天氣沒那麼熱，差不多也該整理家園，可勉強起身之後發現太多東西一個人根本搬不動，因此對於大家願意前來幫忙由衷感激。屋主臉上始終帶著笑容。

然而，領口鬆皺的T恤下隱約露出的胸口，透出掩飾不了的疲憊和憔悴，小都內心不覺揪了一下。

兩層樓的建物從外觀看不出受災程度，一走進屋內，映入眼簾的慘狀讓小都震驚不已。地板上積起厚厚一層泥沙，一座大沙發斜靠在房間角落，上面堆著東倒西歪的佛壇。房間到處散落生活用品，宛如經歷一場大地震，拉門也已破損不堪。

小都心想，光靠屋主一個人不可能收拾這片殘局。屋主先前也說至今還住在避難所。在這麼酷熱的季節，不僅晚上沒能好好休息，還一心煩惱著清理破敗的家園，如此煎熬下肯定已身心俱疲。小都茫然地想著。

原以為自己能體會，卻完全不是這麼回事。唯一深刻感受到的是，這裡極需人手。就算今天來的志工同心協力，一天下來也清理不完。小都今晚已經預訂了旅館住宿，明天還要再來。

工作人員繞了一圈，審視屋內的狀況，和屋主討論之後分配志工任務。男性組清理一樓客廳周邊，女性組負責二樓。女性組除了剛才送口罩給小都的女性，還有一名看上去六十四、五歲的女性，以及四名工作人員。二樓有兩個房間，玻璃窗都已經拆掉。窗戶下方散落幾片碎玻璃。一個房間是較寬敞的和室，另一個房間裡放了書桌，應該是孩子房。

女性工作人員走進和室，查看拉門敞開的壁櫥。下方排放著幾個衣物的塑膠收納箱，一拉開抽屜，就噴出烏黑的髒水。

「可能是從窗戶流進來的水。」工作人員像是自言自語，其他三人都一臉驚訝。豪雨已經是兩個月之前的事了，到現在屋內竟然還有積水。收納箱裡的衣物沾滿泥沙，壁櫥上層收放的棉被也滿是汙漬。小都看著窗戶，想像土石流破窗流入室內的景象，不寒而慄。

在工作人員的指示下，小都和年長的女性負責清理孩子房。屋主說明已經先搬走貴重物品，房間裡剩下的物品都可以扔掉。

首先，小心撿拾散落在窗邊的碎玻璃，然後抬起倒地的小書架。將溼透後變得乾皺、膨脹到看不出形狀的書本一冊冊疊起來，以塑膠繩綁成一捆。房內看到大量的圖畫書和適合兒童閱讀的圖鑑，令人莫名心痛。

但這些書看起來年代久遠，牆上貼的海報也是早已轉型為通告藝人的青春偶像。想必這個家的孩子已經長大成人、自立生活了吧。小都拿起毛巾擦去額上的汗水，想著這孩子怎麼沒回家幫忙？又隨即轉念，不對，一般上班族畢竟工作在身走不開，不是說回來就能回來。

好不容易整理好書架周邊，接著轉戰書桌。打開書桌抽屜，裡頭的物品幾乎沒溼，不少仍保持完好。還有老郵票和照片。

「這些直接丟掉嗎？裡面還有賀年卡和照片。」

年長女性正在清理衣櫥，聽到小都發問轉過頭來。

「這個嘛，屋主都說沒有貴重物品了，應該無所謂。我家的孩子也不留這些東西。」對方冷冷說道。小都點點頭。也對，小都也老早將小時候的郵件全丟了。

她一口氣將抽屜裡的明信片、信件全扔進垃圾袋。但無論如何就是不願丟棄沖印出來的照片。最後小都將照片塞進長褲後方的口袋裡。

接下來好長一段時間埋首清理。起初還戴著工作手套，發現不利於一些細部作業後就脫掉了。回過神來雙手因髒汙變得幾乎全黑。

才清理沒多久，就裝了好幾袋沉重的垃圾。女性工作人員在男性將書桌、書架等家具搬下樓之後，要她們將其他物品拿到樓下的院子。小都提著垃圾袋在一、二樓之間爬上爬下往返好幾趟。在酷暑中做著不熟悉的事，還得不斷爬樓梯。儘管上氣不接下氣，情緒卻很亢奮。她扎實地感受到自己對他人有所貢獻。

「啊啊啊，好痛！」

小都聞聲轉過頭，看見同組的年長女性扶著腰部蹲在地上。

「您還好嗎？」

「我想抬起這個，卻閃到腰了。」她腳邊掉落一塊暖被桌的桌板。

「別太勉強，這些大件的東西我來吧。您先休息一下。」

小都在跌坐地面的年長女性前蹲下來。由於對方體態良好，小都一直沒察覺，但仔細一看她的長相，感覺年紀已經很大了，說不定超過七十歲。

「哎，真是老了。我啊，出身農家，以前這點小事根本難不倒我。」

「沒這回事，剛才看您手腳比我靈活多了。」

「啊哈哈哈，是嗎？妳也很認真。」

「真的嗎？我從來沒做過志工，一下子就累了，天氣又這麼熱，很不適應。」

「嗯，妳是粉領族？」

「不是，我是服飾店店員。平常工作也需要久站，但一整天都待在有空調的室內。這麼熱的天氣真是吃不消。」

她睜大了眼睛盯著小都。「哇，難怪妳長得這麼漂亮又時髦。妳從哪裡來？」

「茨城。」

「哦，大阪嗎？」

「您說的是茨木市。我是來自關東的茨城縣。就是有筑波山、霞浦的地方。」

「這麼大老遠跑來真不簡單。我從彥根來的。」

「啊，是彥根貓的家鄉！」

「對，多虧彥根貓，讓這地方出名了。」

先前擔心自己和那位來自洛杉磯的年長女性裝熟聊天引來反感，因此雖然和女性志工同組，清理過程中也盡可能不交談。想不到一聊之下氣氛融洽許多，小都鬆了一口氣。

工作人員前來了解作業進度時，小都說明那位女士閃到腰，工作人員提議先到一樓休息，於是小都扶著女士下樓。

小都想在午休前再拚一下，又爬上樓梯將暖被桌的桌板搬下樓。院子裡堆滿髒汙不堪的家當。門外停了一輛小貨車，幾名男性志工合力將損壞的家具搬上小貨車的貨臺。

小都再次上樓梯時突然覺得腳步不穩，趕緊抓住扶手。她想應該是太累了。於是緩步走上樓梯，從放在角落的背包裡拿出水來喝了一口。

臉頰火燙，頭也愈來愈重。連肚子都不太對勁。

一定是心理作用，只是太累了，她一邊對自己這麼說，聽到樓下傳來的聲音：「各位可以先休息了。」

一樓客廳的榻榻米全部撤除，只剩下地板。地上鋪了工程用的藍色防水布，幾個人坐在上面，吃起各自帶來的午餐。年輕男性瞄了小都一眼。女性工作人員看到小都後，示意她旁邊還有位子。小都坐了下來，從背包裡拿出夾餡麵包。

吃了幾口覺得嘴巴好乾，一點食欲也沒有，小都很後悔，應該買帶點水分的食物才對。她將剩下一半的麵包塞回背包裡，交代一聲「我去外頭吹吹風」之後走出去。

她想避開其他人的視線，於是繞到房子後方，坐在看起來不太髒的水泥地上。頭痛變得劇烈，下腹部也隱隱作痛。她抱著腿，蜷起身子。

心想這下子糟糕了。這時上方傳來一道聲音，「妳怎麼了？」小都嚇了一跳抬起頭，原來是屋主正低頭看著她。

「肚子痛嗎？」

「不要緊。」小都想笑笑帶過，聲音卻變得很沙啞。

屋主思索了一下對她說：「往下走一小段路，那親戚家裡的廁所可以用。妳跟我來。」

「可是我得先問工作人員……」

「待會兒我和他們說。總之妳先過來。」

屋主逕自往前走，轉過頭看到停在原地一臉猶豫的小都後，又向她招招手，小都遲疑地站起來。坦白說，若能借用洗手間就太好了。

小都跟著屋主往下坡路走。炙熱的陽光依舊刺眼。下坡途中稍微寬一點的道路還設有人行道，穿越人行道後是愈來愈多已經重整家園的住宅。

來到一間立著石材門柱的住家，屋主走進去，門鈴也沒按就自行打開玄關門。

「喂，冬婆婆！這裡有個女孩子身體不舒服，可以借用廁所嗎？」

來啦！裡頭傳出聲音，一位穿著日式圍裙的白髮女性走出來。

「這女孩是來我家幫忙的志工。可以讓她在這裡休息一下嗎？我家連能躺下的地方都沒有。」

身材嬌小的老奶奶驚訝地瞪大眼睛，連連向小都說「請進」。但小都仍有點遲疑。「不好意思，真的方便嗎？」

「沒問題。這附近水電都恢復了，請進來，別客氣。」

老奶奶領著她來到洗手間，雖是老舊的日式傳統形式，卻打掃得很乾淨。

此時小都已經覺得頭重腳輕。上完洗手間後，扭開裡頭的水龍頭，大量清水流出，以清涼的水盥洗之後宛如脫胎換骨。

在廁所裡當然只有一個人，但這短暫的獨處讓小都終於稍微能放鬆下來。來到陌生的地方，和陌生人交談，做著不熟悉的事，怎麼可能不感到疲憊。

走出洗手間，小都緩步走在簷廊。木地板走廊雖然老舊，卻擦得很乾淨，隱隱泛著光澤。周遭陰涼幽靜，宛如置身寺廟。真想待在這裡多休息一會兒。但小都努力甩掉這個念頭，走向玄關，穿上髒兮兮的運動鞋。

「哎呀，小姐，妳還好嗎？」

那位老奶奶從屋裡走出來，一臉擔憂看著小都。她身上是白色開襟襯衫，罩著碎花圖案的日式圍裙。服裝雖然老舊，卻燙得相當平整，很適合她的氣質。連這種時候小都仍忍不住心想，等年紀大了也想這副打扮。

「不再休息一下嗎？」

「沒問題。能借用洗手間已經很感激了，真謝謝您。」

「不客氣，回去和其他志工說，需要的話就來用吧。」

小都連連鞠躬道謝後，離開那戶人家。

外頭還是一樣悶熱。好不容易才擦乾汗水，不一會兒全身又溼透了。小都拖著沉重的腳步，一步步往上坡走。

看到載著大量殘磚破瓦的小貨車搖晃著駛向下坡，小都停下腳步側身路旁。這時，她看見兩名滿身大汗的男性志工走到其他住家清理，合力搬出一張大型按摩椅。小都抓起脖子上的毛巾一角掩著嘴，閉上眼睛。

剛才借用洗手間時，身體稍微降溫後以為不要緊了，沒想到此時肚子又悶痛起來。頭好重，還有點想吐。小都猶豫著，是否該對工作人員據實以告。但這時說自己身體不舒服，又會給大家添麻煩。聽說今天的作業預計下午四點結束，是不是再撐一下比較好？唉，可是處在這種狀態，自己還幫得上忙嗎？

小都腦中盤旋著各種思緒，猶豫的同時繼續往前，終於回到作業現場的住家。

住家前方堆放了沾滿泥沙的小櫥櫃，上方還有小書桌，以及不知道從哪裡拆下來的三夾板，堆得很高。小都看了覺得很危險，想繞道進入院子，耳邊傳來了玄關附近的說笑聲。

「怎麼沒看到那個可愛女生？她去哪裡了？」一名男性的聲音讓小都停下腳步，躲進堆積如山的家具後方。

「聽說去下面的住家借廁所。」

「咦，有地方可借廁所嗎？我也想去。」

「男人去後面空地解決就好了。」

這時走過去似乎有點尷尬，小都決定先留在原地。

「去問領隊比較好吧？隨便找地方做這種事，對住在這裡的人不好意思吧？」是個稍微低沉的女聲。從說話的口氣，小都判斷是那位來自洛杉磯的女士。

「挖個洞埋起來不就好了？之前東北大地震時當志工就是這樣，當地根本找不到廁所。」

「那是非常狀態，無可奈何之下才這麼做。現在狀況不同。總之，還是問過比較妥當。」

「好好好。待會等那個可愛的女生回來再問她。」

今天除了小都之外沒有其他年輕女性，小都心想這人口中的「可愛女生」指的一定是自己。即使在這種情況下，聽到有人這麼說自己感覺倒是不差。

「那女生是從哪裡來的？沒想到那種人也會來當志工。」

「志工和長相又沒關係。」

「也是，但很少見啊。」

「聽說是服飾業的專櫃小姐。那個彥根阿嬤說的。」

「專櫃小姐！好久沒聽到這說法了。現在不都直接叫『櫃姐』嘛。」

幾名男子哈哈大笑。

「長得很可愛嗎？我沒仔細看到臉。」

「稱不上美女，但臉圓圓的，眼睛滿大的。這種稍微抱歉的長相最合我的胃口。」

「哦？」

「待會向她要聯絡方式好了。」

這時來自洛杉磯的女士插嘴：「沒有你說得那麼可愛吧。還不就是靠化妝。」

「明明是來當志工，還化個大濃妝，打扮得漂漂亮亮的。然後只顧聊天，不然就偷懶。真不知道到底是來幹嘛的。」

聽到她強硬的語氣，幾個男生沒作聲，安靜下來。

「上廁所也是，沒問過工作人員就自己跑去。像是來玩的一樣，根本只是自我滿足。這種人來了只是找麻煩。」

「……沒那麼糟吧？」

「就是有這種害群之馬，才會讓有些人不歡迎志工啦。你們幾個也是，難道只是為了認識女生？」

「什麼？妳別亂說喔！」

小都突然腦袋一片空白，天旋地轉，當場蹲下來。那些人的爭執聲逐漸遠去。真想當作沒聽見背後的閒話，好想立刻逃離這裡。

總之得先站起來才行。小都伸長了手在空中亂抓。但是雙腳站不穩，整個人搖搖晃晃。這時有個硬物撞上手臂。

才察覺不妙，小櫥櫃就往自己這邊倒過來。小都跌在地上撞到腰部，接下來是東西掉落的聲響伴隨塵埃飛揚，她不由得閉上眼睛。感覺右側臉頰一陣火燙。

「不要緊吧?!」

「別擅自移動！搞不好撞到頭了！」

聽著一群人緊張呼叫的聲音，小都逐漸失去意識。

感覺到一陣清涼的微風拂過臉頰。眼睛睜開一道縫，原來有人坐在一旁正拿著團扇幫她搧風。

「妳醒啦？」

聽到聲音之後，小都睜大眼睛。一名男子正端詳著自己。男子背後是一盞圓形日光燈，背光下看不清他的長相。

是貫一嗎？小都不自覺想著。但定睛一看，是個完全陌生的男子。很年輕，一頭短髮染成金色。

「喂！」

小都吃了一驚，身體一縮。

「奶奶！她醒了！」年輕人轉身朝後方大喊。小都這才發現自己在一間和室裡，正躺在墊被上。不一會兒，拉門另一頭出現一位罩著圍裙的白髮女性。年輕男子離開小都身邊，走到房間一角隨地就坐。

「小姐，妳還好嗎？」

是剛才那位氣質高雅的老奶奶。想到這裡，小都的記憶逐漸浮現。

那戶住家門口堆積如山的家具倒塌時，撞到了一旁的自己。之後有人背著她來到某個地方休息。小都的記憶到此為止。

「臉痛不痛？剛才先緊急處理過了。」

「還好。」

「聽說是木板的角撞到妳的臉，還流了血。」

小都伸手一摸，右側臉頰上貼著紗布。老奶奶遞給她一面小鏡子，仔細一看，紗布角落也隱約看得到臉頰上的擦傷。小都抬起手顫抖地輕輕掀開紗布，只見幾道還滲著血絲的傷口。傷口看來不深，但破相這件事讓她大為震驚，指尖漸漸變得冰涼。

老奶奶遞給她瓶裝水，溫柔說道：「喝吧。」小都喝了一口才驚覺喉嚨好乾，一口氣就喝了半瓶，停不下來。

這時，一名女性工作人員出現，一臉擔憂地詢問小都的頭和身體是否還疼痛。小都站起來，當場走了幾步又試著跳幾下，腰和手臂還有點痛，但活動起來似乎沒什麼問題。應該是剛才睡了一會兒，頭也不痛了。

小都低頭致歉，給大家添麻煩了。

「別這麼說。家具堆這麼高以致失去平衡，是我們的疏忽。對不起。今天就請妳先回去好好休息。」

「可是……」

「這戶人家的孫子住廣島市區，聽說待會兒要回去。已經說好了讓妳搭便車。」

看來小都睡著之後，雙方已經安排好讓自己離開的方式了。此刻自己就像個無力的孩子，凡事得聽大人決定。小都不禁感到一陣難為情，緊咬著嘴脣。

「我的身體已經不要緊了，可以和大家依照原訂時間工作。」

「妳的好意大家心領了。萬一出事我們也得負起責任。」

聽她這麼一說，小都陷入沉默。要是站在對方的立場，小都應該也會說同樣的話。

「……既然這樣，至少讓我自己想辦法回去。」

「這裡到公車站還有一段距離。公車目前不會依照時間表發車，吳線也還沒完全修復。」女性工作人員的語氣感覺得到些許不耐。小都也察覺到還是別繼續找麻煩，最後低下頭說了「好的」。

「唔，我今晚會留在廣島過夜，明天想再過來。」

「不用了。聽說妳從遠地來的？不要勉強，快回家吧。還有，時間來得及的話，最好今天去醫院掛個號，我看妳可能輕微中暑。志工活動的保險應該都會給付，向醫院拿收據之後再寄給我們就行了。」

「保險？」

「對，保費含在參加費用裡。我想妳這次的狀況應該適用。與野小姐有帶健保卡嗎？」

只帶了駕照當作身分證明文件，健保卡沒帶上。當初還擔心自己會因為體力不足給別人添麻煩，沒想到竟然是得上醫院的程度。

小都低著頭。千萬不能哭！要是哭了只會讓人家覺得更麻煩。雖然心裡這樣想，眼淚還是不爭氣地流下來。真是沒用、太窩囊了。為自己的幼稚感到丟臉。

「哎呀呀，別哭，別哭啊。」

一旁聽著兩人對話的老奶奶，伸出滿是皺紋的手輕輕拍著小都的背。

老奶奶的孫子就是小都清醒時第一眼看到的那名金髮男孩。

男孩稚氣未脫，髮際和眉毛卻剃得一乾二淨，不只耳朵，連鼻子上也穿洞套環，下半身是髒兮兮的五分燈籠褲。這身打扮完全是典型小混混的復刻版，連小都的家鄉都已經相當罕見。老奶奶說：「別看他這副模樣，其實是個好孩子。放心吧。」男孩聽了一臉不悅，別過頭去。

男孩的車是一輛方方正正的小廂型車，外表傷痕累累，還覆著一層厚厚的灰塵。後座放倒，鋪了毯子，男孩要小都躺在後座。小都一時不知如何是好，還被他罵了一句：「妳動作快點啦！」

簡單打過招呼後隨即出發。小都裹著車上的毯子，蜷起身子。

車子似乎行駛在路況不佳的道路上，一路搖搖晃晃。以一名小混混來說，無論打方向盤或踩煞車時都相對溫和，或許是顧慮到小都。

心情稍微平復了。但一想起今天發生的事，小都眼中不禁又泛起淚水。

自己到底是來幹嘛的？的確不該貿然跑來當志工，做些自己不擅長的事，到頭來還是得麻煩別人。

想到那位洛杉磯女士的話，眼前又陷入一片漆黑。小都知道她的話語中一部分是因受傷而遷怒，但嚴格說起來沒錯。小都一身全新的行頭，就像去度假，還訂了不錯的旅館住宿，一副來旅遊的模樣。

自己好弱小。身心都是。想要做好事，肯定需要更堅強的個性。弱者就承認軟弱，至少好好待在自己的世界，少給別人添麻煩。然而一聽到陌生男人誇讚自己可愛，瞬間就得意忘形；一被說是稍微抱歉的長相就大受打擊。

情緒一激動，小都忍不住哽咽起來。此時車內的音樂聲也隨之增大。

車內響起震耳欲聾的日本流行歌曲，駕駛座上的小混混配合著音樂高聲哼起歌來。想必受不了中年女人的哭聲，感覺心煩吧。

小都拿起毛巾摀著嘴，忍住嗚咽，緊緊閉上眼睛。

不知不覺小都打起盹來。等她突然驚醒坐起身時，車窗外已是市區街景。

「快到嘍。」駕駛座上的小混混直視前方說道。

「這麼快？」

去的時候感覺路途遙遠，沒想到回程快得驚人。

「要在哪裡讓妳下車？」男孩沒好氣地問道。小都回答：「隨便，都可以。」他一聽從駕駛座轉過頭，瞪了小都一眼。

「隨便我哪知道是哪裡？」

「那……那就廣島站。」

「喂，小姐，妳是不是該先去看醫生？」

「但我沒帶健保卡。」

「可以先自費給付，之後再申請退費。」男孩回答得很快，小都一時說不出話來。

「我家附近有外科診所，帶妳過去吧。」

「這個嘛……」

「去啦。」

「……好，謝謝你。」

他方向盤一打，車子轉進住宅區。右轉，左轉，來到便利商店前面寬敞的停車場。車子停好之後，他下了車卻沒走進便利商店，只努著下巴示意小都「往這裡走」。此刻的天空泛著微微的紅色，暑氣已消，吹來舒爽的清風。小都在陌生的城市跟著陌生男孩走在陌生的街道上。為什麼混混走起路來都是外八？小都內心納悶的同時，緊跟著男孩纖瘦的背影。

快速穿過商店街後，來到角落的一間小診所。男孩推開大門向櫃檯裡的人打招呼：「妳好。」身穿白襯衫的女性看到他也面帶笑容回應：「是你啊。」

「我帶了病人過來。喂，妳自己解釋啦。」

「不、不好意思。」

「哎呀，妳的臉怎麼了？」

小都向櫃檯裡的女性說明稍早擔任志工時受傷的經過，又提到身上沒帶健保卡。對方遞給她一份表格，要她填寫完等候看診。這時，男孩從後方探出頭來說道：

「我去買東西，妳在這裡等一下。」

「啊，我一個人不要緊了。」

「少囉唆，妳在這裡等著。看完醫生我再送妳去車站。」

話一說完，削瘦的背影直接往外走。小都坐在候診室的長椅上，嘆了口氣。男孩雖然言行粗魯無禮，感覺卻很像貫一，讓小都無法對他產生反感。自己似乎特別喜歡這類型的人，儘管不甘願卻又不得不承認。

不到十分鐘，男孩回來了。他手上拎著白色的小盒子，怎麼看都覺得盒子裡是甜點。

「我去那間店買布丁。」

「布丁？」

他在小都旁邊一屁股坐下，打開盒子拿出裝在玻璃瓶裡的布丁，然後遞給小都。小都一臉困惑，睜大眼睛。為什麼去買布丁？

「妳不愛吃布丁嗎？」

「我很喜歡，但是……」

他默默吃起自己手上的布丁。無奈之下，小都也拿著小塑膠湯匙吃著布丁。是質地略硬的傳統口味，甜味瞬即傳遍舌頭。

他三兩下吃完，然後將紙盒裡的保冷劑丟到小都的腿上。

「臉會腫起來。」

「什麼？」

「妳的傷啦。之前撞到了吧？明天可能會腫起來，先拿這個冰敷一下比較好。我請店家給我較大的保冷劑，但不確定能維持幾小時就是了。我剛去工地工作時，常因為漫不經心一天到晚受傷，全身都腫起來。」

小都停頓一會兒，然後理解到原來他是為了給小都保冷劑才去買布丁。

「……謝謝你幫我這麼多。」小都深受感動，低頭道謝。

「沒什麼啦。妳從東京來的？」

「茨城縣。」

「那是哪裡？」

「就在千葉縣和埼玉縣的上面。」

「什麼？沒聽過。我小時候去過迪士尼樂園，我只知道那裡。」

小都一聽忍不住笑了。男孩搞不好很健談。

「你在工地做多久了？」

「中學畢業就去了，應該四年了。」

啊，他是中學畢業。小都心想。

「經常覺得很累很煩，真不想幹了。但是經歷颱風，還有豪雨，現在這裡真的很慘。像我這種半吊子工人也得加把勁才行。放假時，我就去阿嬤家幫她清理。老人家連自己鋪一塊防水墊都沒辦法咧。」他一副得意洋洋的態度。

「……你也幫了我很多，謝謝你。」

「嘿嘿。」他笑了。然後一臉滿足地說：「別那麼客氣啦。妳也大老遠跑來幫忙我們。沒有人會覺得妳給大家添麻煩的。哎，妳怎麼又哭了！動不動就哭，好煩喔！」

小都聽了噗哧一笑，趕緊擦去眼淚。有點後悔，剛才不該讓「早知道就不來了」這種灰心喪志的念頭一直在腦中打轉。

小都取消當晚的旅館住宿，搭上回程的新幹線列車。

她將男孩送的保冷劑包上毛巾，輕輕貼著臉頰。可能是吞了診所開的藥，新幹線才發車沒多久就睡著了。

一路上醒來好幾次，睡意又立刻來襲。上車時空蕩蕩的座位，等她醒來時也已坐滿乘客，從新大阪站後幾乎全車滿座，看來是結束出差行程返家的上班族。當中也有人大剌剌盯著小都臉上一大塊紗布瞧，但她連難為情的力氣都沒了。明明去程左思右想，千頭萬緒，回程時卻累癱在座位上，腦袋一片空白。

抵達東京車站，小都背著背包站在月臺上。聳立的高樓群在夜晚閃耀著光芒，隱約有著尚未完全從夢中醒來的感覺。

小都無精打采地走進車站內的洗手間。站在大鏡子前面，看著經過這無比漫長一天後全身虛脫的自己。臉頰上那塊大紗布很醒目，但自己那一頭亂髮、髒到不像話的衣服和背包更是令她驚訝。T恤領口還沾上了血跡。舉起手臂靠近鼻子一聞，有著煙燻般的臭味。

已經過了晚間八點半。應該是在車上睡得很飽，此刻餓得不得了。幸好傷口不痛了，打算吃點東西再回家。好想吃些清淡的料理。蕎麥麵，或是壽司。

正想掏出手帕時，發現褲子後方口袋裡塞了東西。一拿出來才想到是從今天清理的那戶住家裡拿走的照片。

角落泛黃的老照片。照片裡是陌生的孩子，陌生的一家人。

現在幾乎很少拿到沖洗出來的照片了，或許因為這樣，小都不覺想起貫一外套口袋裡那張他和志工伙伴的合影。

為了理解貫一的心情而踏上的志工之旅，然而經過漫長的一天，直到看到金髮男孩之前竟然完全沒想起貫一。應該是因為用盡力氣了吧。

遇到好多人，和每個人交談，甚至受了傷，給別人添麻煩。但直到最後小都仍感到無比的充實。

改天請個休假，將這張照片送回去，然後向對方道謝，看自己還能幫上什麼忙就盡力去做。沒有人逼著自己，小都自然而然這麼想。

一天下來各種體驗、所見所聞，還有別人對自己說的話，小都只想找個人傾訴。那個人，有著比自己豐富數十倍的類似經驗，小都好想聽聽他會怎麼說。

聽貫一提過的那間立食壽司餐廳位於四谷，小都查過明確的地點。她搭上中央線，在四谷站下車，看著地圖走在大都市的路上。雖然他可能已經不在那家店工作，那也無妨。

小都很快就找到餐廳。門面雖小，一進店裡就是延伸到裡頭的長型吧檯。店內沒有椅子，所有客人排排站著吃壽司、喝酒。

吧檯內的調理區站著一排師傅，沒看到像是貫一的人。或許早被開除了。小都伸長脖子往裡頭看，確認是否有空位。

「歡迎光臨。最裡面還有位子，請進。」她面前的師傅主動招呼，小都便從一排客人後方經過，往L形吧檯裡頭走去。

不經意抬起頭，和一位師傅的眼神對上。是貫一。

他目瞪口呆凝視著小都。

「小姐一位嗎？這邊請。」貫一身邊另一位年長師傅開口招呼，小都僵硬地點了點頭，站到吧檯最裡頭的位子。她將背包放在腳邊。環顧四周，原木吧檯，保存魚料的冷藏櫃。除了沒有椅子之外，和一般的壽司店沒有兩樣。瀰漫在空氣中的醋味讓人食欲大開。

「要喝點什麼？」

「給我熱茶……不，生啤酒好了。最小杯的。」

「好的。想吃什麼可以現點現做，也有套餐。旁邊有菜單，慢慢看。」

小都迅速瀏覽菜單，然後偷瞄貫一的側臉。他也往小都瞥了一眼，但似乎太忙，沒辦法過來招呼。

他又瘦了嗎？還是許久沒見的錯覺？

一位師傅似乎負責招呼三、四名客人。貫一面前是一組好像已經喝醉的上班族。他面對那群人，不時陪笑臉，一邊捏著壽司出餐。從小都的位置聽不到雙方聊天的內容。

看到他沒被開除，而且精神還不錯，小都內心湧上一股暖流。太好了，小都心想。之前完全無法想像再見到貫一時會是何種心情，但此刻只覺得他還在、過得好好的，這樣就好。只有這麼單純的想法。

小都點了季節套餐。旁邊一組是三個像上班族的客人。其中兩人應該是不到五十歲的女性，穿著單調的灰色長褲套裝；另一人似乎是男主管，穿黑色禮服配黑色領帶。看起來像是剛參加完告別式。

三人組的男性突然看向小都，盯著她的臉問道：「小姐，妳的臉怎麼了？」

「白天不小心摔到了。」小都面帶微笑回答。

「這不只是摔到而已吧。不要緊嗎？年輕女孩子傷到臉可是很嚴重喔。」

「鈴木先生，好了啦。這樣會打擾人家用餐。」同行的女性出言制止。

「不好意思啊，這人喝醉了。」

「不要緊，沒事。」小都笑答。

另一名女性也笑著說：「真抱歉，我們有點吵。」男主管聽了大笑：「最吵的明明就是妳們兩個。」頓時消除了緊繃的氣氛，小都的心情也放鬆下來。

這時，吧檯面青翠的竹葉上方放上一貫壽司，小都趕緊夾起送進嘴裡。咀嚼時牽動臉頰的傷口，隱隱作痛，但壽司的美味好夢幻。醋飯比一般少，魚料咀嚼之後，清爽的口感配上少許山葵，美味在口中擴散。吃了還想再吃，愈吃愈想吃，小都不加思索，面對端上來一貫接一貫的壽司，夾了就送進嘴裡。

小都邊吃邊望著貫一的側臉。他一邊工作同時瞥向小都。看著他瞪過來的眼神，不知道是不是因為小都突然跑來而生氣。

「這是套餐的最後一貫。」

師傅將星鰻握壽司放在小都面前。「我還要加點。」小都從黑板上的推薦菜色裡又點了兩道。

「仔細想想，我真的到了隨時都可能死掉的年紀。」小都旁邊那名打著黑色領帶的男人扯著嗓門感嘆起來。

「胡說什麼，你才五十幾歲。」

「對啊，和我們也只差三歲。」

「我這可不是亂講。最近老是參加告別式，總覺得下次就要輪到自己了。」

小都在一旁聽起來，似乎是這三個人都認識的友人突然過世。

「這幾年天災愈來愈多。那個南海海槽大地震也不知道什麼時候會發生。」

「這倒是。」

「年輕時覺得人生差不多就到八十歲。但現在很多人可是輕輕鬆鬆就活到九十歲、一百歲。」

「沒錯，以前好奇死前總共得花上多少錢，想估算養老金。但後來一想，誰知道會活多久？想起來就厭世。」

「雖然機會不大，但我可沒那麼多錢活到一百歲。靠老人年金也不夠。」

「所以我說，」男主管喝醉之後雖然口齒不清，仍大聲說道：「每天都得努力活下去，就算明天死掉了也沒有遺憾。就算活到一百歲也沒問題！」

聽到這句話，小都忍不住轉頭看著那名男主管。

「說是這樣說，實際上要做到很難。一想到搞不好明天會死掉，就想狂嗑海膽啊鮪魚大腹這類美食，好好吃個痛快。但萬一得活到一百歲，似乎又不該吃這種價格或膽固醇都很高的料理。」

「接受得了這種矛盾，才算是真正成熟的大人！」

「不要以為嗓門大就有道理喔。」

三人說完放聲大笑。

過了一會兒，三人總算要求結帳，還對小都打招呼：「我們先走了」、「晚安」。小都面前的壽司師傅到門口送三人離開，當場只剩下小都一個人。

已經十點多了。啤酒喝完了，壽司也吃飽了。

面前突然出現一道身影，一抬頭是貫一。他伸出長長的手臂，「砰」地一聲在小都面前放了一只大茶杯。他肌肉結實的手臂比小都記憶中來得更白皙。

小都與貫一四目交會。

「現在是最後點餐時間。」貫一板著撲克臉說道。眼眶微微泛紅。

「……最後想再吃一貫，有推薦嗎？」

「吃過小鯽魚了嗎？」

「沒有。」

貫一以閃著暗銀色的魚刀處理魚料，手法迅速捏好一貫壽司，放在小都面前。

小都夾起來送進嘴裡。貫一捏的壽司醋飯比剛才那位師傅用得更少，輕柔鬆軟的壽司，一入口就化開。仔細咀嚼後吞下肚。小都由衷說道：「真好吃。」

「妳怎麼搞的？」貫一的聲音微微顫抖著。「臉怎麼回事？」

「就說是摔到了。」

「這才不是摔到。」他低聲說道，頭低低的，小都看不到他的表情。

「你要不要聽我是怎麼摔的？」

貫一仍舊低著頭，沒有作聲。

小都伸長了手想摸摸他，哪怕明天就要死去，或是即使活到一百歲，想要緊緊握住的只有他的手。

尾聲

母親眼中已經不帶傷感的情緒，
倒映出燦爛耀眼的夜景。

自転しながら公転する

Spinning Around My Whirl
by Fumio Yamamoto

婚禮結束後，我們抵達晚宴會場時派對已經開始。氣氛從寧靜莊嚴的教堂變得熱鬧喧囂，我不禁有點膽怯。

宴會會場在停泊於西貢河上一艘模擬古帆船造型的大型郵輪上。這艘平常主打外國觀光客的高級餐廳郵輪，今天則停在碼頭。

雖說是婚宴派對，比起日本卻大不相同，這裡的晚宴沒有致詞、也沒有餘興節目，只有樂隊演奏，賓客隨自己高興到場，品嚐會場上堆積如山的美食與美酒，然後隨興離開。

先生坐下不到一分鐘就被友人叫走，接著面帶笑容穿梭在會場上。

坐在小舞臺上的鋼琴師正在演奏，悠揚的琴聲卻不見半個人欣賞，賓客們盡情放聲談笑。

身旁的母親似乎有點驚訝，不住低聲念著：「還真誇張。」

「聽說以前是在自己家裡舉辦。」

「在家裡辦？」母親瞪大了眼睛。她雖然沒說出口，但表情上清楚寫著：難以置信，我絕對不幹這種事。

這時，一名穿白色POLO衫的年輕男子走過來向我打招呼。他自我介紹說是先生學生時代的友人，操著流利的英語祝賀我新婚愉快，還讚美我的禮服與母親身上的越南奧黛，隨後便離開了。

「剛才是哪家廠商的工人？」

「媽！那是他的大學同學。」

「誰教他穿了POLO衫配卡其褲。」

我內心不耐煩嘀咕著，母親現在連其他國家人的穿搭也要管嗎？

「他說媽身上的越南奧黛超美的。」

「真的嗎？」

「我向他介紹妳是我媽，他吃了一驚說看不出來，還以為妳是我姊。」

「哎，真會說話。」母親一臉喜孜孜說道。

真不知道該怎麼回應，我苦笑以對。總之，母親熱愛穿搭打扮，只要身上穿了漂亮的衣服，因此獲得讚美，就會立時心花怒放。

母親的外表確實年輕到不像話。即使在日本，也經常被路人誤以為我們是年齡差距較大的姊妹。到了那樣的年紀，身材不但沒走樣，皮膚和頭髮也常保光澤。

母親原本打算繼續穿著黑留袖出席派對。但先生的舅舅阿仁說：「花兩天就能幫妳做一套越南奧黛，到時妳再穿上出席派對。」母親嘴上說不好意思，仍然挑了一塊花稍的布料訂做奧黛這種越南傳統服飾，還一派大方穿來了。阿仁舅舅也說要幫我做一套，但我以和先生討論作為託辭，委婉拒絕了。

「小都！」聽見一陣高聲呼喊，我和母親都抬起頭。身穿黑色西裝的阿仁舅舅一臉笑意走了過來。

「太棒了！太美了！」

「哦，真的嗎？」

「小都穿和服當然好看得沒話說。但沒想到能看到妳穿越南奧黛的模樣，我真是太高興了。」

「真的嗎？都這把年紀了還真難為情。」

「背後看起來怎麼樣？妳轉個身讓我看看。」

母親露出靦腆的笑容，在原地轉了一圈。極為亮眼的鮮豔花朵圖案的絲質布料，是在日本絕對看不到的色彩。

越南奧黛採兩側衣袖收緊到腰圍略上方處的剪裁設計，下半身的白色長褲稍微看得出有小腹。母親的腰圍當然不算粗，但這身穿著還是掩飾不住豐滿的身形。

「嗯，尺寸和顏色都很適合妳。」阿仁舅舅的讚美聽起來一點也不像客套話。

「覺得很不好意思，我還挑了高級的布料。真是抱歉。」

「哪裡需要道歉，越南奧黛最關鍵的正是布料。」

兩人熱絡地聊著。這時阿仁舅舅似乎察覺我的目光，轉為正經的態度面向我。「恭喜，新婚愉快。抱歉沒能趕上婚禮。」

少來了，明明你眼中只有我媽吧。

這句話差點脫口而出，趕緊吞了下去。

好一陣子沒見面，阿仁舅舅依舊很帥氣，讓人聯想到舊時代的香港電影明星。他一邊耳垂上的小巧耳環也很討人喜歡。

阿仁舅舅經營的公司專門進出口食材和生活雜貨，他也在日本和越南開了好幾間附設服飾專櫃的咖啡廳。聽說幾年前，他收購了持有這艘郵輪的老字號企業。

母親任職於阿仁舅舅集團旗下的服飾部門日本分公司。我念高中時就在他經營的餐廳裡打工，後來以正職員工身分錄用為廚師。可以說阿仁舅舅是支持我們家經濟來源的大恩人。

然而，我對他的戒心至今還沒完全放下。

母親第一次向我介紹時，我看到他們倆感情好到這種程度，不由得心生厭惡。甚至曾懷疑兩人該不會交往過，難道我的親生父親是阿仁舅舅，而不是父親？

不過，稍微想一下就覺得不可能。我完全沒遺傳到母親那張可愛娃娃臉的任何特徵；而無論是長臉、單眼皮及下垂的眼睛，全都神似父親；平胸、扁屁股，這竹竿般的體型也和父親像一個模子刻出來的。除此之外，比起服飾，我對飲食更感興趣，這一點也遺傳到父親。

但就算母親和阿仁舅舅真有一、兩次出軌，我想也輪不到我發表意見。我並沒有潔癖到那種程度。只不過他們的交情若傷害了父親，讓他不高興，可就另當別論。儘管心裡這麼想，但決定結婚時，爸媽和我、男友，以及阿仁舅舅五個人一起吃飯，父親和阿仁舅舅交談上毫無嫌隙。原來兩人是舊識，還開心地敘舊。父親似乎對於母親和阿仁舅舅的好交情沒有一絲懷疑。

即使如此，我還是無法打從心底完全接納他。

我將視線從愉快談笑的兩人身上移開，轉到整個派對會場。父親正在會場一隅捏著壽司。他身穿白色工作服，不發一語，忙碌動著雙手。來到婚宴會場的賓客當中，應該一半以上沒發現他其實是新娘的父親。

越南也有一些壽司餐廳，價格並不便宜。因此父親面前排起長長的隊伍，大家都等著吃壽司。父親今天一大早便和阿仁舅舅店裡的主廚一起上市場採買魚材，還很高興說買到了平常少見的白肉魚。

看著一邊聊天一邊吃壽司的人群，每個人在壽司入口的瞬間都會停下動作，並露出驚訝的表情。所有人的臉上都寫著「太美味了」。

我從遠處靜靜看著這副景象。

我猜父親是手藝很好的壽司師傅，但他從未自己開店，也沒在高級壽司餐廳工作過。這些都是聽已經過世的外婆說的。

聽說我出生時家裡非常窮，爸媽兩人都在工作，卻仍然沒辦法改善生活，連送我去托兒所都有困難。因此小時候，我待在外公外婆家過夜的次數比待在自己家裡還多。

等我上了小學，母親因為失業經濟陷入困境，這才去拜託阿仁舅舅讓她到旗下的服飾品牌工作。阿仁舅舅爽快答應，還開給母親超乎行情的高薪。

母親的收入提高之後，父親辭去壽司餐廳的工作。那段時期外公病倒，外婆光是照顧外公就分身乏術，沒餘力再帶著我。我小時候常犯氣喘、過敏，動不動發高燒，如果沒辦法託給外婆，不如讓薪水較少的父親回家當家庭主夫。據說爸媽認為這樣對家裡的經濟比較有利。

外婆對於父親一個大男人得靠太太養家抱持反感。我念高中時才聽外婆說起這件事，當時覺得外婆的反感真是與時代脫節的表現。

在我的眼中，父親總是心情愉快、充滿自信，才不是外婆口中那種人。父親的心態成熟，永遠保持樂觀，卻也有嚴肅的一面。從小就規定我打電玩和上網的時間，絕對不能超時，還要求我保持學業成績名列前茅。他總說自己因為學歷低吃了很多苦，希望我最好能念到大學。

等學校一放假，父親總花很多時間陪我。這輩子第一次到海水浴場、露營，還有迪士尼樂園，都是我和父親兩人一起度過的。晚上我們會在廚房做菜，從拿菜刀到利用剩下的食材做菜，全是父親教會我的。我最喜歡和父親共度的時光了。

相較之下，母親就不太搭理我這個女兒。我理解她獨自賺錢養活一家三口，一定很辛苦疲憊。她會藉口壓力很大買下一大堆衣服、飾品，還有無用的生活雜貨，將家裡堆得亂七八糟。還會逼我依照她的喜好穿衣服。我討厭母親幫我買的流行服飾，小學時還會勉強穿上，到了中學我乾脆宣布再也不穿母親挑的衣服了。

升高中那段時期，我的氣喘和過敏已改善許多，體力也愈來愈好。父親不再需要花心思照顧我後，獨自開展出壽司到府服務的事業。

舉凡宴會、派對和各式活動，他會到現場當場捏起壽司。這麼一來，只要因應當天狀況上市場採買，不僅不會浪費食材，比起開店更加自由，父親似乎也樂在其中。

起初一個月多半只有兩次到府邀約，後來做出口碑，愈來愈多人上門接洽。只是父親並不熱衷於工作，說生活夠用就好，他一星期最多只接三檔工作。

過去母親對父親有所不滿，卻不曾說過什麼。可一看父親不肯積極接訂單，她就挑明抱怨，一天到晚嘮叨既然這麼多人詢問，為什麼不多接一點做，讓我一個人賺錢養家真是太不公平了這類的話。母親的真心話就像外婆那跟不上時代的觀念。我對母親更失望了。

母親很擅長外頭的應對進退，對待外人態度親切，沒什麼脾氣。聽說她的工作能力很強，而且是職場上不討人厭的那種類型。

然而，我眼中的母親卻是快被時代淘汰的極端主義者，全身上下只有服裝是新的，腦袋裡的觀念既陳腐、不切實際又保守。相較之下，父親的想法比他的外在更進步務實，還懂得花小錢過豐足的生活。

不過，當母親偶爾找我一起用餐購物，雖然不願意承認老實說我還是很開心。我知道很矛盾，面對這股情緒卻又無可奈何。

父親不愛去太裝模作樣的店家，因此每當母親想去哪家咖啡館或餐廳會找我一起。明知道這下子又得聽她嘮叨父親，同時也感受到母親試圖改善母女關係的努力。

記得我十六歲那年，母親找我去了阿仁舅舅的店。當時我沒有料到，這會成為改變我人生的轉捩點。

阿仁舅舅當時在東京開了好幾間店，我們去的是以越南菜為主的東南亞料理餐廳，就位於隅田川沿岸的重劃區。

這是我第一次吃到亞洲風的異國料理，陌生的美味令我大受震撼。父親平常只做日式料理或一般家常菜，我頭一次嚐到亞洲的調味料，還有米線，好吃到當場說不出話來。

我好想再吃吃看，於是上網搜尋食譜試圖重現心中的味道。我提心吊膽地端給父親試吃，他直呼好吃，而且一掃而空。我這才鬆了口氣，原來父親並不討厭亞洲風料理。

我想進一步嘗試其他口味，繼續上網搜尋越南、泰國和印尼料理，從頭學著做。只是有些材料實在難以取得，加上全是從來沒吃過的味道，做了也不曉得是否道地，再者我沒那麼多零用錢能夠到處吃。最後我想到一個點子，

我到那間餐廳打工不就行了！這麼一來既能熟悉味道，還能賺錢。

起初拜託母親幫忙讓我有點抗拒。然而我停止不了想這麼做的心情，最後還是央求母親將我介紹給阿仁舅舅，並開始在餐廳打工。

我從洗碗工做起，後來在廚房擔任助手。有人建議我到外場當服務生，但我想學做菜，堅決希望待在廚房裡。父親當初說萬一學校成績退步就不准再打工，為了遵守和父親的約定，我在課業上也十分努力。

我一頭栽進越南料理的世界，愈研究愈覺深不可測。它受到中國與法國殖民時期極為深遠的影響，吸納這些國家的飲食文化，形塑出的料理風格複雜卻極其雅致成熟。此外，料理本身固然

吸引人，但這個能和來自不同國度的人一起工作的場所更深得我心。小時候除了家庭與學校對外界一無所知，餐廳正是我首次了解的大人世界。不知道多少次因為搞砸工作而挨罵，也曾因為職場的人際問題落淚。

然而，包括辛酸在內，經歷到的一切都如此充實燦爛。從家庭這個受到保護的小城牆裡完全解放的我，瘋狂愛上了眼前新鮮刺激的世界。我縱身投入。

從小父親就建議我上大學，我壓根不考慮，決定留在餐廳工作。

之後我認識了此刻成為我先生的男人。他是阿仁的外甥，原本在胡志明市的餐廳工作，以考察的名義來到我任職的東京分店擔任總經理特助，同時學習日語，為期兩年。我們很自然地交往，直到今天結為夫妻。

阿仁舅舅在胡志明市郊開了新餐廳，接下來會交由先生打理，所以婚後我會和他在同一間店裡工作。至今我還忘不了，當初報告這個消息時母親一臉蒼白的模樣。

母親強烈地反對。無論是和外國人結婚，或是不到二十五歲就決定結婚，這些都讓她大嘆無法理解。知道他是我第一個男友時也讓母親大感意外。

到底在急什麼呢？才交第一個男朋友就一時沖昏頭失去理智，結了婚到最後也注定失敗。人生伴侶呢，應該要多花點時間累積經驗選擇啊。母親氣急敗壞地說道。

母親哭了好幾個小時，想讓我打消結婚的念頭。問她究竟害怕什麼，她淨是唉聲嘆氣。最後我才想到，或許母親只是不希望我離開她身邊。

她突然變成一個無助的小女孩，或是一個頹喪的老太太。

我柔聲朝雙肩不住顫抖的母親說：

「胡志明市其實沒那麼遠。搭上最新的超音速客機三小時就到了。就算不想花那麼多錢，搭一般客機只要六個小時。我隨時能回日本，母親也一樣想來就來。」

母親激動地搖著頭。「為什麼這麼快決定結婚呢？現在的年輕人不是會有一段磨合期，不需要急著結婚吧？」

母親這麼一問，我不禁語塞。

為什麼要結婚？我也無法明確釐清自己的想法。

我當然知道自己年輕又莽撞。一來，我很愛我男友。再說國籍不同，有正式婚姻關係會比較方便。倘若想在當地工作，我也想藉此讓所有人知道我的決心。最後，我認為即使結了婚，萬一察覺行不通分手也無妨。

這些都是考量的原因。但真要說起來，主因或許是與其待在一個平靜卻槁木死灰的國家，我更想飛奔到那宛如龍捲風直沖天際的國度。

兩年前，也就是二〇四〇年，越南的人口正式超越日本。我四歲的時候，日本已經成為超高齡化社會，每三人就有一人超過六十五歲；地方政府陸續破產，危機一發不可收拾；安養院和醫院嚴重不足，而從全球的視角來看，社會福利惡化也是一大問題。新聞報導裡不斷重複著「人口外流」、「城鄉差距」、「人力不足」等關鍵詞。

在我這個世代，一個班級裡超過一半的學生畢業後都打算到外國求職。很多人認為到中國或印度工作、生活才是理想的願景。在我遇見越南料理之前，同樣想過將來要出國工作。待在日本，除非你是極為優秀的菁英，否則根本找不到像樣的工作。低薪和高額的社會保險費用，才是過不了好生活的源頭。

再繼續反對的話，以後我就不回來了喔。到最後我只能劃清界線說個明白。母親總算妥協。而父親始終靜靜地聽我說，然後點了點頭。

最後他說，趁著有想去的地方，無論哪裡都去闖一闖吧。

派對接近尾聲。

爵士樂隊已經離場，此刻舞臺上一名穿著傳統服飾的老人緩緩拉奏起類似胡琴的弦樂器。我和先生站在會場出口，對離場的賓客一一道謝。幾乎所有人都離開了。先生的兄弟姊妹和親戚忙完之後在一旁休息喝酒。說不定他們打算就這樣坐到明天早上。我喘了口氣，環顧四周，沒看到爸媽的人影。

這兩人應該不會不告而別，但我還是覺得不安，上來甲板找他們。

胡志明市高樓大廈林立的夜景比起東京更加壯闊，在這片夜景中，我看到父親和阿仁舅舅正在聊天。

兩人靠著扶手，抽著紙捲香菸而非電子菸，談笑風生。在日本光是抽菸就會招來白眼，在這個國家即使到了郊區依舊四處看得到菸灰缸。

我一出聲，阿仁舅舅便張開雙臂迎接我，口中重複著不知說過幾次的賀詞。然後說了「不打擾你們父女天倫之樂」，便離開了。

白天超過四十度的高溫，入夜後稍微沒那麼悶熱了。從西貢河上吹來的風輕拂過臉龐，感覺很舒服。

父親瞇起眼睛，眺望著河岸一排高層建築的夜景。屋頂上四個角落閃爍紅色燈光，河道彎曲沿岸大型起重機那圈外圍的金色光亮粒子。望著這樣的景致，從父親的側臉完全看不出來他在思考著什麼。

「媽媽呢？」

「換衣服去了。待會兒就過來。」父親瞄了一眼手錶說道。

「怎麼不再多留一晚？」

「放心不下貓咪嘛。我們會再來的。」父親笑道，眼角擠出了皺紋。

父母預計搭乘今晚的深夜航班回日本。回到那間除了房租便宜一無是處的老舊獨棟住家。三隻貓咪在等著他們。

「爸爸。」

「嗯？」

「爸爸從來沒懷疑過阿仁舅舅和媽之間有過什麼嗎？」

父親睜大眼睛。「沒想到妳會這麼問。」

「因為……」

「妳覺得媽媽是那種人嗎？」

我低下頭來，然後搖了搖頭。

或許我和母親的個性沒那麼合得來，但我非常清楚母親有多珍視家人。

「而且男女之間不是只有愛情吧？」聽到父親這句話，我驚訝地抬起頭。

「嚴格說起來，我和小都之間也不是愛情。」

「咦？」

從個性粗獷、不解風情的父親口中說出「愛情」兩字實在出乎我的意料，一時不知該如何回應。「不是愛情」究竟是什麼意思？我還沒來得及問，父親又接著說：

「母親有阿仁舅舅這般難能可貴的朋友。對妳來說，他也是生命中很重要的人，對吧？」

我點點頭：「對爸爸來說呢？」

父親想了一下。「他是個好人。只是有時候討人厭了一點。」

聽到父親的說法我忍不住笑出聲。就說嘛，果然還是有點討人厭。

「小綠。」聽到有人叫喚我，我轉過頭。

母親一手拖著大行李箱，面帶笑容走過來。身穿T恤配牛仔褲對母親來說算是難得一見的造型。她可能沒想太多，但父親身上也是一件白色T恤，兩人站在一起簡直就是一對年輕情侶。

我去洗手間，父親說完後離開。我們母女倆看著父親單薄的背影消失在通往船艙的大門。

「差不多該叫車去機場了，不然會來不及。」母親像是自言自語。那張臉不知是疲憊，還是過去總不願意讓我看到，總之和平常不同，皺紋特別醒目。女人逐漸老去的容貌。

「……怎麼不再多住一晚？」

「嗯，擔心貓咪嘛。」母親和父親說出同樣的話。

「到了晚上還是這麼熱。」

「媽。」

「嗯？」

「你和爸爸結婚之後幸福嗎？」

「什麼啊？」母親的語氣顯得有點不悅，彷彿在說妳問這什麼問題。

她沒正面回答，反而說：「不需要一心一意想著幸福。老是鑽牛角尖，總想著非獲得幸福不可的話，只要遇上一點不幸就會無法容忍。人生就算有些不幸也無所謂，畢竟不可能盡如人意。」

母親微笑著伸手壓住被風吹亂的頭髮。河面上五顏六色的霓虹燈倒影搖來晃去，往來的貨船不斷鳴著汽笛。

「很棒的婚禮。媽覺得好開心。小綠今天真漂亮，這裡的人都好親切，爸爸的壽司也大受歡迎。」

「……你們還會再來吧？」

「這個嘛……這裡似乎有些便宜又漂亮的衣服，但還要花機票錢。而且，真的好熱。」

我都聲淚俱下了，母親竟然只給了如此現實的回答。

母親的眼中已經不帶傷感的情緒，倒映出燦爛耀眼的夜景。

作　　者　山本文緒
譯　　者　葉韋利
社　　長　陳蕙慧
總 編 輯　戴偉傑
特約編輯　周奕君
行銷企畫　陳雅雯・尹子麟・汪佳穎
封面設計　IAT-HUÂN TIUNN
內頁排版　張彩梅
出　　版　木馬文化事業股份有限公司
發　　行　遠足文化事業股份有限公司（讀書共合國出版集團）
地　　址　231新北市新店區民權路108之4號8樓
電　　話　02-22181417
傳　　真　02-22180727
Email　service@bookrep.com.tw
郵撥帳號　19588272 木馬文化事業股份有限公司
客服專線　0800221029
法律顧問　華洋法律事務所　蘇文生律師
印　　刷　前進彩藝有限公司
初　　版　2022年3月
初版六刷　2023年7月
定　　價　420元
ＩＳＢＮ　978-626-314-126-1

歡迎團體訂購，另有優惠，
請洽業務部02-22181417分機1124、1135

特別聲明：有關本書中的言論內容，不代表本公司／出版集團之立場與意見，文責由作者自行承擔。

JITEN SHINAGARA KOTEN SURU by YAMAMOTO Fumio

Original Japanese edition published in 2020 by
SHINCHOSHA Publishing Co., Ltd.
Traditional Chinese translation rights arranged with
SHINCHOSHA Publishing Co., Ltd.
Through AMANN CO., LTD.

自轉

自転しながら公転する

Spinning Around My Whirl

by Fumio Yamamoto

公轉

國家圖書館出版品
預行編目（CIP）資料

自轉公轉/山本文緒著；葉韋利譯. -- 初版. --
新北市：木馬文化事業股份有限公司出版：
遠足文化事業股份有限公司發行, 2022.03
464面；14.8 x 21公分
譯自：自転しながら公転する
ISBN 978-626-314-126-1(平裝)
861.57　　111000317